國際中國文學研究叢刊

第十集

日本漢文古寫本整理與研究

王曉平　主編

郝　嵐　鮑國華　石　祥　副主編

上海古籍出版社

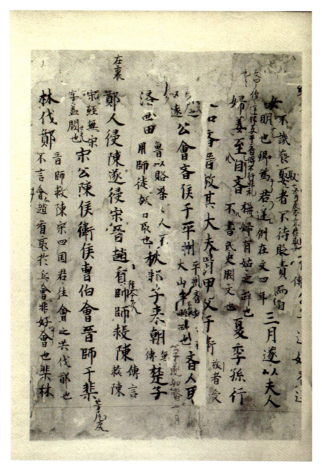

圖一　日藏古抄本《春秋經傳集解》

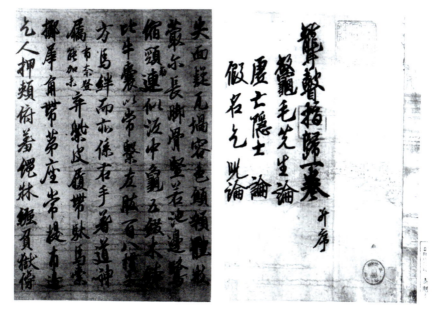

圖二　空海寫《聾瞽指歸》

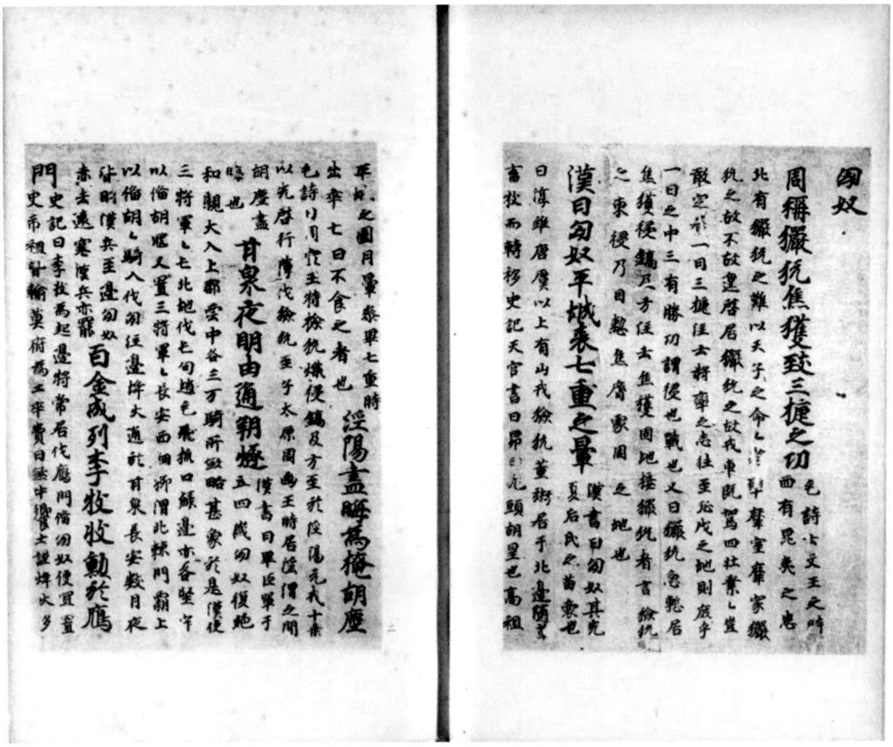

圖三　日藏古寫本《翰苑》

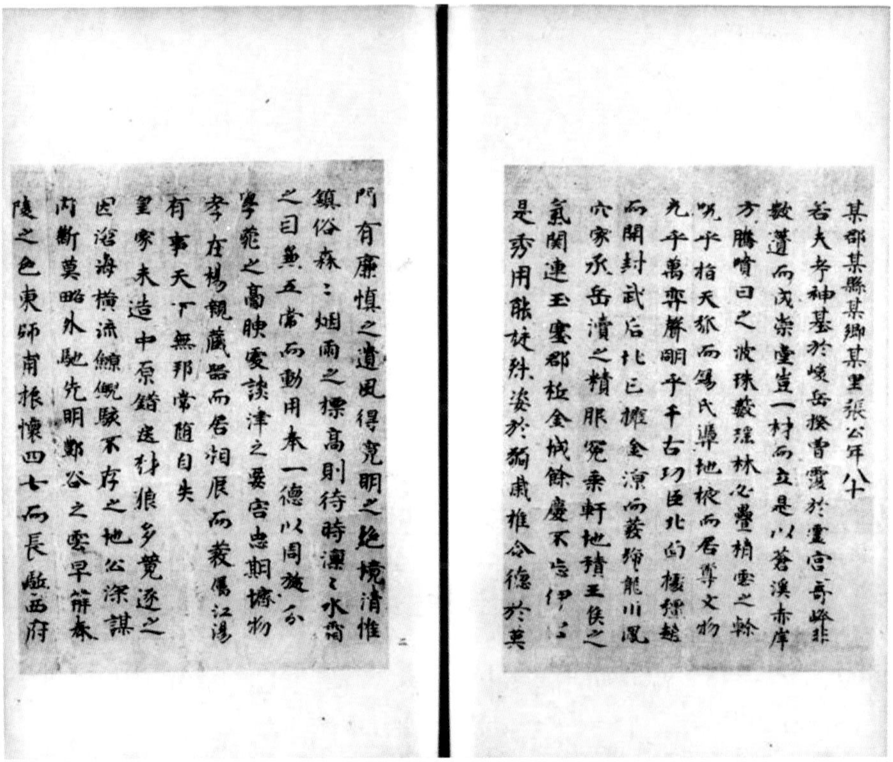

圖四　正倉院藏古抄本《王勃集》

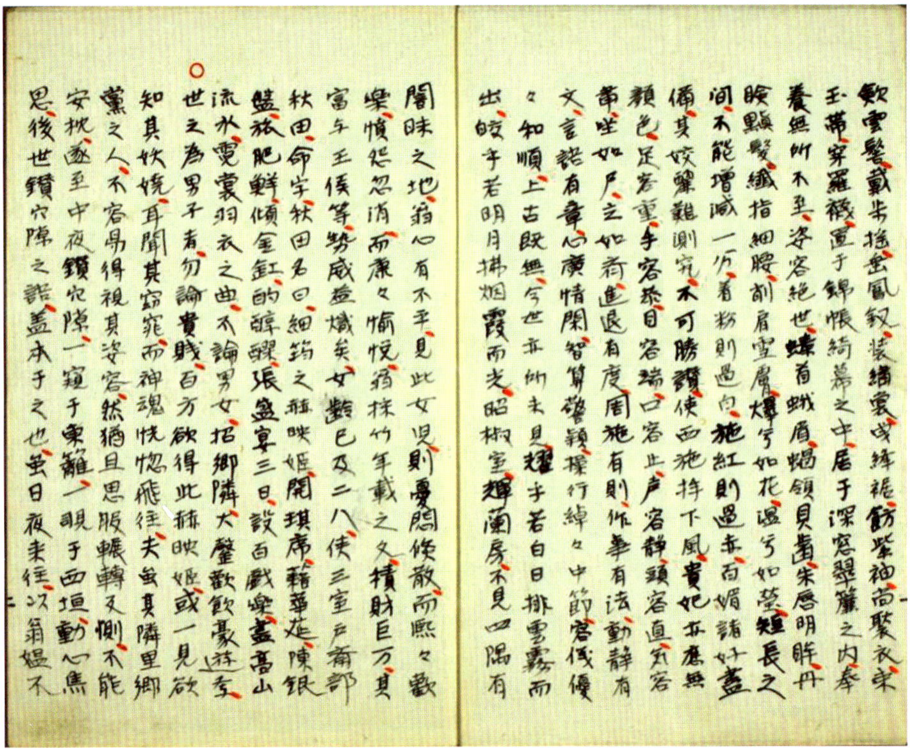

圖五　早稻田大學藏古抄本《漢譯竹取物語》

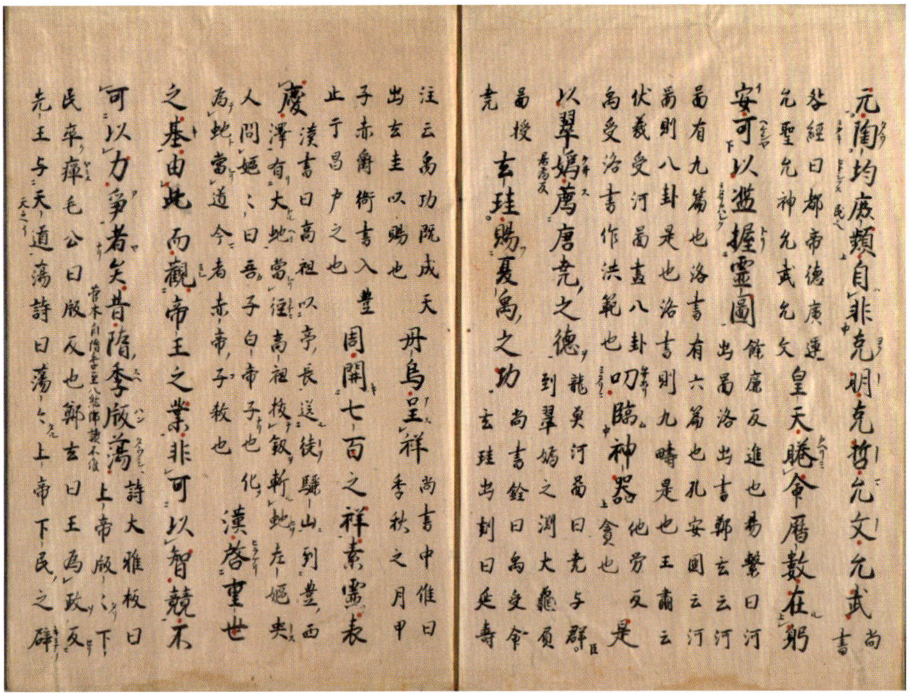

圖六　日藏古抄本《帝範》

圖七　日藏中國散佚文獻《臣軌》寫本

圖八　日藏中國散佚文獻《五行大義》寫本

目 錄

學術人生

我的"學術"人生 ……………………………………… 閻純德　　1

國際中國文學研究論壇

論先秦之"言" ………………………………………… 葛剛岩　　15

中外文學學術交流史研究

"近代""清末"與"晚清"

　　——對於一個文學史時段的幾種命名方式的辨析 …………… 鮑國華　　28

哈佛大學與百年中國比較文學 ………………… 郝　嵐　王曉燕　　37

伊人之辭：國際《詩經》學與女性話語的敘述格局、戲劇效果 ………… 洪　濤　　50

日本漢文古寫本整理與研究

正倉院藏《王勃詩序》校注 …………… 道阪昭廣（趙俊槐　董璐譯）　　79

《史記幻雲抄》研究序説 ………………………………… 劉芳亮　　110

日本五山學僧東陽英朝對中國訓詁之法的沿襲與創新

　　——以《新編江湖風月集略注》爲中心 ……………… 董　璐　　136

日本漢文小説古寫本五種校録 ……………………… 王曉平　　149

文學交流史研究

留學生與唐代文人的詩歌交往及其文學史意義考論 ……………… 郭　麗　　211

清代文人與日本江户詩壇的交流研究
　　——以《梅岡咏物詩》爲中心 ………………………………… 任　穎　230
論宇文所安英譯杜詩的風格傳譯 ………………………………… 高　超　241

中國讀書記
泰國白蛇鬧海故事研究
　　——以湄公河沿岸的民間口頭傳説爲研究範圍 ……………… 鄭佩鈴　255

編後記 ………………………………………………………………… 265

我的"學術"人生

閻純德

當太陽劃過頭頂的天空,無需等待多久,便是夕陽,然後就是無邊的黑夜。這便是從出世到入世的一次遊走,所謂"人生一世草木一秋",便是最好的寫照;這既是歲月的輪回,也是人生的必然。但是,滾滾紅塵,滄海一粟,人生有價。我生於寒門,親歷了苦難,能活到 21 世紀,既是上蒼的恩賜,也是我之大幸。

2021 年 7 月 29 日,窗外下着雨。當時我剛從電腦前走開,頃接一個陌生電話,一聽是王曉平教授的問候電話,疲勞和睡意頓時一掃而光。電話裏,我們聊了一個小時,從"解放前"説到 21 世紀,從逃荒要飯、被買被賣的人生遭際,説到我們的學術天地。我們不堪回首的對話,穿過當天淚水般的風雨,實實在在記録了一部歷史。這流淚的歷史,屬於國家,更屬於自己! 當我們的電話結束時,曉平約我寫寫自己的"學術"生涯,我雖無啥"學術",却沒有推辭。

我走過的人生之路,只有愛好,沒有"學術"。這很像我小時侯沿街乞討一樣,從這家,到那家,從昨天,經過八十多個春秋,一直走到現在。

一

從初中到大學,我一直在做"寫作"的夢。

1952 年,我考入河南省東明中學(現在的山東省東明第一中學)。讀書時,因爲受孔厥、袁静所著《新兒女英雄傳》和詩人聞捷的《天山牧歌》之影響而愛上文學。當時學校圖書館裏,除了前蘇聯的《卓婭和舒拉的故事》、吳運鐸的《把一切獻給黨》,還有托爾斯泰的《復活》那樣的名著。圖書館管理員沈老師,見我要借閱《復活》,便説:"這麽大的書,你看得了嗎?"接着,她拿出《新兒女英雄傳》推薦給我,還説:"這是新書!"那一次我同時借了中外兩本小説。

　　我被文學迷了心竅，不知天高地厚，專借大部頭的書看。在這些作品裏，我迷迷糊糊看到了一條通向遠方的路。

　　黃河北岸濮陽習城是我家。我十三歲就挣扎着一個人倔强地過黃河上學。初中三年，生活極其艱苦，家裏幾乎給不了我一分錢，全靠學校每月 7 塊助學金艱難度日。那時教室裏没有暖氣，也没有煤火爐。寒冬臘月，我只穿一件單薄的空筒小棉褲，上身没有棉襖，脚下没有棉鞋，課堂上我被凍得忍不住大哭！老師問我爲啥哭，同學們回答："閻純德没有棉衣穿，他是凍哭的。"同學同情，老師憐憫，學校補助 5 塊錢，給做了一件小棉襖，教導主任賈老師給我一雙舊棉鞋。這件小棉襖，我從東明一直穿到開封和北京，就是說，從 13 歲穿到 24 歲。整個學習期間，我没有褥子，冬天，不得不擠在同學的被窩裏。就這樣，東明三年、開封三年、北大五年，直到 1963 年大學畢業，這是我漫長而艱苦的求學歲月。

　　這樣的生活，往往能錘煉人的意志。"人窮志氣不窮"，就成了我的座右銘！學習上不服輸，在東明中學，從二年級開始，連續兩年十幾門功課門門 5 分。我的"作文""週記"，時常被教我們語文的賈老師貼堂，或是在堂上宣講。每逢"五一"和"國慶"，學校貼在縣城大街上的巨大壁報和校内壁報上，總有我的詩；那時我還給《河南文藝》投稿，小說的内容都是我老家的生活。

　　我對文學的追求從東明追到開封，又追到北京大學、我進修法語的北京外國語學院，再到我執教的北京師範大學、法國巴黎第三大學、艾克斯馬賽第一大學、國立巴黎東方語言文化學院和波爾多第三大學。我這個 1988 年評爲教授的人，最終又"落户"在北京語言大學。不管我肩上的擔子背的是什麼，不管何時何地，不管生活如何艱苦，内心總是陽光燦爛，從來没有放棄過寫作。如此一路走來，我出版了多部詩集和散文集。

　　我的身份是教師。如果説"學術"，我的起跑線當然是北大。在那裏讀書五年，最喜歡閱讀的是《文藝報》和《文史哲》，我寫過《談對李煜詞的批評與繼承》《論〈孔雀東南飛〉》《偉大的人民詩人——紀念世界文化名人杜甫誕生 1250 周年》和《試論新詩的民族化群衆化》等。

　　1963 年，我從北大中系畢業，抛棄學過八年的俄語，被國家分配到北京外國語學院從"0"起點進修法語，後又到北京語言學院進修法語。不久，"文革"的颶風襲來，我被"流放"到北京師範大學六年，其間整整三年，參加爲北京市培養中學語文教師的教學工作，講授現當代文學。因我家裏有一套從我岳父手裏得到的於 1948 年（中華民國三十七年九月十五日印造）由光華書店發行的 20 卷本的《魯迅全集》，在那個没有"文化"

和"文學"的年代,使我有機會認真研讀魯迅,也真正認識了這位偉大的思想家和文學家。

　　在中國漫漫黑夜尋找光明的十年歲月裏,爲落實建交不久的中法文化協定,我有幸於 1974 年 1 月 19 日被國家選派到巴黎第三大學(Université Sorbonne Nouvelle-Paris 3)執教;之後,我又先後在艾克斯馬賽第一大學(Aix-Marseille Université 1)、國立巴黎東方語言文化學院(INALCO)和波爾多第三大學(Université Michel de Montaigne-Bordeaux 3)任教。後兩次,我是作爲客座教授應聘到法國的,除了教學,還協助系主任畢莎教授帶兩位博士生;期間,還曾兩次應邀到意大利的博洛尼亞大學和米蘭大學講學。

　　在異國他鄉,根據我肩負的教學任務和興趣,有機會以較多的時間從事"20 世紀中國文學研究"和"中國女性文學研究"。

二

　　歐洲的教學與生活使我腦洞大開,因爲在我的生活裏,結識了許多知名漢學家,其中有的還成爲我的朋友。

　　我接觸過的漢學家有法國戴密微(Paul Demiéville,1894—1979)、艾田蒲(René Etiemble,1909—2002)、謝和耐(Jacques Gernet)、汪德邁(Léon Vandermeersch,1928—2021)、美國的拉蒂摩爾(Owen Latimore,1900—1989)、荷蘭的施舟人(Kristofer Schipper,1935—2021)等漢學泰斗,以及我的同事或朋友、漢學家畢莎(Violette Bisat)、密舍爾·魯阿夫人(Michelle Loi,1926—2002)、桀溺(Jean—Pierre Dieny,1927—2014)、于儒柏(Ruhlmann,1920—1984)、班巴諾(acques Pimpaneau)、侯思孟(Donald Holzman)、賀碧來(Isabelle Robinet,1932—2000)、雷威安(Andre Levy,1925—2017)、白吉爾(Marie-Claire Bergere)、戴思博(Catherine Despeux)、杜特萊(Noël Dutrait)、桑達爾鄭(Sandalle Zheng)、白樂桑(Joël Bellassen)、程抱一(François Cheng)、黄家城(François Huang,1915—1990)、李治華、陳慶浩(Chan,Hing-hao)以及德國的顧彬(Wolfgang Kubin),還有日本、韓國的漢學家,他們對我日後的學術生活,都有影響。

　　在法國四家大學執教七年,所講課程除了當初的"漢語口語""漢語精讀"和"文言"之外,我授課的主要對象是高年級學生,開設的課程主要有"20 世紀中國文學""魯迅專題""郭沫若專題""中國文學名著"(《西遊記》《二馬》《圍城》《男人的一半是女人》)

“中國近代史”和“中國文化史”。

　　法國的教學生涯,對我的“學術”影響是多方面的:一是目睹異域社會現實與生活,使我的“文學夢”有了新的“土壤”,令我先後興奮地寫了二百多篇關於西方社會生活的“散文”,出版了《在法國的日子裏》《歐羅巴,一個迷人的故事》《人生遺夢在巴黎》《在巴黎的天空下》及詩集《伊甸園之夢》等。

　　那時,我的外國同事(漢學家)也講中國文學,“文革”中閉關鎖國的中國,除了紅衛兵“打倒”的呼聲,沒有文學。巴黎文森大學著名漢學家、作家魯阿夫人,經常爲了她的“魯迅研究小組”到東方語言學院,在我上課時,經常找機會坐在我的教室外。待我下課之後,我們一起喝咖啡,我們聊天的內容,基本都是 20 世紀中國文學的問題。有一次,她問我:“閻先生,你們中國究竟有多少女作家? 我每次訪問你們國家,指定我訪問的不是冰心就是茹志鵑,或是菡子。你們國家就這麼多女作家嗎?”我很吃驚而又實話實說地回答她:“不是啊! 中國女作家很多! 您所以不能見,一定是她們被‘打倒’了! 我們中國現在正處於一個沒有‘文學’的時代……”接着,她笑着問我:“你認爲,你們現在是在‘焚書坑儒’嗎?”這個問話,絕對不是她這位友人應該説的話,但她只是有點兒戲謔地笑着説一説,我自然沒有回答她,沉默便是我們彼此心知肚明的答案。

三

　　巴黎十六區,有一座陳列古埃及、古羅馬、古希臘和中國及其他亞洲國家的宗教文物的吉美博物館(Musée Guimet),離喬治五世大街 5 號中國駐法國大使館不遠,那是我比較常去的一個巴黎博物館。在這家博物館裏,有一次我看到廬隱和謝冰瑩的小説,她們兩位作家竟然沒有出現在中國大陸“文革”前出版的文學史中。與魯阿夫人的接觸和與這兩位優秀作家的作品相遇,一個靈感好像突然從法蘭西的天空掉了下來,驅使我產生了研究女作家和搜集中國作家生平資料的想法。1977 年 8 月 5 日,我在巴黎三年半執教屆滿,一回到北京,即組織《中國文學家辭典》編輯委員會,開始主編這部新文學史上第一部大辭典。

　　那時亂党、亂國、亂天下,掃蕩一切文明的“文革”剛剛結束,我卻帶領李潤新、白舒榮、孫瑞珍和李楊做起當時令人費解的事情。此前,國家有個不成文的規定:活人不能上辭典。但是,不僅“活人”上不了辭典,文學史上的“四條漢子”(周揚、夏衍、田漢、陽翰笙)、“胡風反革命集團”(2 100 人受牽連,其中被捕的、判刑的、撤職的 221 人)、“丁

(玲)陳(企霞)反黨集團"、潘梓年、關露、蕭軍、"反黨小説《劉志丹》的作者李建彤""國民黨作家""特務作家""右派作家",等等,許多許多被整、被批的名作家的"天大"問題都還没有定案、平反,没有"結論",都還趴在地上,睁着眼,等待太陽升起。那時我壓力大,學校領導和朋友出於關愛,找我談話,力勸我放棄,説"辭典"可能是個"定時炸彈"。當時在人民文學出版社工作的著名作家秦牧當面對我説:"你這樣'開放',什麼人都進來了,一定會有人找你算賬的! 這是早晚的事。"我岳父的戰友和朋友,遼寧省委書記,時任中央黨校常務副校長的李荒叔叔打電話給我説:"小閻啊,你這部辭典非常有意義,但是魚龍混雜,容易出問題,要小心犯錯誤!"但是,這些善意的勸誡都没有阻止我去做此事的決心。

"辭典"不僅收録中國大陸境内的作家,還收録了港澳臺及海外華裔作家。辭典現代第一分册出版後,中國新聞社發了"通稿",香港和海外許多報刊都好評如潮。作家們説:《中國文學家辭典》是文學解放的朝陽! 有的作家因爲被編入了"辭典"而提前獲得"解放"!

《中國文學家辭典》一出版,成爲整整十年被打壓的中國文學的第一枝迎春花。許多大學把《辭典》當做文學史使用。因爲《辭典》,許多作家成了我的朋友,與我直接通信的作家有一千多人,這其中包括冰心、凌叔華、謝冰瑩、白薇、巴金、周揚、陽翰笙、夏衍、臧克家、嚴文井、蕭軍、蕭乾、何南丁、蘇金傘、茹志鵑、菡子、舒婷、鐵凝、伊蕾、嚴慶澍(唐人、阮朗)、聶華苓、於梨華、趙淑俠、蓉子、劉以鬯、犁青、黄慶雲、何達、西西、嚴歌苓,等等。

這部辭典的"現代分册"從 1978 年至 1992 年,先後出版六卷,收録作家、詩人、文學研究家 3 796 人,其中我撰寫了 1 035 位作家,幫助朋友寫了 300 多作家。"古代分册"只出版兩卷,這個分册因故而止。當四川文藝出版社覺得辭典不賺錢時,單方面廢除"合同"停止了出版。

《中國文學家辭典》的内容嚴謹、翔實、扎實,都是根據作家依據"作家調查提綱"提供的真實材料,加上編者對作家作品的一定研究和到國家圖書館查對、核實(因爲常有作家記錯出版時間和出版社的情況)寫成後,再返回作家親自審定而最後定稿,可靠性强。十年前我到人民文學出版社《新文學史料》編輯部,赫然見到這六卷辭典還在他們的案頭。我問羅君策主編:現在爲何你們還用我主編的辭典? 他回答説:"現在的信息雖然豐富,但不可靠,遠不如你們的辭典真實!"是的,我有時查"百度",經常可以見到一些驚人的錯訛,比如,把著名女詩人關露年輕時的一張美照,硬説是林徽因,以至於以訛傳訛,其他網站也説這張照片是青年時的林徽因。

　　《中國文學家辭典》在"政治"無暇顧及之下而誕生,被文學界視爲中國文學死而復生的信號。十年"文革",除了幾個樣板戲和一兩個作家,"熱火朝天"的大地死氣沉沉,中國文學垂死挣扎於黑暗之中! 作家不是被打倒,就是噤若寒蟬,抬不起頭來,創作之筆被束之高閣。那時,有的作家不是尚在"文革"狂熱中昏睡未醒,就是因被慘痛修理依然還躲在噩夢之中。鴉雀無聲的文學界,餘悸在心,擔心明日是否會有"天鴿"那樣的索命颱風來襲。

　　《中國文學家辭典》的誕生,像太陽爲黎明投射的第一縷霞光,給文學帶來希望。但是,太陽究竟是如何升起的? 現在的人們也許只記得 1979 年深秋時節第四次文代會和偉人的講話,不會想到文學黎明到來之前,東方也曾有一抹最早引領太陽升起的朝暉……

　　《辭典》的中途夭折,是我此生遭遇的第一個遺憾!《中國文學家辭典》從 1992 年被突然攔截下馬,這個"噩夢"總是纏繞著我。我一直想主編一部四大卷豪華精裝的《百年中國作家大辭典》,組織全國的教授、博士參與撰稿,計畫 2 500 萬字,由大陸、臺灣、香港、澳門的文學家共同打造大中華的"文學王國博物館"。這個想法,我曾溝通香港著名文學研究家彥火(潘耀明)、臺灣著名文學研究家李瑞騰教授,我們一起主編,完成這個文學工程。這個想法,我也曾在中國現代文學館的一次作家聚集會上,當着中國作家協會的領導翟泰豐和鐵凝的面講過,並得到讚賞和支持。但是,進入 21 世紀,没錢辦不成事,夢雖未醒,夢還是夢! 看來,只能留給後人了。

　　我主編《中國文學家辭典》的同時,也寫了不少關於魯迅、郭沫若、陳衡哲、冰心、聞一多、陽翰笙、盛成、蕭軍、蕭乾、雷加、柳溪、柯岩等作家的研究論文,相繼出版了《作家的足跡》(1983 年,知識出版社)、《作家的足跡·續編》(1985 年,知識出版社)、《瞿秋白》(中國和平出版社)、《20 世紀末的文學論稿》(中國文聯出版公司)、《女兵謝冰瑩》(人民文學出版社)、《黄慶雲評傳》(與陳紅合著,香港文學評論出版社)、《魯迅及其作品——我的巴黎講稿》(法文版 2018 年,學苑出版社),主編了《中國新文學作品選》(7卷)、《臺港及海外華文女作家作品選》(上下卷)、《新時期百位女作家作品選》(上下卷)、《她們的抒情詩》、《20 世紀華夏女性文學經典文庫》(11 卷,中國文聯出版公司)、《大家書系》(10 卷,長春出版社)、《女作家散文經典書系》(5 卷)、《巴黎文叢》(12 卷,大象出版社)等。

四

　　我一生創辦和主編了三個雜誌:《中國文化研究》《漢學研究》《女作家學刊》。

　　1993年春,教育部(時稱"國家教育委員會")姜明寶處長到北京語言文化大學調研,楊慶華校長組織了五個教授參加。在會上,我根據在法國的教學經驗,提出教育部應辦一個傳播中華文化的雜誌。一個月後,楊校長找我說:"老閻,你提的辦雜誌的建議,教委同意了,你來辦吧!"這已是4月初,我接了"聖旨",離開了"語言文學系",開始打報告,李更新副校長簽署後,一個人騎著自行車滿城跑:跑了教委"條件裝備司"(今社會科學司),又跑新聞出版署。一過"五一",新聞出版署期刊司司長張伯海先生打電話給我:"老閻,你辦的雜誌教委報上來了,排名第七。但是,我們批最多只批四個。你得想想辦法……"意思是要我找人。

　　張伯海原來是人民文學出版社的副總編輯,我因曾在他們社出版過散文集《在法國的日子裏》,還在《新文學史料》上連續發表過五六篇研究女作家的長文而相識。他還受蕭乾之託,1984年親自跑到我家送來兩本由蕭乾編的剛剛出版的《楊剛文集》。因爲這層文學關係,我與這位和藹可親的山東掖縣大漢相熟。接到這個電話,我如跌進了五里霧中。當我處於迷惘之時,教委條件裝備司司長因工作關係來我校,兩位副校長王英林和李更新接待他,中午吃飯時要我作陪。飯桌上,閒聊時我無意提到上報教委的《中國文化研究》已到出版署,但是,因爲排隊靠後,今年無望批下來。這位司長說,《中國文化研究》是個好刊物,創辦得及時,還說:"我回去想辦法。"三天之後,張伯海告訴我,國家教委報上的材料又拿回去了,重新報了一次,《中國文化研究》排名在第三名。但是,等到出版署負責審批的副署長、著名散文家梁衡先生審查當年上報的雜誌名單時,在《中國文化研究》後面劃了一個碩大的問號。張伯海先生又打電話給我:"老閻,你還得想想辦法!"這個消息,使我如坐針氈。但我前思後想,終於想起一個人,他是國家教委常務副主任柳斌。我和柳斌相識在北京師範大學,1969年我被安排在"薛迅專案組",他是組長。薛迅曾任中共河北省委組織部長、副書記、副省長,親自處理過天津的劉青山、張子善的案件,是著名的太行抗日雙槍女英雄、"女中英傑",後因對"統購統銷"提出自己的意見而被毛主席點名批評後下放到北師大當個"掛名"的副書記、副校長。想起柳斌,眼睛一亮,我想也許他能幫這個忙。當晚就給柳斌打電話,翌日清晨七點,他來電話說:"老閻,問題解決了! 我告訴梁衡,閻純德北大畢業,對中國文化深有研究,他一定能把這個雜誌編好!"果不其然,幾天後張伯海先生告訴我沒問題了。十天后,國家教委通知學校:《中國文化研究》的"刊號"批下來了,還說要我們先出"試刊"。我回復說,要出就出"正刊",我已經準備好了。

　　《中國文化研究》的刊號下來後,憑我在學術界的廣泛人脈,即給許多名家寫信,打電話,請他們賜稿,支持《中國文化研究》。那時,《中國文化研究》既沒有"編輯部",沒有編輯,也沒有辦公室,我只能在蝸居裏處理來稿,忙於教學的我妻李楊楊也擠時間幫我一把。"特大創刊號"編定後,爲刊發"目録"廣告曾到《光明日報》社,見到總編輯徐光春,答應這本季刊每次 5 000 元刊發 1/4 版的"目録"廣告,這種形式的"廣告"一直堅持了 10 年,其費用曾得到教育部"古委會"安平秋教授的幫助,直到我離開這個心愛的雜誌。

《中國文化研究》是季刊,一年分"春之卷""夏之卷""秋之卷""冬之卷"出版。這個季刊欄目豐富,每期都有十多爲國内頂級的學術泰斗及名家的高水準文稿,這個被學術界稱爲"一炮打響"的雜誌,不久便成爲"北核""南核"的核心雜誌,被南方許多大學定爲 AAA 雜誌。

《中國文化研究》創刊之時,正趕上 9 月初"世界漢語教學學會"在香山召開世界學術會議,我想借此機會在這個來自國内許多學者和許多外國漢學家面前舉行"首發式"。大會秘書長張德鑫非常支持,還把這個"首發式"的消息在顯著的位置刊於"大會目録"上,明示大會當天下午 2 時半舉行。爲了此事,我事先打電話邀請張岱年、任繼愈、季羨林、蕭乾、謝冕、吳泰昌等名流出席,他們都一口答會準時出席爲之"站臺"。那天上午 10 點,我正趴在桌上爲我校副校長李更新寫致辭時,李副校長突然到我跟前,説:"下午的'首發式'取消了!"説完扭頭離去。我當時像吃飯被"噎"住了一樣,吃驚得竟然説不出話來。接着秘書長張德鑫進來,問:"老闆,準備得怎麽樣了?"我説:"李更新剛走,告訴我'首發式'取消了。"他也很吃驚,問:"爲什麽?"我説:"不知道! 他没説。"他遺憾地説了一句悻悻離去。這件事,成了我一生的陰影。但是,爲李副校長寫的"致辭"也没有"白寫"。稍加修改,成了我爲《中國文化研究》"冬之卷"寫的"卷首語"。

《中國文化研究》創刊後,我主持過幾次小型學術會議:一是"創刊一週年",二是"創刊五週年";參加會的還是那幾位"召之即來"的泰斗:張岱年、任繼愈、季羨林、湯一介、樂黛雲、馮天瑜、葛榮晉、郭志剛等教授,新聞媒體人有《光明日報》的韓小蕙等。張岱年、任繼愈、季羨林、嚴文井、鄭子瑜、蕭乾、楊慶華、郭志剛都爲雜誌欣然題詞。

張岱年題曰:**弘揚中國文化的優秀傳統,振奮剛健博厚的民族精神,爲建設社會主義文化而努力**。1993 年 6 月

任繼愈題曰:**縱覽古今,融通中外**。

季羨林題曰:**弘揚中華優秀的文化實與人類生存前途密切相關。我們今天應當從這個高度來認識弘揚的意義**。1993 年 6 月 18 日

柳斌題曰：**弘揚中華文化，建設現代文明。**

蕭乾題曰：**中國文化之樹常青！** 賀中國文化研究雜誌

楊慶華題曰：**宏編蒐珠玉，新志播遠聲。** 祝賀《中國文化研究》創刊

季羨林又題曰：**誠摯祝賀中國文化研究創刊五周年，百尺竿頭，更進一步！**

費孝通題曰：**中國文化是人類歷史長河中生生不息推陳出新永無止境的偉大創造。** 贈　中國文化研究　1994 年 2 月

始自"創刊號"，前六期的作者既有學界泰斗及名流張岱年、盛成、鍾敬文、張豈之、丁守和、湯一介、樂黛雲、錢遜、傅璇琮、方克立、方立天、詹鍈、吳小如、吳奔星、馮天瑜、張文儒、嚴家炎、陸耀東、葛榮晉、張無忌、謝冕、段寶林、金開誠、諸斌傑、周先慎、史錫堯、李中華、曹文軒、孫玉石、袁良駿、劉夢溪、王富仁、吳功正、陳漱渝、陳鼓應（中國臺灣）、梁錫華（香港）、許抗生、郭志剛、劉錫城、童慶炳、周穎南（新加坡）、鍾志邦（新加坡）、田文棠、黃曼君、黃心川、龍彼德、孫中原、陳炎、彭慶生、周思源、程裕禎、吳書茵、韓經太、李延祜、許樹安、李慶本、周閱、王曉平、王中忱、王啟忠、王泉根、孟繁華、張德鑫、杜道明、曠新年、張延風、錢林森、楊匡漢、古遠清、古繼堂、張頤武、歐陽哲生、黃河濤、秦弓等；又有漢學家李福清（俄羅斯）、岩佐昌暲（日本）、小川晴久（日本）、李充陽（韓國）、李佑成（韓國）、尹絲純（韓國）、潘大安（美國）等等，相繼給《中國文化研究》賜稿。

2002 年，當《中國文化研究》"冬之卷"出版之後，我便退出了這個日夜守護的雜誌。湯一介和樂黛雲得知後，當面對我說："這雜誌是你的孩子，你不該如此隨便送人！"我說："唉，人老了，誰也不能跟孩子'混'一輩子……"

五

《中國文化研究》先後設有 52 個欄目，其中有"漢學研究""漢學家研究""中國文化在國外""中國文學在國外"等五六個欄目。這些欄目源自我多年法國教學與生活的"漢學"情結，是我在漢學家影響下的文化思考。

1993 年，《中國文化研究》"創刊號"上我發表了第一篇關於 SINOLOGY（漢學）的論文《漢學與西方漢學世界》；接着，引來了王曉平、胡書經、徐宗才、吳孟雪、耿昇及俄國、韓國、日本、美國漢學家的跟進與賜稿，使《中國文化研究》成爲 1949 後中國最早關注 SINOLOGY（漢學）的一家雜誌。之後我在《文史哲》上還發表了《從傳統到現代：漢學形態的歷史演進》。

由於《中國文化研究》關於漢學研究的文章不斷增多,1995 年春,我單獨編了一本 30 多萬字的《漢學研究》,並借其緣分,向學校申請成立"北京語言文化大學漢學研究所"。這時,有朋友開玩笑說:你這個一輩子都做文學夢的人怎麼突然"玩起漢學研究"來了!? 當時,我還沒有確定要沿着這條路走下去,我對他說,漢學與中國文化關係密切,漢學爲"國學"所派生,但漢學又是中國文化的"他山之石",我即然編《中國文化研究》,不關心漢學不行。我還説,我走這條路,没有誰的重託,純屬源於自己的感覺——讓不瞭解漢學的人知道中國文化之外還有一種文化——"國學"的近親,它叫漢學(SINOLOGY),它既不是"漢族"之學,也不是"兩漢漢學""乾嘉漢學",而是漢學家借"漢學"之名,對中國文化的研究。通過漢學,我們可以驚奇地發現和洞察"漢學"的廣闊世界,瞭解文化交流對於人類生存的重要性。文化的和平交流,可望以文化的方式,改造這個充滿矛盾和戰争及人性惡的世界。但是,很長一段時間裏,我們誤讀了漢學,認爲它是一個傳教士帶來的"壞東西",其實,SINOLOGY,作爲"他山之石",可以成爲我們中國文化發展的鏡鑒!

"漢學"的誕生,是中外兩種文化碰撞的結果,是人類文化史上的盛舉,溝通東西方文化與思想的偉大橋樑。漢學之水浩蕩至今,已有幾百年歷史,無論歐美,抑或我們的東亞,地球村裏,幾乎家家户户都有不斷成長的漢學。但是,我們對於這門學問,實在是對它研究得太晚了。現在,漢學家越來越多,國内的漢學研究者也在逐年增加,不少大學成立漢學研究院、研究中心、國際中國學研究中心或研究所、中國學研究院,越來越多的教授、專家和博士生、研究生及深諳外語的年輕學者積極參與到漢學(中國學)的研究之中。我們的《漢學研究》和"列國漢學史書系"就是他們可以馳騁的舞臺。

《漢學研究》和"研究所"學校都批了,但是 3 萬元的出版費没有着落。這時,我只好向我北大同班同學、國家漢辦常務副主任趙永魁提出申請,他馬上同意撥款支持。這時我與"北京語言文化大學"出版社社長聯繫,想在自己學校的出版社出版,但是,他給我開出個 7 萬元的價單! 我一看價單,就懵了。二話没説,我找中國和平出版社社長侯健教授,我説只有 3 萬,稿費也包括在内,他同意了! 此後,我開始像小時侯"要飯"一樣,沿街"乞討":除了漢辦的資助,澳門理工學院李向玉院長在我校校長曲德林的斡旋下,連續資助八年,澳門基金會吴志良也資助過,北語的韓經太、郭鵬、張華教授也利用年末"餘款"支持過。

這個雜誌和我籌畫中的"列國漢學史書系"受中華書局漢學編輯室主任、敦煌學家柴劍虹的青睞,於是在中華書局連續出版了八年。柴劍虹一退休,新上來的編輯室主任

"召見"我,張口要 6 萬,不得討價還價,稿費還不在内。那時,我從 1997 年運籌的"列國漢學史書系"已經提到出版議程上了,同樣每本 6 萬,不負責稿費。但是,有時候,人需要天助,也更需要人助! 就在我立在懸崖遠眺希望之際,2006 年春,一次方銘教授爲他主編的《中國楚辭學》的出版,在西苑賓館請學苑出版社的郭强吃飯,拉我陪同。飯桌上無意中説到《漢學研究》和"列國漢學史書系",這位學醫而鍾情于文史的出版家非常敏感,當即記下我家的位址和聯繫方式,翌日一早跑到我家,談話 20 分鐘,直來直去,毫不轉彎抹角,當場定下《漢學研究》和"列國漢學史書系"均由他們出版,不要一分錢! 他説:"我看重這個雜誌和書系的學術價值,國内少有。如果賠錢,我願自掏腰包,用我每年年底的獎金墊付!"他還説:"閻老師,我後天赴英國探親,大約 5 月回來,到時就可以出書了!"

但是,他探親返京後連家都没有回,便直接進了醫院。他得了一種百萬人才有一例的那種病。我曾兩次到靠近什刹海南側的獨立病房看望他,他坦誠地對我説:"閻老師,我的病治不了,我可能不行了,但是,出書的事,我已經安排好了,您放心! 我走後,雜誌和書系可以照常出版……"

這位忠誠於出版事業的年輕人的離去,令我淚目! 他的遠去絕對是對出版事業的巨大損失! 我知道他組織過許多有價值的好書。

好人走了,時間没有停下。爲了雜誌和書系,我多次跑學苑出版社。編輯室的一位來自遼寧的臨時負責人接待我,他坦言:"你編的漢學雜誌和那個書系一點用都没有!"我只有吃驚,但没有與之辯論。他還説,現在出書要出錢,不出錢是不可能的! 我没有亮出郭强的許諾,也没有與他討價還價。後來,接替他的是北大歷史系出身的楊雷女士,在孟白社長的關懷下,我們至今合作愉快!

2006 年,"列國漢學史書系"已編好六部,爲及時出版,我找教育部李海績司長,他是我的朋友,曾任中國駐法國大使館教育參贊、國家教委港澳辦主任,畢業于山東大學,是一位詩人,但是,最後也没有成功。

2006 年 9 月開學不久,我悶悶不樂地走在校園裏,想著"列國漢學史書系"的出路,這時迎面撞上校長崔希亮教授。他問我近來身體如何,我説:"不好"! "有啥病嗎?"我把"心病"告訴他;他説:"閻老師,別急! 人家不支持,咱們自己想辦法!"

這使我心裏一亮,突然生出柳暗花明的感覺! 我立刻回家打報告交給校辦,校辦讓"科研處"簽署意見後給我打電話説:"閻老師,報告簽完了,您來拿吧!"跑到校辦拿到報告一看,頭上又被澆了一盆冰水! 科研處長簽曰:"這個書系我校的作者很少,我校不好支持。”

我拿着“報告”便直接找校長。崔校長當即簽了如下意見：“這個書系很重要，如果學校無錢支持，可用我的科研經費支持！”

校長的話一錘定音，救了這個書系。鑒於學校“困難”，在澳門吳志良博士的支持下，我又向澳門基金會和澳門霍英東基金會申請了部分資助，這樣學校就可以少出錢，辦大事。“列國漢學史書系”第一批書稿雖然晚出了一年，但是，畢竟出版了，我和作者皆大歡喜。

時間走到 2017 年。原教育部語委主任、語言學家、曾任我校黨委書記的李宇明教授主持由北京市教委支援的“語言資源高精尖創新中心”，其宗旨有一句“語言文化”，我則抓住“文化”二字，找到李書記；没想到他竟然如此看重“漢學”，認爲我主編的《漢學研究》和“列國漢學史書系”即使一百年後也是不會消亡的學術著作。於是，我們簽訂了第一個五年的出版合同，作者的稿費也得到提高。在“高精尖創新中心”的呵護下，三年出版了十多部書，我們先後開過兩次小型的學術會議，多家新聞媒體進行了報導。但是，“疫情”滋事之後，李宇明教授退出北語，到鄭州大學擔任客座教授去了，2020 年和 2021 年 10 本書也隨之擱淺，這使我無數個夜裏失眠，期待“漲潮”之後繼續遠航。朋友勸我放棄“遠航”，專心做自己的“未竟”之業，但我這個做事有著縱覽天下性格的人，不肯半途而廢，還是想把已經出版了六十來部的“大系”進行到底，因爲，我掌握的“大系”書稿還有二十多部；於是，一夢醒後，我又找了國家漢辦主任馬箭飛幫忙，學苑出版社楊雷主任告訴我“有戲”。

我拉扯着《漢學研究》和“漢學研究大系”走到今天，真的是苦心孤詣，捨生忘死，也有幾分壯懷激烈！爲此，我得到張西平教授以其研究會的名義頒發的“國際中國文化研究終身成就獎”。我身上“背”的《漢學研究》，因爲有人要出賣它，有人要搶走它，我便堅定地站在這個“陣地”上，目視八方，等待着一位真正“理解”漢學，並甘願爲它做出“犧牲”，而不是爲了“功名利禄”的人過來“換崗”，那時，我會擁抱他，把開門的鑰匙拱手交給他！

六

前面曾説我對中國女性文學研究興趣濃厚。20 世紀 70 年代末至 90 年代，我與白舒榮、孫瑞珍和李楊楊，使北語較早地成爲中國女性文學研究的一個重鎮，致力於這個領域的研究與開拓。

　　1978 年,我經常到鼓樓附近的茅盾家裏,我的多部書稿都請茅公題簽。那時,我就想辦一個關於女性文學的雜誌,向茅公索要了《女作家》《女作家學刊》的題簽。後來見到寧夏人民出版社在 1985 年創辦了《女作家》文學雜誌,這使我喜出望外,可惜,他們沒有堅持下來,只出版了幾年就從國人的視野裏消失了。此後,我頻繁地出國教書,回國後不是擔任外語系、語文系系主任,就是創辦雜誌,還擔任過北語雜誌社的社長。

　　如此忙忙碌碌的人生終於氣喘吁吁地"熬"到了"80 後",這時我又想起茅公的題簽,這個在我心裏醞釀了半個世紀雜誌,如果不讓她出生,實在對不起這位文學前輩。在此思想支配下,2019 年,我開始籌畫《女作家學刊》。先給學校打報告,找"錢",組織"編委會",請我相識的學界大家當顧問和眾多知名女作家及文學名刊主編任編委。"報告"批了,北語給了一個圓夢的機會。但是,"錢"從何處來? 學校科研處的張健、王秋生和學科辦的王治敏主任都幫了大忙,利用年末"餘款"解決了"創刊號"和第二輯的燃眉之急。

　　中國當下是個"金錢掛帥"的時代,出版社的企業化,出書必得出錢。謝天謝地,作家出版社沒有向我出示天價,是我自覺地付給他們一個較低的數額,他們接受了,沒有討價還價! "學刊"是以書代刊的雜誌,《文藝報》規定,不接受此類刊物的廣告。作家出版社社長路英勇先生給《文藝報》總編輯梁鴻鷹打招呼,才得以刊發。

　　2020 年 10 月出版的《女作家學刊》創刊號 65 萬字,其文稿全部是我一手組織下來的。我在發刊詞《女作家自己的美麗天空》裏説:

　　　　人生在世,不僅僅要享受沿途的美麗風景,更要爲大地添些花草,爲社會做奉獻! 人的一生,只能做一件事或幾件事。我知道,自己想做的事還沒有做完,如果不抓住,就會遺憾地失去。我珍惜自己想做的事,珍惜自己樸素的夢想,即使是末日,也不想蹉跎。編輯出版《女作家學刊》(*Chinese Female Literature Studies*)一直是我未醒之夢。當我擠進"80 後"大軍之時,還是決心雙手托起這個最後的未圓之夢,讓它迎接東方的朝陽。

　　在這個大"疫"之時,我以"篳路藍縷,以啟山林"之心,創辦了《女作家學刊》。當這個年幼的雜誌能夠自己跋涉前程時,我會徹底交給年輕有爲的"小朋友"——李玲、趙冬梅、李東芳、張浩幾位大教授。我曾對她們説:

　　一個刊物,不可能影響權力,但只希望它能使普羅大衆得到尊嚴與看到光明,成爲一個時期或是一個時代的精神旗幟！一個優秀的刊物,應該有利於學術的繁榮和發展,有利於青年學人的成長,有利於社會！

　　辦雜誌是爲人做嫁衣,是一種"犧牲",是爲社會貢獻,没有拼命精神編不好雜誌！

　　家和萬事興！這個"學刊"就是一個家,我希望這是一個温馨、美麗、蒸蒸日上的女作家和研究家的大家庭！

　　人生之旅在於做事,做自己夢裏想做的事。我這一生,十九歲踏入帝都,從未名湖,到蘇州街(北外和北語)、鐵獅子墳(北師大)、五道口(北語),再到塞納河畔和大西洋東岸,七個大學,八個地方,轉悠來,轉悠去,没有離開過講堂,八九次闖過"生死之間"的荆棘小道,最後一次是始自 2015 年的那場大病,五次"膀胱鏡",四十次"灌注",病魔竟然没有把我打倒！這五年,同事和友人幾乎不知道我是個病人！因爲,我每天都在"辦公室"裏與大家交往對話。"辦公室"就是醫院的病房,就是我的電腦,五年編定 10 部《漢學研究》,650 萬字;還有"列國漢學史書系"二十多部書稿,也要經過我瀏覽。這是踏入"80 後"前夕的我。

　　現在,我仍懷着幸福的心情做事。因爲,愛好就是價值,愛好的滿足就是快樂！

　　這些年,我妻李楊楊常在我耳畔嘮叨:"你一生都在爲人做嫁衣,停下來吧,寫寫你自己！你老是説要寫《命運——我的自傳》,但就是不見你動筆……"她的鼓勵我銘記在心,我一定會把苦難的"黄河夢"、奮鬥的"京華夢"、探索的"巴黎夢"和《苦孩子上北大》寫出來的,把苦難的人生和奮鬥的人生留給年輕人。

　　説真的,我不是不以爲然,而是老之將至,却没有想到我的人生盡頭。

　　謝謝她和友人的提醒！在我走到 21 世紀 20 年代時,才想起自己還有一百多萬字的《百年中國女作家》及已經成稿的《中國女性文學的前世與今生》《台港澳女性文學發展史》《漢學的前世與今生》《關於文化:我的閒言碎語》等多部書稿還没有顧得上出版。我想,十年内——如果還有"十年",在最後的歲月裏,我要讓它們去曬太陽、見見世面……

2021 年 8 月 29 日　北京半畝春秋

(作者爲北京語言文化大學教授,《漢學研究》《女作家學刊》主編)

論先秦之"言"

葛剛岩

翻檢早期典籍,我們會發現許多文獻中都載有以"言"命名的信息内容,如《尚書·秦誓》:"古人有言曰:'民訖自若,是多盤。'"春秋之後,又出現了許多以"言"爲名的篇章,如《管子·霸言》《商君書·壹言》,以及以"言"爲名的文獻著述,如揚雄的《法言》、馮夢龍的《警世通言》《醒世恒言》等。"言"其本義應是動詞"説講",那麼它又如何由"説講"之意轉而變爲名詞"話語"之意,進而又摇身一變而爲文體的一種? 關於先秦之"言",學人已有諸多研究,都在相關領域付出了很多的心血①。但關於先秦之"言"的系統研究,尤其是"言"如何由"言"字演變爲"言"體的,現有成果中少有論及。基於此,本文意圖對這一問題追根溯源,查其究竟,同時對先秦之"言"的類別、特點以及對中國文學、文化的影響方面做一些探索性的工作。如有不當之處,萬望方家指正。

一、"言"之溯源

要探究先秦之"言",則要先看"言"之本意。"言"的本義就是説話,這是對"言"理解的普遍性認識。但對"言"的早期解讀,學界衆説紛紜。第一,作動詞,是"説講"之意。許慎的《説文解字》即主張這一解讀,"直言曰言"②。這一解讀在早期文獻中所用極廣,如《尚書·皋陶謨》云:"禹拜昌言曰:'俞!'"③;《論語·學而》云:"與朋友交,言而有信。"④第二,做名詞,是"言語""話語"之意。這一用法在先秦文獻中也不乏其例,

① 邱淵《"言""語""論""説"與先秦論説文體》,華中師範大學博士論文,2008 年。彭金祥《先秦典籍"言"字淺析》,載《語言歷史論叢》第 4 輯。萬欣《論〈左傳〉中的"嘉言善語"》,載《齊齊哈爾師範高等專科學校學報》,2015 年第 1 期。趙奉蓉《〈逸周書·周祝解〉與"言"體文類》,載《大慶師範學院學報》,2012 年第 2 期。
② 許慎《説文解字》,北京,中華書局,1963 年,頁 51。
③ 《宋本尚書正義》,第 2 册,北京,國家圖書館出版社,2017 年,頁 43。
④ 楊伯峻《論語譯注》,北京,中華書局,1980 年,頁 5。

如《尚書·酒誥》:"古人有言曰:'人無于水監,當於民監'"①;《詩經·小雅·青蠅》:"營營青蠅,止于樊,豈弟君子,無信讒言"②;《論語·爲政》:"《詩》三百,一言以蔽之。"③再後來,名詞的"言"又有了"字符"的含義,如四言詩、五言詩等。第三,作代詞,解作"我"的意思。《爾雅·釋詁》中即作此解,"言,我也"。根據前人的看法,"言"作代詞"我"這一用法多見於《詩經》,如《漢廣》:"翹翹錯薪,言刈其楚;之子于歸,言秣其馬。"④邢昺《爾雅義疏》、《毛詩》鄭玄的《箋》、顧野王《玉篇》、陸德明《經典釋文》都承襲了《爾雅》的解讀,"言見於《詩》者,《周南·葛覃》:言告師氏、言告言歸是也"。第四,作虛詞,無實際意義。這一看法最早出自朱熹,他在《詩集傳》中認爲,《詩經》中"言"作代詞"我",此類例證極少,而更多的應解讀爲虛詞。此説生成之初少有應和者,直到清代後期,應者才漸漸增多,先有王引之,後有楊樹達、胡適、王力等人。尤其是後者,不僅承襲朱説,而且論證更加細緻全面,如楊樹達《詞詮》中將"言"的虛詞用法又細分爲兩種:語首助詞和語中助詞;胡適則將虛詞"言"字具體解讀爲現代語法中的"而""乃""之"等含義。

　　以上諸種説法,都有自己的道理,也各有自己的支持者。本人的看法是:"言"的發生意義首先是動作行爲,説、講的意思,由於後人對前人動作行爲内容的繼承與傳播,而使得"言"由最早的動詞詞性變爲既是動詞,又是名詞。

　　先來看"言"字的早期字形。據甲骨文資料來看,殷商時代就已經有了"言"字。"言"甲骨文字形,下面是個"舌"字,其中的一橫則表示言從舌出。據此判斷,"言"應是指事造字,其本義應是説話的意思。這就告訴我們,"言"的本義應該是動詞,是説講的意思。這從早期的文獻中也能找到許多例證,如《周書·洪範》:"箕子乃言,曰:'我聞在昔,鯀堙洪水,汨陳其五行。'"⑤《國語·周語上》:"國人莫敢言,道路以目。"⑥

　　那麼,動詞的"言"又爲何需要轉化爲名詞的"言"呢?要回答這一問題就需要涉及人類文明的繼承這一話題。

　　自然之道,亘古追求的無非有二:生存與繁衍。早期的人類在與自然的争鬥過程中,無論是對抗的工具還是手段,都顯得軟弱而無力,都需要經歷從無到有、從弱變强的

①　《宋本尚書正義》,第5册,頁59。
②　《宋本毛詩詁訓傳》,第2册,北京,國家圖書館出版社,2017年,頁180。
③　楊伯峻《論語譯注》,頁11。
④　《宋本毛詩詁訓傳》第1册,頁22—23。
⑤　《宋本尚書正義》第4册,頁76。
⑥　《宋本國語》第1册,北京,國家圖書館出版社,2017年,頁12。

過程,並在這一過程中需要付出汗水和智慧,還有生命和教訓。人類的生物性本能要求他們,在謀得生存的基礎上還要考慮生存經驗傳續的問題,"文王誥教小子有正有事:無彜酒"①,"大上有立德,其次有立功,其次有立言,雖久不廢,此之謂不朽"②。於是就生成了許多昭示後人的經驗性話語,類似於我們今天所說的訓言、誡語;與之相應,缺乏應對經驗的後人也急需先人指導性的意見來幫助他們去應對自然、社會的風險和難題,於是前人的方法就會以"言"的方式傳之後世,以爲後人應對社會的經驗參考。比如前654 年,許男謝罪於楚成王時,面縛、銜璧、大夫衰絰,士輿櫬,面對此情此景,楚成王不知如何應對,於是詢問逢伯,逢伯以周武王釋放微子的歷史實例昭示楚王,"昔武王克殷,微子啟如是。武王親釋其縛,受其璧而袚之。焚其櫬,禮而命之,使復其所",於是楚成王有樣學樣很好地處理了此事,"楚子從之"③。同樣,對於前人生成的經驗性、啟示性話語,後人也會極力接受,奉若珍寶,"先民有言,詢於芻蕘"④,並在後世歷代傳承,成爲指導他們言行的教條戒律,"皇,極之敷言,是彜是訓,於帝其訓,凡厥庶民,極之敷言,是訓是行,以近天子之光"⑤,"其維哲人,告之話言,順德之行"⑥。

正是這種信息傳承的歷史需求,使得原本歸類於動作行爲的"言"延變爲富含特定信息内容的名詞性質的"言語",於是特定的"言"就具備了概念的屬性,形成了體式上的固有格式及體制上的特有規範。當這一切得以完成之後,作爲體式上的"言"也就自然生成了,並在文化史上長期流傳,影響深遠。

從歷時性的角度來看,"言"之爲體,經歷了一個漫長的演化過程。"言"産生之初並不具備"體"的屬性,它只是一個單純的動作行爲,只有當"言"由動詞衍生爲名詞,並在"言"之内容不斷傳播、接受過程中形成了"言"自身固有叙述特徵之後,"言"才化身爲體,具備了自身的體制和方式。

二、"言"之類別

一代又一代的先人,將他們各自的人生體驗、生活感受以言傳身教的方式傳遞給下

---

① 《宋本尚書正義》,第 5 册,頁 43。
② 楊伯峻《春秋左傳注》,北京,中華書局,2009 年,頁 1088。
③ 同上書,頁 314。
④ 《宋本毛詩詁訓傳》,第 3 册,頁 72。
⑤ 《宋本尚書正義》,第 5 册,頁 110。
⑥ 程俊英《詩經注析》,北京,中華書局,1991 年,頁 863。

一代,而後人又在歷史的層層篩選基礎上不斷地承繼著前人的先見之言,"工誦,箴諫,大夫規誨,士傳言"①,並借助它們去指導自己在現實生活中如何應對困境,克服困難。久而久之,歷史的文化積澱中就生成了一種獨特的信息載體——言。"遲任有言,曰:'人惟求舊,器非求舊,惟新。'"②"古人有言,曰:'人無於水監,當於民監。'今惟殷墜厥命,我其可不大監撫於時!"③這些歷史的傳言久經時代的洗禮,最終凝固成一種特有的文化内容——言。

那麼"言"的歷史篩選過程中,它的篩選標準是什麼呢? 是言者地位的高低? 還是言辭的優劣? 還是什麼別的其他要素?

筆者以爲,在"言"的留、傳過程中,影響文化内容歷史淘洗的因素是多方面的。一方面,有言者身份地位的因素,"名不正,則言不順"④。通過《尚書》《國語》等早期文獻來看,君王的話語留存的比例高於臣屬,貴族高於庶民,這是由古代尊卑制度以及"左史記言,右史記事"的官僚體制所決定的;另一方面,也有"言"本身文辭優劣的因素。"仲尼曰:《志》有之:'言以足志,文以足言。'不言,誰知其志? 言之無文,行而不遠。"⑤可見,優美的文辭確實有助於"言"的流傳。"言"的歷史傳播與"言"者的身份、言辭的優劣之間固然有著一定的關聯,但這絕對不是決定"言"傳播深度與廣度的最爲關鍵的要素。換句話説,文化傳播中的"言"在經受層層歷史篩選的時候,往往不是以"言"者的社會地位以及"言"辭采的優劣爲傳播遠近的主要標準,而是以其本身所具備的歷史價值以及傳承者的社會需求爲最高標準,"君子之言,信而有徵,故怨遠於其身。小人之言,僭而無徵,故怨咎及之"⑥。所以,在傳播的進程中,受歷史及社會價值評判的影響,傳播者也給予了"言"以價值等級的區別以及禮儀等級的差異。這種區別和差異,我們僅通過古人對不同"言"的不同概念指稱就可以感受出來。

一、至聖之言

同樣爲"言",但所言之人的思想、智慧、道德水準的高度決定了"言"歷史價值的高低。《説文解字》云:"聖,通也。"⑦《尚書·洪範》:"恭作肅,從作乂,明作哲,聰作謀,睿

---

①　楊伯峻《春秋左傳注》,頁 1017。
②　《宋本尚書正義》,第 3 册,頁 144。
③　同上書,第 5 册,頁 59。
④　楊伯峻《論語譯注》,頁 133—134。
⑤　楊伯峻《春秋左傳注》,頁 1106。
⑥　同上書,頁 1301。
⑦　許慎《説文解字》,頁 250。

作聖。"《孔傳》釋曰:"於事無不通之爲聖。"①也就是説,早期的人們認爲只適用於某一領域的道理不可謂聖言,只有那些全面通達的道理才能稱之爲聖言。《周禮》:"六德教萬民,智仁聖義忠和。"注云:"聖,通而先識。"《孟子·盡心下》:"大而化之之爲聖。"能感化萬物的才能稱之爲聖。據此我們可以説,早期的人們認爲,至聖之言不是偏隅之見,而是能够施用於萬物且無所凝滯的通達之言。從接受者的角度看,那些格局闊大、思想深邃、道德高遠的話語在社會發展的舞臺上應用性更廣,社會價值更大,用之四海而不廢,傳之百代而不朽,所以它們所受到的尊重程度自然也就更高,很容易被後人奉爲金科玉律,冠以聖典之言,頂禮而膜拜之,"聖謨洋洋,嘉言孔彰"②。一旦違背了它們,則要受到社會的譴責,"敢有侮聖言,逆忠直,遠耆德,比頑童,時謂亂風。"注曰:"狎侮聖人之言而不行……是荒亂之風俗"③。

二、嘉言

嘉言,猶美言、善言。《爾雅》:"嘉,善也";《説文解字》:"嘉,美也";《禮記·禮運》注曰:"嘉,樂也"。嘉言,即美善之言,此言之"嘉"不僅體現於思想内容的意義重大,也表現在語言表達的恰當合體。直白地説,此類話語既中聽又受益。所以,廣受後人傳播接受也是理所當然。《尚書·大禹謨》:"帝曰:'俞!允若兹,嘉言罔攸伏,野無遺賢,萬邦咸寧。稽於衆,舍己從人,不虐無告,不廢困窮,惟帝時克。'"注曰:"善言無所伏,言必用。如此則賢才在位,天下安寧。"④

古文獻中,與嘉言稱謂較爲類似的指稱尚有多個:1. 昌言,如《大禹謨》:"禹拜昌言曰:'俞!'"孔傳曰:"昌,當也。以益言爲當,故拜,受而然之。"《正義》:"禹拜受益之當言曰然"⑤。《益稷》:"皋陶曰:'俞!師汝昌言'"。2. 吉言,《盤庚上》:"汝不和吉言于百姓,惟汝自生毒,乃敗禍奸宄,以自災於厥身。乃既先惡於民,乃奉其恫,汝悔身何及!"3. 徽言,《爾雅·釋詁》:"徽,善也"。《立政》:"嗚呼!予旦已受人之徽言咸告孺子王矣。繼自今文子文孫,其勿誤於庶獄庶慎,惟正是乂之。"孔傳曰:"歎所受賢聖説禹湯之美言,皆以告稚子王矣。"⑥

三、箴言

箴,針也。因鍼會帶來肌膚之痛,但却可以療救生命,故而人們就把不易接受却又

---

①　《宋本毛詩詁訓傳》,第 4 册,頁 89—90。
②　《宋本尚書正義》,第 3 册,頁 84。
③　同上書,第 3 册,頁 81—82。
④　同上書,第 2 册,頁 4。
⑤　同上書,第 2 册,頁 36—37。
⑥　同上書,第 6 册,頁 27。

有益於己的告誡之言稱之爲箴言。也就是説,箴言的特點是有益於聽者却又不太順耳,類似於今人所説的"良藥苦口"。《盤庚上》:"相時憸民,猶胥顧於箴言,其發有逸口,矧予制乃短長之命!"孔穎達《正義》將箴言解作規勸之言,"小民猶尚相顧於箴規之言"①。

古文獻中,與箴言相類似的稱謂亦有多個:1. 誨言。《説文解字》:"誨,曉教也"②。《説命上》:"朝夕納誨,以輔台德。"孔傳曰:"言當納諫誨直辭,以輔我德"③。《洛誥》:"王拜手稽首曰:'公不敢不敬天之休,來相宅,其作周匹,休!公既定宅,伻來,來,視予卜休,恒吉。我二人共貞。公其以予萬億年敬天之休。拜手稽首誨言。'"孔傳曰:"成王盡禮致敬於周公,來教誨之言。"孔穎達《正義》:"又拜手稽首於周公,求教誨之言"④。誨言,即指訓導教誨之言。2. 辟言。《説文解字》:"辟,法也。從卩、從辛,節制其罪也。"辟言,合乎法度的話,指正言。比如《詩經‧雨無正》:"如何昊天,辟言不信。"意爲對於合乎法度的話却不信從。3. 直言。是指直率、耿直的實話。《國語‧晉語三》:"下有直言,臣之行也。"直言,雖然誠摯正直,却未必中聽,有時或可帶來禍患,"子好直言,必及於難"⑤。4. 誦言。是指誦讀經書之言,泛指正言。《詩經‧桑柔》:"大風有隧,貪人敗類。聽分則對,誦言如醉。"鄭玄箋:"貪惡之人,見道聽之言則應答之,見誦《詩》《書》之言,則冥卧如醉"。陳奂《傳疏》:"誦言,指良誦言,勸告的話。"⑥

四、巧言

巧,僞詐也。《禮記‧月令》:"毋或作爲淫巧。"注曰:"謂奢僞怪好也。"《老子》:"絶巧棄利。"注曰:"詐僞亂真也。"巧言,是指表面上好聽而實際上虛僞的話,古文獻中又稱此類話語爲嚚。《左傳‧魯僖公二十四年》:"口不道忠信之言爲嚚。"即是指動聽而虛僞無益的話語。巧言一詞,在早期文獻中出現的頻率較高,如《皋陶謨》:"何畏乎巧言令色孔壬?"《小雅‧巧言》:"巧言如簧,顏之厚矣。"《論語‧學而》:"巧言令色,鮮矣仁。"以上數例古文獻引言,説明古人在使用"巧言"一詞時,經常將其定性爲僞詐之意,在接受心態上是報以貶斥態度的。

與巧言較爲類似的稱謂還有數個:1. 静言,又作靖言,口是心非之意。《尚書》中的静言也有類似用法,如《堯典》:"帝曰:'籲!静言庸違,像恭滔天。'"孔傳:"静,謀滔漫

---

① 《宋本尚書正義》,第3册,頁142—143。
② 許慎《説文解字》,頁51。
③ 《宋本尚書正義》,第3册,頁182。
④ 同上書,第5册,頁124—126。
⑤ 楊伯峻《春秋左傳注》,頁876。
⑥ 程俊英《詩經注析》,頁878。

也;言,共工自爲謀言。起用行事而背違之。貌象恭敬而心傲很,若漫天言不可用。"①
《楚辭·九辯》:"何時俗之工巧兮。"王逸注曰:"靜言諓諓,而無信也。"2. 辯言,巧僞之
言。《太甲下》:"君罔以辯言亂舊政,臣罔以寵利居成功,邦其永孚於休。"孔傳:"利口
覆國家,故特慎焉。"3. 論言,巧詐之言。如《秦誓》:"惟截截善論言,俾君子易辭,我皇
多有之!"孔傳:"惟察察便巧,善爲辯佞之言,使君子回心易辭,我前多有之,以我昧昧思
之,不明故也。"②4. 側言,邪巧之言,如《蔡仲之命》:"詳乃視聽,罔以側言改厥度。"孔
傳:"無以邪巧之言易其常度。"③

五、無稽之言

　　無稽之言,是指毫無根據的話。如《大禹謨》:"無稽之言勿聽,弗詢之謀勿庸。"孔
傳:"無考無信,驗不詢,專獨,終必無成,故戒,勿聽用。"④相類的稱謂尚有多個:1. 浮
言,指浮華不實之言,如《盤庚上》:"汝曷弗告朕,而胥動以浮言,恐沈於衆?"2. 大言,又
稱碩言,即無根據的大話,如《盤庚上》:"若網在綱,有條而不紊;若農服田力穡,乃亦有
秋。汝克黜乃心,施實德於民,至於婚友,丕乃敢大言汝有積德。"《小雅·巧言》:"蛇蛇
碩言,出自口矣。"3. 訛言,又做譌言,謠傳之言。如《詩·小雅·沔水》:"民之訛言,寧
莫之懲。"鄭箋:"訛,僞也。"⑤《小雅·正月》:"正月繁霜,我心憂傷。民之訛言,亦孔之
將。"程俊英注曰:"訛言,僞言,謠言。訛,譌之俗字。"⑥4. 流言,初作動詞,散佈毫無根
據的話。如《金縢》:"武王既喪,管叔及其群弟乃流言于國,曰:'公將不利於孺子。'"後
演化爲信源不明却廣爲流傳的話語,如《小雅·蕩》:"流言以對,寇攘式内。"朱熹《集
傳》:"流言,浮浪不根之言。"《禮記·儒行》:"過言不再,流言不極。"孔穎達疏曰:"若聞
流傳之言,不窮其根本所從出處也。"5. 薄言,輕薄、淺薄之言,如《召南·采蘩》:"被之
祁祁,薄言還歸。"6. 行言,《小雅·巧言》:"荏染柔木,君子樹之。往來行言,心焉數
之。"俞樾《群經平議·毛詩三》:"小人之言,輕浮無根,故謂之行言。"7. 讙言,虛誇不足
信的話語,如《左傳·魯哀公二十四年》:"萊章曰:'君卑政暴,往歲克敵,今又勝都。天
奉多矣,又焉能進? 是讙言也。役將班矣!'"楊伯峻注曰:"讙,即僞之假借。讙言,大
言也。説參錢大昕《潛研堂集》及章炳麟《左傳讀》卷四。"⑦

---

① 《宋本尚書正義》,第 1 册,頁 120。
② 同上書,第 6 册,頁 247。
③ 同上書,第 5 册,頁 249。
④ 同上書,第 2 册,頁 22。
⑤ 程俊英《詩經注析》,頁 528。
⑥ 同上書,頁 562—563。
⑦ 楊伯峻《春秋左傳注》,頁 1722。

六、讒言

《説文解字》：“讒，譖也。”讒的本義就是説別人的壞話。作爲名詞概念，讒言就是毀謗他人的言語，“於人爲言，敗言爲讒”①。如《盤庚下》：“罔罪爾衆，爾無共怒，協比讒言予一人。”《左傳·魯文公十年》：“懼而辭曰：‘臣免於死，又有讒言，謂臣將逃，臣歸死于司敗也。’”

類似稱謂還有：1. 擇言。擇，通“𢾭”，敗壞之意。擇言，就是敗言、壞話，如《吕刑》：“典獄非訖於威，惟訖于富。敬忌，罔有擇言在身。”②2. 莠言，醜惡之言。《小雅·正月》：“好言自口，莠言自口。”毛傳：“莠，醜也。”孔穎達疏曰：“醜惡之言。”3. 惡言，誹謗性的惡毒言語。《左傳·魯文公十八年》：“少皞氏有不才子，毀信廢忠，崇飾惡言，靖譖庸回，服讒蒐慝，以誣盛德，天下之民謂之窮奇。”4. 謗言。《説文解字》：“謗，毀也。”謗者道人之實，事與誣譖不同。大言曰謗，小言曰誹，曰譏。謗言，即指毀謗他人之言，如《左傳·魯哀公二十年》：“對曰：‘黶也進不見惡，退無謗言。’”

需要進一步指出的是，在古人看來，婦人之言類同於讒言。《牧誓》：“王曰：‘古人有言曰：牝雞無晨；牝雞之晨，惟家之索。今商王受惟婦言是用，昏棄厥肆祀弗答，昏棄厥遺王父母弟不迪，乃惟四方之多罪逋逃，是崇是長，是信是使，是以爲大夫卿士。’”在古人看來，婦人參政只會貽害無窮，故而留有規矩，“毋使婦人與國事”③，在這樣一種觀念之下，古人對婦人之言自然不會有太好的評判。

上述“言”的諸多種類中，至聖之言的傳播最爲廣泛，影響力也最大，尤其是在社會的上層中，《堯典》《舜典》《大禹謨》《皋陶謨》等文獻中流傳的經典話語傳承千年而不衰；其次是嘉言，此類言語既具辭采之美，又在思想内容上讓人受益，所以在文人學士階層中頗得青睞，《孔叢子》中甚至留有《嘉言》專篇；再次是箴言，此類話語雖然不如前兩類，但在啓思開智方面往往令人受益匪淺，所以在訓誡教育子弟時經常被人們拿來借用，所以後世的校規家訓中留存有大量此類言語内容。至於巧言、無稽之言、讒言等，則是文明前行的負能量，是不爲歷史發展所推崇的，因此此類話語經常是作爲教化民衆的反面素材而見之於文獻，而且其具體言語内容則往往不載于史策，如《囧命》：“今予命汝作大正，正於群僕侍御之臣，懋乃后德，交修不逮；慎簡乃僚，無以巧言令色，便辟側媚，其惟吉士。”只見其稱謂，不見其内容。

① 楊伯峻《春秋左傳注》，頁 1265。
② 《宋本尚書正義》，第 6 册，頁 179。
③ 《宋本春秋穀梁傳注疏》，第 2 册，北京，國家圖書館出版社，2019 年，頁 41。

三、"言"之特點

作爲社會生活的一個主要方面,任何一個時代、一個時段所產生的言語,它的體量都是非常龐大的,也是後人無論如何都無法全面掌控的。所以,我們今天所要討論的自然也不是早期先人話語的全部,而只是其中很少的一部分。具體説來,就是其中歷經時代篩選而傳之後世的那一部分,更直接地説,就是文獻中以"言"稱謂的那部分内容。

最簡單地解釋,"言"就是話語,但因爲是經受了歷史篩選的話語,所以它已經不是普通的話語,而是被烙以"言"之標籤的話語,而且,這部分話語無論是内容、風格,還是體式、言辭,都具有著自身獨有的特色。

一、思想内容上道德意味濃厚

德,是中華文化最具代表的名詞概念,也是古代文明中内容博大、内涵深邃的一種人文思想,它不僅關乎普通人的安身立命,"德行,内外之稱,在心爲德,施之爲行"①;也關乎統治者天下的穩定,"皇天無親,惟德是輔"②,"明王慎德,四夷咸賓"③。所以,文明的早期,德成了評判國君的主要標準,也成爲評判每個社會人言與行的價值尺度。這樣的一種語言生成環境所遺留給我們的"言",自然就會烙有濃厚的道德意味。這一點,我們可以通過皋陶對大禹的一番告誠而得以確證,"皋陶曰:'都!亦行有九德,亦言其人有德,乃言曰:載采采'"。一個人的言行都要符合九德之美才有資格去擔當治國之任。反過來,作爲"言"的接受者,作爲國君,面對衆言之取捨,唯一的評判標準也是道德,"有言逆於汝心,必求諸道;有言遜於汝志,必求諸非道"④,"志以道寧,言以道接"⑤。

上述文化環境中留存下來的"言"自然就會富含道德意味,比如《尚書·酒誥》:"古人有言曰:'人無於水監,當於民監。'"人不能僅在水中自我觀照,更應當到民情中去查看真實的自己。此"言"透射出濃厚的民德思想。再如《左傳·莊公二十四年》:"臣聞之:'儉,德之共也;侈,惡之大也。'"節儉,是善行中的大德;奢侈,是邪惡中的大惡,從中可以體會到濃濃的尚儉意識。再如《國語·陽人不服晉侯》:"臣聞之曰:'武不可覿,

---

① 孫詒讓《周禮正義》,北京,中華書局 1987 年,9 頁 97。
② 《宋本尚書正義》,第 5 册,頁 248。
③ 同上書,第 4 册,頁 148。
④ 同上書,第 3 册,頁 104。
⑤ 同上書,第 4 册,頁 153。

文不可匿。武無烈,匿文不昭。'"武德不可濫用,文德不可忽略。這其中包含著古人非常可貴的以德制民的人文思想。

二、語言風格上訓誡意味突出

前文已談及,先人會把自己的生活教訓通過"言"的方式傳之於後世;後人則需要前人的經驗教訓來指導自己如何去破解生活的難題,"仁人之言,其利博哉!"①但問題是,前人所生成的經驗之談,體量異常龐大,後人是不可能全盤接受的。那麼,在歷史的時空中,哪些言語更容易受到後人的青睞而得以傳承呢? 通過查檢早期文獻中先人言語的使用情況來看,"言"的引用往往跟時事問題緊密相關。也就是說,當後人在面對社會難題時更願意搬出先人之"言"予以自我借鑒或勸服他人。比如,文王十一年,武王師渡孟津而伐殷,爲了勸服大家親己而讎寇,於是借用古人之言予以説服,"古人有言曰:'撫我則后,虐我則讎。'獨夫受洪惟作威,乃汝世讎。樹德務滋,除惡務本,肆予小子,誕以爾衆士,殄殲乃讎"②。借古人之言力證今日之商紂已非我主,已成我讎。此"言"的使用,極具説服力。再如魯僖公十五年,秦國子桑説服大家放歸晉國國君時借用前人史佚之言予以説服,"歸之而質其大子,必得大成。晉未可滅而殺其君,只以成惡。且史佚有言曰:'無始禍,無怙亂,無重怒。'重怒難任,陵人不祥。"③子桑的意見是放歸晉君,在闡述理由時,除了政治的考量之外,又拿出先代賢臣史佚之"言"予以佐證,增强了觀點的勸説力度。

正是以上這種"言"的社會實用性及歷史使用環境,導致了警示性、勸誡性的"言"更容易傳於後世,有些甚至屢見於史册,比如"擇子莫如父,擇臣莫如君",此言最早被晉臣祁奚(前620—前545年)借用。據《晉語·祁奚薦子午以自代》記載,祁奚請求告老,晉悼公(前586—前558年)令其推薦繼任者時,祁奚曰:"人有言曰:'擇臣莫如君,擇子莫如父。'"④此言也同樣被楚臣申無宇以及戰國時的趙武靈王所借用。《左傳·昭公十一年》記載,前531年,楚靈王徵詢申無宇對蔡公熊棄疾的看法,申無宇對曰:"擇子莫如父,擇臣莫如君……今棄疾在外,鄭丹在内。君其少戒。"⑤《戰國策·趙策二》記載,趙武靈王立周紹爲王子傅時亦引此言,"王曰:'選子莫如父,論臣莫如君。'君,寡人也"⑥。

---

① 楊伯峻《春秋左傳注》,頁1238。
② 《宋本尚書正義》,第4册,頁34。
③ 楊伯峻《春秋左傳注》,頁359。
④ 《國語》,上海,上海世紀出版集團,2014年,頁207。
⑤ 楊伯峻《春秋左傳注》,頁1327—1328。
⑥ 范祥雍《戰國策箋證》,上海,上海古籍出版社,2006年,頁1069。

"選""論"二處略有改變,但依然可以看出,與前兩處同出一源。

相類的例證尚有多處,如"白圭之玷,尚可磨也,斯言之玷,不可爲也",既見於《大雅·抑》,又見於《左傳·魯僖公九年》;"死而不朽",既見於《左傳·魯襄公二十四年》中的穆叔之口,又見於《國語·晉語八》中的范宣子之口;"大江之南,五湖之間,其人輕心。揚州保强,三代要服,不及以政",既見於《史記·三王世家》,又見於《漢書·武五子傳》。當然,如同趙武靈王借用"選子莫如父,論臣莫如君"一言一樣,他人在借用先人之"言"時,也會出現些許差異,如"挈瓶之知,守不假器"一言,爲《左傳·昭公七年》中謝息所引,待《戰國策·趙策一》中上黨太守再次引用時則變爲"挈瓶之知,不失守器"。這種個别内容的少許變化,基本上没有破壞原"言"的主體含義,而個别地方的前後差異也恰好符合口傳信息的自身特點。

以上例子使我們發現,人們遇到難題時經常喜歡借用古人之言予以勸誡。這種社會的實際需求使得我們今天所見到的"言",它在内容風格上經常帶有訓誡的意味。

三、内容簡短,富含生活哲理

先人的衆多言語中,内容上有簡亦有繁,但在流傳的過程中,那些過於繁瑣的言語很容易被摒棄,而那些言簡意賅的話語更容易受人垂青。就早期文獻所記,最短的"言"只有四字,如"死而不朽""兵在其頸""不索,何獲"。即使偶有長言,也不過一二十字,如《左傳·魯昭公二十四年》子大叔答范獻子之問時對曰:"老夫其國家不能恤,敢及王室。抑人亦有言曰:'嫠不恤其緯,而憂宗周之隕,爲將及焉。'"引言僅爲十五字;《史記·三王世家》:"大江之南,五湖之間,其人輕心。揚州保强,三代要服,不及以政。"引言僅爲二十四字。

前文已談及,富含哲理的聖言、嘉言、箴言是最容易被人接受並於後世傳播的言語,但是不是越深奥的言語越容易在後世傳播呢? 我們通過查驗《尚書》《國語》等早期文獻時發現,古人在使用古人之"言"時,更喜歡的是那些富含生活哲理的"言",而且越在早期,這一現象越加明顯。比如《尚書·盤庚上》中,盤庚在説明自己與在位大臣之間的特有關係時,借用了古人遲任的傳言"有惟求舊,器非求舊,惟新",以生活器具的使用習慣爲例,淺顯而生動地表達了自己對諸位臣子的親近關係。再如《左傳·文公十七年》,鄭子家借用古人之言"鹿死不擇音",音者,蔭也,庇護也,鹿在面臨死亡的時候,是不會刻意挑選庇護之所的,用人人熟知的生活道理去表達本國在被逼無奈時也會選擇另投新主的自保方式。再如《國語·越語下》中,范蠡引先人言"伐柯者其則不遠",以伐木作柄的生活常識爲例,説明自掘墳墓的道理,淺顯易懂,説理明晰。

　　"言"來源於生活,生成於生活,經後世流傳又被用之於生活,所以"言"的内容及體式自然就會貼近生活,而且越簡短、越生活化的"言",它的生命力越强。

四、句式自由,口語化色彩濃厚

　　出於生成的原始本能,生存與繁衍是"言"的最基本生成元素,所以如何更利於"言"内容的傳續,人們就會那樣去做,那樣去表達。這是毋庸置疑的,尤其是在文明的早期,情況尤其如此。反過來看,"言"得以傳播的這種早期訴求,使得後世的"言體"極具口語化的色彩,句式上也表現出自由靈活的特點:有整齊劃一的,如"仁有置,武有置。仁置德,武置服","三世事家,君之;再世以下,主之";有參差不齊的,如"懷和爲每懷,諮才爲諏,諮事爲謀,諮義爲度,諮親爲詢,忠信爲周","無功庸者,不敢居高位";有押韻的,如"撫我則后,虐我則讎","佐離嘗焉,佐鬥者傷焉","兵出無名,事故不成";有不押韻的,如"服美不稱,必以惡終","民生於三,事之如一";有對稱的,如"治之其未亂,爲之其未有","白頭如新,傾蓋如故","儉,德之共也;侈,惡之大也";有不對稱的,如"絶成皋之口,天下不通","哀樂失時,殃咎必至"。

　　同時我們也發現,先人之"言"也極具口語化的色彩。言語的生成,來自於社會的各個階層,有文化層次高的,也有文化層次低的,但在文明的早期,人類的話語言辭異常貧乏,言者的語言素養普遍偏低,所以許多人在辯説言理之時,往往借助日常生活中的物或事去表述經驗體會,如《尚書·牧誓》:"古人有言曰:'牝雞無晨。'"説白了,這句話的意思就是母雞不報曉,借用通俗的生活現象來説明婦人不該參與政事的道理;再如《國語·周語下》:"無過亂人之門。"亂人之門是非多,以生活常識爲例告誡人們要遠離是非之地。通過對早期文獻中"言"的系統查看,我們發現,先人之"言"中特別喜歡使用松、柏、雞、牛、兔、猴、狼、鹿、門、薪、君臣、父子、兄弟等極富生活色彩的口語化用語去表述人生體驗、社會道理,這可能就是"言"源於生活的最好證據吧。

結　束　語

　　文字産生之前,"言"扮演著信息溝通、文化傳承的主要角色。即使到了文字繁榮的時代,"言"也没有就此退出歷史的舞臺,而是以另一種姿態——言體,繼續出現在薪火相傳的文化長河中,並以其固有的文化特色繼續展示著它自身獨有的文化魅力。直到今天,僅從現存文獻目錄中我們依然能找到幾十種"言"的蹤跡:《儒家言》《道家言》

《法家言》《雜家言》《讕言》《管子·霸言》《説苑·雜言》《孔子家語·王言解》、揚雄《法言》等。我們相信,隨著歷史的發展,"言"依然會繼續駐足於歷史的舞臺,依然會散發著它的文化光芒。

（作者爲武漢大學文學院副教授）

"近代""清末"與"晚清"
——對於一個文學史時段的幾種命名方式的辨析

鮑國華

在中國文學學科體系中,近代文學作爲一個重要時段,雖然不是一個獨立的學科,但"近代"這一命名方式隨著大量專著和教材的出現,迄今已經得到一定程度的普及和公認,較之清末、晚清等命名方式,更爲大學的教學體系認可。然而,無論是近代、清末還是晚清,都是非常複雜的概念,本身都有各自形成與流變的過程,又都包含著豐富複雜的思想文化內涵。本文擬對以上幾種文學史時段的命名方式略加辨析,力圖實現"正名"。

一、近 代

近年來,近代文學研究者著力強調這一時段文學史研究的獨立價值,比較反感將近代文學僅僅視爲從古代到現代的過渡性存在。這體現出學術研究的深入和研究者自身主體性的加强。過渡性確實是很長時間內對於近代文學性質的基本判斷,但近年來有明顯的突破。如果不從過渡性角度觀照近代文學,可能會實現研究範式的突破與重建。事實上,在近代文學研究的初創期,正是將其定位於過渡性,使近代文學得以區別於古代和現代,這是近代文學研究得以確立的重要基礎之一。但久而久之,也可能造成對研究思路和學術視野的桎梏。因此,放置過渡性,或消解過渡性,才是近代文學研究的生機之所在。這是學術研究不斷深入的必然結果,但不是説近代文學的過渡性就不存在。可以説,沒有過渡性,近代文學無法最初立足。就像現代文學,沒有《新民主主義論》作總綱,無法成爲獨立學科,政治性是其命脈所在。但文學畢竟是文學,還是要有自身的主體性。在看待現代文學時,不迴避政治與文學的關係,有一些更通達的見解,才能正確處理政治與文學的關係。近代文學也如此。

　　近代文學的"近代",最初的定義來自近代史,而且始終與中國近代史緊密關聯。近代史在中國是一門非常成熟和富於影響力的學科,學科建制不存在近代文學那麼大的爭議。比如,中國社會科學院有歷史研究所,同時還有一個近代史研究所,這兩個所是並列的。其他學科,像文學、哲學都不是這樣。可見近代史研究的學術地位。大學本科生有一門課程,叫"中國近現代史綱要",若干年前的名稱叫"中國革命史",和史學意義的近代史不同。近代史的時間起訖點是清楚的,沒有太大爭議:1840—1949,是晚清至民國。1949 年 10 月 1 日之後,稱爲現代史,或中華人民共和國史。

　　很長時間,中國文學研究界按照近代史的劃分,將 1840 年作爲近代文學史的上限,至今雖然有一些不同見解,但整體上看沒有太大的突破。下限,則與近代史不一致,而是劃分到 1919 或 1917。之所以沒有按照時間順序寫,先寫 1919 後寫 1917,是因爲早期的近代文學研究,以五四運動爲標誌,研究視角和尺度都是五四的。當然不是"五四"本身,而是後來官方對"五四"的闡釋。而後出現以 1917 爲下限,則受到現代文學學科的制約。而現代文學,也大多從 1917 年爆發的文學革命開始。文學院的學生在本科階段學習中國古代文學,往往不講近代文學,大多講到《紅樓夢》或《儒林外史》爲止。多數學校甚至沒有近代文學課程。至今專門開設近代文學課程、招收相關專業研究生的高校也不多。一方面,部分古代文學研究者有些輕視近代文學,認爲中國古代文學以《紅樓夢》爲殿軍,其後則無足觀。另一方面,一些現代文學研究者又覺得近代文學的革命性不足。所以近代文學長期處於不上不下、既上又下的境地,比較尷尬。在中國文學的學科體系中,有關近代概念的言説最爲紛紜,討論起來也最爲複雜,和近代文學所處的這一境地有關。有時候無法擺脱學科存廢的焦慮,必須不斷地爲自己進行正名工作,似乎只有這樣,研究才具備合法性。這樣的學科可能有生機、有活力,但往往顯得靜氣不足。現代文學也很熱鬧。但這一熱鬧,主要是研究隊伍較爲擁擠,有學術生產的壓力。但在現有學科格局不變的前提下,至少還沒有生存壓力。近代文學則不然,是要爲學科生存而奮鬥。近代文學在現有的中國文學學科體系中很難獨立。學術研究和學科建制的關係千絲萬縷,前者明顯受到後者的宰制。當然真正有素養的學者不受這一影響,而是能夠在有限的空間中發掘無限的可能。越是危機,越有生機,這是近代文學吸引人的魅力所在。

　　近代文學的"近代",還可以對應 Modern 這一西方學術概念。西方史學層面的 Modern,是劃分歷史、主要是歐洲史的一個重要標誌。它的時間節點是 1500 年。主流的西方世界史,往往以 1500,即近代爲節點,將歷史判然兩分。例如著名的斯塔夫里阿諾斯的《全球通史》。這本書分兩卷,一卷是 1500 年前,一卷是 1500 年後。這是主流劃分,得到公認。劃分的依據,就是文藝復興。

　　15 世紀末,歐洲實現了地理大發現,哥倫布發現美洲新大陸在 1492 年。這影響了歐洲人對於世界的觀感。16 世紀是文藝復興的世紀,對此前的中世紀文化、對教會統治的世界產生了巨大的思想衝擊,開啟了歐洲文明的新紀元。這是西方以近代劃分歷史的原因。地理大發現、對宗教統治的衝擊,使人逐漸脱離神,獲得了獨立,也就重新發現和定義了人。

　　中國的近代史和近代文學,表面上看與西方不同,時間要晚兩個多世紀。而且起點非常明確,1840 年,具體而言是 1840 年第一次鴉片戰爭。西方的近代則不是某一年。1500 不是指 1500 年,而是舊世紀的終結和新世紀的開始,是一個時間段,表面相對模糊,内涵却較爲清晰。中國近代的起點則十分明確,以一年和一年中的一個標誌性事件爲起點。這就存在問題了,鴉片戰争不是 1840 年才開始的,也沒有在 1840 年終結。1840 年之前,鴉片問題,準確説是中西貿易問題已經出現。而《中英南京條約》的簽訂是 1842 年。1840 年只是雙方真正兵戎相見。而且,鴉片戰争和《南京條約》的簽訂,並沒有對清王朝造成根本性的影響,真正影響清朝國運的是後來爆發的太平天國運動。而從中外關係或中外戰争的角度看,真正產生危機意識的是中日甲午戰争。中國從此失去在亞洲的主導地位,清王朝的正統地位也遭到前所未有的懷疑。後人將一系列事件貫穿起來,認爲出現問題的起點是 1840 年戰敗,才又回溯歷史,將其視爲一個整體,即所謂“三千年未有之大變局”。

　　可見,近代文學是在一種後設的理論框架:來自西方的現代“文學”概念、來自近代史或革命史的“近代”概念,以及百年間民族危機的大背景下,逐步建構起來的研究領域。内在歧義叢生,源於最初建構者的理論出發點。而且在建構過程中,古代文學研究和現代文學研究的相對領先,也對近代文學形成了巨大的壓力。總之,相對於自定義的現代文學,和被(現代文學)定義的古代文學,近代文學因爲後起,始終有些妾身未明的尷尬。這是很多人不願意承認但又不得不承認的問題。

　　前文談到了近代文學處於尷尬境地,主要是這一階段的文學史似乎缺乏研究的一以貫之的價值尺度。現代文學研究的價值尺度一直是明確的,曾經的新民主主義革命性,後來的現代化,再後來的現代性,等等,在每一個歷史階段都得到絶大多數研究者的公認,使這個學科一直比較齊整。古代文學學科的尺度是現代確立起來的,比如對文學的定義、對作家的定義、審美觀念,等等,都是現代的產物。古代文學研究者從現代形成的各類標準出發,重新觀照古代,也就重新定義了古代。其中的很多觀念,在古人那裏其實並不存在。儘管如此,古代文學作爲一個成熟而有活力的學科,背後仍然有一個相對統一的價值標準。當代文學也是如此。這一學科在新中國的基礎上建立,儘管曾經有過能否成史的爭論。以洪子誠先生爲代表的學者,關注"史"的部分;批評家關注當下動態的文學現象和作品。背後也存在一個大家公認却不必明言的價值標準,不會造成學科合法性的鬆動或研究者的過度焦慮。近代文學則不然。這一領域的參與者,有古代文學研究者,也有現代文學研究者,分別從各自學科的標準和尺度出發進入近代,多多少少有些自說自話,彼此間並未構成有效的對話。這造成近代文學研究尺度的相對模糊,或相對分裂。耕耘於這一領域的研究者,差異性比較大。古代文學研究者,最初將近代文學作爲清代文學的一部分加以研究,難以擺脫千年末世的原初印象,加之《紅樓夢》珠玉在前,對近代文學,大多承認其豐富性、複雜性,但鮮有佳評。關注的是其文學史價值,而非文學價值。

近年來,隨著西方近現代史學觀念的引入,有些學者借用年鑒學派的長時段觀念來看待中國文學,不再局限於近代、現代、當代的劃分,而力圖將晚明以來的中國文學視爲一個整體,至少從晚明下延到現代。有學者提出對400年中國文學史予以整體觀照。這400年的劃分,就是晚明至20世紀初。這一長時段的提出,固然借用年鑒學派的理論,但也有其他學術背景。

梁啟超和錢穆各有一部同名著作《中國近三百年學術史》,研究的是有清300年的學術史。近年來也有學者將這300年再向上溯,討論到晚明,增加了100多年。這樣處理的優點是:一方面避免以朝代劃分時代,關注政治變革之外的思想文化變革,這對於文學研究更有價值;另一方面,晚明(嘉靖以後或萬曆以後)以降,異端思想頻頻出現,民間文化力量強大,與正統文化相頡頏,很多思想與晚清和民國構成了對話關係。以這一長時段爲空間,近現代的很多思想文化文學問題,可以找到淵源,至少可以找到對話的對象。文學史可以依朝代劃分,這主要是爲了論述的方便,但朝代對文學生成和變遷並不是決定性的。否則又會陷入政治決定文學的窠臼。同時,即便文學因朝代更迭而發生變化,如果將朝代因素暫時懸置,使用非朝代的思想文化視角,也能對文學產生不同的理解。如果依照上述說法,將近代文學的起點上溯至晚明,既可以避免政治決定論,而以與文學關聯更緊密的思想文化爲出發點,又可以改變長期籠罩近代史和近代文學研究的"衝擊—回應"模式和作爲"原罪"的過渡性。

過渡性作爲一種近年來被質疑的學術思路,前文已述。什麼是"衝擊—回應"模式?

中國近代思想文化的一大主題是西學東漸。在歐美漢學界,關注近現代中國問題的研究者衆多,執牛耳者是哈佛大學的費正清教授。他有專書討論近代中國面對外來文化的姿態,將其概括爲"衝擊—回應",即西方衝擊,中國回應。這一模式引人注目,對20世紀80年代的中國文學研究影響至深。費正清主編的《劍橋中國晚清史》,也體現出這一研究模式。後來的很多研究者對於西學東漸的理解大體就是"衝擊—回應"。事實上,西學東漸概念的出現,早於"衝擊—回應"模式。以後者概况前者,有發現,但也有遮蔽,遮蔽了西學東漸過程中,中國自身的主體性。近代文學對外來因素的接受不都是被動的,也不可能都是被動的,決不可能像影印機。對西學有接受、有抗拒、有誤讀、有曲解,即便是誤讀和曲解也體現出獨特的創造性,不能用單一的"衝擊—回應"模式加以概括。近年來,中外學術界都有人力圖對"衝擊—回應"加以反思和突破。這一模式自有其學術價值,構成了一個研究範式,不可忽視。對它的反思和突破,則意味著研究的進一步深入,也意味的建立新範式的可能。

以上是用長時段的思路理解"近代"。這樣可以突破很多思路的局限,使很多原本夾纏的問題迎刃而解。而且晚明沒有具體的時間起點,是一個時間段,中間涉及官學與私學、正統與異端、廟堂與民間等重要問題。這是這一研究思路的優點,但也可能存在問題。採用長時段,出於學術突破與延伸的目的,是學者面對無法解決的問題而産生的新思考。但上溯到晚明,會不會陷入另一種西方決定論,即襲用西方的"近代"概念,將15、16世紀作爲中國近代的起點,從而導致忽視中國的特殊性? 明代後期出現資本主義萌芽這一論斷,明顯受到馬克思學說的啟發和規約,最初採取這一觀點論述中國現代化的早期開展或中斷,在方法論層面也是一種西學東漸。因此不得不感歎,中國學者實在太難了。不滿足於以西例律中國學術,渴望突破,但走來走去還是陷入西學預設的陷阱。這是後起學術都可能面對的問題,近代文學尤甚。

還要指出的是,長時段的思路,上溯到晚明,雖然隱在地仍以西方學說爲參照,但近年來提出這一思路,也或多或少是受到全球化的歷史觀念的影響。中國自然有其獨特性,世界各國都有其獨特性,但世界可以是一個整體,可以整體性地觀照。在全球化的視野中,晚明與世界具有同步性,也合情合理。因此,將晚明至20世紀初這一長時段視爲近代,是一個有價值的研究思路,儘管夾纏了很多問題,但可以促進一些新思考。而且這些新思考,也能使研究者不限於某些純文化、純文學的思路,認爲戊戌之後才有晚清,或新小說之後才有新文學,而能夠做到既站在本土,思考中國思想文化和文學的内在理路,又放眼世界,關注世界與中國的對話性與互動性。更準確説是中國自身的世界性因素,使對中國近代文學的觀照,不自外於世界。這樣似乎可以避免清代"天朝上國"的迷夢,以及中國處處不如西方的思維慣性。近代中國確實具有封閉性,但也不是想封閉就能封閉的,中國處於世界之中,這是無法否認的事實,儘管對一些思想文化觀念的理解和應用,與西方存在時差,但從包含中國的世界、而不是排斥中國的西方這一視角觀照近代中國,可能會有不同的發現。

日本漢學史上有一個著名論斷,即"唐宋變革論",提出者是漢學家内藤湖南,這一論斷也被西方學者稱爲"内藤假説"。内藤湖南生活的時代,是清末民初。他是當時日本首屈一指的漢學家,與中國學術界淵源頗深。他的"唐宋變革論"旨在劃分中國歷史的時段,提出宋代是中國近世(近代)的開端,由於政治制度和社會結構的改變、都市的建立與市民文化的興起、儒家道統的重建等諸多因素,宋代和作爲"中世紀"的唐代大爲不同。内藤湖南關注的是對中國歷史的劃分,與 16 或 19 世紀以降的近代文學關聯不是十分緊密。但至少可以提供一種思路,即思想文化與文學的時代劃分,並不一定依照單一的政治標準,甚至不依照單一的思想文化與文學標準,而是若干種因素的"共謀"。而且,某一時代即便限定,也不會斬斷與前代的種種對話關係。

綜上所述,近代文學的"近代",可以是一個時間概念和文學時段,或從 16 世紀(晚明)開始,或從 19 世紀(晚清)開始;也可以是觀照中國文學的一個視角、一種方法、一個尺度。以西學東漸爲背景,以舊學新知爲底色,是中國文學充滿危機和生機的時代。從某種意義上説,至當下仍未終結。

二、清　末

清末一般指的是清王朝的最後十餘年,大體上是 20 世紀最初 11 年,即 1901 至 1911。1912 是民國元年,儘管清末存在的很多現象和問題仍然存在,有些甚至方興未艾,但從政權角度來説已經屬於另一個時代。也有研究者將清末的時間起點定位於 1898 年戊戌年,關鍵指向不是戊戌變法,而是戊戌變法失敗,使清王朝失去了最後的振興的機會。或者定位於 1900 年,那一年是庚子年,庚子國變,八國聯軍進北京,第二年簽訂了最爲喪權辱國的《辛丑條約》,同年底李鴻章去世。無論如何定義,清末的時間很短,是一個王朝最後的背影,也是中國綿延數千年的帝制的終篇。

其中,李鴻章的去世很關鍵。他是清末名滿天下也謗滿天下的裱糊匠,大清第一滅火隊員,從甲午到庚子辛丑,代表清王朝簽訂不平等條約的都是他,爲清帝和慈禧太后背鍋的也是他。但滅火者却被朝野上下視爲縱火者,當年民間流行一副對聯:"劉三死後無名丑,李二先生是漢奸"。劉三指的是位列"同光十三絶"之一的京劇名伶劉趕三。這位丑角藝人頗有民族氣節,曾在舞臺上公開斥責李鴻章賣國。總之,清末是一個政治概念。這一概念的提出和使用,一定程度上是爲了和民國初年相並置和銜接,統稱爲清末民初,在政權上分屬於不同時代,但在政治思想文化上較爲接近。例如,清末和民初在政局方面都非常混亂,而且在"庚子國變"之後,清王朝對國内時局已逐漸失去控制,對知識人的壓制表面上也有所減輕。許多今天作爲中國文學由傳統到現代的突出範例的,如新小説等,都出現在清末十年間。在朝堂上,統治者開始求新,如 1905 年廢除科舉,派大臣出洋等,雖爲時已晚,無法爲清王朝續命,但種種努力和挣扎,却爲思想文化的活躍提供了機緣。在民間,革命者,特別是有思想、有學問的革命者,借助思想文化和文學宣揚革命。梁啓超在日本創辦《新小説》雜誌,發動小説界革命;章太炎流亡日本,講學革命兩不誤;魯迅開始其留學生涯,棄醫從文,等等,也都發生在這一階段。可見,清末時間雖不長,但内涵豐富,是近代時段中最爲緊張活躍的部分,很多學者關注近代,其實主要關注這十年。但這十年不能和民初(1912—1916)相切割,否則很多問題被中途截斷,很多現象有因無果,難以説清。清末畢竟時間太短,作爲一個思想文化現象高度集中和複雜的階段尚可存在,但不能作爲一個相對獨立的文學史時段。研究者偶爾使用清末或清末民初,並未當作對於近代的另一種表述。很多在今天備受關注的文化現象發生在這一時段,但不能將清末簡單地視爲可以和近代、晚清相並列的概念。

三、晚　清

晚清也是一個政治概念,在時間劃分上,指 1840 年鴉片戰争到 1911 年清朝覆滅這 70 餘年的歷史。

中國古代的歷史書寫,一直比較依賴朝代。但在具體朝代之中,又常常做更細緻的劃分。遭遇外族入侵而被迫遷都的王朝,前有西晉、東晉,後有北宋、南宋。没有這類現象發生、始終處於相對統一狀態的王朝,如唐朝,則可分爲初、盛、中、晚。與唐朝略有不同的是,千年帝制史上的最後兩個王朝,明和清,都有"晚",而晚明或晚清之前怎樣稱呼,似無定論。著名的"劍橋中國史"系列,包括《劍橋中國清代史》(未出版)和《劍橋中國晚清史》。似乎晚清是一個獨立階段,可不列入清代。

在中國,晚明與晚清之稱,都指向一種歷史觀念——末世觀。晚明是大明王朝的末世,是最後一個漢人統治的王朝的末世,也是儒家文化的末世。當然,清康熙帝拜謁孔廟之後,似乎清朝也能接續正統。至少部分漢族士人由此認同了新朝。清朝獲得思想上的正統地位,前後經歷了幾十年時間。其間有統治者的自我調整,也有文字獄的血腥壓迫。晚明後來成爲思想文化研究一大的熱點,其末世的繁複與怪誕,十分引人注目。而晚清是作爲另一種末世觀念而存在的。晚明政局漸衰,但思想文化的自信仍在。晚明政治軍事的衰落和思想文化的活躍恰好形成鮮明的對照。而晚清則一衰皆衰,政治經濟軍事自不待言,思想文化自信也逐漸鬆動,直至蕩然無存。明朝滅亡短暫失落的道統,還有康熙帝爲之續命。但清朝還在,五經皆存,中國卻面臨“三千年未有之大變局”,陷入了前所未有的思想文化的末世。所以民國時期梁濟和王國維的自殺,表面上是在殉清,實質上卻是在殉文化——失落的中國文化。

　　晚明是一個王朝的末世,末世的親歷者(遺民)或痛惜、或放誕,在末世中沉寂,在末世中瘋狂,也在末世中痛苦反思,但心中正統思想的火光還在,這一點是支撐顧炎武、黃宗羲、王夫之、八大山人等明遺民精神世界的關鍵力量。而晚清不僅是一個王朝的末世,似乎成爲巍巍千年、屹立不倒的中華的末世,正統之火也黯淡無光了。有理想的知識人開始關注西方,引入新學,呈現末世中的生機;無理想、或理想破滅的知識人則大秀其瘋狂,在死亡面前盡情舞蹈,體現出末世的怪誕與猙獰。後者在 19 世紀末和 20 世紀初最爲突出,與來自西方基督教文明的“世紀末”頹廢情緒相結合,加劇了末世感。由此可見,晚清的末世感也是隨時局的惡化漸次出現的。鴉片戰爭—太平天國—甲午戰爭—百日維新—庚子國變,時局風雷激蕩,文化也急轉直下,不斷由危機陷入新的危機。知識人的精神世界也不再像明遺民一樣,可以實現慎獨自守。晚清知識人在思想文化上面臨守無可守、退無可退的境地,其痛苦與晚明又有不同。因此,研究者將晚清不僅作爲清王朝、也作爲中國歷史上的一個特殊階段,成爲末世與危局的代名詞,其背後隱含著一種末世史觀。

　　這就使晚清概念與近代概念呈現出微妙的差別。近代可是視爲一個時間概念,雖然背後也有價值尺度,也可以作爲一種視角和方法。但晚清概念的價值內涵更爲顯豁。研究者關注晚清或近代,看似研究時段和對象相近,背後的文化關懷很可能存在差別。近代可以定位於“過渡性”或“轉型性”,晚清則不然。晚清與近代在價值層面的差別,關鍵在於“混亂中的迷魅、末世中的生機”。也就是説,近代畢竟居於古代和現代之間,在時間上、在理念上還存在延續承接的可能性,但晚清似乎橫空出世,更呈現出一種思想文化的斷裂感。這種斷裂感,對於思想文化代際中的“子一代”,如胡適、魯迅,或性情較爲狂放激烈者,如章太炎、陳獨秀,可能相對容易接受;但對於"父一代",或者思想上相對穩健持重者,如張之洞、王國維等,帶來的痛苦更深。(必須指出,魯迅的痛苦,是現代人的痛苦,不限於一時一地一國一族,和尼采、卡夫卡等人一樣,代表人類遭遇現代的痛苦。而梁濟、王國維等人的痛苦,則是中國文化自身的痛苦。二者雖然不存在價值層面的高低,但確乎不同。)於是,民國建立後,出現了不少擁有漢族人身份的清遺民。他們懷念追悼的不是作爲實體的清朝,而是清朝代表的文化正統。民國政壇越混亂,越違反常理,越激發他們對"故國"的思念。這樣看來,晚清不僅是一個政治概念,還是一個文化概念。絕大多數研究者在使用晚清概念時,剝離其中的王朝因素,關注的是其思想文化內涵。事实上,晚清包蘊極爲豐富,政治、經濟、社會、文化、性別,自强、求富、啟蒙、救亡、革命,現代性、抒情性,等等,都能夠以晚清爲出發點,或者以晚清爲討論空間。由此可見,晚清這一概念的思想空間性是大於近代的。套用西方學人慣用的術語,晚清充滿了"迷思"(myth),也因此充滿了魅力。

　　(本文作者爲天津師範大學文學院教授,文學博士)

哈佛大學與百年中國比較文學

郝　嵐　王曉燕

比較文學在 19 世紀 70 年代的美國零星出現,漸次發展出含義更爲廣泛、視野更加雄闊的美國學派,使得這一學科經歷了歐洲的危機之後走入新的階段。雖然美國比較文學最早可以追溯到康奈爾大學的沙克福德,但哈佛也是美國比較文學的先驅院校之一。1890—1891 年間,哈佛大學的亞瑟・馬什(Arthur R. Marsh,又譯馬旭)已在學校中開設了比較文學講座和四門中世紀文學課程。1894 年起,哈佛大學開設了比較文學課程,1906 年哈佛文理學院創辦比較文學系,1946 年經過改組,哈佛比較文學系便具有了現在的規模。

哈佛大學在人文學科中强大的國際影響力,讓它自 19 世紀末期以來便對中國的文學交流與研究產生了重要影響,而哈佛—燕京學社也在機制合作、人才儲備和學術成果出版等方面,爲中國比較文學發展做出了貢獻。

一、哈佛與中國現代比較文學"前傳"

(一) 新批評給中國比較文學的前期准備

哈佛雖然在比較文學開設時間上没有搶得美國的頭籌,但衆所周知,美國學派的興起除去對法國文化民族主義的反抗之外,還有新批評興起的影響。這一學説"四五十年代已成爲美國大學裏文學教學的主導力量,對美國的現代文學批評產生了巨大的影響,這當然也影響到了比較文學界。事實上,許多比較文學家本人就是新批評派的倡導者、追隨者"①。例如蘭瑟姆、韋勒克、沃倫、韋斯坦因等理論家都出身新批評,又在比較文學上影響深遠。作爲一種帶有唯美主義傾向和形式主義特徵的批評方法,新批評雖然

---

① 楊綺、印敏麗《比較文學和美國學派》,載《中國比較文學》,1985 年第 1 期,頁 312。

可以追溯到康德和柯勒律治,但是論及理論完善和新批評實踐的完美應用,則非艾略特和瑞恰兹莫屬。

T. S. 艾略特於 1905 年入讀哈佛,並取得哈佛比較文學學士和英國文學碩士學位。他發表於 1917 年的新批評開山之作——《傳統與個人才能》早在 1934 年便被卞之琳在《學文》雜志翻譯出版。而新批評的倡導者瑞恰兹(Ivor Armstrong Richards,1893—1980)在 1944—1963 年任教於哈佛,學生衆多,對美國新批評的影響也頗深。在 20 世紀 20—30 年代訪華的西方學者中,多數如羅素、杜威的短期演講訪問,像瑞恰兹和燕蔔蓀(William Empson,1906—1984)師徒二人這樣長期任教於戰亂中的中國的,幾乎是獨一無二的。

瑞恰兹首次來華任教是 1930 年,之後他先後六次來到中國,累計在大陸居住近六年之久。某種意義上說,中國對新批評的介紹和接受似乎還早於美國。1929 年瑞恰兹的《科學與詩》剛在英國出版,中國華嚴書店就很快出版了"伊人"的翻譯本,足見當年中國與國際學術保持同步的節奏之快;之後的 1930 年,清華學生曹葆華重譯了此書。1937 年商務印書館出版了曹葆華的翻譯文集《現代詩論》,其中包括艾略特與瑞恰慈的五篇長文均與新批評有關。瑞恰兹與燕蔔蓀師徒二人在清華—燕京—西南聯大等校的學生們後來也成爲中國最早一批實踐新批評與比較詩學研究的先驅。據趙毅衡研究:"卞之琳,錢鍾書,吳世昌,曹葆華,袁可嘉等先生先後捲入新批評經典著作的翻譯;朱自清,葉公超,浦江清,朱希祖,李安宅等,都對新批評情有獨鍾……"①這些人對後來中外文學交流和比較文學的發展起到了重要作用。1981 年,楊周翰發表《新批評派的啟示》。1984 年,劉象愚等人翻譯的韋勒克和沃倫所著《文學理論》在三聯書店出版。這已是後話。

(二)"中國比較文學之父"吳宓

中國學者與哈佛深厚的留學淵源,也激勵著一代又一代學者選擇哈佛作爲留學之地。自 1879 年戈鯤化被哈佛大學聘請赴美擔任中文教授開始,哈佛便緊緊地與中國現代學術轉型聯繫在一起。據哈佛大學圖書館前任官員、在美作家張鳳梳理,中國現代思想文化史上的重要人物趙元任、胡適、梅光迪、陳寅恪、湯用彤、吳宓、李濟、梁實秋、胡先驌、林語堂、任叔永、陳衡哲、丁文江、洪深以及當代著名學者周一良、范存忠、余英時、賀

---

① 趙毅衡《新中國六十年新批評研究》,載《浙江大學學報》,2012 年第 1 期,頁 141。

麟、許倬雲等,都曾受到過哈佛的知識洗禮。其中,吳宓(1894—1978)被稱爲"中國比較文學之父"。

吳宓,字雨僧、玉衡、筆名餘生,中國現代著名西洋文學家、國學大師、詩人。清華大學國學院創辦人之一,其對中國比較文學的貢獻如下:

第一,吳宓是中國第一個學比較文學的人。吳宓於 1917 年入弗吉尼亞州立大學專習文學,1918 年轉入哈佛大學文學院專攻比較文學,師從美國著名的新人文主義批評家與比較文學研究學者白璧德教授,系統學習比較文學理論與方法。由於受中西不同文化的影響,他在具體的文學研究中,注重不同文學文化間的比較研究。他的《〈紅樓夢〉新談》便是從比較的角度來闡釋他對《紅樓夢》的見解,視角獨到,觀點新穎,開中國比較文學個案研究之先。

第二,吳宓是中國第一個教比較文學的人。吳宓於 1921 年畢業歸國後,便應梅光迪之邀,任南京東南大學西洋文學系教授,講授《中西詩之比較》和世界文學等課程,這是我國比較文學教學之肇始,成爲我國在高等院校開設比較文學課的第一人,並爲我國培養出第一代比較文學研究人才。

第三,吳宓是中國第一個注重培養比較文學人才的人。1925 年,清華大學成立,吳宓擔任國學院主任,並聘請海內外著名學者,爲比較文學人才培養建構平臺。其中,王國維、梁啟超、陳寅格、趙元任都擔任過國學院的導師,可見其師資力量之雄厚。而著名的比較文學人才如季羨林、楊周翰、李賦寧、錢鍾書等都是吳宓的學生。同時,爲進一步培養比較文學人才,吳宓結合哈佛大學比較文學的課程設置,在具體的課程設置中,包含"西洋文學研究"(從古希臘文學到十九世紀文學)、"英文文字學入門"、"戲劇概要與莎士比亞研究"、"文學批評與現代文學"等課程內容,開國內高校系統性介紹西方文學之先河,進而促進中國比較文學人才的培養。

總體來看,吳宓一生著述頗豐,視野開闊,主張通過比較來闡釋中西文化間的異同。他在比較文學研究中的豐碩成果,使他成爲我國比較文學重要的奠基者。

(三) 哈佛文學碩士梁實秋、林語堂

中國學生 20 世紀初在哈佛獲得文學碩士學位,又在中外近現代文學學術交流中發揮重要影響的除吳宓外,還有梁實秋(1903—1987)、林語堂(1895—1976)。

梁實秋是中國著名的現當代散文家、學者、文學批評家、翻譯家,也是國內第一個研究莎士比亞的權威學者,一生著作豐厚,其譯作《莎士比亞全集》是國內莎士比亞研究的重要資料。1923 年,梁實秋赴美留學,取得哈佛大學文學碩士學位。回國後,先後任教於國立東南大學(東南大學前身)、國立青島大學(今中國海洋大學、山東大學共同前身),並任外文系主任。同樣作爲哈佛大學比較文學教授白璧德的學生,在比較文學的學科建設上,梁實秋的成就稍遜於吳宓,但他在"以古典與浪漫的概念對中西的溝通,對中西文學的比較,對文學與其它學科的跨學科研究以及對英語文學名著的翻譯,使他完全有資格被稱爲比較文學家。"①梁實秋的比較文學研究主要著重於探討文學間的淵源關係,是對比較文學影響研究基本原理的探討。但他並沒有局限於此,而是針對不同文學間的具體問題而倡導多元化的文學研究視角。同時,他對於中西不同的詩歌、戲劇文體研究以及西方文學的翻譯研究也頗有自己的見解。他與魯迅之間關於"直譯"與"意譯"的爭論,是中國現代文學史中關於文學翻譯問題的重要論證。他强調翻譯要忠於原文,並在此原則下譯介了《莎士比亞全集》,這些都爲中國比較文學發展奠定了基礎。

　　林語堂是中國現代著名作家、學者、翻譯家,早年曾留學美國、德國,1922 年獲哈佛大學文學碩士,之後獲得萊比錫大學語言學博士。回國後在清華大學、北京大學、廈門大學任教,曾任聯合國教科文組織美術與文學主任、國際筆會副會長等職。他對中國比較文學的影響在於: 在中國現代文學史上,林語堂是較早自覺運用"比較思維"來進行文學創作的作家。他的《吾國與吾民》(1935)"應用了比較文化的方法,旁徵博引","包含著比較文化和比較文學精髓"②。一方面,他意識到中西作家作品之間的相互影響和聯繫,尤其是中國作家作品在海外的譯介與傳播,並對此給予了很高的贊譽。而他通過具體的"事實聯繫"來對西方文學中不同作家作品間關係的探析,是比較文學影響研究的核心觀點。另一方面,林語堂通過對中西詩歌、散文、戲劇的對比分析,來探討中西這三種文學體裁在表現內容、形式技巧、語言風格及其在文學史中的定位方面的差異性。這種將毫無關聯的兩種不同民族、文化間的文學類型從多個角度來進行比較研究,是典型的比較文學平行研究之特點。由此也更加凸顯林語堂對中國比較文學研究的影響。

二、新時期哈佛的文學博士: 張隆溪、 劉禾、錢滿素、趙一凡

　　20 世紀 70 年代末,隨著改革開放政策的推進和中美關係的改善,美國隨之也成爲

---

① 高旭東《梁實秋: 慎言比較文學的比較文學家》,載《東嶽論叢》,2005 年第 1 期,頁 111。
② 高小剛《鄉愁以外: 北美華人寫作中的故國想像》,北京,人民文學出版社,2006 年,頁 96。

中國學生留學首選目的地之一。80 年代大陸留美攻讀人文社會科學專業的博士中絕大多數出自哈佛大學，主要有：張隆溪、劉禾、錢滿素、趙一凡等。而這些文學博士，至今仍然活躍在中外文學交流一線，對中國比較文學與世界文學研究做出了重要貢獻。

（一）引新理論，倡新方法

這些留學博士憑借自己留學經歷，將國外理論引入國內，不僅爲國內的文學提供了新的研究方法，也對溝通中外文學交流起到了重要的作用。趙一凡與錢滿素主要集中在對美國文學文化方面的研究，他們將文學研究放置在廣闊的文化視野中，拓寬了文學研究領域；張隆溪對二十世紀西方文論的系統性評述，以及對"道"與"邏各斯"的闡釋，在比較詩學和跨學科研究中具有重要的啟示。相比較而言，劉禾對翻譯理論的關注爲比較文學和中國現代文學與思想史研究注入了新鮮的血液，成爲 20 世紀 80 年代哈佛文學博士中的佼佼者。

作爲著名的北美華裔批評家，劉禾研究領域甚廣，在新翻譯理論、女性主義理論、新媒體理論、跨文化交往史、全球史研究等領域中都有所建樹，並對中國文學翻譯具有重要影響。尤其是她的"新翻譯理論"更是其學術論著的核心觀點。這一理論的總體論述來源於 1999 年出版的《交換的符碼：全球化流通中的翻譯問題》(*Tokens of Exchange: The Problem of Translation in Global Circulations*)，並在之後的論著中不斷完善。但由於劉禾長期工作和生活在西方語境中，她的理論帶有濃厚的西方化色彩，理論較晦澀繁雜，也一直被學界所詬病。然而不可否認的是，作爲 80 年代的哈佛博士之一，劉禾在文學翻譯理論研究方面所作的努力對於中國比較文學研究的意義是顯而易見的。

（二）問題意識、本土情懷

這些文學博士在各自的研究領域成果卓著，並出版了一系列的中、英文專著，爲中國比較文學的研究提供了廣闊的視野和學術前沿理論。趙一凡在研究中强調學術思想性，關注理論創新與批評，提倡跨學科交叉研究，著有論文集《美國文化批評》《歐美新學賞析》，主持翻譯《資本主義文化矛盾》《美國歷史文獻》《愛默生文集》等。劉禾作爲學者、作家、新翻譯理論倡導者，致力於雙語寫作，中文著作有：《語際書寫》《持燈的使者》《跨語際實踐》《帝國的話語政治》《六個字母的解法》《世界秩序與文明等級》等，英文專著和論文有 *The Clash of Empires*, *Translingual Practice*, *Tokens of Exchange* 等。其中部分英文著作已被譯成包括中文的多種文字，在學界引起較大的反響。錢滿素主要從事美國文化研究,著有《愛默生和中國——對個人主義的反思》《美國文明》,論文集有《飛出籠子去唱》《美國當代小說家論》等等。他們的研究深刻反映了 80 年代留美學人在文學領域的貢獻:他們在理論上浸潤"歐風美雨",熟練運用西方的理論話語,具有自覺的批判意識;但在問題意識上有強烈的本土情懷,要麼爲中國學界介紹新學、要麼在國外學界研究中國問題。這對於中國比較研究、科研亦或教學都具有重要的意義。

(三) 雙語寫作、文化擺渡

80 年代大陸留學哈佛的博士或留在國外任教,或歸國致力科研。他們身兼數職,兼通多種語言,常常雙語寫作,通過教學、研究、出版、交流等多種途徑,爲我國學術研究國際化做出了傑出貢獻,成爲"文化擺渡人"。

劉禾曾任美國伯克利加州大學比較文學系和東亞系跨系教授及講席教授,現任美國哥倫比亞大學比較文學與社會研究所所長,東亞系終身人文講席教授,是美國 *Positions* 理論學刊編委、"Politics, History, and Culture 叢書"(杜克大學出版社)學術委員會委員、英國理論學刊 *Writing Technologies* 編委。她於 2011 年創辦清華大學—哥倫比亞大學跨語際文化研究中心,並擔任首屆主任。這些學術聲響,使其在國內外人文社會科學領域均具有重要影響。趙一凡先後兼任美國文學研究會常委理事、中華美國學會常務理事、中國社會科學院外國文學研究所研究員。張隆溪曾任教北大和加州大學河濱分校,現任瑞典皇家人文、歷史及考古學院現在唯一健在華裔外籍院士、歐洲科學院院士,香港城市大學"長江學者"講座教授,美國哈佛大學、耶魯大學及韋斯理大學傑出學人講座教授。

另外,這些學者除了從事文學學術研究外,還在其他人文社科領域成就卓著,不僅承擔了一系列的重要科研學術課題,而且還獲得多項榮譽大獎。這些榮譽既彰顯了我國學者在文學研究領域取得的重大成就,更擴大了中國學人的國際影響力。比如,劉禾是美國古根海姆(Guggenheim)大獎得主,曾獲全美人文研究所(National Humanities Center)年度獎,以及柏林高等研究所(Wissenschaftskolleg zu Berlin)年度獎等。錢滿素與趙一凡作爲國內高校外國文學研究領域重要學者之一,在教學和科研中都多有建樹,並承擔多項國家級、省級項目,成果頗豐。張隆溪作爲一名享譽國際的學者,2016 年被選舉爲國際比較文學學會(International Comparative Literature Association,簡稱 ICLA)主席,成爲該學會第一任華裔主席,這些都爲中國比較文學研究的國際化奠定了基礎。

三、哈佛訪學的樂黛雲與中國比較文學

（一）樂黛雲與比較文學之緣

新時期以來，去哈佛大學做訪問學者的越來越多，其中，對中國比較文學影響最大的，非樂黛雲莫屬。

比較文學這個學科在中國的起步與發展，是幾代人努力的結果。但無疑，北京大學起到重要作用。1981 年 1 月，中國成立了第一個比較文學學會——北京大學比較文學研究會，由季羨林教授任會長，錢鍾書先生任顧問，當時還是年輕講師的樂黛雲做秘書長。學會整理編撰了王國維以來的有關比較文學的資料書目，策畫編寫了"北京大學比較文學研究叢書"，並出版了《北京大學比較文學研究會通訊》。

1982 年，在哈佛訪學的樂黛雲在《讀書》雜志上發表《哈佛大學比較文學系一瞥》一文，寫到："肖菲爾和白璧德是這一領域中最受尊重的兩位教授。前者於一九一〇年創辦的《哈佛比較文學研究》年刊在促進美國的比較文學發展中起了很大作用；爲紀念後者而設立的白璧德比較文學講座教授職銜從一九六〇年開始，一直延續到如今。"①這是新時期國內最早一篇專文簡要介紹哈佛比較文學的文章。同年 2 月，樂黛雲在紐約還參加了國際比較文學第 10 屆年會，提交了《中國文學史教學與比較文學原則》，獲得關注，此文最後被收入《美國比較文學與總體文學年鑒》。哈佛一年的訪學結束後，樂黛雲被加州大學伯克利分校 1982 和 1983 連續兩年聘請爲客座研究員，白之教授（Cyril Birch）是她的學術顧問，她還結識了斯坦福大學的劉若愚教授（James Liu）。在美國的三年，哈佛是她的起點，是開辟研究新路徑的肇始之處。

在美國，樂黛雲精讀了劉若愚英文版的《中國詩學》和《中國文學理論》，參加了白之教授的中國現代文學討論課。這些在美比較文學學者用西方當代的文學理論來闡釋中國文學和文論，或者將中國文論置於世界文論的語境中考察，讓樂黛雲覺得如入新天地。事實上，這兩方面正是她後來研究比較文學的兩個重要路向。與此同時，學者的素養也讓樂黛雲在吸納新理論、新方法的時刻，一直保持清醒的思考和自覺的警惕："將很不相同的、長期獨立發展的中國文論強塞在形上理論、決定理論、表現理論、技巧理論、審美理論、實用理論等框架中，總不能不讓人感到削足適履，而且削去的正是中國最具

---

① 樂黛雲《哈佛大學比較文學系一瞥》，載《讀書》，1982 年第 6 期，頁 112。

特色、最能在世界上獨樹一幟的東西。"①

　　在《我是如何走上比較文學之路》一文中,她談到:"我對哈佛大學比較文學系嚮往已久,這不僅是因爲它的創辦者之一白璧德教授(Irving Babitt)對於東西方文化的匯合曾經是那樣一往情深,也不只是因爲 20 年代初期由哈佛歸來的'哈佛三傑'陳寅恪、湯用彤、吳宓所倡導的'昌明國粹,融化新知'爲東西文化的匯合開辟了一個嶄新的學術空間,還因爲 1981 年正在擔任哈佛東西比較文學系主任的紀延教授(Claudio Guillen)多次提到:'我認爲只有當世界把中國和歐美這兩種偉大的文學結合起來理解和思考的時候,我們才能充分面對文學的重大的理論性問題。'他的這一思想深深地吸引了我。"②1983 年 8 月,第一次中美雙邊比較文學研討會在北京召開,大會由錢鍾書先生致開幕詞,劉若愚、厄爾·邁納(Earl Miner)、西里爾·白之(Cyril Birch)和王佐良、楊周翰、許國璋、周玉良、楊憲益等世界著名教授都參加了大會。1985 年 10 月,由 35 所高等學校和科研機構共同發起的中國比較文學學會在深圳大學正式成立,大會選舉季羨林教授擔任名譽會長,楊周翰教授擔任會長。從此,中國比較文學走上了向"顯學"發展的坦途。

(二)樂黛雲對中國比較文學貢獻

　　樂黛雲對於中國比較文學的貢獻,用她自己的話來說,"無非是把 1949 年以來幾十年不提的東西重新提起來",然而就比較文學的發展歷程來看,樂黛雲對中國比較文學學科建設與比較文學理論及研究方法的貢獻更爲突出。

　　首先,在比較文學學科建設方面。中國比較文學早在 20 世紀初期便被魯迅、王國維等人關注,但真正以一個學科存在却是在 20 世紀 80 年代之後。其中不乏以樂黛雲爲主要倡導者的中國學者的共同努力。樂黛雲對於中國比較文學學科建設主要體現在她將比較文學作爲一門獨立的學科進行構建,而非僅僅是單純的文學研究。她認爲,比較文學除了影響研究和平行研究之外,還有"跨文化"研究,而中國比較文學在"跨文化"研究中具有重要的作用。在她看來,"探討和研究文學與其他學科的關係一直是比較文學的一個重要組成部分,特別是在文學與自然科學的互動關係方面,近來有較大發展"③。因此,她將中國比較文學的内涵定位於"跨文化"研究層面,不僅體現了當前全

---

① 樂黛雲《我如何走上比較文學之路》,載《中華讀書報》,2002 年 7 月 17 日。
② 同上。
③ 樂黛雲《比較文學與比較文化十講》,上海,復旦大學出版社,2004 年,頁 82。

球化背景下的文學研究,也反映了中國比較文學的内涵特性。

其次,在比較文學理論研究方面。作爲一種學科體系,"文學理論理所當然地在比較文學中佔有著核心的地位"①。在樂黛雲看來,比較文學在文學研究中應遵守的原則是"和而不同""多元共生"。她注重文學中的"他者"意識,強調通過不同文學之間的交流互動來反觀自身的發展。尤其是隨著全球化的推進,人類認識逐漸從傳統的"中心""二元對立"等觀念逐漸向"多元化共生"理念。在此背景下,"多元共生"就顯得尤其重要。她將中國傳統文化中的"和而不同"與"多元共存"原則相對比,指出:"對於處理這一複雜問題,中國傳統文化中的'和而不同'原則或許是一個可以提供重要價值的文化資源。"②同時,她將這一理論上升到世界經濟政治與文化背景之上,在更廣闊的政治文化背景中探討不同文化間的"差別"與"共生",體現了她作爲一名中國學者所具有的立場與視野。

再次,在比較文學研究方法方面。中國比較文學的"跨文化"性決定了其研究方法的"跨越性"特徵。"跨文化比較"作爲一種研究方法,是樂黛雲對中國比較文學研究重要的方法論貢獻。在她看來,"跨文化"是全球化時代比較文學研究的一種新角度,是對傳統以西方爲中心的文學研究的一種挑戰,其前提必然是平等對話或交流。她説:"比較文學完成它在轉型時期的歷史使命,就必須實現自身的重大變革。這種變革首先是從過去局限歐美同質文化的窠臼中解放出來,展示多方面異質文化交往的研究。"③可見,她對不同文化間平等交流的肯定與鼓勵。而"比較"是文革之後中國學界對外交流的一種新姿態,也是與"'中心'相對,是一種全新的'對話'的理念。"④通過"比較"將不同文學間的差異性與同質性進行分析,進而探尋文學發展的普世規律是文學研究的重要旨歸。

總之,在中國比較文學近四十年的發展歷程中,樂黛雲無疑是繼楊周翰、季羨林、錢鍾書等諸位先生之後,對當代中國比較文學做出重大貢獻的一位學者。她以全副熱情,"從國際交往、國内團體和教學研究體制構建三個方面,馬不停蹄、全力以赴地爲中國比較文學學科的建設和發展而努力工作,以其超常的經歷、不懈的熱情,突出的組織能力和學術奉獻精神聞名於國際國内比較文學界"⑤,爲後輩學人樹立了榜樣。從哈佛訪學

---

① 樂黛雲《比較文學與比較文化十講》,上海,復旦大學出版社,2004 年,頁 13。
② 同上書,頁 35。
③ 同上書,頁 199。
④ 曾繁仁《樂黛雲教授在比較文學學科重建中的貢獻》,載《北京大學學報》,2010 年第 5 期,頁 112。
⑤ 陳躍紅《學術的國家意識與國際意識——樂黛雲先生的文學視野》,載《中國比較文學》,1999 年第 2 期,頁 105。

開始,她就以女性少有的開闊視野,將中國當代比較文學引入國際學術界,擴大了中國比較文學的國際影響,使之成爲國際比較文學的重要組成部分。

四、哈佛燕京學社與中國的百年文學學術交流

(一) 哈佛燕京學社成立緣起

哈佛與中國的文學學術交流百年有餘,除去人與書,還有哈佛燕京學社這一機構的制度化保證,才能確保長期的影響綿延。

哈佛燕京學社(Harvard-Yenching Institute)是美國鋁業公司創始人查爾斯·M·霍爾(Charles Martin Hall)的遺產捐贈的,意在資助教會在亞洲興辦高等教育和學術研究。1928 年 1 月 4 日,哈佛燕京學社成立。學社的創建者們相信"學術研究可以超越民族主義的壁壘,不單純是超越中西之間的隔閡,也包括中國與日本之間的障礙"[1]。"哈佛燕京學社是中美大學合作最著名的例子之一,又是人文學科大發展的少數例子之一。"[2]它的歷任社長都是東方問題研究專家。

哈佛燕京學社自成立之日起,就是一個專項基金制、建制完整的學術機構。它從一開始就是兩大合作主體,即燕京等七所教會大學與哈佛大學實行全方位合作的學術機構。與當時的其他中外合作機構相比,哈佛燕京的合作是相互雙向的:"20 世紀初,盛名之下的哈佛與正在成長之中的燕京大學各有特色,各有優長。哈佛的現代訓練方法、先進設備與燕大的研究中國古代文化的地緣優勢,有機統一在學社的旗號下互補互惠。從此,兩校在盡可能的範圍內互通有無,相互支持,共同發展。當時燕京在洪業等人的主持下,大力替哈佛燕京圖書館搜集珍本、善本……而燕京由於哈佛及校友的資助,圖書藏量居全國高校第四,三萬多卷雜志中有近二百種西文期刊……兩大主體在師資交往、人才培養、文物搜集和圖書徵購等方面進行全方位的合作與交流。"[3]作家張鳳也曾撰文《哈佛燕京學社 75 年的漢學貢獻》從人才、圖書、文物等多方面對此進行過梳理。

(二) 哈佛燕京學社對中國學術研究之影響

80 年代以來,隨著改革開放的推進及中美關係的恢復,對哈佛燕京學社的歷史價值

① Philip West, *Yenching University and Sino-Western Relations* (1916—1952), Harvard University Press, 1962, p. 198.
② 傑西·格·盧茨著,曾钜生譯《中國教會大學史(1850—1950)》,杭州,浙江教育出版社,1988 年,頁 293。
③ 彭小舟《論哈佛燕京學社的組織特徵》,載《河北大學學報》,2003 年第 2 期,頁 89。

及其對中國學術交流意義的審視,是中外文學交流史中的重要課題之一。總體上看,哈佛燕京學社對中國近百年文學學術交流的影響主要體現在:

第一,對中國現代學術轉型的推動作用。1925 年 9 月,"哈佛燕京學社" 協議中明確規定:"學社的首要目的是通過哈佛大學與燕京大學以及中國其他研究機構的合作,保證爲學術研究提供便利,資助出版那些經學社董事會贊同的在中國文化領域以及中國學的其他方面的研究成果";"關於中國文化的研究方向,准備把經費首先資助於那些課題,如中國文學、藝術、歷史、語言、哲學和宗教史。共同的任務是在激發美國人的興趣和利用近代批評手段來鼓勵在中國的東方問題研究。"①可見,"近代批評手段" 是哈佛燕京學社提倡的學術研究的重要方法,也是中國現代學術轉型的重要動力。

衆所周知,中國思想界在很長時間都受到歐美學潮的影響,這不僅包括歐美學術理論著作的引進,還包括歐美價值觀念的滲透。尤其是 19 世紀末,西學東漸不僅拓寬了國人的認知視野,而且也開啟了中國近代文藝發展的新動向。20 世紀初,在王國維、胡適等學者的努力下,中國學界對於西方科學方法的討論與重視進入一個新階段。而成立於 20 世紀 20 年代的哈佛燕京學社在科學研究方法上對中國現代學術具有重要的推動作用。同時,從哈佛燕京學社資助内容來看,其對於 "中國文化領域以及中國學的其他方面的研究成果""中國的東方問題研究" 及在 "中國文學、藝術、歷史、語言、哲學" 等方面的重視,顯示了該學社研究視角由 "歐美" 逐漸轉向 "中國本身",也在一定意義上反映了中國現代學術視角及内容的轉型。

第二,注重對中國學術人才培養。哈佛燕京學社自成立起,就十分注重人才培養,主要有聯合培養博士研究生、區域研究—東亞計劃、高級培訓項目、訪問學者計劃等方式。其中,聯合培養博士研究生項目是哈佛燕京學社的跨學科研究人才培養的重要途徑。作爲中美學術交流的重要機構,哈佛燕京學社將研究内容逐漸轉向中國領域,爲方便學術人才交流,學社每年會組織相關的學術項目,並對參與者給予一定的資助,這爲中國學術人才的培養提供了天然的平臺。尤其是一些作爲哈佛燕京學社核心人物的中國學者,他們不僅聯通了中美學術交流,還開拓了中國學術交流視野,在中國學界的影響頗深。

1928 年,哈佛燕京學社成立,中國學者洪業受聘擔任哈佛大學客座教授。1930 年,洪業回國,主張用哈佛燕京學社所倡導的 "利用近代批評手段" 的宗旨來改革中國傳統

①　張寄謙《哈佛燕京學社》,載《近代史研究》,1990 年第 5 期,頁 151—152。

學術教育體系,強調應"把研究人員安排到大學的不同系中,使他們的工作更好地與大學其他方面的工作協調起來"①。這不僅將學術人才與教學體系相勾連,也在一定意義上爲學術人才提供了一個更加穩定的發展平臺,進而促進了中國學術人才的發展。② 他們大多接受燕京學社的資助,對於中美雙方的學術研究都具有重要的意義。

　　第三,出版大量學術著作。哈佛燕京學社的核心宗旨是"開展與提供中國文化以及亞洲大陸其他地區、日本、土耳其及巴爾幹國家的研究、教學和出版"③。可見,除了注重文化研究外,學社還注重對出版領域的關注。爲促進中美學術間的發展,哈佛燕京學社注重學術成果的出版,具有較完備的學術成果體系。1936 年,《哈佛亞洲研究學報》的創立,標志著學社對於學術成果的重視。之後,學社開始著手對專著、工作論文、訪問學者成果以及亞洲出版物進行出版。尤其是 80 年代以來,由哈佛燕京學社和生活·讀書·新知三聯書店共同負擔出版資金,面向海內外學界,公開誠徵中國中青年學人的優秀學術專著(含海外留學生)出版"三聯·哈佛燕京"學術叢書,截止 2018 年 12 月出版 17 輯共 104 本。其中涉及文學、思想史的有 49 本。該叢書的編輯宗旨是"意在推動中華人文科學與社會科學的發展進步,獎掖新進人材,鼓勵刻苦治學,倡導基礎扎實而又適合國情的學術創新精神,以弘揚光大我民族知識傳統,迎接中華文明新的騰飛"(見每册書首頁)。

結　語

　　1987 年 6 月,我國比較文學學會第一任會長、北京大學英語系教授楊周翰先生在日本京都召開的日本比較文學學會年會上演講題目爲《中國比較文學的今昔》,這是新興的中國比較文學在國際比較文學界的一次重要亮相。在演講中他強調,中國比較文學不像歐美比較文學,發端於大學講壇,而是與政治和社會上的改良運動有關,"這種文化薰陶使人們看到本國文學受外來影響,或外國文學中有中國成分,就自然而然要探個究竟"④。正是這種"探個究竟"的想法開啟了中國比較文學發展的新方向。而在中國比

---

①　香港中文大學宗教研究中心收藏,美國亞洲基督教高等教育聯合董事會檔案縮微膠卷: 335/5124,652—653。(轉自劉玲《哈佛燕京學社的旨趣與中國史學人才之培養》,載《史學理論與史學史學刊》,2015 年,頁 250。)

②　主要培養的人才列舉參見張鳳《哈佛燕京學社 75 年的漢學貢獻》,載《文史哲》(3),2004 年,頁 59—68。

③　轉引自: 歐陽光華、胡藝玲《開放與堅守: 一流大學跨國學術共同體探析——以哈佛燕京學社爲例》,載《黑龍江高教研究》,2018 年第 6 期,頁 84。

④　楊周翰《鏡子和七巧板》,北京,中國社會科學出版社,1990 年,頁 7。

較文學近四十年的發展歷程中,哈佛與中國學術之間深厚的淵源關係,不僅促進了中美學術新發展,還催生了中國比較文學的興起。

1980 年代以來,一大批留美學人以其自身的讀書、研究、教學經驗爲中國比較文學發展奠定了基礎;其中留學、訪學於哈佛大學的學者們後來的努力與成就,在一定意義上爲中國比較文學研究帶來了新的研究方法與視野。尤其是以樂黛雲爲代表的大批中國學者,對中國比較文學的學科建設、理論建構、研究方法探討進行了系統性的推進,確定了比較文學獨特的學科地位。而在哈佛與中國的文學學術交流史中,以哈佛燕京學社爲代表的學術機構在中國現代學術的轉型、人才培養、出版成果著作方面,不僅爲中美學術交流的開展提供了一個相對穩定的平臺,而且對中國近百年文學學術交流具有重要的影響。作爲中美間學術交流機構,哈佛燕京在中美學術交流史上的地位不可或缺。而正是這些綜合因素爲中國比較文學近四十年的發展提供了重要保證,也促進了中外學術交流的順利進行。

(作者郝嵐爲天津師範大學跨文化與世界文學研究院、文學院教授,博士生導師;作者王曉燕爲天津師範大學跨文化與世界文學研究院、文學院教師)

伊人之辭：國際《詩經》學與女性話語的敘述格局、戲劇效果

洪 濤

一、引言：叙述聲音與女詩人

近人李辰冬（1907—1983）認爲《詩經》305篇都是周宣王時期尹吉甫（前852年—前775年）的作品。李辰冬堅稱古今學者將《詩經》的作者及成書年代都搞錯了①。

先秦時期，没有女詩人嗎？我們知道《山有扶蘇》《狡童》都是女子斥責狡童的口吻。這現象應該怎樣解釋？②

《詩經》詩篇的叙述格局有何特徵？詩篇中，誰在説話？對誰説話？這類問題有時候難有明確的答案，因爲發言者可以是當事人本身，又可以是局外人，例如，《陳風‧株林》中的"從夏南"這句話我們不知道是誰説的③。又如《鄭風‧女曰雞鳴》，宋人王質辨析道："大率此詩婦人爲主辭，故'子興視夜'以下皆婦人之詞。"④

有些詩篇明顯是女子口吻，然而，女子口吻是出自女詩人筆下嗎⑤？《詩經》中的女

---

① 李辰冬研究《詩經》的主要著作有《詩經通釋》《詩經研究》《詩經研究方法論》。他在《詩經通釋》（中册）（臺北，水牛出版社，1996年）解釋：所謂"通釋"，就是以尹吉甫一個人的事跡貫通解釋三百零五篇。參看頁16。按：《大雅》中的《崧高》《烝民》《江漢》，《毛詩》序都説"尹吉甫美宣王也"。到二十一世紀，黄坤堯指出李辰冬的研究兼用科學方法和推理想像。參看黄坤堯《評李辰冬的尹吉甫研究》，刊載於《詩經研究叢刊》第20輯，2011年。

② 李辰冬《詩經通釋》（中册），頁762。李辰冬認爲《山有扶蘇》《狡童》是仲氏罵尹吉甫之詩。理論上，尹吉甫有可能"（用詩）記録"仲氏罵語針對之人。

③ 這句話也許是趕車人的話語。同類案例：《楚辭‧湘君》是誰的話語？似是通篇表達湘夫人口吻，參看：游國恩《楚辭論文集》，上海，古典文學出版社，1957年，頁248。又，脂硯齋在《紅樓夢》抄本上寫下大量批語。脂硯齋是男是女？純粹從批語的内容推測，世人没有得到肯定的答案。例如，周汝昌力主脂硯齋就是書中的史湘雲，而皮述民推測脂硯齋是清康熙年間的史鼎。

④ 見王質《詩總聞》，轉引自陳子展《詩經直解》，上海，復旦大學出版社，1983年，頁254。

⑤ Maija Bell Samei, *Gendered Persona and Poetic Voice: the Abandoned Woman in Early Chinese Song Lyrics*, Lanham: Lexington Books, 2004。該書第44頁開始討論《詩經》的特點。作者區分 the woman's voice 和 narrator（第51頁），例如《毛詩》第68首《中谷有蓷》的叙述者只是一位旁觀者。

性聲音，會不會像是屈原（約前 340—前 278 年）那般戴上性別面具（gender mask）發出的①？屈原《離騷》：“衆女嫉余之蛾眉兮，謠諑謂余以善淫。”（那些女人嫉妒我的美貌，造謠誹謗我善於淫邪）②屈原似乎以棄婦的口吻發言③。

這樣看來，我們應該考慮詩人（作者）和詩篇叙述者之間是否存在差異④。也許，詩人不是事件的當事人，詩人只是風聞者、筆録者⑤。此外，一個詩篇中也可能不止一種聲音，例如《周南・卷耳》首章思婦自稱“我”，第二章第三章中征人也自稱“我”。《魏風・陟岵》的格局和《卷耳》有幾分相似⑥。總之，詩人像是隱身的超叙述者，他可以在一首詩中安排兩三個叙述聲音⑦。

理論上，詩人是面對讀者説話（叙説），而詩中的“我”是面對詩中的其他角色説話。這是兩種不同的叙述格局⑧。

英國學者 Arthur Waley 對於《詩經》中各種“叙述聲音”（the variety of voices）有非常敏鋭的觀察和掌握。他的詮釋有時候出人意表，例如，《邶風・匏有苦葉》的首二章 Waley 設定爲男女對話；《豳風・九罭》，Waley 認爲全詩是三段引語（quotations），他的譯文却没有標示誰是説話者。再如，《邶風・緑衣》四章：

> 緑兮衣兮，緑衣黄裏，心之憂矣，曷維其已。
> 緑兮衣兮，緑衣黄裳，心之憂矣，曷維其亡。
> 緑兮絲兮，女所治兮，我思古人，俾無訧兮。
> 絺兮綌兮，凄其以風，我思古人，實獲我心。

---

①　孫康宜《文學的聲音》，臺北，三民書局，2001 年，頁 10。“性別面具”是指由男性虚構的女性，目的是借女性託喻。典型的例子是唐代張籍的《節婦吟》。

②　《離騷》後半部分描寫了“求女”。“求女”之意圖，向來歧説甚多。筆者認爲，“求女”應是喻指尋求能通君側之人。臺灣學者古添洪用“自戀”“雙性同體”和“釋放女性壓抑”來解釋“男用女聲”（female-persona lyrics）。參看 Peng-hsiang Chen and Whitney Crothers Dilley ed. *Feminism/Femininity in Chinese Literature*, Amsterdam：Rodopi, 2002, pp. 91 - 93.

③　游國恩（1899—1978）提出《楚辭》的“女性中心説”。參看游國恩《楚辭論文集》，頁 192、199。

④　關於詩人和叙述者之間存在差距，參看種村和史（Kazufumi Tanemura, 1964—）著、李棟譯《宋代詩經學的繼承與演變》，上海，上海古籍出版社，2017 年，頁 471。

⑤　唐、宋疏《詩》系統有時候將作者和詩中叙事者區分開來。區分的目的是爲了強調道德意義，例如道德反省。參看種村和史《宋代詩經學的繼承與演變》，頁 483。

⑥　有一個“全知”的叙述者在叙寫《周南・卷耳》前後兩個“我”？日本學者青木正兒不考慮這問題，他推測今存《卷耳》是誤合二詩爲一首詩。參看：青木正兒《支那文學芸術考》，東京，弘文堂書房，1942 年，頁 89—116。此外，《魏風・陟岵》每章開首先寫實（征人處境），其後三章或是寫虚（虚＝想像：征人懸想“父曰……”“母曰……”“兄曰……”）。

⑦　關於“超叙述者”，請參看王彬《紅樓夢叙事》，北京，中國工人出版社，1998 年，頁 7、30。在小説研究中，作者由叙述者代言。然而，在另一些文類中，作者自己就是叙述者。

⑧　一首詩之中可以兼有兩種叙述格局。

以下是 Waley 的《綠衣》英譯本：

　　　　The Lady：Heigh，the green coat，

　　　　　　　　The green coat，yellow lined！

　　　　　　　　The sorrow of my heart，

　　　　　　　　Will it ever cease？

　　　　　　　　Heigh，the green coat，

　　　　　　　　Green coat and yellow skirt！

　　　　　　　　The sorrow of my heart，

　　　　　　　　Will it ever end？

　　　　The Man：Heigh，the green threads！

　　　　　　　　It was you who sewed them.

　　　　　　　　I'll be true to my old love，

　　　　　　　　If only she'll forgive me.

　　　　　　　　Broad-stitch and openwork

　　　　　　　　Are cold when the wind comes.

　　　　　　　　I'll be true to my old love

　　　　　　　　Who truly holds my heart. ①

可見,譯詩中有兩個聲音：開首兩章由女子(The lady)説出,然後,餘下的兩章是一個男子對 you 説話。這 you,就是前面那女子 The lady②。

　　男子想表達的意思是：面對衣物想起你(you,就是他的舊戀人)。他希望得到 you 的原諒。

———————————

　　① Arthur Waley, *The Book of Songs*, New York：Grove Press, 1996, p. 58。關於此詩英譯本的分析,請參看洪濤《從窈窕到苗條：漢學巨擘與詩經楚辭的變譯》(南京,鳳凰出版社,2013 年)討論《綠衣》部分。另外,《唐風·揚之水》的 Waley 譯文也是顯示一女一男在對話。參看 Waley 譯本 1937 年版第 74 首,頁 70。

　　② 此外,Waley 的《有杕之杜》譯文出現兩種聲音：wife 和 chorus (p. 149)。《唐風·蟋蟀》則是 the feasters 和 the monitor 對唱。有時候,Waley 的譯文沒有標示誰在説話,例如,《鄭風·野有蔓草》最後一句："Oh, Sir, to be with you is good." (p. 21)但是,從話語内容我們可以推測到這是女子的話。

　　這詩前後不同的角色配置（different personae）是 Waley "創造" 出來的。譯作反映：首二節，女子自述她自己面對緑衣，心裏愁苦；第三、四節，男子訴説自己做了對不起女子的事。然而，傳統的意見是：《緑衣》的叙述角度是一致的（一元化，即通篇言辭皆由一人叙出）①。

　　Waley 譯詩的特徵提醒我們，叙述接收者（narratees）的 "設置" 可以左右一首詩的詮釋方向：叙述者到底對誰説話、雙方關係如何，等等②。我們説是 Waley "設置"，因爲歷朝歷代，再無別人從《緑衣》看到兩個説話人③。這不是孤例，《小雅·杕杜》Waley 設定爲婦人、衆人、征夫輪流領唱，這種安排（設置）也很特別④。

　　《邶風·緑衣》是否純屬女性話語，主角又是什麽人？對於這類問題，千百年來世人有不同見解，衆説紛紜⑤。Waley 是域外學者，竟能推陳出新，實屬難得。本文從幾個方面探討域外學者對《詩經》的叙述格局有什麽見解，他們的譯文有什麽藝術效果。此外，本文也略探 "先秦女詩人" 這個問題。

二、William Jennings 的《雄雉》英譯：
叙述接收者的轉變

　　在叙述者和叙述接收者（narratee/addressee）這個問題上，英國學者 William Jennings 的《雄雉》英譯本有特別的表現。接下來，我們分析 Jennings 的譯文，先録譯文如下：

> The male pheasant has taken his flight,
>
> 　Yet leisurely moved he his wings！
>
> Ah, to thee, my beloved, thyself

① 張樹波《國風集説》，上册，石家莊，河北人民出版社，1993 年，頁 250。聞一多認爲《緑衣》是 "男詞"。
② 《鄭風·女曰雞鳴》末章中 "子" 未必是叙述者的丈夫。另外，《秦風·蒹葭》中的 "伊人"，未必是女性（"伊人" 在古代可稱男又可稱女，一如古人用 "子" 兼稱男女）。不過，近人多視 "伊人" 爲女性，例如：王玉潔《伊人如月水一方：詩經中的女子情懷》（合肥，黄山書社，2010 年）就是如此。此外，近人往往將《詩經》中的 "子" 視爲男性。參看洪濤《特別聚焦和語義落差：〈詩經〉外譯的陌生化現象》，載《人文論叢》，2017 年 1 期，頁 305—313。
③ 參看 Maija Bell Samei, *Gendered Persona and Poetic Voice: the Abandoned Woman in Early Chinese Song lyrics*。該書第 44 頁開始討論《詩經》的特點。作者明顯區分 the woman's voice 和 narrator（第 51 頁），例如，《毛詩》第 68 首《王風·中谷有蓷》的叙述者只是一位旁觀者。《中谷有蓷》原詩："中谷有蓷，暵其乾矣。有女仳離，嘅其嘆矣。嘅其嘆矣，遇人之艱難矣！中谷有蓷，暵其脩矣。有女仳離，條其歗矣。條其歗矣，遇人之不淑矣！"
④ 近人高亨（1900—1986）認爲《小雅·杕杜》末章寫征夫家人的盼望。參看：高亨《詩經今注》，上海，上海古籍出版社，1980 年，頁 234。另外，《東門之墠》英譯本，Waley 設定爲一男一女對唱。《小雅·車舝》英譯本，Waley 設定爲主人與賓客對唱。
⑤ 《緑衣》，《毛詩》序説是 "國人" 作，朱子認爲是 "婦人" 作，宋人吕祖謙（1137—1181）認爲是國人代婦人作。

What sorrow this severance brings!

The male pheasant has taken his flight;
From below, from aloft, yet he cried.
Ah, true was my lord; and my heart
With its burden of sorrow is tried.

As I gaze at the sun and the moon,
Free rein to my thoughts I allow.
O the way, so they tell me, is long:
Tell me, how can he come to me now?

Wot ye not, then, ye gentlemen all,
Of his virtue and rectitude?
From all envy and enmity free,
What deed doth he other than good?①

Jennings 自行擬定詩題：Separation(分離)。他又解釋説：The wife of some officer tells of their mutual regret at his absence on foreign service. 説的是夫妻分離。

譯詩末章那些 gentlemen 是誰？譯注解釋：gentlemen 是 The husband's comrades. 也就是她丈夫的同袍、戰友。

綜合上述兩點，我們知道 Jennings 對此詩的理解是：婦人向 gentlemen 抱怨：丈夫久役，離家不歸。

將 Jennings 此譯與 Waley 的譯文相比，我們可以得出這樣的結論：Jennings 的詩義詮釋是比較守舊的。所謂"守舊"是指恪守舊説("大夫久役，男女怨曠")。Waley 却認爲《雄雉》寫的是男女之間的訴訟②。

Jennings 的《雄雉》譯詩在叙述格局上頗有特色。筆者注意到譯詩中 narratee(叙述

---

① William Jennings, *The Shi King, the Old "Poetry Classic" of the Chinese. A Close Metrical Translation*, London: George Routledge and Sons, 1891, p. 61.
② 關於 Waley《雄雉》譯文的特徵，筆者另文討論。

接收者）的轉換。以下是筆者的分析。

　　譯詩的第一章，設爲婦人對丈夫傾訴。她稱丈夫爲 thee（這是英語的第二人稱，意思是"你"）。她說：Ah，to <u>thee</u>，my beloved，thyself／What sorrow this severance brings！表面上，叙述者似是看著雄雉說話，其實，my beloved 應該是指她心中記掛的人。這人是叙述者的丈夫。

　　到了最後（譯詩的末章），她說話的對象變成其他人（ye gentlemen all）。那 ye 的意思是"你們"。最後兩句是：From all envy and enmity free，／What deed doth <u>he</u> other than good？她稱心上人爲 he（第三人稱）。

　　綜合上述兩點可知：叙述者是在 gentlemen 面前迴護 he（他的夫君）。但是，Jennings 没有像 Waley 那樣說明 gentlemen 是審判者①。

　　《詩經》中另有這類面對衆人爲自己申辯的言辭，例如：《鄘風・載馳》末章寫叙述者發言："大夫君子，無我有尤。百爾所思，不如我所之。"②發言者可能是許穆夫人，而叙述接收者是"大夫君子"（請看下文）。

　　《詩經》中叙述接收者這個課題，值得我們進一步探討。本文主要關注：詩篇中那些"女性的聲音"屬於誰？是對誰發出的？如果我們結合英譯本來看，我們會發現一些饒有興味之處。

三、女性的聲音：軟語告誡男方

　　《詩經》中"女性的聲音"有時候是有特定傾訴對象的：一、女性直接向男子（情人）表達心聲；二、女性向旁人傾訴。

　　向"情人表達心聲"最典型的例子是第 20 首《召南・摽有梅》和第 76 首《鄭風・將仲子》。

　　《召南・摽有梅》的說話對像是"庶士"。所謂"求我庶士，迨其今兮"意思是："有心追求我的小夥子，到今兒切莫再等。"

---

①　順帶一提，Waley 認爲《鄘風・牆有茨》内容也涉及訟案。

②　陳子展《詩經直解》，頁 163。另，《小雅・巷伯》："凡百君子，敬而聽之。"此外，《鄘風・載馳》與《雄雉》相同之處是末章都有"百爾……""君子"。《雄雉》是"百爾君子"。按舊説，《鄘風・載馳》的叙述者可能是許穆夫人本人。近人王靖獻（C. H. Wang）指出，《鄘風・載馳》是高度套語化的作品（highly formulaic in language）。參看 C. H. Wang, *The Bell and the Drum: Shih Ching as Formulaic Poetry in an Oral Tradition*, Berkeley: University of California Press, 1974, p. 62. 另外兩首高度套語化的詩篇是《齊風・南山》和《小雅・出車》。關於"套語"，劉毓慶也討論過《小雅・出車》。見劉毓慶《詩經二南彙通》，北京，中華書局，2017 年，頁 324。

　　《將仲子》詩中叙述者説話的對象只有一個人。現代學者大多認爲這首詩反映一個少女的顧慮：你(仲子)不要逾牆來相會,因爲這樣做會被人責罵。《齊風·雞鳴》那女子也催促男子別貪戀床第,不要惹人非議①。

　　《將仲子》那個"仲子"是誰②?"仲子"在《詩經》中只出現一次,舊説以爲"仲子"就是鄭國的祭仲,其實,只有説話者自己才知道"仲子"的姓名。他是誰? 我們必須承認,詩篇本身没有寫清楚。

　　《詩經》中另有"仲氏",例如《邶風·燕燕》最後一章："仲氏任只,其心塞淵。終温且惠,淑慎其身……"古人爲兄弟姐妹排行,從大到小的順序是伯、仲、叔、季③。"仲氏",或可解作"二妹"。另外,《詩經》中又有"張仲"和"南仲",分別見於《小雅·六月》和《小雅·出車》。

　　《將仲子》的"仲子",Waley 譯爲 Chung Tzu（1937：35）,而瑞典學者高本漢（Bernhard Karlgren）譯爲 Chung-tsi④。只看這些拼音詞（Chung Tzu、Chung-tsi）,讀者將難以斷定這人是男還是女。

　　在英國學者 James Legge 的譯文中,"仲子"是 Mr. Chung。《將仲子》開頭寫"將仲子兮,無逾我里,無折我樹杞",Legge 的譯文是：

I pray you, Mr. Chung,

Do not come leaping into my hamlet;

Do not break my willow trees ... ⑤

Legge 這樣措辭,有助於讀者瞭解説話的對像是個男性(求愛者)。不過,"仲"可能不是姓,因此,譯爲 Mr. Chung,恐怕不妥。也就是説,那個 Mr 會被質疑。

<hr/>

① 聞一多(1899—1946)認爲《汝墳》末章"父母孔邇"也是表達少男少女相會時的"顧慮"。參看聞一多《聞一多詩經講義》(天津,天津古籍出版社,2005 年)第 27 篇。關鍵在《汝墳》詩中的"王室"二字應如何解釋：聞一多認爲"王室"指王室子弟;孫作雲認爲是禖祀神廟之類(供男女聚會)。一般學者認爲"王室"指王朝。

② 一般的解釋是：仲,是兄弟中排行第二者,也就是一家之中的次子。王士元(William S-Y. WANG)説： In olden times in China, siblings used to be named in the order of bo, zhong, shu, and ji. So the Zhong in the name of the poem tells us that the lover is the second in this order among his siblings. 參看 William S-Y. WANG, *Love and War in Ancient China: Voices from the Shijing* (Hong Kong: City University of Hong Kong Press, 2013), p. 87.

③ 序列也可以是孟、仲、叔、季。女子以用"孟"字居多,例如"孟姜女"即姜家的大女兒。《鄭風·有女同車》有"彼美孟姜,洵美且都"之句。《鄘風·桑中》有"美孟姜矣"。這"孟姜",或即齊國的文姜,她是齊僖公的大女兒。另外,關於伯、叔,《詩經》中有《伯兮》和《叔于田》。

④ 參看 B. Karlgren, "Glosses on the Kuo Feng Odes", *The Bulletin of the Museum of Far Eastern Antiquities* (Stockholm: Museum of Far Eastern Antiquities, 1942), p. 51.

⑤ James Legge, The Chinese Classics: *The She King* (London: Trubner & Co., 1871), p. 125.

　　關於"仲"，崔述（1740—1816）《讀風偶識》説："大抵《毛詩》事事附會。仲與叔皆<u>男子之字</u>，鄭國之人不啻數萬，其字仲與叔者不知幾何也？乃稱叔即以爲共叔，稱仲即以爲祭仲，情勢之合與否皆不復問。然則鄭有共叔，他人即不得復字叔，鄭有祭仲，他人即不得復字仲乎？"①崔述認爲"仲"是字，不是姓。也有人認爲"仲子"是昵稱，是"女對男稱'哥兒'"②。我們發現，Legge 的韵文版英譯不再沿用 Mr. Chung③。

　　《召南·野有死麕》也是描寫女生告誡男子（吉士）不要太性急，否則會有不良後果：

> 野有死麕，白茅包之。
> 有女懷春，吉士誘之。（第一章）

> 林有樸樕，野有死鹿。
> 白茅純束，有女如玉。（第二章）

> 舒而脱脱兮，無感我帨兮，無使尨也吠。（第三章）

　　末章是女子勸告吉士的話語：你別拉扯我的佩巾，你別驚動那獵犬！④ 她要制止對方（男子）的行爲，正如《將仲子》那女子要阻止仲子踰牆而入⑤。

　　《鄭風·褰裳》似乎相反：勸進，而不是勸阻。《褰裳》寫女子勸説追求者（子、狂童）主動來找她。她説："子惠思我，褰裳涉溱。子不我思，豈無他人？狂童之狂也且！子惠思我，褰裳涉洧。子不我思，豈無他士？狂童之狂也且！"她盼望對方更積極，盼望他用情專一，否則自己可以選擇和别人相好⑥。

---

　　① 轉引自：陳子展《詩經直解》，頁 243。
　　② 謝晉青《詩經之女性的研究》，上海，商務印書館，1924 年，頁 75。謝晉青又認爲《詩經》中的"叔伯"也是女對男的一種稱呼。參看同書頁 79。
　　③ 韵文版首句改爲 My worth Chung, I pray。參看 Legge, *The She King*, *or*, *The Book of Ancient Poetry*, London：Trubner & Co., 1878, p. 120。
　　④ 劉毓慶認爲末章純是描寫而非誡男子，那帨只是女家門口之懸帨。參看：劉毓慶《詩經二南彙通》，頁 489。另外，黄典誠將《召南·野有死麕》末章三句放在引號之中。參看：黄典誠《詩經通譯新詮》，香港，天地圖書有限公司，2013年，頁 71。
　　⑤ 《鄭風·野有蔓草》寫"有美一人……適我願兮"，詩中人顯得没有什麼顧忌。
　　⑥ 黄典誠認爲"且"字獨立。參看黄典誠《詩經通譯新詮》，頁 165。另外，《鄭風·出其東門》也寫用情專一，首章："出其東門，有女如雲。雖則如雲，匪我思存……"。

　　"子惠思我,褰裳涉溱"意思是"你想念我的話,你就褰裳來見我"①。也就是説,女方主動情挑那"狂童",要他褰裳涉水來見。就像《摽有梅》《子衿》中的女子一般,《褰裳》這個姑娘(叙述者)也要求男子更進取。

　　《詩經》中有其他詩句表達對"子"的不滿、遺憾,例如,《鄭風·東門之墠》第二章:"豈不爾思? <u>子不我即</u>。"又如,《鄭風·子衿》詰問對方爲什麼不來見面:"青青子衿,悠悠我心。縱我不往,子寧不嗣音? 青青子佩,悠悠我思。縱我不往,<u>子寧不來</u>? 挑兮達兮,在城闕兮。一日不見,如三月兮!"這些話語都是期望對方更主動,不責己而厚望於人②。

　　《摽有梅》《褰裳》《東門之墠》《子衿》篇中都有對男子的稱謂詞(庶士、狂童、他士、子),有了這些稱謂詞,我們可以判定誰是叙述接收者(narratees)。但是,有些詩篇的叙述格局不大清楚。我們在下一節探討這問題。

四、女性的聲音: 女生面斥男方? 士代女言?

　　《鄭風·將仲子》《鄭風·褰裳》寫女性告誡男方(情人),而《國風》中有些詩篇似是描寫女子當面貶斥男方,例如,《毛詩》第 84 首《鄭風·山有扶蘇》:

山有扶蘇,隰有荷華。

不見子都,乃見狂且。

山有喬松,隰有遊龍。

不見子充,乃見狡童。

這首詩可能是表達女人申訴的口吻: 她貶斥某男子爲"狂且""狡童"③。James Legge 的英譯如下:

────────────

①　陳子展引《毛詩寫官記》。參看陳子展:《詩經直解》,頁 266。James Legge 的譯文却表達女子褰裳往見男子: If you, Sir, think kindly of me,/I will hold up my lower garments, and cross the Zhen. 濤按: Legge 這樣理解,與朱子的看法相同。

②　《王風·采葛》也寫"一日不見,如三月兮",但是叙述者没有詰問對方。

③　"且",通狙。狙,獼猴。參看高亨《詩經今注》,頁 118。馬瑞辰認爲"且"是"伹"。李辰冬認爲"且"爲"姐"之省假,是放肆的意思。參看李辰冬《詩經通釋(中篇)》頁 762。另一方面,毛傳認爲"且,辭也。"高本漢同意此説。筆者認爲"且"和"童"對舉,因此,"且"未必是語氣詞。另,《鄭風·褰裳》有一句"狂童之狂也且"。楊樹達認爲"且"字是一字句。參看黄典誠《詩經通譯新詮》,頁 165。

> On the mountain is the mulberry tree;
>
> In the marshes is the lotus flower.
>
> I do not see Tsze-too,
>
> But I see this mad fellow.
>
> On the mountain is the lofty pine;
>
> In the marshes is the spreading water-polygonum.
>
> I do not see Tsze-ch'ung,
>
> But I see this artful boy. [1]

由於譯者用了 this（這個），譯文似是反映説話者當面直斥對方（boy）。我們可以想像：有一個登徒子冒犯了女子，那女子當面喝斥他[2]。

　　當然，情況也可以是她對旁人發牢騷，她説話時手指著 mad fellow[3]。如果被抨擊者不在場（不在視線範圍内），那麼，this mad fellow 應該也是聽者有所瞭解的人物。這首《鄭風·山有扶蘇》，James Legge 另有韵體譯文：

> On mountain grows the mulberry tree;
>
> The lotus flower in meadow damp.
>
> It is not Tsze-too that I see,
>
> But only you, you foolish scamp!
>
> Polygonums the damp meads cover;
>
> The lofty pines on mountains view.
>
> It is not Tsze-ch'ung comes as lover;
>
> You artful boy, 'tis only you! [4]

---

① Legge, *The Chinese Classics: The She King*, p. 137,第 84 首。
② 朱熹《詩集傳》認爲《山有扶蘇》是淫女之詞。
③ Waley 對"狡童"另有解釋。他認爲這詩寫驅魔（狂且,被譯成 madman）。參看他 1937 年英譯本第 209 首,頁 222。
④ James Legge, *The She King*; *Or, The Book of Ancient Poetry*（1876）, p. 126.

值得注意的是,以上韵體版譯詩改爲叙述者直接面對 you 説話(直接的指稱、direct address),明顯是當面貶斥。日本學者家井真(Makoto INOI, 1947—)的譯文也是表達當面訓斥:

山に扶蘇の木、

澤にハスの花。

子都には會ええず、

馬鹿な貴方に會ってしまった。

山に高いマツ、

澤にはびこるオオタデ。

子充には會ええず、

ずるい貴方に會ってしまった。

"仍見狂且",家井真翻譯爲"馬鹿な貴方に會ってしまった"①。"貴方"就是"你"(あなた)。日語中"馬鹿"意思是傻瓜、瘋子。

　　近人高亨解釋《山有扶蘇》,他説:"一個姑娘到野外去,没見到自己的戀人,却遇著一個惡少來調戲她……"②高亨的意思是姑娘對那"惡少"很不客氣。

　　《鄭風》中還有另一個詩篇寫了"狡童"(《鄭風·狡童》,《毛詩》第 86 首)。"狡童"令叙述者(女性)寢食難安:

彼狡童兮,不與我言兮。

維子之故,使我不能餐兮。

彼狡童兮,不與我食兮。

維子之故,使我不能息兮。

That artful boy!

---

　　① 　家井真《『詩經』の原義的研究》,東京,研文出版,2004 年,頁 231。關於其他日本學者的研究,請參看: 王曉平《日本詩經學史》,北京,學苑出版社,2009 年。

　　② 　高亨《詩經今注》,頁 116。

He will not speak with me!

But for the sake of you, Sir,

Shall I make myself unable to eat?

That artful boy!

He will not eat with me!

But for the sake of you, Sir,

Shall I make myself unable to rest?①

譯者用 that artful boy 來指稱"狡童"。譯文中的 that 是從"彼"字來。"彼"字應該是個遠指指稱詞。

　　《鄭風·山有扶蘇》和《鄭風·狡童》中的"狡童"是否同一個人②？可能是同一人，但是，歷朝學者都難有確證。無論如何，以上兩首都是女子的"抱怨詩"。

　　從 James Legge 的《狡童》譯文我們可以看出，《鄭風·狡童》叙述者先對旁人訴說那個男子的種種"劣行"（不與我言、不與我餐），接著，叙述者轉而直呼那男子爲 you, Sir（指 that arful boy），坦承她自己牽掛於他。她這樣說，意味著"服軟"：她心裏放不下他，只好放下了自己的矜持和尊嚴。稱謂語的轉換反映她思緒的波動。

　　在叙述格局上，這首譯詩設定兩個叙述接收者（narratees）：一、旁人；二、她的情人。她對旁人叙述的是男子的行爲；對情人講述的是自己的苦況（不能餐、不能息）③。

　　《山有扶蘇》和《狡童》另有一解：叙述者口不對心。"狡童"和"狂且"可能是情人的昵稱。也就是說，女人只是戲稱她的意中人④。依循"笑罵"（打情罵俏）這個思路來解讀，《山有扶蘇》和《狡童》寫的都是女子佯罵，是女性故意對情人冤家說"狠話"。這樣其實近似"不可靠的叙述"（narratorial unreliability）⑤。以下，我們再看《毛詩》第 43 首《邶風·新臺》：

---

　　①　James Legge, *The Chinese Classics: The She King*（1871），p. 138。Waley 沒有用 Sir. 參看 Waley 英譯本 p. 43，第 35 首。

　　②　李辰冬認爲"狡童"都是指尹吉甫。參看李辰冬《詩經通釋》（中册），頁 763。

　　③　錢鍾書認爲《狡童》之"子"是二人世界的第三者。參看：李友益《錢鍾書管錐編·毛詩正義導讀》，武漢，湖北人民出版社，2014 年，頁 186。

　　④　朱熹認爲《山有扶蘇》《狡童》寫女子戲其所私之人。

　　⑤　"狡童""狂且"表面上是貶語，實際上也許不可信、不可靠。只有事主心裏才知道真相。關於"不可靠的叙述"，請參看胡亞敏《叙述學》，武昌，華中師大出版社，1994 年，頁 213。胡亞敏指出叙述者受到自身認識、思想的局限，會有判斷上的偏頗，進而影響叙述的可靠性。有一種不可靠叙述是寓褒於貶。另參 Zhao I-heng, *The Uneasy Narrator*（Oxford：Oxford University Press, 1995）一書中 Narrator's Position（叙述者的地位）部分。

> 新臺有泚，河水瀰瀰。燕婉之求，籧篨不鮮。
>
> 新臺有灑，河水浼浼，燕婉之求，籧篨不殄。
>
> 漁網之設，鴻則離之。燕婉之求，得此戚施。

詩末“戚施”是駝背漢（不能仰者）。“戚施”可能喻指不稱心的結婚對象。這首詩是否出自女性之手？

《邶風·新臺》《毛詩》序説“國人惡之而作是詩”①。這個國人作詩之説有特定的歷史背景：衛宣公爲兒子聘娶齊女宣姜（齊僖公之女），只因齊女宣姜是個大美人，衛宣公便改變主意，在河上高築新臺，把宣姜截留下來，霸爲己有。於是，衛國人作此詩諷刺宣公②。霸佔兒媳，俗稱“扒灰”。

如果撤除歷史背景（不必把此詩和詩外的史事連在一起），那麼，這詩説的是某女子所適非偶，新郎奇醜，因此女子鳴不平③。這是真罵，不是戲謔。

筆者認爲，《新臺》和《山有扶蘇》一樣，表達的是女子口吻：慨嘆自己命薄，遇人不淑（所謂“不見……乃見……”“得此戚施”）④。《唐風·綢繆》的情節似乎與此相反：該詩表達的可能是新婚時的驚喜⑤。

如果我們考慮各詩的“叙述聲音”，那麼，《鄭風·山有扶蘇》和《邶風·新臺》都是兩可：可能是女性發聲，也可能是他人代言。在這種兩可的情況下，翻譯家怎樣做出選擇？以下是 Arthur Waley 的《新臺》英譯：

> Bright shines the new terrace;
>
> But the waters of the river are miry.
>
> A lovely mate she sought;

---

① 楊合鳴、李中華《詩經主題辨析》，南寧，廣西教育出版社，1989 年，頁 123。

② 宣姜之事，詳見於《左傳》桓公十六年、閔公二年。

③ 傳統的《詩經》學往往以歷史取向爲基礎。不過，《新臺》是否同情歷史上的齊女宣姜？有些學者（例如方玉潤）反説《新臺》是諷刺齊女宣姜。《詩經》學史上，論者多貶斥宣姜（參考《二子乘舟》《邶風·牆有茨》《鄘風·君子偕老》《鶉之奔奔》的舊説），他們欣賞的是衛莊姜（約前 750 年前後在世）。朱子認爲《燕燕》《終風》《柏舟》《緑衣》和《日月》出自莊姜之手。按：“姜”是齊國的國姓，《陳風·衡門》説“豈其取妻，必齊之姜？”

④ 《新臺》刺衛宣公，這是傳統的看法。然而，《新臺》也可以是寫男子不悦新婦。關鍵是叙述者没有現身，不辨男女。以筆者所見，較多學人傾向相信《新臺》是表達對男人的不滿。

⑤ 《唐風·綢繆》：“綢繆束薪，三星在天。今夕何夕？見此良人。子兮子兮，如此良人何！綢繆束芻，三星在隅。今夕何夕？見此邂逅。子兮子兮，如此邂逅何！綢繆束楚，三星在户。今夕何夕？見此粲者。子兮子兮，如此粲者何！”此詩叙述者表達：見到良人，有美不可言之感。良人，或是新婚之人。

Clasped in her hand a toad most vile.

Clean glitters the new terrace;

But the waters of the river are muddy.

A lovely mate she sought;

Clasped in her hand a toad most foul.

Fish nets we spread;

A wild goose got tangled in them.

A lovely mate she sought;

But got this paddock.

（Waley 1937：72）

可見，Waley 選擇"他人代言"（代她發言），他的譯文用了 she sought（她追求），這是旁人在描述她的事。我們注意到末句那 this paddock 和上引 this mad fellow 異曲同工①。

Legge 和 Karlgren 的選擇和 Waley 相同，他們的譯文都用 she。② 簡言之，三大翻譯家似乎都相信"國人作詩"爲她鳴不平。

男人代女人發言（假託）這個可能性，前人已有討論。《鄭風·褰裳》末句"狂童之狂也且"令我們聯想起《鄭風·山有扶蘇》"乃見狂且"，那口吻像是女子面斥狂童③。然而，陳子展（1898—1990）認爲《鄭風·褰裳》："此似士代女言，玩弄女人之山歌。"④

"士代女言"是指：男詩人以女性的身分（叙述者）寫了此詩。⑤ 另一方面，前人認爲："'燕婉之求'二句，齊女意中語。"⑥所謂齊女，就是新婦宣姜。《新臺》或是"新婦"

---

① 譯文中的 paddock，意思是蟾蜍。戚施，或即蟾蜍。參看：聞一多《聞一多全集（第 3 集）》，武漢，湖北人民出版社，1993 年，頁 193。毛傳、朱傳認爲"戚施"指"不能仰"。

② 另外，Clement Allan 的《新臺》譯詩：THE NEW TOWER. A crafty fisherman a snare may set,/And catch a goose entangled in the net. /This hunchback thus contrived a trap to lay,/Another's bride he seized and bore away. /Beside the stream that lofty tower he built/Where he might safely perpetrate his guilt. /No pleasant mate the lady found. Alas,/She gained instead this vicious bloated mass. 見 Clement Allan, *The Book of Chinese Poetry*, London：Kegan Paul, Trench, Trubner & Co. , LTD, 1918, p.59. 注意：Allan 刪減原詩的一章，因此，譯詩之末是 bloated mass（籧篨），這大概是承襲 James Legge 的譯文（指"籧篨"譯成 bloated mass）。有趣的是，Legge 的 1876 年韻文譯本大概是爲了顧及脚韻而没有再用 bloated mass。參看 Legge 英譯本 1876 年韻體版，頁 91。

③ 高亨説"也且，猶也哉，語氣詞。"參看高亨《詩經今注》，頁 120。

④ 陳子展《詩經直解》，頁 265。陳子展又疑《衛風·有狐》是男子嘲弄女人之詞。李辰冬認爲《鄭風·褰裳》是仲氏罵尹吉甫。參看李辰冬《詩經通釋（中篇）》頁 761。另一方面，《衛風·芄蘭》疑是女子戲其所歡之詞。

⑤ 李辰冬的"尹吉甫論"可以用"士代女言"之論來解釋《山有扶蘇》《狡童》。

⑥ 黄霖等主編《詩經彙評》（上），南京，鳳凰出版社，2017 年，頁 118。有趣的是，方玉潤認爲，《邶風·蝃蝀》是詩人以宣姜的口氣代答《新臺》（宣姜爲自己解嘲）。參看：方玉潤《詩經原始》，北京，中華書局，1986 年，頁 166。

自抒胸臆，也就是齊女宣姜自作。①

　　爲了避開"是否齊女自作"這難題，有些《新臺》的白話翻譯不顯示叙述者人稱（用"無主句"：只說"求的是……"，不說誰在求）。②

　　《鄭風·褰裳》叙述者唱出"子惠思我，褰裳涉溱。子不我思，豈無他人？狂童之狂也且！……"Waley 的譯文是：

> If you tenderly love me,
>
> Gird your loins and wade across the Zhen;
>
> But if you do not love me -
>
> There are plenty of other men,
>
> Of madcaps maddest, oh!
>
> If you tenderly love me,
>
> Gird your loins and wade across the Wei;
>
> But if you do not love me -
>
> There are plenty of other knights,
>
> Of madcaps maddest, oh!
>
> （Waley 1937：45）

以上譯文，設定爲女性叙述者直接叫男子（you）涉水來見。譯者用了命令句（imperative mood，見於譯文的第二行）。全詩語氣比較直率、潑辣。

五、詩人在場記叙"私人密語"？

　　詩篇如果沒有標明叙述者，"叙述聲音是男是女"須由讀者自行判定。我們不能排

---

① 清人牟庭《詩切》謂是"賢婦人"作。郭沫若也曾認爲《新臺》是婦人的怨詞。另一方面，據說衛宣姜有"淫佚品性"。參看：王政《詩經文化人類學》，合肥，黃山書社，2010 年，頁 178。清人方玉潤認爲《新臺》是"刺夫人（宣姜）爲主"，而《静女》則寫宣公好女色。參看：方玉潤《詩經原始》，頁 149。

② 用"無主句"的例子有陳子展的《新臺》譯文。參看：陳子展《詩經直解》，頁 128。另參：周振甫《詩經譯注》，北京，中華書局，2002 年，頁 62。又，王政認爲"詩語從齊女的聲口入筆"。參看王政《詩經文化人類學》，頁 152。近人袁梅認爲"國人假託齊女口吻唱出這首歌諷刺宣公"。參看袁梅《詩經譯注》，濟南，齊魯書社，1985 年，頁 169。

除這樣的可能性：發聲者是女性敘述者，未必是女詩人（可以是男詩人也可以是女詩人）①。此外，口頭創作（唱）和筆錄，兩者所出言辭未必完全相同②。

　　我們試以《鄭風‧溱洧》爲例，考慮這詩是作者自叙還是由詩人代言。《鄭風‧溱洧》原詩如下：

溱與洧，方渙渙兮。

士與女，方秉蕑兮。

女曰觀乎，士曰既且。

且往觀乎，洧之外，洵訏且樂。

維士與女，伊其相謔。贈之以勺藥。

溱與洧，瀏其清矣。

士與女，殷其盈矣。

女曰觀乎，士曰既且。

且往觀乎，洧之外，洵訏且樂。

維士與女，伊其將謔。贈之以勺藥。③

詩中（第三行）有“女曰……士曰……”這樣的男女對白（或對歌）。理論上，這詩可能由在場的“女”寫成，也可能由“士”寫成，又可以是由詩人擔當敘述者（在場的第三者）記錄“女”和“士”的言行④。值得注意的是“女曰……士曰……”又見於《鄭風‧女曰雞鳴》：

女曰雞鳴，士曰昧旦。

子興視夜，明星有爛。

————————

① 男性作者可以用女性敘述者説故事。女性作者可以用男性敘述者説故事。

② 參看 C. H. Wang, *The Bell and the Drum: Shih Ching as Formulaic Poetry in an Oral Tradition*, Berkeley：University of California Press，1974，p. 90.

③ 孫作雲（？—1978）認爲《鄭風‧溱洧》反映古人洗滌求子的風俗。參看：孫作雲《詩經與周代社會研究》，北京，中華書局，1966 年，頁 300。

④ 朱子認爲“淫詩”多爲女性之作，亦即淫人自作。黄忠慎指出這是朱説的一大弱點。參看：黄忠慎《朱子詩經學新探》，臺北，五南圖書出版股份有限公司，2002 年，頁 101。另外，《女曰雞鳴》第三章“弋言加之……”是誰的言辭？有指是男女合唱。參看：劉冬穎《執子之手：詩經愛情往事》，北京，中華書局，2010 年，頁 40。

將翱將翔,弋鳧與鴈……

如果《鄭風·女曰雞鳴》寫的是情侶床笫間事,那麼,照常理來判斷,不該有外人在房内偷聽情侶的對話①。因此,這首詩的叙述者,恐怕不是男女主角以外的人②。當然,理論上詩人(不是當事人)可以發揮想像或者採用全知觀點③。詩人擬想的"閨房對話"嚴格而言不是真正的私人密語。

　　《邶風·匏有苦葉》,Waley 譯本也設定爲男女對唱或對話(第一章和第二章)。末章最後一句頗特别:

　　　　　　　HE：The gourd has bitter leaves;

　　　　　　　　　The ford is deep to wade.

　　　　　　　SHE：If a ford is deep, there are stepping-stones;

　　　　　　　　　　If it is shallow, you can tuck up your skirts.

　　　　　　　HE：The ford is in full flood,

　　　　　　　　　And baleful is the pheasant's cry.

　　　　　　　SHE：The ford is not deep enough to wet your axles;

　　　　　　　　　The pheasant cried to find her mate.

　　　　　　　On one note the wild-geese cry,

　　　　　　　A cloudless dawn begins to break.

　　　　　　　A knight that brings home his bride

　　　　　　　Must do so before the ice melts.

　　　　　　　The boatman beckons and beckons.

　　　　　　　Others cross, not I;

---

　　① 清人陳奐認爲"曰"是"語詞"。參看陳奐《詩毛氏傳疏》。"語詞"可能就是現今所説的"會話引導語"。
　　② 《女曰雞鳴》第三章"知子之來之"敘述者爲誰,詩中没有明顯的線索。日本學者赤塚忠認爲第三章是衆人的聲音,參看《赤塚忠著作集(第五卷)》,東京:研文出版,1986 年,頁 397。第二章"琴瑟在御,莫不静好"似爲詩人點綴語。又,《齊風·雞鳴》也以雞鳴開始,全詩似乎純是對話體。另外,《詩經》中有些作品反映風俗習慣,例如 Waley 歸類爲"Agriculture""Welcome""Feasting""Sacrifice""Building"的詩篇,譯文應該是以"群體的聲音"敘出内容、情節。
　　③ 《魏風·陟岵》中"父曰……""母曰……""兄曰……"應該是敘述者的想像之辭。

Others cross, not I.

"I am waiting for my friend. "（1937：54）

末章最後那句"I am waiting for my friend. "是誰説的？對誰説？

　　由於詩中那個男主角（即譯詩第三章中的 knight）不在場，因此，這句話的接收受是不清楚的，在這種情況下，譯者（Arthur Waley）只好出面解釋：She says this to the boatman. （Waley 1937：54）譯者的意思是：女子對舟子（the boatman）説了最後那句話①。

　　"I am waiting for my friend. "這句話説明：她的友人没有到來，她還要等②。她這樣説，是向舟子解釋爲什麼她不上船。詩中的舟子成了内叙述接收者。内叙述接收者只獲告知故事中的部分事件③。

　　上引《匏有苦葉》譯詩中男女對唱的歌辭（第一、第二章）和隨後的第三章是誰記録下來的？是女詩人嗎？這類問題，我們下面結合其它案例進一步討論④。

六、純粹的引語（quotations）：只聞女聲，不見其人

　　關於中國詩詞中"女性聲音"的討論，讀者可以參看 Maija B. Samei 的 *Gendered Persona and Poetic Voice: the Abandoned Woman in Early Chinese Song Lyrics*（2004）。書名中的 Abandoned Woman 指棄婦。

　　這本書徵引了《毛詩》第 91 首《子衿》，談到最後一章"一日不見，如三月兮"是 quotations of her verbal compliants. （p. 50）。

　　我們知道 her verbal compliants 是指"她的怨言"，但是，徵引這怨言的人是誰？是女詩人嗎⑤？我們必須承認：單憑詩句，難有肯定的答案。

　　以下，筆者再檢討另一例子。

　　《邶風·九罭》，Waley 譯文是三段引語（quotations），全詩没有標示誰在説話：首章

---

　　① 　實際上，到底是男方在等待還是女方在等待，難有定論。有謂"士如歸妻"指男人贅於女家，參看高亨《詩經今注》，頁 48。

　　② 　李辰冬認爲"士如歸妻"是指尹吉甫（士）的妻子回來。參看李辰冬《詩經研究方法論》一文，載《詩風》第 104 期，1982 年 6 月 1 日，頁 32—46。"士如歸妻"的討論見於該刊頁 45。

　　③ 　關於"内叙述接收者"，請參看：胡亞敏《叙述學》，頁 59。也許《邶風·匏有苦葉》"我友"是從對岸過來？無論如何，譯詩中，舟子應該不知道 A knight（士）的事。

　　④ 　鄭玄《毛詩箋》認爲"雉鳴求其牡"刺夷姜（不及宣姜）。朱子則認爲此詩量水之深淺喻指量度禮義而行。

　　⑤ 　Waley 注意到某些詩行可能是引語，他指出 These lines, several times repeated in the Songs, must be a quotation. （1937：100）。

是主角(即第一人稱 I)的言辭,第二、第三章是另一個聲音的説辭,第四章又是另一個聲音。我們先看英譯:

> The fish in the minnow-net
>
> Were rudd and bream.
>
> The lover I am with
>
> Has blazoned coat and broidered robe.
>
> The wild-geese take wing; they make for the island.
>
> The prince has gone off and we cannot find him.
>
> He must be staying with you.
>
> The wild-geese take wing; they make for the land.
>
> The prince went off and does not come back.
>
> He must be spending the night with you.
>
> All because he has a broidered robe
>
> Don't take my prince away from me,
>
> Don't make my heart sad. (Waley 1937: 39)

這首譯詩的首、尾兩章應該是女子的心聲(她愛上一位衣著華麗的男人);中間第二章、第三章是"社群"的話語(communal voice),代表大衆的視角和心聲①。

第二章第三章的句義反映:由於"衆人"發現 the prince(公)不見了,他們推斷他(the prince)正和她在一起,疑心他耽於女色。

譯詩的最後一章是女主角的心聲:她希望衆人不要奪走她的王子(the prince)。

從這三段引語,筆者嘗試推斷内情:女子悦慕男子(就是 The prince,亦即女子的口中的 The lover),但是,"衆人"對他們的戀情有微言,因此,女子希望"衆人"不要因公廢

---

① 關於"群體的聲音",這裏再舉一例。《關雎》描寫誰追求淑女? 一般人會答説是"君子",但是,此詩的敘述者没有在詩篇中現身。值得注意的是,在 Waley 的譯文中,第四章和第五章出現 we。這 we 的言辭似是一種群體的聲音,代表追求者一方的人:朱熹謂周文王的宫中之人作《關雎》。參看朱熹《詩集傳》。另外,《大雅·生民》和《大雅·公劉》應該是表達整個宗族後裔的聲音。

私,拆散鴛鴦。《豳風·九罭》原詩如下：

> 九罭之魚,鱒魴。我覯之子,袞衣繡裳。
> 鴻飛遵渚,公歸無所,於女信處。
> 鴻飛遵陸,公歸不復,於女信宿。
> 是以有袞衣兮,無以我公歸兮,無使我心悲兮。（全詩共四章）①

爲什麽 Waley 將第二章和第三章視爲一體？

筆者嘗試找尋答案：《豳風·九罭》原詩第二、第三章在句式上與首、末兩章不同。第二、第三章都是四字一句,重章複疊,形式上相同處甚多。首章的詩句字數不一,末章則由三個“六言兮字句”構成。

《詩經》中四字句詩行最多,然而《豳風·九罭》首、末兩章却不是四字句,在句式上較爲特殊。章與章之間句式上的差異可能給 Waley 一些靈感。

芸芸釋詩者之中,只有 Waley 把首尾兩章和中間兩章的發言者區分開來。由此可見,Waley 在這方面（角色設置）實是獨具隻眼。

像這樣全篇都是引語（quotations）的詩篇,還有 Waley 譯筆下的《唐風·無衣》。但是,我們不知道《唐風·無衣》譯詩中對話雙方是男是女②。

《詩經》原有《齊風·雞鳴》以“通篇對話體”呈現,詩人也沒有在詩篇中標明誰是説話者③。

七、女詩人（息君夫人、許穆夫人?）

日本學者田所義行（Gikō Tadokoro）《毛詩の歌物語》（東京：秋山書店,昭和 51〔1976〕）第二章輯録表達“女心”的詩歌。

---

① 漢儒、宋儒皆以爲此詩是東國之人挽留周公之作。聞一多認爲是女人（詩人）留公子,她把袞衣藏起來。參看：聞一多《神話與詩》,武漢,武漢大學出版社,2009 年,頁 113。王政認爲：女子把男子的衣服藏起來,並以祝禱神靈的方式詛告“無以（使）我公歸兮,無使我心悲兮!”參看：王政《詩經文化人類學》,頁 16。又,臺灣學者季旭昇斷定“以”有“帶”的意思。參看：季旭昇《詩經古義新證》(北京,學苑出版社,2001 年)第十一篇。

② 《唐風·無衣》：“豈曰無衣？七兮。不如子之衣,安且吉兮。豈曰無衣？六兮。不如子之衣,安且燠兮。”Waley 譯本中,《唐風·無衣》編爲第 5 首,見頁 23。譯文不標示説話人。《齊風·雞鳴》的譯文則標示 The Lady 和 The Lover 在對話（譯詩第 26 首,頁 37）。

③ 《齊風·雞鳴》原詩：“雞既鳴矣,朝既盈矣。匪雞則鳴,蒼蠅之聲。東方明矣,朝既昌矣。匪東方則明,月出之光。蟲飛薨薨,甘與子同夢。會且歸矣,無庶予子憎”詩末“會且歸矣,無庶予子憎”應該是女子的話語。她擔心別人的非議,情況正如《將仲子》所表達的女性顧慮：人言可畏。

“女心”由誰來表述？

我們看一個實例：《衛風·氓》是一個棄婦自述“爾”“我”之間的事，但是，第三章（“桑之未落……”）寫“女”如何如何、“士”如何如何。似乎有人擔任此詩的超叙述者，這個超叙述者從旁述説“女”和“士”的事，還提出了忠告。

稱“女”稱“士”，似是詩人或者超叙述者從旁見證女事主的獨白，正如《野有死麕》首章次章也稱“女”“吉士”（似是旁人所見所述），第三章才是純粹的“女聲”（引語），也就是懷春女本人的話語①。

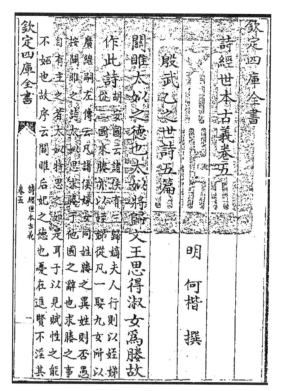

有些詩篇本身記録了“詩篇作者”，例如：《小雅·節南山》是“家父”；《小雅·巷伯》是“寺人孟子”；《大雅·崧高》和《烝民》是“吉甫”，《魯頌·閟宮》是“奚斯”。這些人，都是男人②。

要具體確定某詩由哪個女人撰作，難度是很高的，例如，《周南·關雎》是誰寫的？誰在發聲？世人没有肯定的答案③。朱熹推測《關雎》是宫中之人所作，求淑女就是求太姒（太姒是周文王之妻），而明人何楷（1594—1645）認爲《關雎》是太姒所作④。其實，朱熹、何楷都只是説出他們的推測⑤。

民國時期，有學者特別關注《詩經》怎樣表達女性的心聲，例如，謝晉青（1893—

---

① 朱子將《氓》的作者和叙述者看成同一人。參看其《詩序辨説》。另外，《邶風·谷風》也是寫女人被抛棄，通篇似皆用婦人口吻自述（自稱“我”“予”，稱對方“爾”），没提及“士”“女”。方玉潤認爲是棄臣假託婦人之詞。《邶風·柏舟》則有男詞和女詞兩種説法。

② 邵炳軍（1957—）指出《詩經》中有五個詩篇“自述其名”。參看：邵炳軍《德音齋文集·詩經卷》，上海，上海大學出版社，2017年，頁561。

③ “此自是當時文人所作”，語見黃霖等主編《詩經彙評》（上），頁27。

④ 何楷《詩經世本古義》卷五。見《文淵閣四庫全書》，臺灣商務印書館1986年影印本，第81冊。另，何楷認爲，周文王之妻太姒作《關雎》。如果屬實，太姒或是周朝第一個女詩人。

⑤ 張樹波《國風集説》，上冊，石家莊，河北人民出版社，1993年，頁11。又，朱子認爲《卷耳》是太姒所作。朱子承認這是他的推測，其事不可考。

1923）撰有一本專書，名爲《詩經之女性的研究》（上海：商務印書館，1924）①。我們可以檢視這本書中的若干説法，例如《召南·殷其雷》：

> 殷其雷，在南山之陽。
> 何斯違斯，莫敢或遑？
> 振振君子，歸哉歸哉！
>
> 殷其雷，在南山之側。
> 何斯違斯，莫敢遑息？
> 振振君子，歸哉歸哉！
>
> 殷其雷，在南山之下。
> 何斯違斯，莫或遑處？
> 振振君子，歸哉歸哉！

這首詩寫婦人盼望"君子"早早歸來，"歸哉歸哉"一唱三嘆。謝晉青判斷："伊底情急心切，能昂然於言表，這又不是普通詩人，能够拿客觀的心理，代伊述出的了。"（頁21）謝晉青的意思是：《殷其雷》是女子（伊）自述②。

　　謝晉青又斷定《毛詩》第17首《召南·行露》是無名詩人代受壓迫的女子寫出（頁28），《行露》原詩如下：

> 厭浥行露，豈不夙夜？謂行多露。（首章）
>
> 誰謂雀無角？何以穿我屋？
> 誰謂女無家？何以速我獄？
> 雖速我獄，室家不足！（第二章）

---

① 謝晉青此書有山西人民出版社2014年重印本。另，陳雯漪撰有碩士論文《民初謝晉青詩經學研究》（高雄師範大學，2018年）。這碩士論文未公開出版（2018年12月31日查看）。
② Waley將《殷其雷》編入"婚姻"類。譯詩編號是106。

> 誰謂鼠無牙? 何以穿我墉?
> 誰謂女無家? 何以速我訟?
> 雖速我訟,亦不女從! (第三章)

最後一句表示叙述者拒絶對方(女＝汝)。這詩中有"我"。"我"就是事主。爲什麽謝晉青説《行露》是詩人代述? 怎樣判斷一個詩篇屬於"女子自述"還是屬於"詩人代述"? 判斷的標準是什麽? 謝晉青没有交代清楚①。

南宋朱熹(1130—1200)《詩集傳》認爲《召南·行露》是女子自述己志②。近人陳子展也説:"《行露》,爲一女子拒絶與一已有室家之男子重婚而作。"③高亨認爲是女子唱出。可見,朱、陳、高都認爲是女子自表心聲。

綜上所述,謝晉青的説法,只是一家之言,絶非至當不易之論④。

事實上,即便詩篇是以女性第一人稱叙述,我們也難以斷定所述是事實(女性自己的事)還是男人代擬出來的。筆者的看法是: 先秦時代,識字的女子恐怕不會很多,詩篇發出女性的聲音能否代表那些詩篇全部是女人寫的?

我們現在看到的詩文,由筆録者謄寫,雖然詩篇經過文人化,但是,來源可能是"口述": 詩篇内容或有原始的口述者⑤。

今人王靖獻(C. H. Wang, 1940—2020)指出,《詩經》作品可能經歷過一個由口述到書寫的傳送階級(a period of transmission)⑥。這過程中,詩篇可能經過文人化。也就是文人的調整。

---

① 日本學者種村和史認爲,研究者説某詩是敘述者以外的人代作,可能另有目的。參看: 種村和史《宋代詩經學的繼承與演變》,頁 483。《鄘風·桑中》是否當事人"自狀其醜"(一男有三外遇)? 這類問題無法考證,因此大有争議的空間。

② 朱熹集注、趙長征點校《詩集傳》,北京,中華書局,2011 年,頁 13。《毛詩》序説《行露》寫召伯審理一個男子侵陵女子之事。

③ 陳子展《詩經直解》,頁 48。

④ 是否詩人代言,我們無法認定。袁寶泉、陳智賢説:"我們甚至不能確定詩中之我之必爲女性。"參看袁寶泉、陳智賢《詩經探微》,廣州,花城出版社,1987 年,頁 111。

⑤ 屈萬里(1907—1979)在二十世紀六十年代(1963 年)撰文討論: 國風非民間歌謡的本來面目。香港學者李家樹撰有《現存詩經已非本來目面》一文,他認爲"詩篇曾經採詩者的潤色,使之雅言化,然後樂師再作字句上的删改,使之合樂。"參看李家樹:《詩經的歷史公案》,臺北: 大安出版社,1990 年,頁 207。黄典誠認爲《詩經》所録是"當時的通語","作爲全民的雅言流行於諸侯各國之間"。參看黄典誠《詩經通譯新詮》,頁 22。

⑥ C. H. Wang, *The Bell and the Drum*, Berkeley: University of California Press, 1974, p. 27. 柯馬丁(Martin Kern)也重視三百篇口傳起源説。然而,王靖獻(C. H. Wang)的意見和口傳之説,受到夏含夷(Edward L. Shaughnessy)質疑、商榷。請參看 Edward L. Shaughnessy, "Unearthed Documents and the Question of the Oral versus Written Nature of the Classic of Poetry", *Harvard Journal of Asiatic Studies* 75.2 (2015), pp. 331–375。夏含夷更强調古詩是輾轉抄寫而流傳。

先秦時期到底有没有女詩人？以下，我們討論兩個案例：息君夫人、許穆夫人①。

（1）息君夫人是作詩之人？

劉向（前 77—前 6）《列女傳》説，《毛詩》第 73 首《王風・大車》出自歷史上有名的女人。《王風・大車》原詩是：

> 大車檻檻，毳衣如菼。
> 豈不爾思？畏子不敢。（首章）
> 大車啍啍，毳衣如璊。
> 豈不爾思？畏子不奔。（次章）
> 穀則異室，死則同穴。
> 謂予不信，有如皦日！（末章）

這首詩結尾處的"予"是誰？按舊説，"予"是息君夫人（姓嬀，春秋時陳國人，嫁到息國）。關於息君夫人的事，劉向所編《列女傳》記載：

> 夫人者，息君之夫人也。楚伐息，破之，虜其君，使守門。將妻其夫人而納之於宫。楚王出遊，夫人遂出見息君，謂之曰："人生要一死而已，何至自苦？妾無須臾而忘君也，終不以身更貳醮。生離於地上，豈如死歸於地下哉？"乃作詩曰："穀則異室，死則同穴。謂予不信，有如皦日。"息君止之，夫人不聽，遂自殺，息君亦自殺，同日俱死。楚王賢其夫人守節有義，乃以諸侯之禮，合而葬之。君子謂夫人説于行善，故序之於詩。②

但是，這個息夫人自殺明志的故事與《左傳》所記不合（莊公十四年和二十八年的事）③。《左傳》没有記載息夫人自殺，反而記載她爲楚王生了兩個兒子。如果單單用《左傳》所

---

① 還有一些關於先秦女詩人（作者）的説法，我們無法詳細討論。《衛風・河廣》《毛詩》序説："《河廣》，宋襄公母歸於衛，思而不止，故作是詩也。"這裏是指宋襄公母（宋桓夫人）"思宋國""望宋救衛"。注意：《河廣》被編入衛風。《毛詩正義》説是衛人見其思歸之狀，爲之作詩。又，《邶風・柏舟》，或謂是"衛宣夫人"所作，參看劉向《列女傳》、牟庭（1759—1832）《詩切》。《邶風・燕燕》，或謂是莊姜所作。參看魏源《詩古微》。不少衛詩被説成是衛莊姜所作，但是，由於缺乏歷史明證，這裏無法討論（《燕燕》《終風》《柏舟》《緑衣》《日月》，參看朱子《詩集傳》）。又，三家詩謂《邶風・式微》《邶風・旄丘》爲黎莊公夫人所作。

② 劉向《古列女傳》卷四《貞順傳》，《文淵閣四庫全書》第 448 册。

③ 明末清初的詩人鄧漢儀作詩《題息夫人廟》："楚宫慵掃眉黛新，只自無言對暮春。千古艱難惟一死，傷心豈獨息夫人。"《紅樓夢》第一百二十回，寶玉出家後花襲人嫁蔣玉菡，作者借鄧漢儀詩句"千古艱難……息夫人"來評她。今人劉潔認爲，息夫人的貞節烈婦形象是道學家塑造出來的。參看：劉潔《列女傳的史源學考察：兼論列女傳所反映的先秦至秦漢婦女觀念的變遷》，北京，人民出版社，2016 年，頁 101。

載故事來解釋《王風·大車》,將會圓鑿方枘。此外,《大車》的第一、第二章的内容(駕大車、畏子不奔),《列女傳》也没有解釋①。

　　《列女傳》"自殺"的説法可能給 Waley 一些"翻譯的靈感"。Waley 認爲那"大車"是一男一女私奔的用車。私奔過程中,陰差陽錯,發生誤會,男子以爲女子失約("子不奔"),他就自殺了。後來,女子趕到,見男子已死,她也自殺相隨②。"穀則異室,死則同穴",Waley 解釋爲:私奔不遂而自殺的男女同葬一穴。以下是 Waley 譯文的最後一段:

> Alive, they never shared a house,
>
> But in death they had the same grave.
>
> "You thought I had broken faith;
>
> I was true as the bright sun above."

前兩句 Alive, they never shared a house,/But in death they had the same grave 是"社群的心聲"(communal voice),句中 they 指自殺身死的男女。這兩句表示,社群公衆同情這對殉情男女,將二人的遺體合葬一穴(the same grave)。

　　譯詩的最後兩句'You thought I had broken faith;/I was true as the bright sun above.'當是女子自殺前的話語(quotations)。

　　絶命辭在二人安葬後才出現,這在叙述學上屬於"補叙"(flashback)③。譯者(Waley)最後才補叙出她聲稱自己没有變心:You thought … I was true … 我們注意到 Waley 爲這兩個詩行加上了引號,表示這兩行是引語,是直録女子所説④。

　　總之,Waley 呈現的《大車》英譯本與息君夫人没有關係。此詩作者不是息夫人⑤。

(2) 許穆夫人是作詩之人?

　　《毛詩》第 54 首《鄘風·載馳》,據説是中國第一位女詩人許穆夫人所作⑥。她是齊

---

　　① 到了南宋,朱子對"息夫人作詩説"提出了質疑。朱子認爲是淫奔者畏而歌。

　　② James Legge 將"畏子不奔"理解爲"我畏子,我不奔",那"子"是官吏,所以,他的譯文是:But I am afraid of this officer, and do not rush to you. (1871 年版, p.121.)

　　③ 關於 flashback(補叙),請參看 Zhao I-heng, *The Uneasy Narrator*, Oxford:Oxford University Press, 1995, p. 147。

　　④ 見於 Waley 英譯本 1937 年版,頁 57。預叙和倒叙,都是相對於主要叙述線索而言的。參看:趙毅衡《苦惱的叙述者》,北京,北京十月文藝出版社,1994 年,頁 165。

　　⑤ 息君夫人没有私奔,而 Waley 譯詩内容是私奔,由此可知,Waley 顯然不同意此詩是息夫人所作。至於 Legge,他的解説詞主要是談論大夫施政使"淫奔者"畏懼。

　　⑥ 劉冬穎認爲:"一直到現在,可以確認女作者姓名的詩,許穆夫人所寫《載馳》是唯一的一篇。"參看:劉冬穎《執子之手:詩經愛情往事》,頁 197。

國宣姜（嫁給衛宣公）的女兒。

《毛詩》序説：“《載馳》，許穆夫人<u>作也</u>。”①又，《左傳》魯閔公二年記載：“冬十二月，狄人伐衛……及狄人戰於熒澤，衛師敗績……立戴公以廬曹。許穆夫人賦《載馳》。”②《列女傳・仁智傳》也有此記載。

故事的背景是這樣的：許穆夫人原是衛國人，嫁給許國的許穆公。十年後（前660年），北狄滅衛國，許穆夫人請許穆公前往救援衛國，許穆公没有答允。國難當頭，許穆夫人決意離開許國，盡一己之力幫助衛國③。

“賦詩”的“賦”，有“造篇”和“誦”二意。司馬遷《報任少卿書》説“屈原放逐，<u>乃賦《離騷》</u>。”④這“賦”應該是指“寫作”，因爲在《太史公自序》中司馬遷説“屈原放逐，著《離騷》”⑤。那麽，“賦《載馳》”等於“著《載馳》”嗎⑥？

近人李辰冬説：“《左傳》中的‘賦詩’都是唱古詩以合己意，没有作‘作詩講的’……”⑦李辰冬這説法，顯得太過絶對，結果引來質疑⑧。

《毛詩正義》説《載馳》“或是自作之也”⑨。這是模糊的説法。總之，許穆夫人作《載馳》，歷來同意者甚多，但是，《毛詩正義》稱“<u>或是自作</u>”⑩。也就是説，連中國的注釋專家也不能肯定。英國學者（Legge 和 Waley）同樣没有説得很確定⑪。

《載馳》結尾“大夫君子……”指什麽人？是許國的官員嗎？末句那個“我”（“不如我所之”），是許穆夫人本人寫下來的嗎⑫？這個問題，上文討論謝晉青意見時已經提

───────────────

① 陳子展《詩經直解》，頁161。

② 李宗侗《春秋左傳今註今譯》，臺北，臺灣商務印書館，1993年，頁217。另參陳子展《詩經直解》，頁164。

③ 當時，許穆夫人回衛國是違禮的。最終她有没有回到衛國？這件事，歷朝學者有不同的看法。參看劉潔《列女傳的史源學考察：兼論列女傳所反映的先秦至秦漢婦女觀念的變遷》，頁92。

④ 吳楚材、吳調侯編《古文觀止》，香港，亞洲教育時報，2007年，頁269。按：司馬遷的《報任少卿書》又收入《漢書・司馬遷傳》、蕭統《文選》。

⑤ 吳楚材、吳調侯編《古文觀止》，頁257。

⑥ 對“許穆夫人賦《載馳》”的“賦”，周春健有詳細討論，他認爲“許穆夫人賦《載馳》”應該是指“作詩”，見周春健《經史散論：從現代到古典》，臺北，萬卷樓圖書股份有限公司，頁21。

⑦ 李辰冬《詩經通釋》（中册），頁15。《左傳》隱公三年記載：“衛莊公娶於齊東宮得臣之妹，曰莊姜，美而無子，衛人所爲賦《碩人》也。”又，《左傳》文公六年載：“秦伯任好卒，以子車氏之三子奄息、仲行、鍼虎爲殉，皆秦之良也。國人哀之，爲之賦《黃鳥》。”《史記》説：“秦人哀之，爲作歌《黃鳥》之詩。”

⑧ 蘇雪林（1897—1999）質疑李辰冬“許穆夫人只是唸誦”之説。參看：蘇雪林《詩經雜俎》，臺北，臺灣商務印書館，1995年，頁328。

⑨ 參看：李學勤等整理《毛詩正義》，北京，北京大學出版社，2000年，頁131。

⑩ 《載馳》之外，《邶風・泉水》《衛風・竹竿》兩篇，據説亦許穆夫人所作（清人魏源《詩古微》考據所得）。

⑪ Legge 在他的英譯本中介紹了許穆夫人的事。最後説明：In this piece we have, it is supposed, her complaint, and vindication of her purpose. 參看其1871年譯本，頁87。我們應注意：supposed 體現了 Legge 的存疑態度。Waley 則注明 The speaker is a lady of Wei，意思是“此詩的發言者是衛國女人”。參看其英譯本頁95。Waley 没有談及誰是作者（詩人或執筆者）問題。

⑫ 究竟誰是中國古代第一個女詩人？如果莊姜寫《邶風・燕燕》是在《左傳》隱公四年，而《載馳》作於《左傳》閔公二年，比隱公初年晚六十年，那麽，中國女性第一位詩人就是莊姜了。

過。讀者不妨參看。

八、結　論

近人推測《詩經》的作者主要是貴族男子①。理論上,既然三百多首詩可以由一個人用英文翻譯、呈現,也就可以由一個人編輯整理後用漢字呈現(例如: 尹吉甫曾編訂《詩經》)②。

中國學者往往只説作詩者是"國人""周人""賢者"等等③。這些都是模糊的説法。由於歷史記載不詳,現在我們不容易就女性作者這題目做更精確的歷史考證。

退而求其次,我們嘗試瞭解各詩篇的叙述者(説話者)是什麼人、叙述者對誰説話④。從本文的研究歸納我們可以看到: 三百篇中有各種"女性叙述"。這些叙述聲音,代表女性的處境: 叙述者或向男子發出告誡,或貶斥男子,或對男方發出"甜密的狠話"、或向眾人提出請求……

詩人和叙述者,二者不必等同,例如《豳風·鴟鴞》的叙述者是一隻母鳥,詩人卻不是母鳥⑤。無論如何,就算我們對"《詩經》女詩人"這問題没有確切的答案,我們也能肯定這個詩集中有眾多"女性的聲音"(女性爲發聲者),她們對待不同的叙述接收者(narratees),態度殊異。

叙述接收者未必在詩篇中"現身",但是讀者能感受到他們的存在,Arthur Waley 有時候明確標示出叙述接收者,有時候他以譯者身分現身説明。Jennings 和 Legge 的一些譯文也呈現叙述接收者的轉換。總體而言,詩中角色(叙述者和叙述接收者)的特定關係有助於決定作品的旨趣。在這方面,西方學者的詮釋和"角色設定"令詩篇叙述接收

---

① 陳致《從禮儀化到世俗化: 詩經的形成》,上海,上海古籍出版社,2009 年,中文版序、頁 302。焦杰《性別視角下的易、禮、詩婦女觀研究》,北京,中國社會科學出版社,2011 年,頁 153。

② 舊説: 詩篇都由周王室編定、又經孔子刪削,秦代焚書,到漢初今古文各家分別重新寫定。參看: 趙雨《上古詩歌的文化視野》,北京,社會科學文獻出版社,2005 年,頁 31。近年,有學者認爲尹吉甫可能是《詩經》的編纂者。參看《詩經研究叢刊》2011 年、2012 年、2015 年討論尹吉甫的文章;劉昌安《詩經"二南"研究》(北京,中國社會科學出版社,2018 年)第七章第三節"尹吉甫與《詩經》遺蹤"。尹吉甫在周宣王時期任太師,是今甲盤的主人(參看王國維《兮甲盤跋》)。有謂,吉甫故里爲湖北房縣。

③ 例如《秦風·黃鳥》,詩序謂是"國人刺穆公以人從死,而作是詩也"。司馬遷在《太史公自序》中説:"詩三百篇,大抵聖賢發憤之所爲作也。"有些詩篇的來歷無法考證,例如,《毛詩》第三首《卷耳》是寫"征夫懷念女子"還是"女子懷念征夫",都無可考,然而,詮釋者可以憑"詩義"推論叙述者是誰。劉向《列女傳》所載三家詩説有時聲稱某篇爲某人所作。

④ 方玉潤將詩人和詩中人區分得很清楚,例如,他討論《鄘風·桑中》時説:"賦詩之人既非詩中之人,則詩中之事亦非賦詩人之事,賦詩人不過代詩中人爲之辭耳。"參看: 方玉潤《詩經原始》,頁 160。

⑤ 叙述者可以是詩人(女作者或男作者)創造出來的: 叙述者成爲作品中的"角色"。按: 角色,這個詞常用於討論戲劇。

者更加顯眼（visible），同時，詩篇中叙述者和叙述接收者的互動營造出一種戲劇效果（dramatization）。尤其值得注意的是 Waley 的部分譯詩以男女對話、對歌形式呈現，有時候更是女子獨自面對"群體的聲音"①。

Waley 重新演繹的《豳風·九罭》以三段人物話語（引語）呈現事件的内情，叙事觀點一再變換，像剪接得乾净俐落的電視劇。詩末求懇之辭屬於女子②。她面對强大的外來壓力。

Waley 筆下的《王風·大車》以"删略體"、公衆的聲音、人物獨白營造出强烈的悲劇效果。詩末誓辭（絶命辭）屬於女子③。

上文所論 Waley 譯詩的"（内部）互動性"（interation）更形顯著，譯作有戲劇效果④。在這種情況下，人物形象（characterization）更鮮明。這種格局和"詩人面對讀者説話"不同。

中國詩學傳統中的"性别面具"往往是男性以女性口吻來表達男性的政治隱衷，例如清人崔述認爲《將仲子》一如唐代張籍（約 767 年—約 830 年）拒李師古之聘而賦《節婦吟》⑤。Waley 没有繼承這套詩學。

基於以上所論，我們可以説《詩經》本身就有貞女、怨女、烈女、戲謔女的聲音，Waley 充分注意到這個特點，Waley 譯本中叙述者、叙述接收者和社群聲音的"明晰化"往往帶來新的解讀視角，這令譯詩中各種"角色"（persona）之間的張力更强。此外，政治託喻和教化論從來都不是 Waley 關心的課題，他的英譯本有更多元的叙述格局。Waley 有時候更像是"超叙述者"⑥。

---

①　《毛詩》第 58 首《衛風·氓》第三章是否旁人所説的言辭，代表群體的意見？ 該詩第三章，鄭玄認爲是國中賢者的聲音，歐陽修（1007—1072）認爲是女之自語。注意：女、士之稱，更像是他稱。

②　鄭玄《毛詩箋》認爲"東人"願留周公（不希望周公西歸）。朱子《詩集傳》、姚際恒《詩經通論》皆採此説。

③　一些學者認爲《大車》末章是出征兵士對情人的誓辭。參看：楊合鳴、李中華《詩經主題辨析》，頁 216。豐坊、方玉潤都認爲是此詩寫征夫念及家人。另外《鄘風·柏舟》詩句"之死矢靡它"意思略同《王風·大車》的末章：誓死没他心。

④　北京師範大學文學院研究所的李山教授釋詩時設想先秦有"舞臺"，但是，他又説：不清楚"舞臺"的具體情況。參看：李山《詩經中的"對唱"》一文，載《箕簷書院院刊》第五期（2012 年），頁 64。該文又刊於《詩經研究叢刊》第 23 輯（2014 年），頁 136—148。

⑤　崔述《讀風偶識》，北平，北平文化學社，1931 年，頁 14。《毛詩》序認爲《將仲子》刺莊公。傳統的説法屬於政治意蘊託之於男女之際。

⑥　這裏是指他安排了各種叙述者，例如，一篇之中有兩三種叙述聲音。關於"超叙述者"，讀者可以參看趙毅衡《苦惱的叙述者》，頁 126。

【附録】英國漢學家怎樣標示《詩經》中的女性話語

34　　　　　　　　THE SHE KING.　　　　　　　PART I.

XII.　*Yay yew sze keun.*

1　In the wild there is a dead antelope,
　　And it is wrapped up with the white grass.
　　There is a young lady with thoughts natural to the spring,
　　And a fine gentleman would lead her astray.

2　In the forest there are the scrubby oaks;
　　In the wild there is a dead deer,
　　And it is bound round with the white grass.
　　There is a young lady like a gem.

3　[She says], Slowly; gently, gently;
　　Do not move my handkerchief;
　　Do not make my dog bark.

【説明】英國學者 James Legge 的 1871 年英譯本。Legge 譯文第 3 章開首的[She says]這個引語標記是 Legge 增添的,表示此章全是女子的話語。Legge 的韵體譯本也有這種現象(p. 74)。Arthur Waley 爲第 3 章加上引號,没有用引語標記。參看 Waley 英譯本 1937 年版,第 60 頁。

（作者爲香港大學哲學博士）

正倉院藏《王勃詩序》校注

道阪昭廣（趙俊槐　董璐譯）

上

正倉院藏《王勃詩序》（以下稱“正倉院本”）共有 41 篇詩序作品，其中 21 篇爲佚文，不見載於其他文獻，另外 20 篇在中國也有流傳，被收錄於《文苑英華》等。經過對在中日兩國均有流傳的這 20 篇詩序作品進行對比，發現所有作品均存在文字上的差異。這些差異大致可分爲三類：一是由字形相似形成的訛字；二是文字的顛倒與脱落。這兩類差異主要産生於訛書，且以正倉院本的謬誤居多。第三類，文字雖有差異，但兩者均能找到其他用例和出典。從抄寫時期和目的來看，正倉院本應該盡力避免了失誤，不大可能隨意改寫文字。王勃的詩序作品在中國流傳過程中，應該有一個增删修改的過程，最後才以刊本形式固定下來，這第三類差異就來自於此。

王勃去世於 676 年，而正倉院本抄寫於 707 年，可見正倉院本的抄寫年代很早，應在王勃的詩序作品被廣泛傳抄之前。筆者認爲正倉院本的文字反映了王勃詩序作品最初的形態，故以正倉院本爲基礎，嘗試復原該作品。對於上述三類差異中的第一、第二類，即明顯的訛書與脱落，本文不予考察，只對第三類，即非訛書、非脱落的差異部分進行出典方面的考據，以證實正倉院本文字的可靠性。

第三類差異雖文字相異，但大多文意相同，這也説明正倉院本這類文字並非訛書。即便由於文字差異導致文意相乖，但若能找到出典及王勃前後時期作品中的其他用例，也説明這部分文字可能是正倉院本文字的本來面貌。筆者曾撰文探討過《滕王閣序》中的幾處異同[1]，但要想理解王勃及其文學，以及正倉院本文本的價值，就必須對所有詩序作品進行探討。在中日兩國均有流傳的 20 篇作品中，本文暫取正倉院本前 10 篇作爲

---

[1]　《正倉院藏『王勃詩序』》中的「秋日登洪府滕王閣餞別序」》以及《テキストとしての正倉院藏『王勃詩序』》，均收錄於《『王勃集』と王勃文学研究》，研文出版，2016 年。

考察對象。

　　筆者曾以《正倉院藏〈王勃詩序〉校勘》爲題做過報告(香港大學饒宗頤學術館學術論文/報告系列 27,2011 年),本文即以此爲基礎。以下是本文的具體表記方式,中國諸本指以下四種:

　　　　1. 宋·李昉等奉敕輯《文苑英華》(北京:中華書局,1966 年,據隆慶刊本影印)
　　　　2. 明·張燮輯《王子安集》(《四部叢刊》據明崇禎刊本影印)
　　　　3. 清·項家達輯《王子安集》(《初唐四傑集》所收,清乾隆四十六年星渚項家達校勘)
　　　　4. 清·蔣清翊輯《王子安集注》(臺灣大化書局,1977 年據光緒七年吳縣蔣氏雙唐碑刊本影印)

　　另外,王勃詩序作品前的大寫數字記號,是指該作品在正倉院本中的順序,其後的阿拉伯數字則是正倉院本中各作品的行數。作爲考察對象的文字在文中以""來表示,《》爲書名,〈〉爲作品名,""爲引文。王勃作品之後的卷數,則爲蔣清翊《王子安集注》中的卷數。

一、〈王勃於越州永興縣李明府送蕭三還齊州序〉

3—4　蔭松披薜,琴樽爲得意之親;臨遠登高,煙霞是賞心之事。亦當將軍塞上,咏蘇武之秋風;隱士山前,歌王孫之春草。

　　"亦"以下四句在中國諸本中不見。筆者曾經指出,這四句不可能是當時的日本人添加進去的,該詩序中本來應有此四句,只是在中國傳播的過程中佚失了。

　　中國諸本第一句作"薜衣松杖"。蔣清翊引《楚辭·九歌·山鬼》"被薜荔兮帶女蘿"王逸注"被薜荔之衣,以兔絲爲帶也",認爲"薜衣"是指隱者所穿的衣服。"松杖"一詞未作注。蔣清翊所引《楚辭》與正倉院本中的"披薜"意思相符。〈三月上巳祓禊序〉(然此篇並非王勃所作)中有"披薜蘿於山水"之句,所以蔣清翊引了《楚辭·九歌》。另外,駱賓王〈春夜韋明府宅宴得春字〉以及楊炯〈青苔賦〉中也可見"披薜"一詞。王勃的其他作品中未見"蔭松"一詞,應該也是來自《楚辭·九歌·山鬼》,辭曰"飲石泉兮蔭松柏"。〈頭陀寺碑文〉(《文選》卷五十九)中也可見"班荆蔭松者久之"的用例。"松杖"

一詞蔣清翊未作注釋,這個詞也確實没什麼用例。將此四字釋作隱者,在文意上並不會
産生大的不同,所以這部分内容應該是正倉院本原本的面貌。

6　幸屬一人作寰中之主,四皓爲方外之臣

　　中國諸本作"倏然四皓",與"幸屬一人"成爲對句。但"幸屬"與"倏然"難以對應,
蔣清翊認爲出典應是《莊子·大宗師》中的"倏然而往,倏然而來而已矣"。按正倉院
本,以"幸屬"爲對句中的一句,此句也完全可以解釋得通:所幸中國由皇帝完成統一大
業,隱者也像四皓那樣成爲家臣。

10—11　嘗謂連城無他鄉之別,斷金有同好之親。契生平於張範之年,齊物我於惠莊之歲

　　中國諸本作"嘗謂連璧無異鄉之別,斷金有好親之契。生平於張範之年,齊物於惠
莊之歲"。王勃其他作品中雖然不見"異鄉"一詞的用例(有"異國""異縣"),但"異鄉"
與"他鄉"在含義上並無不同。這四句之後,有"嗟歧路於他鄉,他鄉豈送歸之地"一句。
這一語句技巧性極高,爲了增強效果,可能"異鄉"被改作"他鄉"。"連城"一詞容易聯
想到《史記·廉頗藺相如列傳》中的"連城璧"①,但蔣清翊認爲出典應爲《世説新語·容
止篇》中的"潘安仁、夏侯湛並有美容,喜同行,時人謂之連璧"。"斷金"一詞有友情之
意,從這一點來看,同樣具有"友情"之意的"連璧"可能更合適。而且,"金"是平聲,此
處需要的是仄聲,照此看來,"城"也不是很合適。不過,也有可能作"城",意思是説,因
爲各個鄉鎮連接在一起,所以無有他鄉之別一説。再説,"城"與"璧"在字形上也不相
似。正倉院本何以作"連城",這裏還不太明白,還請方家賜教。

　　第三句與第四句差異也比較大,這與第二句作"同好之親"還是作"好親之契"有很
大關係。也就是説,"契"字在第二句末,還是第三句首,直接關係著第三句和第四句應
該是"三字於四字"構成的對句,還是"二字於三字"構成的對句。從平仄來看,正倉院
本這四句句末分别爲"仄平平仄",比中國諸本的"仄仄平仄"要工整。"同好之親""契
生平"雖不見於其他記載,但"同好"一詞是有依據的,該句也並非全然行不通。至於
"齊物"一詞,《莊子·齊物論》等多有使用。蕭愨〈聽琴詩〉(《初學記》樂部下琴)曰"至
人齊物我,持此説高情",意思是説要將自己與别人一視同仁,從這個意義上來講,正倉

① 《正倉院本王勃詩序譯注》以此爲出典(日中文化交流史研究會,翰林書房,2014 年),以下簡稱《譯注》。

院本的措辭是成立的。

雖然"連城"一詞尚存疑問,但應該説,正倉院本第二句至第四句的文字都是有依據的。

13　橫溝水而東西,斷浮雲於南北

"溝水",中國諸本作"咽水"。蔣清翊注釋時引用了〈古辭・白頭吟〉"溝水東西流",應是恰當的,相比"咽水","溝水"在文中更合適,至少在正倉院本中,文意是講得通的。另外,"浮雲"一詞在中國諸本中作"愁雲"。沈約〈送友人別〉曰"君東我亦西,銜悲涕如霰。浮雲一南北,何由展言宴"(《藝文類聚》人部十三別上),由此可見,正倉院本作"浮雲"是行得通的。

14　白首非離別之秋,歎歧路於他鄉。他鄉豈送歸之地

"離別",中國諸本作"臨別"。"臨"與"離"字形相似,"臨別"一詞的重點在分別時的節點上,與"送歸"正相呼應,似乎比較合適。不過,用"離別"在文意上也並無不妥。"離別"一詞也有用例,如張率〈遠期〉曰"秋風息團扇,誰能少離別。他鄉且異縣,浮雲蔽重山"(《玉臺新咏》卷六)。

14—15　蓐收戒節,少昊伺辰

"戒節",中國諸本作"戒序"。王勃在〈九成宮頌〉(卷十三)、〈梓州郪縣靈瑞寺浮圖碑〉(卷十八)中也使用了"戒序"一詞。王勃作品中雖然沒有出現過"戒節"一詞,但《後漢書》明帝紀第二有"十二月甲寅,詔曰:方春戒節"之句,庾信〈羽調曲三〉則有"涼風迎時北狩,小暑戒節南巡"之句,後周武帝〈伐北齊詔二首其一〉則有"白藏在辰,涼風戒節"(《文館詞林》卷六六三)之句。"戒節"與"戒序"意思相同,所以正倉院本的"戒節"也並無不妥。

第二句中的"伺辰",中國諸本作"司辰"。蔣清翊引用了禰衡〈鸚鵡賦並序〉中的"少昊司辰,蓐收整轡"(《文選》卷十三),應是恰當的。正倉院本的"伺"與"司"相似,很可能是訛書,屬於第一類差異,但"伺辰"也並非沒有其他用例,如徐陵〈勸進元帝表〉"蓂莢伺辰,無勞銀剪"(《文苑英華》卷六○○),所以正倉院本的"伺辰"也是可以解釋得通的。

15—16　白露下而江山晚。徘徊去鶴……悽斷來鴻

“晚”，中國諸本作“遠”。王勃作品中也可見“江山遠”的用例（〈縣州北亭群公宴序〉卷七），但李百藥〈晚渡江津〉則作“寂寂江山晚，蒼蒼原野暮”（《文苑英華》卷二八九）。一個指時間，一個指距離，意思相差較大，但也不能據此就認爲正倉院本屬於訛書。

“悽斷”，中國諸本作“斷續”。蔣清翊未對“斷續”一詞作注。如果相對於“徘徊”而使用了“斷續”一詞，則意爲斷斷續續而來的“鴻”，與正倉院本的“悽斷”文意相差較大。但王勃在〈別薛華〉“悲涼千里道，悽斷百年身”（卷三）中使用了“悽斷”一詞，蔣清翊也指出了陳·阮卓詩〈賦得黃鵠一遠別〉“風前悽斷送離聲”中的用例。不過，阮卓詩曰“月下徘徊顧別影，風前悽斷送離聲。離聲一去斷復續，別響時來疏復促”（《藝文類聚》卷七十鳥一鶴），既有“悽斷”一詞，亦可見“斷續”。季節變換，候鳥聲聲，“悽斷”“斷續”均可理解爲王勃由此而發的感慨。如此一來，在文意上兩者也就很接近了。

二、〈山家興序〉(＊中國諸本作〈山亭興序〉)

2—3　廣漢巨川，珠貝有藏輝之地

第二句中國諸本作“珠貝是有殊之地”。蔣清翊注釋“珠貝”時引用了《管子》。若依諸本，大河乃珍珠發輝發光之地；但若按正倉院本，大河卻是隱藏本性而生息之地。“藏輝”的用例很多，如晉牽秀〈老子頌〉“抱質懷素，蘊寶藏輝”（《藝文類聚》卷七十八靈異部上），多用來形容隱者。該句與“深山大澤，龍蛇爲得性之場”相對應，王勃想表達的應該是：一方爲顯示其特性的場所，另一方則是隱匿起來以保其真的地方。由於這一句的差異，中國諸本與正倉院本在文意上產生了很大的不同。這篇序是以讚美品行高潔的人不被世俗所染、齊聚世外清净之地爲主題的，所以正倉院本的表達可能更合適一些。

9　神崖智宇，崩騰觸日月之輝

中國諸本作“仁崖智宇，照臨明日月之輝”。蔣清翊未對“仁崖”一詞作注。正倉院本的“神崖”一詞有其他用例，如謝安〈與王固之〉“思樂神崖，悟言機峰”（《文館詞林》卷一五七）。中國可能將“神”訛書作“仁”，並一直流傳了下來。關於“崩騰”的用例，有王勃的〈秋夜於縣州群官席別薛昇華序〉“山川崩騰以作氣”（卷九），蔣清翊則引用了

《抱朴子·刺驕》"崩騰競逐,其闖茸之徒"。這句是褒揚弘農公的,若按正倉院本,則意爲出類拔萃的才智直抵日月。中國諸本中的"仁崖"不知何意,假設其意與"神崖"一致,則該句的意思是説日月因爲他的才智而更加光芒四射。"崩觸"的方向爲自下而上,而"照臨"則是自上而下,在這一點上兩者的意思是有差異的。

12—13　輕脱屐於西陽

"屐",中國諸本作"履"。蔣清翊認爲"'履'是'屐'字之訛"。該差異屬於第一種,是在中國流傳過程中出現的誤抄,並最終固定了下來。

17　山樽野酌,求玉液於蓬萊之府

"府",中國諸本作"峯",兩者意思上相差不大。在陳子昂〈梓州司馬楊君神道碑〉中有"遊鳳皇之池,觀蓬萊之府"之句(《文苑英華》卷九二六),所以正倉院本作"府"也不是沒有可能。從句末的平仄上來講,此處應是平聲,中國諸本的"峯"可能正是基於這種考慮,在傳抄過程中被改寫而來的吧。

18　山腰半坼

"坼",中國諸本作"折"。蔣清翊認爲"'折'是'坼'字之訛",可見正倉院本抄寫正確。

20　核漬青田,西域之風謠在即

"核",中國諸本作"粉"。蔣清翊作"粉,意未詳"。羅振玉在《王子安集佚文》的序中已經指出,該句源自《古今注》卷下"烏孫國有青田核"。"風謠",諸本作"謠風"。"風謠"在《文選》等典籍中多有出現,指當地的民謠。中國諸本作"謠風",蔣清翊未作注,在王勃以前也很難找到用例。這屬於第二類差異,應該是中國諸本將兩字顛倒了。

24　朱城隱隱,闌幹象北斗之宮

"朱",中國諸本作"珠"。蔣清翊認爲"'珠'疑'朱'字之訛"。中國諸本中的是誤字。

21　漢家二百年之都埸

"年"字使用了則天文字。中國諸本作"所"。蔣清翊引張衡〈西京賦〉"多歷年所二百餘碁"(《文選》卷二)爲注。"年所"表示"年","所"可能也可以用來表示"年",蔣清翊大概也是這麼理解的。該句的對句作"秦氏四十郡之封畿",在中國傳抄過程中,也可能被理解爲"場所"的"所"字。按中國諸本,應理解爲漢朝於兩百處地方設置了城鎮,但若依正倉院本,則意思是兩百年的古都。從文意上看,正倉院本更容易理解。

三、〈秋日宴山庭序〉(＊中國諸本作〈秋日宴季處士宅序〉)

3—4　而逍遥皆得性之場,動息竝自然之地

第二句中的"竝",中國諸本作"匪"。這裏可能是字形相似造成的訛字,這也是正倉院本的抄寫者最容易犯的錯誤。該字之前的"動息",王勃在〈江曲孤鳧賦〉(卷一)中也有使用。蔣清翊引謝朓〈觀朝雨〉"動息無兼遂,歧路多徘徊"(《文選》卷三十),將"動息"解作出仕與隱居。若按中國諸本的"匪",則意爲"動""息"之間無有著落。但該序文是於山庭宴會上所作,前邊的對句爲"雖語默非一,物我不同",還有一點比較關鍵的是,第一句中以"皆"字與此字相對應,由此來看,正倉院本的"竝"比"匪"字更合適一些。整句的意思是說,無論是"動"還是"息",立場和志向不同的人在這裏都可以很輕鬆自由。

8　樂莫新交申孔郯之傾蓋

"郯",中國諸本作"程"。雖有文字之誤,但均基於《孔子家語·致思第八》中的"孔子之郯,遭程子於塗"。關於此處的異同,筆者曾具體討論過,在這裏省略①。

13　人之情矣,豈不然乎

中國諸本作"豈曰不然"。正倉院本的用詞有例證,如司馬遷〈報任少卿書〉"見僕行事,豈不然乎"(《文選》卷四十一)。

四、〈三月上巳祓禊序〉

＊蔣清翊曾指出,該序並非王勃所作。

---

① 《テキストとしての正倉院藏『王勃詩序』》,《『王勃集』と王勃文学研究》,研文出版,2016年。

另外,該序收録于宋孔延之編《會稽掇英集》①卷二十,題作〈修祓于雲門王獻之山亭序〉,以王勃爲作者。《會稽掇英集》所收與正倉院本有部分文字一致,説明正倉院本有依據的底本。

2　天下四海

中國諸本作"四方"。雖然兩者含義没有大的差别,但從該句以下四句句末的平仄配置來看,正倉院本分别是"海"(仄)、"池"(平)、"年"(平)、"宅"(仄),符合駢文規範,但中國諸本作"方",爲平聲,不符合押韵規則。另外,《會稽掇英集》同正倉院本,也作"四海"。

3　雖朝野殊智,出處異途

"殊智",中國諸本作"殊致"。蔣清翊引〈三國名臣序篇〉"存亡殊致,(始終不同)"(《文選》卷四十七)以注釋"殊致"。正倉院本的"殊智"也有其他用例,如禰衡〈鸚鵡賦並序〉"雖同族於羽毛,固殊智而異心"(《文選》卷十三),意思是見識不同。《會稽掇英集》同中國諸本,作"致"。

6　尚有過逢之客

《會稽掇英集》同正倉院本。中國諸本作"尚過逢迎之客"。蔣清翊引《戰國策》卷三十一燕策三"太子跪而逢迎,欲行爲道"以爲注釋,〈滕王閣序〉(卷八)中也可見"千里逢迎"的語句。正倉院本的"過逢"也有其他用例,較早的用例有《漢書》卷二十七下之上、五行志第七下之上"傳相付與,曰行詔籌,道中相過逢,多至千數",後世則有杜甫〈贈虞十五司馬〉"過逢連客位,日夜倒芳樽",均指相遇之人。而中國諸本作"出迎"之意,兩者文意相乖。該句前接"釀渚荒涼"一句。蔣清翊引用了兩則出典,一是《古今注・草木篇》(卷下)中沈釀上洛途中在沈釀埭"逢故舊友人"的故事,一是《嘉泰會稽志》中在沈釀川設宴送别上洛的友人的故事。從與"荒涼"一詞的關聯性來看,該句應該有意承接了上句,這樣看,就不應該是"出迎",而是"相遇之人",正倉院本更恰當。

---

①　鄒志方《〈會稽掇英總集〉點校》,人民出版社,2006 年。

7　昂昂騁驥

中國諸本作"或昂昂騏驥"。"騁驥"與"騏驥"均見於《楚辭》。"騏驥"指駿馬,但"騁驥"的"騁",據筆者所知,此字大多作動詞,一般不指駿馬。與之相對應的是"泛泛飛鳧",從"飛"字來看,正倉院本的用字比較恰當。蔣清翊注《荆楚歲時記》作"競渡舸舟,取其輕利,謂之飛鳧",以"飛鳧"爲名詞,可能也是爲了使其能與"騏驥"相對應。正倉院本的"馳騁之驥"與"飛翔之鳧"正好相配,比較恰當。另外,《會稽掇英集》雖多了一個"或"字,但也作"騁驥",同正倉院本。

9　暮春三月,遲遲麗景

"麗景",中國諸本和《會稽掇英集》均作"風景"。王勃作品中常見"風景"一詞。"麗景"也有其他用例,如謝朓〈三日侍宴曲水代人應詔九章第四〉"麗景則春,儀方在震"(《藝文類聚》卷四歲時部中三月三日)。但"麗景"一詞含義較窄,專指春日和煦的陽光,於正倉院本也解釋得通。

11　王孫春草,處處皆青;仲統芳園,家家竝翠

"處處皆青",中國諸本作"處處爭鮮"。雖然含義没有大的差異,但若從與第四句中"竝"字的對應關係來看,"皆"字比較恰當。《會稽掇英集》也作"皆青"。

16—17　後之視今,豈復今時之會。人之情也,能別應乎。宜題姓家,以傾懷抱

第二句中國諸本作"亦是今時(僅張本作"日")之會"。《會稽掇英集》與正倉院本相同。正倉院本的"能別應乎"不知何意,中國諸本也不一致,蔣本作"能無悲乎",《文苑英華》張本作"能不應乎",項本作"能不悲乎",《會稽掇英集》則作"能不感乎"。正倉院本"宜題姓家"中的"宜"字,中國諸本作"且",第四字"家",中國諸本作"字",均屬於字形相似。《會稽掇英集》也作"宜"。"宜"字是解釋得通的,不能斷言正倉院本爲誤。但第四字"家",《會稽掇英集》也作"字",可能是正倉院本訛書。

"以傾懷抱",《會稽掇英集》同正倉院本。謝靈運〈相逢行〉有"邂逅賞心,人與我傾懷抱"之句(《藝文類聚》卷四十一樂部一),可見正倉院本的用字是有依據的。中國諸本作"以表襟懷","襟懷"一詞的用例比較多,在含義上没有大的差異。

十一、〈上巳浮江讌序〉

8　靈關勝地

中國諸本作"雲開勝地"，蔣清翊認爲"雲開未詳，疑是靈關之訛"。羅振玉在《王子安集佚文》序文中曾以此句爲例，指出正倉院本是比較優秀的文本。

9　早燕歸鴻，儵遲風而弄影

中國諸本作"俟迅風而弄影"。正倉院本的"遲風"用例較少，與中國諸本的"迅風"意思正相反，但若着眼於春日裏怡人的風景，"遲風"也不是完全没有可能。

11　出汀洲而極睇

"汀洲"，中國諸本作"河洲"。兩者字形相似，雖有水邊與中洲的區別，但在文意上並没有大的差異。然而，兩者給人的意象却截然不同，"河洲"一詞正如蔣清翊所引，讓人聯想到《詩經·周南·關雎》，而"汀洲"一詞亦見於王勃其他作品，如蔣清翊注釋中所引，讓人聯想到《楚辭·九歌·湘夫人》。楊炯〈幽蘭賦〉中有"汀洲兮極目，芳菲兮襲豫"之句，王勃也可能基於《楚辭》使用了"汀洲"一詞。

16　情盤興遽，景促時淹

中國諸本作"遊盤興遠"。王勃在〈秋日楚州郝司户宅遇餞崔使君序〉"情盤樂極"（卷八）中使用了"情盤"一詞，蔣清翊也引〈三月三日曲水詩序〉"情盤景遽"（《文選》卷四十六）作爲依據。應該説，正倉院本的用詞是有依據的。

17　散髮長吟，佇明月於青溪之下

中國諸本作"高吟"。王勃作品中未見"長吟"的其他用例，但有"高吟"用例，如〈廣州寶莊嚴寺舍利塔碑〉"梁甫高吟"（卷十八）。不過，嵇康〈幽憤詩〉中有"采薇山阿，散髮岩岫。永嘯長吟，頤性養壽"之句（《文選》卷二十三），正倉院本可能是以此爲依據的。

18　赴泉石而如歸，仰雲霞而自負

"赴""仰""自負"，中國諸本分別作"視""佇""有自"。關於"有自"一詞，蔣清翊

在注釋中引用了《左傳》昭公元年"叔出季處,有自來矣"。王勃〈秋晚入洛於畢公宅別道王宴序〉中有對句曰"仰雲霞而道意,舍塵事而論心"(卷八)。該〈上巳浮江讌序〉表現了王勃遠離俗世、冰清玉潔的精神,正如"來自"一詞表明了其來源一樣,"自負"則可能體現了他的自信。

19　初傳曲洛之盃

"洛""盃",中國諸本分別作"路""悲"。蔣清翊指出,"路,蓋洛字之訛,悲是杯字之訛"。

21　雖復來者難誣,輒以先成爲次

第一句中國諸本作"誰知後來者難"。正倉院本的語句有其他用例,如魏文帝〈與吳質書〉"今之存者,已不逮矣。後生可畏,來者難誣"(《文選》卷四十二)。正倉院本的抄寫者不大可能自己添加一字,而且從該序句末的表達來看,正倉院本的措辭更恰當。

十二、〈聖泉宴序〉(*《全唐文》駱賓王《聖泉詩序》卷一九九)

4　亦無乏焉。羣公九牘務閑,江湖思遠,痾瘵奇託,淹留勝地

《文苑英華》未收錄該序,其他中國諸本缺"亦無乏焉。羣公九牘務閑"及"淹留勝地",作"遂使江湖思遠,痾瘵寄託"。"九牘"不見其他用例。"務閑"有其他用例,如庾信〈周上柱國齊王憲神道碑〉"時以白露涼風,務閑農隙"(《庾子山集注》卷十三)。王勃〈入蜀紀行詩序〉有"遊涓澮者,發江湖之思"(卷七)之句,若此處也可以理解爲"江湖之思",則前句可解作"九牘之務",官方事務與嚮往自然美、追求精神的自由構成一組對句。"痾瘵奇(寄)託,淹留勝地"的句末均作仄聲,這一點不好解釋。中國諸本中缺"淹留勝地"一句,但王勃〈江曲孤鳧〉有"反覆幽谿,淹留勝地"(卷一)之語,這說明正倉院本可能有依據的文本。

5　既而岡巒却峙,荒壑前縈,丹崿萬尋,碧潭千仞

中國諸本中"岡"作"崇","却峙"作"左岐","荒"作"石"(《箋注駱賓集》作"壁"),第四句的"仞"作"頃"。在上述這些差異中,第一句的"岐"字,蔣清翊認爲"平聲,不叶,疑訛字"。正倉院本的"峙"字爲仄聲,這就消除了蔣清翊的疑問。"却峙"一詞王勃在

〈梓州通泉縣惠普寺碑〉序(卷十七)中也有使用,文曰"崇墉却峙之勢,庭衢四會,勝里九曲之分,閭閻萬積",但蔣清翊認爲"'却峙'二字,疑有訛,且與九曲不對",疑爲誤字。除王勃的作品外,目前尚未找到"却峙"的其他用例,但正倉院本也使用了該詞,這説明蔣清翊的懷疑可能有誤。

十五、〈仲家園宴序〉(＊中國諸本作"〈仲氏宅宴序〉")

5　暮江浩曠,晴山紛積

中國諸本作"江波"。"暮江"可與"晴山"相對應,比較恰當。王勃之後,李白〈夏日諸從弟登汸州龍興閣序〉有"晴山翠遠而四合,暮江碧流而一色"之句,雖然不能肯定李白受到了王勃該序的影響,但至少説明對句是成立的。

6　喜鴇鸞之樓曜,逢江暎之多材

中國諸本作"喜鴛鸞之接翼,曜江漢之多才"。第二句的"暎"應是"漢"之誤。正倉院本第一句中的"樓曜"一詞找不到什麼用例。"樓"與"接"字形相近,若作"接翼",則正如蔣清翊指出的那樣,《洛陽伽藍記》(卷四)所載東平王抒懷"至於宗廟之美,百官之富,鴛鸞接翼,杞梓成陰"可作爲依據。"樓"字可能是正倉院本訛書,這樣兩句的對應就更加恰當。王勃這兩句可能表現的是眾多有才能之人齊聚仲家的場景,如果是這樣,正倉院本的"逢"字,比中國諸本的"曜"字要恰當一些。正倉院本無"翼"字,中國諸本無"逢"字,正倉院本第一句末尾的"曜"字在中國諸本中作第二句首字,正倉院本可能將"接"字訛書作"樓"字,並脱"翼"字。不過,"逢"字不大可能是正倉院本隨意添加上去的。這部分文字似乎有一些錯亂,還請方家指教。

十六、〈梓潼南江泛舟序〉

2—3　鎮静流俗

中國諸本作"鎮流靖俗"。沈約〈爲武帝與謝朏敕〉中有"羣才競爽,以致和美,而鎮風静俗,變教論道"(《藝文類聚》卷三十七人部二十一隱逸下)之句,此與中國諸本有些相似。但"流俗"一詞見於王勃其他作品,"鎮静"一詞也有其他用例,如桓温〈薦譙元彥表〉"鎮静頹風"(《文選》卷三十八),以及《世説新語·言語》引《晉陽秋》"王導獨謂不宜遷都……今雖凋殘,宜修勞來旋定之道,鎮静羣情"。該句前接"梓潼縣令韋君,以清湛幽凝"，後接"境內無事"，雖然也有可能像沈約那樣將"流俗"分開來，但若從對句構成來看，二字不一定必須分開，正倉院本未必有誤。

7　有嘉肴旨酒，清絃朗笛，以黼藻幽尋之致焉

第二句、第三句中國諸本作"鳴絃朗笛，以補尋幽之致焉"。"黼藻"一詞王勃在〈上拜南郊頌表〉（卷四）中也使用過，作"黼藻神器"，蔣清翊則注曰"《爾雅·釋器》：斧謂之黼。《法言·學行篇》：吾未見好斧藻其德，若斧藻其桷者歟"。按中國諸本，則應該解作酒肴與音樂爲泛舟助興，若按正倉院本，則應該解作進一步增添泛舟的情趣，兩者文意上有差異。

十七、〈餞宇文明府序〉（＊中國諸本"餞"作"送"）

2—3　豈非仙表足以感神，貞姿可以鎮物

中國諸本作"豈非仙表足以感神，真姿可以錯物"。王勃之前的文人作品中未見使用"貞姿"一詞，但中唐以後的白居易等則頻頻使用該詞。楊巨源〈別鶴詞送令狐校書之桂府〉"皎然仰白日，真姿棲紫煙"（《文苑英華》卷二八五）中使用了"真姿"一詞，但該詞在王勃以前也很少使用。正倉院本的"鎮物"有其他用例，如《宋書》卷二十樂志十〈晉江左宗廟歌十三篇·歌康皇帝（曹毗）〉"閑邪以誠，鎮物以默"，再如《晉書》卷七十九謝安傳四十九中，收到淝水之戰的捷報後，謝安雖然未喜形於色，但"還內，過戶限，心喜甚，不覺屐齒之折。其矯情鎮物如此"。"錯物"未找到其他用例，蔣清翊也未對該詞做注。

"貞"與"真"，"錯"與"鎮"，字形均相似，屬於第一類差異。這類差異，往往以正倉院本訛書爲多，但這兩句的差異，似乎是中國諸本抄寫錯誤。

3—4　巨山之涼涼孤出，昇華之巖巖清峙

第一句的"涼涼"，中國諸本作"凜"，該處差異這裏暫不討論。第二句的"巖巖"，中國諸本作"麗"。"巖巖"可找到依據，如《世說新語·賞譽》"王公目太尉，巖巖清峙，壁立千仞"，王勃〈宇文德陽宅秋夜山亭宴序〉（卷七）中也有"巖巖思壁"的用例。蔣清翊未對"麗清峙"做注。

5　俱希狀俗之標，各杖專門之氣

　　"希狀俗"，除《文苑英華》外，中國諸本作"拔出塵"。第二句中國諸本作"各仗專門之氣"。"狀俗"一詞無意義，"狀"可能是"拔"之誤。孔稚珪〈北山移文〉有"夫以耿介拔俗之標，蕭灑出塵之想"（《文選》卷四十三）之語，蔣清翊認爲第一句的出典正是來自這裏。中國諸本在傳抄過程中，可能將此句改爲上述〈北山移文〉對句的第二句了。

7　馬肆含豪，請命升遷之筆

　　中國諸本作"肆樂含毫"。正倉院本可能將"毫"字訛作"豪"了。關於"肆樂"，蔣清翊認爲"樂肆，肆樂，均可疑"。與此句構成對句的是"楊（揚）庭載酒，方趍（趨）好事之遊"，説的是揚雄的事。該序是在蜀期間所作，正倉院本的"馬"應該指司馬相如，所以"馬肆"是比較恰當的。況且蔣清翊也指出，第二句的"升遷"指的就是司馬相如的故事。另外，《譯注》也指出"馬肆"指的是司馬相如。

二十四、〈與員四等宴序〉

5　請拔非常之思，俱宜絕代之遊戲

　　"拔""俱"，中國諸本分別作"沃""但"。字形均相似，可能是訛書所致，但未必是正倉院本抄寫錯誤。"拔"爲拔出之意，"沃"則是灌注之意，雖然方向相反，但無論"拔出"非常之思，還是"灌注"非常之思，都解釋得通。"俱"與"但"意思相差較大，但該句位於序文末尾，表示所有參加人員的"俱"可能更恰當一些。當然，"但"字也並非解釋不通。

下

　　正倉院藏王勃詩序所録 41 首作品當中，有 20 篇在中國亦有流傳，本論文是筆者擇取了這 20 篇作品，將正倉院藏本與中國諸本進行異同考察後的成果。上半部分的 10 篇發表在 2019 年 3 月的《敦煌寫本研究年報》第十三號上（下稱上編），本論文是對剩餘 10 篇的考察。

　　與上編相同，本文亦是以正倉院本和中國諸本的異同爲對象，利用王勃及其前代、同時期的其他作品和當中的用例，考察了正倉院本文字的可能性。以上述目的爲前提，正倉院本中存在明顯訛書的部分就不納入本文考察範圍。上編題名爲"校注"，本文依據具體的研究内容,將題名變更爲"校證"。校勘主要利用了蔣清翊《王子安集注》(光緒七年吴縣蔣清翊雙唐碑館刊本,1977 年臺灣大化書局影印本)。其他中國諸本,請參考上編的序文部分。

與上編相同,王勃詩序作品前的漢語數字爲正倉院本中書寫的順序。各句前的阿拉伯數字爲正倉院本中各作品的行數。另外,考察對象的主要文字,在文中用""標識,《》爲書名,〈〉爲作品名,引文用""表示。王勃作品名後所附的數字爲其在蔣清翊《王子安集注》中的卷數。

二十六秋日登洪府滕王閣餞别序

關於本作品,筆者以前曾在論文《關於〈王勃滕王閣序〉中"勃三尺微命,一介書生"一句的解釋》《正倉院藏〈王勃詩序〉中〈秋日登洪府滕王閣餞别序〉》中有過考察,以上兩篇論文亦收録在《〈王勃集〉和王勃文學研究》(研文出版,2016 年)一書中,故而此處省略。

二十七赴劫太學序

關於本作品,筆者以前亦曾在《作爲文本的正倉院藏〈王勃詩序〉》(前著《〈王勃集〉和王勃文學研究》中亦有收録)等論文中考察過,故而此處相關的部分亦省略。

3　名存寶爽

中國諸本作"華存實爽"。正倉院本"寶"或爲"實"字訛字。第一字無論是正倉院本的"名"還是中國諸本中的"華",因爲是與"實"字相對應,因此解釋基本不存在異同。王勃曾有言及其家庭和族人的幾首作品。當中有專門言及其族人一門不幸遭遇的四言詩〈倬彼我系〉(卷三),在結尾部分,王勃曾用"名存實爽,負信愆義"來表達自己身爲虢州參軍的身份。此序距離〈倬彼我系〉創作時間較近,因此考慮正倉院本的可能性爲高。

13　雖獲一階,履半級,數何足恃哉

正倉院本中的"獲"字,在中國諸本中作"上"。此處的解讀亦無差異。另外,正倉院本中的"數",中國諸本中並無此字。雖然在解讀上並不會有太大的影響,但是如果有了這個"數"字,那麽就可以理解爲對否定的一種强調。

22—23　不有居者,誰展色養之心,不有行者孰振揚名之業

第四句中的"振"字,中國諸本作"就"。雖然中國諸本表達了揚名而"就"學問之業的意思,但是考慮到此處是王勃勉勵自己弟弟專心太學,因此也可以理解爲拼搏於學問之道,故而作"振"字,似乎也並無太大問題。

二十八秋夜於錦州羣官席別薛昇華序

6　不可多得也,今並集此矣

中國諸本中"多"字作"雙"。可能是正倉院本因爲文字的類似造成的訛書。依據中國諸本之義,則爲"無法得到許多",而正倉院本則可解釋爲"無法得到兩個",這樣一來,就産生了解讀的差異。依據孔融《薦禰衡表》(《文選》卷三十七),當中有"帝室皇后,必蓄非常之寶,若衡等輩,不可多得"。另外,《論衡》(卷十三超奇篇)中亦有"譬珠玉不可多得,以其珍也"。由於蔣清翊此處未注釋,因而"不可雙得"一句,便找不出相應的出典。這兩句是在宴會上細數參加諸公之才華後進行總括的句子,前言"今之群公並受奇彩,各杖異氣。或江海其量,或林泉其識,或簪裾其跡,或雲漢其志",如此一來,正倉院本中的"多"字似乎就容易理解了。

8　人生百年,逝如一瞬

中國諸本作"人之百年,猶如一瞬"。兩相比較,均表達了人生短促的含義,在解讀上不存在太大的差異。值得注意的是,"人之百年"這一表述暫時並未發現用例,而"人生百年"則見於《列子》周穆王編,費昶〈行路難其二〉(《玉臺新咏》卷九)"君不見,人生百年如流電",此處實際是將上述含義濃縮在一句之中。另外,在《三月上巳被禊》(卷七,但非王勃之作),另有駱賓王〈答員半千書〉(《駱臨海集箋注》卷八,以下略稱爲《箋注》)亦作"夫人生百年,物理千變"。如此看來,正倉院本的可能性較高。

11　義有四海之重,而無同方之戚;交有一面之深,而非累葉之契

中國諸本中第二句的"戚"字皆作"感",第三句中的"交"作"分"。這兩處異文看上去均是因形近而生成。但是"戚"和"感"字在含義上還是稍有差別。如若是"戚"字,則有陸機〈演連珠五十首三十〉(《文選》卷五十五)"是以天殊其數,雖同方不能分其感,理塞其通,則並質不能共其休"爲出典。參加宴會的人中,除了王勃和薛昇華之外,大多

爲官員。或許因爲這一點，才使用了這一表達。雖然當中存在友情的成分，但是此處不能成爲分擔悲傷的共情。另外，在中日文化交流史研究會編輯的《正倉院本王勃詩序譯注》（翰林書房，2014 年，以下略稱《譯注》）中，雖然並未針對"戚"字特別注釋，但是有一條類似解釋的話"此處並非指血親一般志同道合的人們"，將"戚"字理解爲親戚的意思。筆者認爲，這裏理解爲憂傷似乎更加妥帖。關於第三句裏的"交"和"分"，王勃有好幾處組合使用"一面""新交"的用例，如若按照正倉院本中的"交"來理解，那麼這裏就指參加宴會的諸公初次相交，結下友情。如果作"分"，那麼和前一句中對應的"義"字似乎不好統一起來理解。另外，從出典來看，可以舉出袁弘〈三國名臣序贊〉（《文選》卷四十七）中的"披草求君，定交一面"。

13　他鄉秋而白露寒，故人去而青山斷

中國諸本中"秋"字作"怨"。在這兩句對句之前有"是月秋也，於時夕也"一句，當中出現了"秋"字。在正倉院本中，這個"秋"字出現時，中間存在微小的間隔。考慮到與第二句中的"去"字存在意思上的關聯，故而理解爲"怨"字似乎更爲妥當。但是，這兩個字從字形來看，並不類似，因此斷定正倉院本爲訛書，似乎也難以成立。從正倉院本和中國諸本中存在的異文關係來看，或許與當時中國存在轉寫時有意將文字或表述加以統一的習慣有關，因而此處或許還需要結合當時的習慣再加以推敲。

二十九宇文德陽宅秋夜山亭宴序

2—3　亦有依山臨水，長想巨源，秋風明月，每思玄度

"依"字中國諸本作"登"。王勃〈深灣夜宿〉詩自注曰"主人依山帶江"，有"依山"一語。蔣清翊指出，此處的兩句與《楚辭》九辯"登山臨水兮送將歸"和《世説新語·賞譽篇》"裴令公目見山巨源，如登山臨下，幽然深遠"。如果以此爲典，那麼"依"字應是正倉院本訛書爲"登"字。

第三句"秋風明月"，在王勃的其他作品中亦有出現，如〈寒夜懷友二首其二〉（卷三）〈上絳州上官司馬書〉（卷五）。但是中國諸本均作"明月清風"。針對〈秋日遊蓮池序〉卷六"朗月清風之俊人"，蔣清翊指出此句是意識到《世説新語》言語篇中"劉尹雲，清風朗月，輒取玄度"後創作出來的，故中國諸本爲確。但是，此詩序中所言"秋夜"，正倉院本可能是轉抄者依據《世説新語》的內容作出的替換。

3—4　未有能星馳一介,留興緒於芳亭

“興緒”,中國諸本作“美跡(跡)”。“興緒”在王勃詩〈上巳浮江宴韵得遥字詩〉(卷三)中有“上巳年光促,中川興緒遥”一句,但蔣清翊並未作注。“美跡”似乎並無其他的用例。關於這個詞語,蔣清翊引江淹〈傷愛子賦〉(《廣弘明集》卷二十九下)中“遵高行之美跡,弘盛業之清猷”一句爲例。“興緒”在王勃之後的時代,特別是杜甫的〈奉和嚴中丞西城晚眺十韵〉(《箋注》卷十二)中有“征南多興緒,事業闇相親”一句。如若是正倉院本,意思則爲“獨自趕夜路的旅人,並没有把自己的興趣留在華麗的亭子中”,而中國諸本則是“美好的德行(功績)”之義,兩者在作品的解讀上是存在差異的。

8—9　或三秋舊契,闢林院而開襟,或一面新交,叙風雲而倒屣

中國諸本“舊契”作“意契”。無論是哪個詞語,在王勃之前,似乎均無太多的先例。其中有《魏書》卷五十二承根傳記載的“(段)承根贈(李)寶詩曰……自余幽淪,眷參舊契”。蔣清翊未出注。“意契”在《南齊書》卷二十五張敬兒傳中有“太祖出頓新亭,報(沈)攸之書曰……張之奉國,忠亮有本,情之見與,意契不貳邪”。如從正倉院本,則可理解爲很久以前就認識的朋友。若從中國諸本,則爲很久之前就有的想法。考慮到後面還有“新交”這個詞語,因此,正倉院本“舊契”的可能性更高一些。

10　彭澤陶潛之菊,影泛仙罇;河陽潘岳之花,光懸妙劄

第四句中的“懸”字,中國諸本中只有項本與正倉院本相同,其他諸本均作“縣”。考慮到前面與之對應的是“泛”字,因而作“縣”字似乎不妥,正倉院本中作“懸”,兩者均是動詞,因而可能更大一些。另外,“劄”字,中國諸本均作“理”(其中《文苑英華》作“理(疑)”)。“妙劄”在徐陵的〈玉臺新咏序〉(《文苑英華》卷七一二)中有“三台妙劄,亦龍伸蠖屈之書;五色花牋,皆河北膠東之紙”。其他諸本均作“妙跡”。關於此處的“妙理”,蔣清翊在指出《文苑英華》作“疑”字的基礎上,還援引了班固的〈漢武内傳〉。這從一個側面説明了“妙理”之難解。這一部分可依據傅增湘《文苑英華校記》(北京圖書出版社,2006年),當中考察後認爲,有一些本子作“禮”。“禮”字亦難解釋,可能是“劄”和“禮”字形相似,這反映出正倉院本作“劄”字之可能。考慮到與“罇”(中國諸本作“樽”)的對應關係,相較而言,表示具體物體的“劄”字比“理”字更確切一些。如果作“劄”,則可認爲是印有艷麗花紋的帖子,被懸掛在樹枝上。

12　禺同金碧,暫照詞場;巴漢英靈,俄潛翰苑

第四句中國諸本作"潛光翰院",考慮到與第二句中的"暫"字相對應,因而正倉院本中的"俄"字似乎更爲妥當。但是,"光翰院"一詞,則有於志寧〈大唐故太子右庶子銀青光禄大夫國子祭酒上護軍曲阜憲公孔公碑銘〉(《金石粹編》卷四十七)"學富石渠,詞光翰苑"一句爲據。如按照正倉院本,則可解釋爲蜀地的人傑均聚集在這個詩歌宴會上,使之熠熠生輝。此處的"俄"表達了突然聚集的意思。如果按照中國諸本,則可理解爲不爲人所知,却在文壇上熠熠生輝。

13—14　風高而林野秋,露下而江山静

中國諸本作"金風高而林野動,玉露下而江山清"。在各句中分別加入一個字,調整了句形(《文苑英華》本作"玉"字作"秋")。"金風"和"玉露"作爲對仗,有謝朓的先例,故而中國諸本中對仗工整。但是,在王勃〈爲人與蜀地父老書一〉(卷六)中,則存在與之類似,描寫秋天景色的詩句"天高而林野疏,候肅而江山静"。

15　魚鱗積磴,還昇薗樓之峯;鴈翼分橋,即暎芙蓉之水

"薗樓""鴈翼",中國諸本作"蘭桂""鴛翼"。"蘭桂"是《楚辭》以來就經常使用的詞語。但是,正倉院本"薗樓"在劉孝綽《春宵》詩中有"月帶園樓影,風飄花樹香"這樣的例子。第三句中的"鴛翼",蔣清翊認爲"謂橋形似之,未詳所用"。而"鴈翼"則有與之類似的對仗詩句,如王績的〈遊山寺〉中就有"鴈翼金橋轉,魚鱗石道迴"。除此之外,庾信還有使用"鴈翼"表達陣列形狀的用例。而"鴛翼"一詞,則有駱賓王〈櫂歌行〉(《箋注》卷三)中的"鳳媒羞自託,鴛翼恨難窮"。是與愛情相關的詞語。依據蔣清翊的考證,此處應該是指橋的形狀,因此正倉院本的可能性更高一些。

19—20　中牟馴雉,猶嬰觸網之悲,單父歌魚,罕悟忘筌之跡

第四句中國諸本作"罕繼鳴琴之趣"。蔣清翊認爲第三句中的"歌,疑訛字",並且指出單父和魚的關係是出典自《吕氏春秋》。關於單父縣令宓子賤,曾在王勃的詩中出現過多次,均是以絃歌的故事爲典故。"忘筌"是源自《莊子·外物篇》的"筌者所以在魚,得魚而忘筌"。雖然王勃只在此處使用過一次,以駱賓王爲首,"忘筌"是同時期其他詩人們經常使用的典故。在對應的句子中使用了中牟縣令魯恭的典故,誠如第二句

中所言,錦雞困在籠中的悲傷,即便没有捕獲小魚的單父縣令,或許没有魚兒知曉他已經忘筌了吧。如此一來,此處的對句就顯現出含義層面的關聯來。

20—21　兼而美者其在兹乎? 人賦一言,俱載八韵

以上三句中國諸本不載。〈梓州玄武縣福會寺碑〉(卷十九)“兼其美者,著(《全唐文》作蓋)”。另外,〈續書序〉(卷九)有言“喟然曰,宣尼既没,文不在兹乎?”可以看出,此處應該是在作者意識到《論語》子罕的基礎上採用的表述,似乎亦無不妥。從作品内容上來看,總括“中牟”“單父”的“兼而美者其在兹乎”這一句,與後面闡述作詩條件的句子一起,均應該是當初就應該存在的詩句。

三十晚秋遊武擔山寺序

8　瑶泉玉甃,尚控銀江;寶刹香壇,猶分鋭闕

中國諸本“瑶泉”作“瑶臺”。“泉”和“臺”形近,此句中的“玉甃”,在王勃的〈梓州飛鳥縣白鶴寺碑〉(卷十六)中亦有使用,云“遂使悲生棄井,埋玉甃於三泉”。蔣清翊指出,“《説文》:甃,井壁也”。如此一來,相較“臺”,“泉”字更佳。除此之外,“銀江”,諸本作“霞宫”。如蔣清翊所言,“霞宫”是《真誥》中的詞語(《漢武内傳》中亦有出現)。與之相對,“銀江”似乎不太常見。但是,在〈乾元殿頌〉卷十四中有“少海控銀河之色”的句子,如果“銀河”和“銀江”表達了同樣的意思,或許此處所言,應指武擔山的瀑布自銀河而來,可能是用以形容山之高的吧。第四句“分鋭闕”,中國諸本作“芬仙闕”。但是,傅增湘的《校記》曾指出有文本“芬”作“分”。“鋭闕”暫時找不到用例,或許是訛字亦未可知。或者亦表達了武擔山及其山中的寺院均位於高處。

9—10　琱瓏,陝疑夢渚之雲,壁題相暉,殿寫長門之月

如將上述四句視爲對句,那麼正倉院本則有脱字的可能。其中第一二句,中國諸本作“琱瓏接映,臺疑夢渚之雲”。可見正倉院本除了脱字,亦有訛書的可能。

15　曾軒瞰逈,齊萬物於三休;綺席乘虚,窮九該於一息

“曾”字中國諸本作“層”,正倉院本含義不明,或許是因爲形近而導致的訛書。“瞰逈”,中國諸本作“迥霧”(《文苑英華》霧作霞)。另外,形成對句的第三句中,中國諸本

"乘虚"作"乘雲"。從霧和雲的角度來看,中國諸本更佳。"瞰迥"則有謝朓〈和蕭中庶直石頭〉(《謝宣城集》卷四)"君子奉神略,瞰迥凴重峭"的用例。《唐詩紀事》卷三上官昭容〈長寧公主流杯池七言三首其三〉中亦有"憑高瞰迥足怡心,菌閣桃源不暇尋"的句子。除此之外,顏師古〈等慈寺塔記銘〉(《金石粹編》卷四十二)中亦有"綺疏瞰迴,繡閣臨空"的句子。關於"乘虚",有何晏〈景福殿賦〉(《文選》卷十一)"岧嶢岑立,崔嵬巒居,飛閣干雲,浮階乘虚"爲例。如此一來,正倉院本就有了文字的依據。不僅如此,從文字的表述來看,"在建築了很多層的樓軒上遠眺""宴會的席位就像浮動在高處一樣",在解讀層面也不存在問題。

16—17 **石兕長江,河洲在目**

第二句中的"河"字,中國諸本作"汀"。由於此二字字形相似,且"汀洲"在王勃的其他作品中亦有使用。但是,"河洲"在王勃的〈上巳浮江宴序〉(卷七)中亦曾出現,"出河洲而極睇",蔣清翊指出是源自《詩經》周南關雎"在河之洲",故而正倉院本的文字也有可能。

三十一新都縣楊乹嘉池亭夜宴序

中國諸本此詩序題作〈越州秋日宴山亭序〉(卷六)。就此序中所言"況乎楊子雲之故地,巖壑依然"一句,蔣清翊注云"詳玩此句,似題首越州,應作益州"。據此可知,該序作於蜀地。新都縣是位於蜀地的縣名,如此可以判讀出正倉院本應該是最原初的文字。

7—8 **紅蘭翠菊,俯暎沙亭;黛柏蒼松,環臨玉嶼**

第四句中國諸本作"深環玉砌"。"玉砌"在王勃其他作品中亦有使用,但與之相對,"玉嶼"的用例不多。但由於此處是接在"紅蘭翠菊,俯暎沙(中國諸本作砂)亭,黛柏蒼松"之後的對句,相較"深環","環臨"更符合對句的要求。另外,考慮到此處是在水邊舉辦的宴會,因此正倉院本的文字至少應該有這樣的可能。

三十三遊廟山序

中國諸本作〈遊山廟序〉(卷七),山廟是個普通名詞,指位於某座山上的寺廟,位置並不明確。如果是"廟山",則爲山名。關於此詩序題名的異同,羅振玉在《王子安集佚文序》中指出,正倉院本爲確。誠如羅振玉所言,王勃另有〈遊廟山賦〉(卷一),當中曾寫到"玄武山西有廟山,東有道君廟。蓋幽人之別府也"。這一描寫與本作亦有相通之處。可能就是指詩序中所言的"廟山"。

2　常覽仙經,博涉道記

"覽",中國諸本作"學"。除了蔡邕〈貞潔先生范史雲碑〉(《蔡中郎集》卷二)"涉五經,博書傳"以外,還有袁宏〈三國名臣序贊〉(《文選》卷四十七)"余以暇日,常覽國志"等用例。另外,還有戴達的〈與遠法師書〉(《廣弘明集》卷十八)中有"常覽經典"這樣以"常覽+書籍"的用例。但"常學+書籍"暫時找不到用例。

6　常恐運從風火,身非金石

"從"字,中國諸本作"促",此二字形近。關於"風火"二字,蔣清翊引潘岳〈河陽縣作其一〉(《文選》卷二十六)"人生天地間,百歲孰能要。潁如槁石火,瞥如截道飆"爲注。如果王勃是在意識到這首詩並將之作爲先例的話,就不能解釋爲被風火催促之義,而應是像風火一樣瞬息短促,故而"從"字相對更合理些。另外王勃在〈彭州九隴縣龍懷寺碑〉卷十九亦曾有使用"風火"的例子,其言"玉燭沈浮,風火兆流形之藥"。蔣清翊引《法苑珠林》一"〈立世阿毗曇論〉云一切器世界起作已成時,二種界起長,謂地火兩界。風界起吹,火界蒸煉。地界風界恒起吹一切物,使成堅實。既堅實已,一切諸實種類,皆得顯現。如是多時,六十小劫究竟已度"。《禮記》孔子間居"地載神氣,神氣風霆。風霆流形,庶物露生,無非教也"。此處亦表達了時間與風火一起流逝的含義,因此亦可認爲"從"字也是非常有可能的。

6—7　遂令林壑道喪,煙霞版蕩

"道",中國諸本作"交"。〈與員四等宴序〉(卷七)中有與之類似的句子"林壑遂喪,煙霞少對"。另外,在其同一時期、同一地點所作〈遊廟山賦〉卷一中亦有"林壑逢地,煙霞失時"的句子。如此一來,此處的"林壑"並非是兩個概念,因而作"交"字似乎並不恰當。另外,關於正倉院本"道喪",王勃〈廣州寶莊嚴寺舍利塔碑〉(卷十八)中有"然則聖人以運否而生,神機以道(道字據頎本補)喪而顯",蔣清翊指出,此處是以《莊子》外篇繕性中"由是觀之,世喪道矣,道喪世矣。世與道交相喪也"爲其出典。此句最初是"道喪",但可能在後來的傳抄過程中,由於意識到了《莊子》中的句子,因此書寫過程中替換爲"交"字。

9　玄武西之廟山,蓋蜀郡之靈峰也

"西之廟山",中國諸本作"玄武西山廟"。"蜀郡之靈峰"作"蜀郡三靈峰"。中國諸本中分別將"之"字取出,調整爲對句句。但是,考慮到本詩序是在廟山所作,加上〈遊廟山賦並序〉(卷一)中所言"玄武山西有廟山,東有道君廟"。"山"與下句中的"靈峰"對應,關於中國諸本中的"三靈峰",蔣清翊未注,現階段,此處的蜀之三靈峰究竟指什麼山,筆者也未找到證據。

10　俯臨萬仞,平視千里

"千里",中國諸本作"重玄"。依據蔣清翊注本,此處的"重玄"是指天空,可解釋爲"俯深谷,視線與空同高"。如按正倉院本,則可解釋爲直視千里之外。不過,兩種表述均呈現出此地非常高峻的意思。但是,如果考慮到"萬仞"的對句"千里",似乎作"千里"更爲合理些。《晉書》卷十二天文中志二"凡之法平視則千里,舉目望即五百里"。

14　王孫可以不歸,羽人可以長往

此句中的兩個"可以",中國諸本均作"何以"。"可"與"何"形近。傅增湘在《校記》中指出,存在第二句作"羽人可以長往"的古鈔本。按照中國諸本"何以"來看,表達了"王孫爲何不歸,羽人爲何離去(不歸還)"的疑問。如果按照正倉院本,其義則爲"王孫或不歸,羽人或長去"。兩相比較,中國諸本和正倉院本的差異,主要集中在"不歸"和"長往"所對應的地點上。誠如蔣清翊指出的那樣,前句是以劉安〈招隱士〉(《文選》卷三十二)中"王孫遊兮不歸"爲基礎的,而後句則是以《楚辭》遠遊中"仍羽人於丹丘兮,留不死之舊都"和潘岳〈西征賦〉(《文選》卷十)中"悟山潛之逸士,卓長往而不返"李善曰:"班固〈漢書贊〉曰,山林之士,往而不能反。"其中,〈招隱士〉是呼喚那些遠離俗世,隱居山林的王孫歸還的作品。"羽人"這句亦同。如果依從這些出典加以解釋,此二句則是作者意識到那些曾經在俗世的王孫和羽人,已經身處山澤之中。也即是説,王孫歸還的地點是人間,羽人則是從人間"長往"。如此一來,從廟山仙界一般的自然環境來看,正倉院本中的這一對句,意思就指"王孫"和"羽人"決然不會返回"俗世",亦或不返回。而在中國諸本中,"山廟"則成爲一個出發點,可以解釋爲離開這個天然的環境,去往另外一處什麼地方。無論是哪種解釋,均是對這個山的襃揚之辭。按照正倉院本的解釋,亦可理解爲"仙人(隱者)曾停留於此",而中國諸本,其意則爲"仙人(隱者)爲何離開此處"。

三十四　秋晚人洛於畢公宅別道王宴序

3—4　早師周孔,偶愛神宗;晚讀老莊,重諧真性

中國諸本作"早師周禮,偶愛儒宗"。"孔""禮"可能是因爲字形相近而産生的訛書。現存王勃作品中没有發現"周禮"的用例。"愛神",中國諸本作"愛儒",關於這個"儒"字,《文苑英華》注云"一作神",提示出存在與正倉院本相同的文本。此處的用典是以〈大禹謨〉中的"正月朔旦受命于神宗"。除此之外,陸倕的〈石闕銘〉(《文選》卷五十六)中還有"昔在舜格文祖,禹至神宗"的用例。與之相對,"儒宗"也有不少用例,不過均指儒家那種博學而又處於學術領導地位的人。第四句中的"重",中國諸本作"動",但是,這兩個字均找不到合適的用例。由於對應第二句中是"偶"字,"重""動"應該都是作爲副詞使用的,日語讀作"かさねて""ややもすれば"。此處按照正倉院本,意思是説年輕的時候學習周公和孔子,偶爾也喜歡堯帝,晚年時候讀老莊,讀多了(稍適)就認識到真正的自性。按照《譯注》的解釋,"早上偶爾信奉神明,晚上謹慎而通達真理的協調",似乎不容易理解。但語注均爲"年輕的時候""上了年紀"。

6—7　野客批荷,暫辭幽磵;山人賣藥,忽至神州

"野客",諸本作"野老"。雖然二者在含義上並不存在太大的差異。關於"野客",王勃有〈贈李十四四首其一〉(卷三)"野客思矛宇,山人愛竹林"的對句。另外,在另一首名爲《夏日登龍門樓寓望序》(卷六)中有"野客之荷衣,入幽人之桂坐"的句子。"野老"則在〈彭州九隴縣龍懷寺碑〉(卷十九)中有"山人自狎,野老相逢"的對句,庾信〈擬詠懷二十七首其十六〉(《集注》卷三)中有"野老披荷葉,家童掃栗跗",此處或許正是王勃意識到上述表達之後所作。

9　郊情獨放,已厭人間;野性時馴,少留都下

　　"郊",諸本作"交"。"郊情"缺少用例,懷疑正倉院本此處或爲訛書。關於第三句中的"馴",中國諸本作"違"。《文苑英華》注云"違(一作馴)",據此可以推測,正倉院本所依據的本子在中國曾存在過。此處究竟該解讀爲"厭惡規範的性格"有時會順從於社會,還是有時會壓抑自己"厭惡規範的性格",事實上是存在差異的。

17　重扁向術,似元禮之龍門;甲弟分衢,有當時之驛騎

　　第一句中的"重",諸本作"高"。〈益州德陽縣善寂寺碑〉(卷十七)中有"重扁霧敞,複殿雲深",除此之外,楊炯、宋之問的作品中亦見此語。另外,有其他的文學家使用"高扁"一詞,但不見王勃使用。無論哪個意思,均指高官貴族的豪宅,在解讀上不存在太大的差異。第三句中的"分衢",諸本作"臨衢",解讀方面也沒有太大的差異。考慮到與第一句中的"向術"相對應,意思是甲第面向大路,因而中國諸本中的"臨"字似乎更爲妥當。但第四句中使用了鄭當時驛騎的典故,考慮到梁簡文帝〈三日侍宴林光殿曲水詩〉(《藝文類聚》卷四歲時中)中有"挾苑連金陣,分衢度羽林"的詩句,另外,沈均攸〈羽觴飛上苑〉(《古詩紀》卷一零三梁三十)中有"隔樹銀鞍喧寶馬,分衢玉軸動香車",因而此處解讀爲豪宅前的大路上,有人騎馬分列而行,似乎意思上亦能講通,因此亦有上述可能。

21　泉石縱橫,雄筆壯詞,煙霞狼藉。既而神融象外,宴池寰中

　　"狼藉",中國諸本作"照灼"。"照灼",〈廣州寶莊嚴寺舍利塔碑〉(卷十八)中有"玉林照灼"的例子。中國諸本爲"照映"之意,與正倉院本中表達"自在散亂"的意思不同。"神融",諸本作"神馳"。"宴液",諸本作"宴洽"。〈九成宮頌〉(卷十三)中有"恩沾下帛,宴池仙宮"的對句。針對上句,蔣清翊注云"下帛未詳,或下席之訛","宴液"注云"液似洽字之訛"。也就是説,正倉院本依據的文本中,很可能"洽"字已經訛書爲"液"字了。如若此處爲"洽"字,那麽可以舉出王勃〈山亭思友人序〉(卷九)中"興洽神清",〈聖泉宴詩〉(卷三)"興洽林塘晚"的例子。另有陳子昂〈忠州江亭喜重遇吳參見牛司蒼序〉(《陳伯玉集》卷七)中以"丹藤緑篠,俯映長筵。翠渚洪瀾,交流合座,神融興洽",此處將王勃詩中的對句融合在一句之中。蔣清翊推測,"宴,疑冥字之訛",或許正是因爲此處"宴"字在字形上與"興"字相近。

23 雞鷂始望,未及牲牢;麋鹿長懷,敢忘林藪

第二句中的"未",中國諸本作"不"。二者均表示否定含義,因此沒有多少意思上的差異。誠如蔣清翊指出的那樣,大鳥剛剛飛來的時候,沒有奢望得到任何獵物,這兩句是以《國語》魯語爲典故。因而比起表示意志否定的"不"字,表示未曾達到預期目的的"未"字似乎更爲妥當。除此之外,蔣清翊還指出,此處的"始望",是以陸機〈謝平原内史表〉(《文選》卷三十七)中"臣之始望,尚未至是"爲典,當中亦使用了"未"字。第三句中的"敢",中國諸本作"非"。那些被捕獲的麋鹿,即便把飼料放在它們面前,但是它們還是想吃自己棲息地"長林"的芳草。蔣清翊指出,此處是以嵇康〈與山巨源絕交書〉(《文選》卷四十三)爲典。如果是正倉院本中的"敢"字,或許是以反語的方式表達了"怎麼會忘記"的含義,與之相對,中國諸本中的"非"字,表達了沒有忘記林藪的含義,似乎更妥帖一些。

28—29 策藜杖而非遥,整紫車而有日

第二句中的"整""紫"二字,中國諸本分別作"勑""柴"。紫和柴字形相近。柴車是指製作粗糙的木車。雖然"紫車"的例子並不多,但仍可舉出如劉孝威〈半渡溪〉中"入營陳御蓋,還家乘紫車。皇恩知已重,丹心恨不紓"(《古詩紀》卷九十八梁二十五)的句子。和"藜杖"搭配在一起,是結束廟堂之仕,拿了皇帝給予的優厚俸祿,辭官歸隱的意象。相較"柴車","紫車"似更加妥當一些。"整"和"勑"所指不同,但《文苑英華》亦云"勑(一作整)"。另外,第二句中的"而"字,中國諸本作"之",按照正倉院本似乎也沒有太大的問題。

33 追赤松而内及,泛黃菊而相從

"追",中國諸本作"尋"。在王勃之前的時代,没有太多"追赤松"的例子。可舉出魏徵〈唐故刑國公李密墓誌銘〉(《文苑英華》卷九四八)"心辭魏闕之下,志在江湖之上,慕范蠡之高蹈,追赤松之遠遊"的例子。王勃之後的時代,則有李泌〈奉和聖製重陽賜會聊示所懷〉(《唐詩紀事》卷二十七)"未追赤松子,且泛黃菊英"。李泌此處亦或也曾意識到王勃作品中的"追赤松"而作。中國諸本中的"尋赤松"也没有找到用例。"追",此處表達的可能是追隨赤松子的事跡。"尋"則是拜訪赤松子居住地。如此一來,就產生了兩種不同的解讀。"内及",中國諸本作"見及",此二字形近。或爲正倉院本的訛書。

另外,第二句中的"而",中國諸本作"以"。

34—35　庶公子之來遊,幸王孫之必至

第二句中的"必"字,中國諸本作"畢"。"必"和"畢"發音相同。也就是説,正倉院本和中國諸本中除了因爲字形相近産生的差異外,還有因爲發音相同導致異文的情況。雖然此處在解讀上也存在差異,但究竟哪個才是最初的文字,則不能判斷了。

36—37　唯恐一丘風月,侣山水而窮年;三徑蓬蒿,待公卿而未日

"窮"字,中國諸本作"忘"。〈守歲序〉(卷七)有"玉律窮年"句。"窮年"是指結束了一年,而"忘年"則是忘記時間,因而"窮"字更爲妥當。另外,"而未日",中國諸本作"之來日"。"未日",江總〈太保蕭公謝儀同表〉(《藝文類聚》卷四十七職官部三儀同)"目送白雲,拜承明而未日",可以解釋爲日程未定。

三十五　別廬主薄(諸本作簿)序
1　林慮廬主薄,清士也。達乎藝,明乎道

中國諸本脱"廬"字。雖然有〈送廬主薄〉(卷三)一詩,但《文苑英華》作〈送林慮廬主薄〉,如此一來,正倉院本就很有可能是最初的文字。另外,第二句中的"清士",中國諸本作"清靈士"。"清士"一詞,除了《史記》伯夷傳之外,《世説新語·賞譽篇》中有桓彝推薦徐寧爲"真海岱清士"。"清靈"有很多用例,但找不到"清靈士"的用例。關於這部分内容,正倉院本傳遞出當時文字的信息。

7　同德比翼,目擊道存

中國諸本第一句作"同德此義"。蔣清翊援引《後漢書》孔融傳,指出此處"疑似同德比翼之訛"。筆者認爲正倉院本爲確,中國諸本疑似在傳抄過程中發生訛誤。

三十六　秋日楚州郝司户宅遇餞霍使君序

中國諸本"霍"作"崔",由於此處爲姓氏,似不好判斷。而《文苑英華》中有"霍(一作崔)"的記載,因此並不能斷言正倉院本就是訛書。

8—9　欽霍公之盛德,果遇攀輪;慕郝氏之高風,還逢解榻

　　"欽霍",中國諸本作"飲崔"。"霍"和"崔"的異文,正倉院、中國諸本均與題名一致,因此無法斷定。但是"欽"和"飲"的異文,究竟孰是孰非? 此二字形近,傅增湘《校記》中曾言舊抄本"飲"作"欽"。蔡邕〈陳太丘碑〉(《蔡中郎集》卷二)中有"欽盛德之休明,懿鍾鼎之碩義"的句子。另外,在王勃之後的時代,顏真卿〈傅陵崔孝公宅陋室銘記〉(《顏魯公文集》卷五)中有與王勃詩句類似的句子"某夙仰名教實,欽孝公之盛德,晚聯臺閣,竊慕中丞之象賢"。正倉院本中的"欽"字很可能就是當初的文字。

12—14　青蘋布葉,亂荷芰而動秋風;朱草垂榮,離芝蘭而涵曉液

　　"離芝蘭"中的"離",中國諸本作"雜"。由於字形相似,而且無論哪一個字,均能作出合理解讀。但考慮到與"亂"字為對句關係,因而中國諸本的"雜"字更為妥當。"曉液",諸本作"晚液"。兩者都是不太常使用的詞語,此處或許是為了表現宴席的時間。雖然無法斷言此處究竟哪個字為確,但還是可以舉出一些例子。除了李嶠之外,在駱賓王〈秋露〉(《箋注》卷二)詩中就有"變霜凝曉液,承月委圓輝"這樣的句子,當中的"曉液"是作為表現秋天露水的詞語而出現的,這些例子與王勃處於同一個時代。

21—22　嗟乎,此驩難再,殷勤北海之莚;相見何時,惆悵南溟之路

　　"莚"字,唯蔣本作"樽",其他各本均作"莚"。可見正倉院本中的文字也是有一定依據的。

22—23　請揚文律,共兆良遊。人賦一言,俱成四韵,云爾

　　"文律",中國諸本作"文筆"。〈入蜀記行詩序〉卷七中有"爰成文律,用宣行唱"。楊炯《王勃集序》中有"動搖文律"的句子。但是,不見王勃有使用"文筆"的例子。第二句中的"兆"字,中國諸本作"記",考慮正倉院本因形近而造成訛書。

三十七　江寧縣白下驛吳少府見餞序

　　中國諸本無"縣白下驛"四字。此序疑似為王勃同時期的作品,但沒有確鑿的證據。王勃有題為〈白下驛餞唐少府〉(卷三)的詩文。關於這兩個地名,蔣清翊援引了《元和郡縣志》中的同一段內容,即卷二十六中"江南道一,潤州管,上元縣(緊,東北至州一百八十里）（武德）九年改爲白下縣,屬潤州。貞觀九年又改白下爲江寧”。關於白下縣,蔣清翊云:“李白〈金陵白下亭留别詩〉（《李太白詩集注》卷十五）‘驛亭三楊樹,正當白下門’（楊齊賢曰白下亭在今建康東門外）。”也就是説,在王勃生活的時代,白下已經隸屬於江寧縣下,因而正倉院本中的四字很可能就是最初所寫的内容,指的是舉行宴會的地點。“見餞”,諸本作“宅餞宴”,在王勃的其他作品中未發現“見餞”這個詞語。但是,在比王勃稍晚一些的張九齡的詩作〈送竇校書見餞得雲中辨江樹〉詩（《文苑英華》卷二七八）中是存在這個詞語的。如果此處解讀爲被動用法,表達被餞的含義,那麽王勃就成爲被送别的主賓。從作品内容來看,應該是在王勃南行的旅途中,因而“見餞”爲佳。

2—3　蔣山南指,長洲北派。五（諸本作伍）胥用而三吳盛,孫權因而九州裂

“指”字,中國諸本作“望”。此處没有解讀上的太大差異。“長洲北派”,中國諸本作“長江北流”。因長江流過江寧縣之北,故“長江北流”亦合乎情理。關於“長洲”這個詞語,則有〈秋日登洪府滕王閣餞别序〉（卷八）中“訪風景於崇阿,臨帝子之長洲”的用例,蔣清翊援引枚乘〈上書重諫吳王〉（《文選》卷三十九）“不如長洲之苑”李善注“服虔曰:吳苑也。韋昭曰:長洲在吳東也”。如果是指此處的庭園,那麽就不在北方。但是,王傑〈登樓賦〉（《文選》卷十一）中有“挾清漳之通浦兮,倚曲沮之長洲”的句子,如果按照河之中州來解釋的話,那麽正倉院本是符合情理的。

第四句中的“因”字,中國諸本作“困”。“孫權因”表示孫權以此爲根據地,將中國分裂。如果作“困”,則意爲孫權被困塞在此,中國分裂。似當作“因”,“因”“用”同義。

3—4　遺墟舊壤,百萬户之王城;武據龍盤,三百年之帝國

第二句的“百萬户”,中國諸本中亦存在異文。《文苑英華》蔣本作“百”,張本項本作“數”。但“户”,中國諸本作“里”,“王城”作“皇城”。李白〈王屋山人魏萬〉詩中有“金陵百萬户,歷代帝王都”（《李太白集》卷十四）的詩句,此處的“金陵”,號稱“百萬户”,而王勃前後的時代,均未見有“百萬里”這樣的用例。

“武”,中國諸本作“虎”。“虎”是唐代的避諱字,有用“獸”等字替代的習慣。在庾信的〈哀江南賦〉（《集注》卷二）中亦有使用“武（虎）據（踞）龍盤（蟠）”的用例。

4—5 關連石塞,地寶金陵。霸氣盡而江山空,皇風清而市朝一

"關"字,中國諸本作"闗"。兩者均是建築物,因此在解讀上没有太大差異。傅增湘在《校記》中指出,舊抄本有作"關"者,據此可知,正倉院本存在較爲明確的文本來源。第四句中的"一"字,正倉院本作"改",此處究竟是表示天下統一,還是表示金陵的變化,因爲文字的異同,解讀也會產生差異。由於缺乏必要的證據,因而無法指出明確的出典。蔣清翊亦没有指出"市朝改"的出典。

6—7 昔時地險,爲建鄴之雄都,今日天平,即江寧之小邑

第二句中的"爲",中國諸本作"嘗爲",第四句"即"作"即是",分別添加了一個字。不過正倉院本亦能解釋得通。第三句的"天平",中國諸本作"太平"。王勃叔父王績〈登隴阪二首其一〉中有"地險關山密,天平鴻雁稀"(《王無功集》卷三)的對句。考慮到此處與"地"相對,因而"天"字爲確。

8—9 梁伯鸞之遠逝,自有長謠,閔仲叔之遄征,欣逢厚禮

第四句中的"欣"字,中國諸本存在異文。蔣本和《文苑英華》作"欲",張本項本作"仍"。正倉院本中的文字,則有駱賓王〈鏤雞子〉中"幸遇清明節,欣逢舊練人"(《箋注》卷二)的例子。

13—14 想衣冠於舊國,更值三秋;憶風景於新亭,俄傷萬古

張本脱"更"字之後的十三字。另外,其他中國諸本"更"字作"便"。王勃〈春思賦〉(卷一)中有"復有西塘春霧寡,更值南津春望寫"的句子。王績亦有〈秋夜喜遇姚處士義〉(《集》卷二)"相逢秋月滿,更值夜螢飛"的詩句。

14 情槃興洽,樂極悲來

"情槃",中國諸本作"情窮"。前文所引〈秋日楚州郝司户宅遇餞霍(崔)使君序〉中就有"情盤樂極,日暮途遥"的詩句。除此之外,在〈上巳浮江讌(宴)序〉中,有"情盤興遽"(但中國諸本卷七作"遊盤興遠")。另一方面,"情窮"在現存王勃詩文中不存在用例,蔣清翊亦未指出該詞的出典。故此,我們認爲,正倉院本是有其依據的。

18—19　請開文囿,共寫憂源。人賦一言,俱題四韵云爾

“共寫憂源”,中國諸本作“共瀉詞源”。范雲〈州名詩〉中有“徐步遵廣隰,冀以寫憂源”(《藝文類聚》卷五十六雜文部二)的詩句,而“瀉詞源”在王勃之前的時代找不到使用的例子。如果按照“瀉詞源”來解釋,其義爲想要創作傾注了自己文學才華的作品,實則展示出一種高揚的語境。如按照正倉院本“憂源”,則可解讀爲呼喚大家把心中的悲苦宣洩出來。由於此作是王勃南行途中的作品,結合題名中的“見餞”一詞,正倉院本的文字似能綜合反映王勃當時的立場和心情。

(作者爲京都大學人類環境學研究科教授;譯者趙俊槐爲天津科技大學外國語學院講師,董璐爲延安大學外國語學院講師)

《史記幻雲抄》研究序説[*]

劉芳亮

一、引　言

　　瀧川資言的舉世名著《史記會注考證》(以下簡稱《考證》)輯入了一千二三百條《史記正義》佚文(其本人曾手録爲兩卷佚文,題爲《史記正義佚存》,絶大部分後來都收入《考證》,兩書合計並去除重複共有 1 533 條),曾引起中日學術界的强烈反響。儘管國內學者早期(如魯實先、賀君次、程金造等)有不同看法,懷疑其真實性,但經過日本學者水澤利忠和國內學者袁傳璋等人細緻有力的考辨,[①]可以相信這些佚文總體上是可靠的,而且實際上王利器《新語校注》、范祥雍《古本竹書紀年輯校訂補》、王叔岷《史記斠證》等,已經對佚文有所利用。

　　瀧川資言在《史記會注考證總論》中曾言:"偶翻東北大學所藏慶長寬永活字本《史記》,上欄標記《正義》一千二三百條,皆三注本所無,但缺十表。其後又得《桃源史記抄》《幻雲抄》《博士家本異字》,所載《正義》略與此合。"具體來説,瀧川氏據以輯佚的原始材料中包括東北大學圖書館狩野亨吉舊藏八行有界慶長古活字本、九行無界寬永古活字本批注、《史記幻雲抄》、《史記桃源抄》、《博士家史記異字》。瀧川氏在利用這些資料時,並不清它們的來源,也未能寓目日本諸多《史記》古刊本、古抄本中批注數量最豐富的現保存於日本國立歷史民俗博物館的上杉隆憲氏舊藏南宋慶元年間黄善夫刊本(通稱"南化本",以下亦用此簡稱),然而其對於《史記正義》佚文的發覆開啟了後世發掘研究《史記》諸古本批注及其關聯資料的先聲。

　　[*]　本文係國家社會科學基金重大招標項目"日本漢文古寫本整理與研究"(14ZDB085)階段性成果之一。

　　[①]　參見:水澤利忠《史記會注考證校補:史記之文獻學的研究》第二章第三節及第四章第三節,史記會注考證校補刊行會,1957—1970 年;袁傳璋《〈史記會注考證新增正義的來源和真偽〉辨正——程金造〈史記〉三家注研究平議之三》,載《河南大學學報(社會科學版)》,2000 年第 2 期;袁傳璋《程金造之"〈史記正義佚存〉偽託説"平議》,《臺大歷史學報》,2000 年第 25 期;袁傳璋《袁傳璋史記研究論叢》,合肥,安徽師範大學出版社,2015 年。

二、《史記幻雲抄》解題

　　如上所述,《史記幻雲抄》是瀧川資言用來輯録《史記正義佚存》的重要資料之一,他所利用的版本現藏於米澤市立圖書館,本文將主要圍繞該書的價值和特色進行初步探討。以下先對其基本情況加以説明。

（一）基本形態

　　《史記幻雲抄》,市立米澤圖書館藏,四眼綫裝,抄本,共十二册,室町時代僧人月舟壽桂(1470—1533)所撰。開本高 28.9 cm,寬 20.9 cm,内文字面高約 24 cm,寬約 18 cm。每半頁十一行,每行字數不定,無欄格。各册均有"米澤藏書"朱文長方印,據此可知爲米澤藩舊藏。此書題簽誤作"史記桃源抄",蓋後人將此 12 册誤識爲桃源瑞仙(1430—1489)所著之《桃源抄》,並與同樣現藏於米澤圖書館的真正的《桃源抄》(4 册)統一裱裝爲 16 册,題作"史記桃源抄",以故題簽下端皆記有總册數"十六"。這一錯誤導致了當年瀧川資言在利用米澤本《史記幻雲抄》時誤將其視爲"幻雲標記《桃源抄》",但《史記桃源抄》與《史記幻雲抄》實際上是兩種完全不同的書。昭和三十三年(1958)米澤圖書館調查時發現了這一錯誤,遂將 12 册被編入《桃源抄》的《幻雲抄》與其他 4 册區分開編目。值得一提的是,這 4 册《桃源抄》與現藏於東洋文庫的 20 册《桃源抄》應爲一套(但二者的尺寸有差異),後者各册亦有"米澤藏書"之印。

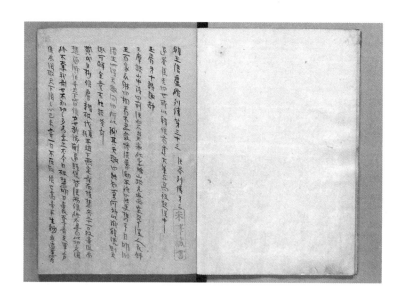

（二）内容構成

米澤本《幻雲抄》各册所載内容分别如下：

第一册：本紀第四—第七

第二册：本紀第八—第十二

第三册：世家第三、第七—第八、第十八—第三十

第四册：列傳第一—第七

第五册：列傳第八—第十

第六册：列傳第十一—第二十

第七册：列傳第二十一—第二十四

第八册：列傳第二十五—第三十二

第九册：列傳第三十三—第三十八

第十册：列傳第三十九—第四十五

第十一册：列傳第四十六—第五十七

第十二册：列傳第五十八—第七十

　　由上可見，米澤本《幻雲抄》本紀、世家缺少部分篇章，十表和八書則全部付諸闕如。表和書部分空缺是因爲《幻雲抄》所主要參據的南化本在表和書部分也沒有批注，故可以推測是有意略去。但南化本所有本紀和世家的篇章都有批注，而《幻雲抄》却缺漏其中一部分，其原因就不得而知了。米澤本《幻雲抄》中有些篇目是重複的，例如《周本

紀》《蘇秦列傳》《張儀列傳》《孟子列傳》等,然而實際上這些重複的篇目内容並不一樣,可以説基本上是互爲補充的,特别是第一篇《周本紀》的注釋多引"師説""菅尚書説""私記",而這些全然不見於南化本的批注。

(三) 作者簡介

月舟壽桂(1470—1533),日本室町時代後期、戰國時代前期臨濟宗僧人,諱壽桂,字月舟,號幻雲、中孚道人,近江人。師從天隱龍澤、正宗龍統等,善詩文,以五山文學者而聞名,著有《幻雲文集》《月舟和尚語録》《幻雲疏稿》《幻雲詩稿》《三體詩幻雲抄》《山谷幻雲抄》《續錦繡段》等。

(四)《幻雲抄》的其他抄本

除米澤圖書館所藏本之外,《幻雲抄》還有另外兩個抄本: 建仁寺兩足院藏本和足利學校遺跡圖書館藏本。兩足院本現存 8 册,每册封面均題作"史紬"①②,各册内容分别如下:

第一册: 本紀第四—第十二
第二册: 世家第三—第三十
第三册: 列傳第一—第十
第四册: 列傳第十一—第二十
第五册: 列傳第二十一—第二十四
第六册: 列傳第二十五—第四十五
第七册: 列傳第四十六—第五十七
第八册: 列傳第五十八—第七十

由此可見,兩足院本和米澤本一樣,均無表和書,亦無本紀前三篇,且世家缺第一和第二篇。兩足院本《周本紀》《蘇秦列傳》前後各有兩篇,但内容不同,後一篇的注釋都以"師説"和"博士家説"爲主,這一特徵同樣見於米澤本。此外,由於筆者無緣寓目兩足院本,只能依據水澤利忠《史記會注考證校補》(以下簡稱《校補》)中所提供的兩葉《太史公自序》書影來略作比較: 兩足院本半葉十五行,每行字數不一,除卷末多出"永

---

①　關於這兩個抄本的説明,主要參考水澤利忠《史記會注考證校補: 史記之文獻學的研究》第三章第四節"幻雲史記抄"。

②　《史記・太史公自序》云"卒三歲而遷爲太史令,紬史記石室金匱之書","史紬"之名或出於此。

正十二年仲冬廿日跪承聽雪之尊/命聊記幻雲之秘傳者也/大宰都督判"三行識語,文字與米澤本完全相同。根據以上指出的二者之間的相同點,有理由認爲兩足院本和米澤本源出於同一祖本。

足利學校本現存4冊,與米澤本一樣,原本也是和《桃源抄》一起編爲16冊。第一冊從《秦始皇本紀》至《孝景本紀》,第二冊從列傳二十一至二十四,第三冊從列傳第二十四至第三十四,第四冊從列傳第三十六至第四十五。其行數字數和提行之處,與米澤本完全相同,二者很可能都從同一寫本轉抄而來;而從行數和提行來看,相比於兩足院本,足利學校與米澤本的關係可能更爲接近。

(五)《幻雲抄》的成書及各抄本的抄寫年代

米澤本《幻雲抄》從《秦本紀》到《孝景本紀》均有標明書寫年月的識語,分別爲:"永正十三年仲秋第七","永正十三年孟冬廿五日了","永正十三年十一月廿二日了","永正第十三臘十一日雪中馳筆了","永正十四正月廿三於燈下終功了","永正十四年正月廿九日了","永正十四二二日了"。然而,這些其實並非米澤本各篇的抄寫年代,只是如實轉抄而已。水澤利忠在《史記之文獻學的研究》中指出,兩足院本中也有標明抄寫年月的識語,共計16條,米澤本的7條識語均包括於其中;而且第二冊《三王世家》篇末,在識語"永正十四年仲秋廿日寫之並校一部點了/暇日求白書可清書之　都督判"之後還書有"天正貳年霜月廿五日　三條西殿御本申出令書寫了/月舟和尚御抄也　宗二花押"。結合上文所提到的《太史公自序》卷末識語"永正十二年仲冬廿日跪承聽雪之尊/命聊記幻雲之秘傳者也/大宰都督判",可以判斷:第一,《幻雲抄》的成立實際上是三條西公條(1487—1563)奉父親三條西實隆之命根據"幻雲之秘傳者"而抄寫的;第二,兩足院本由林宗二抄寫於天正二年(1574),並非三條西公條所抄原本。至於米澤本的具體抄寫年代,由於缺乏像兩足院本那樣明確記載其由來的識語等佐證材料,因此尚無法判斷。不過,筆者猜測或爲江戶時代的抄本。

(六)文本形態與内容

從内容上來看,《史記幻雲抄》與桃源瑞仙的《史記桃源抄》一樣均爲《史記》的注釋書,但後者是用室町時代的日語記錄的講義筆記,因此作爲研究中世時期日語的資料而備受重視,而《幻雲抄》採用的是漢文體,間雜以極少量的日文,更近乎讀書劄記。米澤本《幻雲抄》中有大量用朱筆添加的句讀點和專名綫,偶爾有一些可能是後人書寫的對該抄本個別字詞的校勘補正。另外,從筆跡來看,抄寫者至少有四人,有的抄寫得認真一些,錯誤相對較少,有的則極爲粗疏,錯訛比比皆是。這些抄寫錯誤只有少量承襲自南化本,其餘絶大部分應當歸因於抄寫者自身。值得一提的是,大多數訛字的産生是訛字與正字草書字形相似所導致的,因此有理由推測米澤本所依據的底本是一部抄寫非常潦草的本子。

準確地説,《幻雲抄》並不是一部由幻雲本人編著的書,而是後人根據南化本批注抄撮而編成的(《史記英房抄》也屬於類似情況),亦即《幻雲抄》的絶大部分内容都來自南化本批注。但《幻雲抄》往往對南化本批注進行删節,這一點,水澤利忠在《史記之文獻學的研究》第三章第四既已指出。兹舉例如下:

南化本:《通鑒》卷十三"非有漢虎符驗也",胡注:"應劭曰:'銅虎符第一至第五,國家當發兵,遣使者至郡合符,符合乃聽受之。'張晏曰:'符以代古之圭璋,從簡易也。'予據《史記·文帝紀》:'三年九月,初與郡國守相銅虎符。'既有'初'字,則前乎文帝之時當未有銅虎符也。召平、魏勃事在三年之前,何緣有虎符發兵!班史於文紀三年,只書'初與郡守爲銅虎符',汰去'國相'二字。温公則但書勃語於此,而文紀不復書,豈亦有疑於此邪?"

《幻雲抄》:非有漢虎符驗也——胡三省《文帝紀》二年詳記之。(《齊悼惠王世家》)

此例中,《幻雲抄》的文字顯然大大少於南化本批注,只簡要提示參照的文獻。

綜觀全書,删略節錄南化本批注原文的情況在《幻雲抄》中俯拾即是,不僅如此,南化本還有大量内容未被抄入《幻雲抄》,最典型的一例便是《扁鵲倉公列傳》南化本旁徵博引中國古醫書,以致該篇注釋之多、篇幅之長冠絶全書,而《幻雲抄》對於這些引用古醫書的注釋一律不録。

然而,《幻雲抄》中也有一些南化本沒有的内容,如《周本紀》第一篇、《秦始皇本紀》末尾所附的日本平安時代各博士家情況簡述,以及《張儀列傳》中插入的《楞嚴要抄》《金剛經刊定記》《大智度論》等文字。特別是《周本紀》第一篇,其中的"師説""私記"等注釋文字均不見於現藏於龍谷大學圖書館的《史記英房抄》(二卷三册)①,其獨特性值得關注。

南化本批注在注釋同一字句時,有時分散抄寫於刊本紙面的不同位置,《幻雲抄》在抄撮時往往能將它們合併在一起歸於同一史文下,例如:

① 按照小澤賢二的説法,"師説"是藤原英房整理的《史記》博士家説資料,"私云""私案"則是英房自己的見解。參見:小澤賢二《史記正義佚存訂補解説》,《史記正義の研究》,東京,汲古書院,1994年。

不鮮,無久熨——《漢書·高祖紀上》:"豎儒幾敗乃公事。"《漢書》服虔曰:"熨,辱也。吾常行,數擊新美食,不久辱汝也。"師古曰:"鮮,謂新殺之肉也。熨,亂也。言我至之時,汝宜數數擊殺牲牢,與我鮮食,我不久住,亂累汝也。數,音所角反。"貢父曰:"《史記》作'數見不鮮',言人情頻見則不美,故毋久熨汝也。《馬宮傳》'君有不鮮','不鮮'是漢人語也。"陽夏公:"按《宮傳》自云:'三公之位鼎足承君,不有鮮明固守,無以固位。'劉似誤引。"《坡》十九七丁:"擊鮮無久熨諸郎。"(《酈生陸賈列傳》)

此注文在南化本中原本分爲兩條,《幻雲抄》合而抄之係繫於同"不鮮,無久熨公爲也"下。

整體來説,《幻雲抄》的内容大約只相當於南化本批注的三分之一。

(七) 著録情况

是書岩波書店《國書總目録》中有著録,米澤圖書館所編《米沢善本の研究と解題》亦有著録及簡明的解題;此外,水澤利忠《校補》對於米澤本《幻雲抄》的情况也有一些扼要的闡述。就近代以來的情况來説,最早注意到此書的,或許當屬瀧川資言。

三、從《史記幻雲抄》管窺南化本批注的價值與特色

《幻雲抄》的三個現存抄本中,兩足院藏本的品質當屬最佳,因爲足立學校本僅有 4 册,内容不全,米澤本則抄寫舛誤極多。但兩足院本深藏於寺院,尚未公開,而米澤本則已在互聯網上發布,可以自由流覽,因此未能獲得兩足院藏本雖有遺憾,但並不特别妨礙我們通過米澤本來探考《幻雲抄》的價值,進而藉由它來管窺南化本批注的特點和價值。而且,如上所述,依據《校補》中所提供的兩葉兩足院本《太史公自序》書影與米澤本進行對比,可以發現兩足院本除卷末多出"永正十二年仲冬廿日跪承聽雪之尊/命聊記幻雲之秘傳者也/大宰都督判"三行識語外,文字與米澤本完全一樣,因此有理由相信根據米澤本所得出的結論不會有什麼大的偏差。

如前所述,《史記幻雲抄》雖歸於五山僧人月舟壽桂名下,但這部書並非由他親自編撰,而是後人依據南化本批注摘録再補充少許資料編輯而成的。之所以名爲《幻雲抄》,大概是因爲此書曾歸月舟壽桂所有,而且書中批注有很大一部分内容爲其本人親筆所書。南化本批注的數量非常驚人,總字數保守估計有 90 萬字,這已經遠遠超過了《史

記》正文的字數,也是日本《史記》諸古本批注系統中最龐大、最豐富的。其中,月舟壽桂本人的批注占了大部分,其餘一小部分則爲月舟壽桂以前和以後的人所書。① 這樣看來,南化本批注與所謂名家批注不同,乃是日本歷代衆多學者《史記》研究成果之彙集,代表了室町時代日本《史記》研究的最高成就。

20 世紀 30 年代張元濟在出版《百衲本二十四史》時曾利用過南化本,但他並未留意這些批注,影印時將其全部抹去,而此時瀧川資言的《史記會注考證》纔出版兩年。之後,水澤利忠的《史記會注考證校補》廣泛利用了南化本中的批注,從中輯出《鄒誕生史記音義佚文拾遺》《劉伯莊史記音義佚文拾遺》《陸善經史記注文佚文拾遺》,並對南化本批注展開了較爲深入的探討;宮川浩也等人根據《扁鵲倉公列傳》的批注編成《『扁鵲倉公列伝』幻雲注の翻字と研究》(1996)一書,並撰寫了以《『史記』扁鵲倉公列伝の幻雲注所引の『難経』について》爲代表的一系列圍繞《扁鵲倉公列傳》所涉醫學知識的論文。國內方面,武曉冬碩士論文《〈存真環中圖〉輯考》(2002)利用了上述宮川浩也的整理釋録;張興吉在《元刻〈史記〉彭寅翁本研究》(2006)中以水澤利忠的研究爲基礎對楓山本、柀齋本和南化本《史記》批注進行了對比,其結論有一定價值,但當中存在的錯誤也是明顯的;王曉平教授撰文《日藏南化本〈史記〉寫本學研究序説》(2016)從寫本學研究的層面揭示了南化本批注的巨大價值,呼籲加強對它的研究;張玉春所編《〈史記〉日本古注疏證》(2016)係對南化本批注的首次整理,大大便於研究者窺其閫奧,可謂功不可没,然而在整理時隨意取捨增削批注,凡遇日文一概不録,漏收情況相當嚴重,文字、標點也存在許多問題,大失南化本批注原貌;2018 年,張氏另一部著作《〈史記〉日本藏本注本論集》問世,然而此書不過是其舊文輯録,於南化本批注研究幾無推進,令人遺憾。

以上大體是國內外對於南化本批注的研究現狀,可以説仍留有很大的研究空間和空白,特別是在其文獻價值的發掘方面。儘管《幻雲抄》的文字量約爲南化本批注的三分之一,可謂其簡略版,不過在對南化本批注進行認真細緻的全面整理之前,我們仍可以借助《史記幻雲抄》來把握南化本欄外批注的面貌,深入發現其文獻價值。

(一)《幻雲抄》的校補價值

南化本流傳至今,其字跡多有許多漫漶不清之處,附箋錯位丢失的情況也不少,而《史記幻雲抄》成立於批注完成後不久(永正十四年左右),因此可以借助此書來校補今

---

① 關於南化本批注的來源和類別,可參看:小澤貞二《史記正義佚存訂補解説》和《〈史記正義〉佚文在日本之傳存》,載《信陽師範學院學報(哲學社會科學版)》,2014 年第 1 期。

日南化本中難以辨識之處。例如：

1）幻謂：“《漢書》第二《惠帝紀》，第三《高后紀》也。《通鑒》十二之末〔《高帝紀》之下〕有《惠帝紀》，十三有《高后紀》。蓋溫公祖固而不祖遷矣。”（《呂后本紀》）

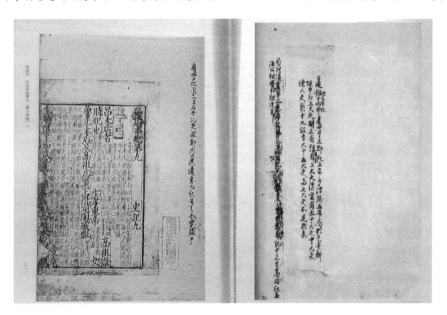

2）反燕王臧荼——《講》云：“‘反燕王’，此文法多。”幻謂：“‘反燕王’‘反韓王信’，可謂筆誅也。”（《樊酈滕灌列傳》）

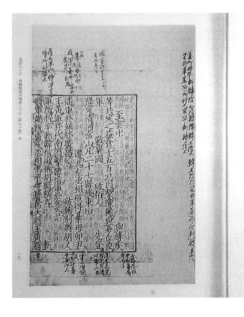

從圖中可以看到,南化本批注因蟲蠹或漫漶,有些文字已不可辨識,而《幻雲抄》保存完整。因此,若要整理南化本批注,《幻雲抄》具有不小的校補價值。

(二)《幻雲抄》中的注文具有很高的文獻輯佚價值

(1)《史記正義》佚文的訂補校正

《史記正義》佚文的整理輯佚先後經過了瀧川資言的搜集、水澤利忠的校勘補充和小澤賢二的再補充。袁傳璋評價小澤的訂補工作説:"小澤賢二先生所著《史記正義佚存訂補》,共收録《正義》佚文一千六百七十四條。小澤氏費十餘年之功,遍訪日本公私所藏宋元明版《史記》、朝鮮及日本古活字印本《史記》欄外標注以及《史記》古抄録本,仔細校覈瀧川資言、水澤利忠所輯得的《正義》佚文,一一標明出處,並在《史記正義佚存訂補·解説》中對日本學者所輯《正義》佚文的來源與傳承做了細密的考證。"①但是,筆者通過整理《幻雲抄》發現,小澤賢二的補遺工作並没有達到令人滿意的程度,《史記正義》佚文的輯佚整體上仍存在不少問題。

其一,遺漏的佚文至少有 20 餘條。例如:

1) 歸籍——《正義》:"籍,在故反。"(《商君列傳》)

2) 藉使——《正義》:"藉,嗟夜反。"(《商君列傳》)

3) 六國從親以賓秦——《正義》曰:"六國爲從親相輔,以秦爲賓,秦兵必不敢出函谷關以害山東矣。如此,則霸業成。"(《蘇秦列傳》)

4) 中試則復其户——《正義》曰:"中,竹仲反。謂壯健中試用。"(《蘇秦列傳》)

5) 刑白馬以盟洹水之上——《正義》曰:"洹,音桓。洹水出相州林慮縣西北林慮山中也。"(《張儀列傳》)

6) 其地形險易——《正義》:"險易,地不平也。"(《樗里子甘茂列傳》)

7) 韓、楚之怨不解而交走秦也——《正義》曰:"言秦求潁川不得,是二國怨不解,韓、楚俱而事秦。"(《樗里子甘茂列傳》)

8) 王翦既至關——《正義》:"按:王翦從霸上至關,請善田者五輩,而五度使請之。"(《白起王翦列傳》)

9) 雲梯之械——《正義》:"成材者,構木爲之,上有樓櫓,以視城内相攻也。外城

<hr>

① 《宋人著作五種徵引〈史記正義〉佚文考索》,北京,中華書局,2016 年,"前記"頁3。

曰械者,攻城之器仗也。"(《孟子荀卿列傳》)

　　10)解帶爲城——《正義》:"墨子解身上革帶,置地爲城,與公輸般相距也。"(《孟子荀卿列傳》)

　　11)與平陽君爲媾——《正義》曰:"《趙世家》云'封趙豹爲王',平陽故城在相州臨漳縣西二十五里。"(《平原君虞卿列傳》)

　　12)班固《弈指》——《正義》引《弈指》云:"'博縣於枰'云云,'枰'恐誤乎?言不在其行賢愚也。"(《范睢蔡澤列傳》)

　　13)木實繁者披其枝——《正義》曰:"披,折也。"(《范睢蔡澤列傳》)

　　14)廉頗攻魏之防陵——《正義》:"按:'陵'字誤,本'城'字耳。"(《廉頗藺相如列傳》)

　　15)魚鯬——《正義》:"鯬,音乎交反。"(《屈原賈生列傳》)

　　其二,誤收。注文本身可能屬於佚文,但出自中國文獻,而輯佚者誤以爲是日本《史記》古本批注所傳佚文;或者將五經正義誤作《史記正義》收入;甚或有將《史記》正文誤作《正義》佚文的情況。例如:

　　1)而秦出輕兵擊之——《集覽》:"《正義》曰:'人馬不帶甲爲輕兵。'"(《白起王翦列傳》)

　　在這裏,瀧川資言《史記會注考證》(以下簡稱《考證》)誤以爲此《正義》佚文來自日本所傳古本,然實爲《資治通鑒綱目集覽》的引文,水澤利忠《校補》(以下簡稱《校補》)和小澤賢二《史記正義佚存訂補》(以下簡稱《訂補》)均不察。

　　2)左庶長——《漢書音義》曰:"秦置二十級爵,第十爵左庶長,至十八爵爲大庶長。"《正義》曰:"長,展兩反。"(《白起王翦列傳》)

　　這段注文全部出自《資治通鑒綱目集覽》,《考證》同樣誤以爲此《正義》佚文來源於日本所傳古本,《考證》和《訂補》均不察。

　　3)娓娓——《尚書·秦誓篇》。《正義》曰:"孔注《論語》以束修爲束帶修飾,此亦

當然。一介,謂一心耿介。斷斷,守善之貌。休休,好善之意云云。其如是,人能有所容忍小過,寬則得衆。"(《張丞相列傳》)

《考證》《校補》和《訂補》均不察此條中所謂"正義"乃《尚書正義》,以致誤收。

　4) 令天下大酺——胡注:"漢律:三人無故群飲,罰金四兩。今詔賜橫賜得會聚飲食。師古曰:'酺,布也,言王德布於天下而合聚飲食爲酺。'《周禮》:'族師,春秋祭酺。'注:'酺者,爲人災害之神也。有馬酺,有蝝螟之酺與人鬼之酺,亦爲壇位如雩禜。族長無飲酒之禮,因祭酺而與其民以長幼相獻酬焉。'《正義》曰:'古者祭酺,聚錢飲酒,故後世聽民聚飲,皆謂之酺。《漢書》每有嘉慶,令民大酺,是其事也。彼注云:"因祭酺而與其民長幼相酬。"'鄭注所謂祭酺,合醵也。酺,音蒲。"(《孝文本紀》)

此處"正義"實出自《資治通鑒》胡三省注,且此所謂"正義"非《史記正義》,而是《毛詩正義》,《考證》《校補》和《訂補》均不察以致誤收。

　5)《正義》曰:"貳師兵欲行攻郁成,恐留行而令宛益生詐。"(《大宛列傳》)

這一條所謂佚文,《考證》《校補》未收入,而《訂補》予以補輯,然此條實爲《史記》正文,批注的後半部分"師古曰:'留行,謂留止軍廢其行。'"却被忽略。
　其三,輯録不全,只輯出部分,未能整條録出。例如:

　(1) 毋有復作——《正義》曰:"毋,音無;復,音伏。孟康曰:'毋有,謂弛刑徒也。'"(《孝武本紀》)

《考證》《校補》和《訂補》只收前半部分,"孟康"以下未能輯入。
　其四,存在錯字訛字。例如:

　1) 飲一石——《正義》曰:"言飲可至八斗,二三斗猶未遽醉,至日暮酒闌,髡心最歡,能飲於一石。"(《滑稽列傳》)

"酒闌",《考證》《校補》及《訂補》作"酒閑",不通,"閑"爲"闌"之形訛。

　　2）掘塚——《正義》曰:"上求月反,言曲折田叔掘地爲民作塚。"(《貨殖列傳》)

　　《考證》《校補》及《訂補》"田叔"作"田外",顯誤,"叔"和"外"草書形似,"外"爲"叔"之形訛;傳文亦曰:"掘塚,奸事也,而田叔以起。"

　　3）施及乎萌隸——《正義》:"式豉反。"(《樂毅列傳》)

　　《校補》和《訂補》"豉"作"鼓"。《樂書》"樂也者,施也"句《正義》曰"施,式豉切",結合南化本作"式豉反",可知"鼓"爲"豉"之訛。

　　4）白頭如新——《正義》云:"人以才德相慕,至老白頭,若新相識。"(《魯仲連鄒陽列傳》)

　　《考證》《校補》及《訂補》"若"作"君",據文義可知"君"乃"若"之形訛。

　　5）自勝之謂强——《正義》曰:"言酷刑嚴令自勝其法,謂爲强。"(《商君列傳》)

　　《考證》《校補》均未收入,而《訂補》收作"言酷刑山嚴,令自勝其法謂爲强",顯然字和斷句都存在錯誤。

　　6）欺謾——《正義》曰:"(斯謾)以不對簿爲斯謾。"(《魏其武安侯列傳》)

　　《考證》未收入,《校補》補作"不以對簿爲",而《訂補》改訂如上。但根據《幻雲抄》和南化本,這裏的"斯"字顯然當爲"欺"字之訛。

　　7）卞隨、務光——《正義》曰:"《莊子》云:'湯將伐桀,因卞隨而謀。卞隨曰:"非吾事也。"湯遂與伊尹謀伐桀。剋之,以讓卞隨,隨曰:"君之伐桀也,謀乎我,必以我爲賊;勝桀而讓我,必以我爲貪。吾生乎亂世,無道之人再來漫我以其辱行,吾不忍數聞。”乃自投水而死。湯又讓務光，光云：“廢上，非義也；殺人，非仁也；人犯其難，我享其利，非廉也。吾聞之曰：‘非其義者，不受其禄；無道之世，不踐其土。’况尊我乎！吾不忍久見。”乃負石自沉於盧水。’《列仙傳》云：‘務光，夏時人，長七尺，好琴，服蒲韭根。’”（《老子伯夷列傳》）

《考證》《校補》及《訂補》均作“菲根”，然據《幻雲抄》和南化本，作“韭根”是。《神農本草經》引《列仙傳》云：“商邱子胥食菖蒲根，務光服蒲韭根。”嵇康《答〈難養生論〉》：“務光以蒲韭長耳，印疏以石髓駐年。”

其五，繫於錯誤的《史記》正文。例如：

1）《正義》曰：“太子，《漢書》作‘天子’也。”（《袁盎晁錯列傳》）

此《正義》佚文，《考證》《校補》及《訂補》均誤繫於“詔以爲太子舍人”，然據《幻雲抄》，當繫於“太子善錯計策”，南化本中此《正義》注文正抄於“太子善錯計策”所在行上端。

2）《正義》曰：“凡治國之道，寬緩無事之時，則用尊寵名譽之人；急難之時，則以介胄之士攻伐也。言所以養、所用皆失之矣。”（《申不害韓非列傳》）

《考證》《校補》及《訂補》均誤繫於“觀往者得失之變”，然正文與注文不相符，當據《幻雲抄》繫於“所用非所養”爲是。

袁傳璋在《〈唐張守節史記正義佚存〉手稿之文獻價值》一文中依據瀧川資言的手稿《史記正義佚存》，針對《史記會注考證》中存在的訛、奪、衍、倒問題摘出 150 條予以指正，可謂瀧川資言之功臣。不過，相對於《史記會注考證》的粗疏，《史記正義佚存》只是一個比較認真的過録本，袁傳璋本人可能並不太清楚，也未能直接覆覈其資料來源。實際上，如果參據南化本批注，袁傳璋所指出的 150 處問題大多都能發現，甚至還能糾正袁氏的某些失誤。個中原因正在於南化本批注是瀧川資言捃摭《史記正義》佚文的重要來源：儘管瀧川本人不曾見過南化本，但其所參考的狩野亨吉舊藏九行無界寬永古活字本批注承襲自南化本，而其所參考的另一資料《博士家本史記異字》也大量吸收了南化本批注。總之，如果全面梳理南化本批注的話，相信還能發現更多的問題。

其六,袁傳璋《宋人著作五種徵引〈史記正義〉佚文考索》從中國文獻輯出 394 條佚文,但通過《幻雲抄》,我們發現袁著仍有失收的情況。例如:

　　1) 與國——《集覽》第一:"與國,《索隱》曰:'列國各相許與者,曰與國。'《正義》曰:'許與,相推獎也。'……"(《張儀列傳》)

《幻雲抄》大量徵引《資治通鑒綱目集覽》,而《集覽》中多引《史記正義》,袁傳璋未能考察此書,故此條《正義》佚文未被其收入。

　　2) 高堂生——《正義》曰:"謝丞云:'秦代有魯人高堂伯人也。'《藝文志》云:'《易》:"有夫婦、父子、君臣、上下,禮義有所錯。"而帝王質文世有損益,至周曲爲之防,事爲之制,故曰"禮經三百,威儀三千"。及周衰,諸侯將逾法度,惡其害己,皆滅去其籍,自孔子時而不具,至秦大壞。漢興,魯高堂生傳《士禮》十餘篇。訖孝宣世,后倉最明。戴德、戴聖、慶普皆其弟子,三家立於學官。'《七錄》云:'自後漢諸儒多爲小戴訓,即今《禮記》是也。後又爲《曲臺記》,而慶氏傳之,並亡。大戴立於國學。又古經出魯淹中,其書周宗伯所掌五禮威儀之事,有六十六篇,無敢傳者。後博士侍其生得其十七篇,鄭玄注,今《儀禮》是也。餘篇皆已亡。又《周官》六篇,周代所理天下之書也,鄭玄注。今二經立於國學。'按:禮經,《周禮》也;威儀,《儀禮》也。"(《儒林列傳》)

"《七錄》"至"今《儀禮》是也"一段,《玉海》卷三十九亦錄存之,而袁著雖仔細考索《玉海》,不知爲何失收。另外,佚文中"侍其生",《幻雲抄》和南化本皆如此,邵懿辰《禮經通故》亦引作"侍其生",獨《考證》作"傳其書"。按文義,"傳其書"當是,但不知瀧川所據爲何本? 抑或瀧川現校之?

　　另外,需要指出的是,《考證》所輯日本舊傳《史記正義》佚文與袁傳璋根據宋人著作所輯出的佚文有不少重合的條目,這當然可以有力地證明《考證》所收佚文非日本人僞託。但另一方面,宋人著作徵引的《正義》佚文也有不少不見於日本舊傳,這是否表明室町時代在日本流傳的單行本《史記正義》其實並不是一個完整的版本?

　　(2)盧藏用注《春秋後語》佚文

《幻雲抄》中保存了一些盧藏用注《春秋後語》的佚文。盧藏用注《春秋後語》亡佚於元代,後世不斷有學者試圖通過各類古書的零星記載以及敦煌、吐魯番出土的寫捲進行輯

佚,《幻雲抄》中所存的盧藏用注《春秋後語》可以補助目前的輯佚工作。其例如下:

1）武王諤諤以昌——師説:"鄂鄂,《春秋後語》作'諤'。盧云:'愕愕,正直之言也。'"(《商君列傳》)

2）吾終以子受命於天矣——師説:"……《後語》之文如《史記》之文也。盧曰:'言受子受命於天,故命質也。'……"(《蘇秦列傳》)

3）遠者括蔽洞胸,近者鏑弇心——師説:"……今案:盧曰:'箭括蔽胸,言中也。'《後語》作'蔽胸'。"(《蘇秦列傳》)

4）大王之國不下楚,然衡人怵王——師説:"《後語》作'訹'。盧藏用曰:'訹,相誘。訹,或作怵。怵,迫也,音恤。'"(《蘇秦列傳》)

5）無庸有事於民——師説:"今案盧注《春秋後語》:'爲君計,莫若安民無事,且無用有事乃爲也。'盧藏用云:'事則無不急之務,用人力要有事乃爲耳。'"(《蘇秦列傳》)

6）臣聞堯無三夫之分——師説:"盧云:'《司馬法》"畮百爲夫",言堯無三田之分也。分,扶問反。藏用案:堯年十六,以唐侯升爲天子。今言三夫之分者,説者辭抑揚過實也。'"(《蘇秦列傳》)

7）使其舍人馮喜之楚——師説曰:"盧曰:'張儀使其舍人馮喜而往楚也。'……盧藏用曰:'今馮喜借楚之使使於齊也。'"(《張儀列傳》)

8）斯使——劉曰:"斯亦漸,音同。"今案:《春秋後語》"使"作"便",盧藏用曰:"斯,此也。言貧女得此一便也。"(《樗里子甘茂列傳》)

9）重其贄——贄,一作"勢"。師説曰:"今案:《戰國策》'勢'作'贄',盧曰:'贄,幣也。有爵者可執羔雁是也。'《後語》作'贄'云云。"(《樗里子甘茂列傳》)

10）剡木爲矛矢——《後語》作"弓矢"。盧曰:"《史記》作'矛矢'。"(《平原君虞卿列傳》)

11）其相室曰——盧曰:"相室,助行禮者。"(《平原君虞卿列傳》)

12）是爲賢母——盧曰:"使母知子,則爲賢母。若人死有婦人爲自殺而妻不哭者,所知雖同,則人謂之妒妻。"(《平原君虞卿列傳》)

13）棘門——師説曰:"今案:盧藏用曰:'棘,戟也,以戟衛門也。'"(《春申君列傳》)

14）席稾——盧曰:"蒿草藉身,如有喪者之儀,罪人可居。"(《范雎蔡澤列傳》)

15）間步——今案:盧藏用曰:"間步,從小路也。"(《范雎蔡澤列傳》)

16) 編於行伍之間——盧藏用曰:"爲卒縫補也。"(《田單列傳》)

17) 奇貨——盧云:"賈人鬻賤求利者,以子楚爲奇貨者,冀其後貴。"(《呂不韋列傳》)

18) 白衣冠——盧曰:"必死之計,如送喪之禮素。"(《刺客列傳》)

19) 負劍——師説:"盧曰:'方言負其劍,何不用也。'"(《刺客列傳》)

花園天皇(1297—1348)的日記《花園天皇宸記》正中二年(1325)十月二十日條中曾提及《春秋後語》:"自今日又服蒜,蒜酒又如元,徒然之間見《春秋後語》。"在同年十二月所附《今年所學目録》中又記有"《春秋後語》十卷"。由此可見,在日本中世時期尚存完整的《春秋後語》。《幻雲抄》中所抄録的盧注《春秋後語》並非幻雲本人所録,在其於南化本上手寫批注之前就已抄寫於書框外,而且這些盧注《春秋後語》也見於宮内廳書陵部所藏鎌倉寫本《范雎蔡澤列傳》中,可見盧注《春秋後語》佚文由來久矣。總之,至少在鎌倉時代晚期,盧注《春秋後語》尚行於日本。

(3) 劉伯莊《史記音義》輯佚

水澤利忠在《史記會注考證校補》中根據南化本等日本古刊本、古抄本上的批注輯佚出《鄒誕生史記音佚文拾遺》《劉伯莊史記音義佚文拾遺》《陸善經史記注佚文拾遺》。對於《劉伯莊史記音義佚文拾遺》,水澤利忠的原則大概是標明"劉伯莊曰"者才予以收入,然而他的做法可能過於謹慎,《幻雲抄》中還有很多標注爲"劉曰"的注文,這實際上也是劉伯莊的《史記音義》。舉例如下:

1) 蒼頭二十萬——劉曰:"以青物標別人也。"(《蘇秦列傳》)

2) 齊使人謂魏王曰:齊請以宋地封——師説:"劉曰:'此時宋未滅而齊欲使秦取之。'"(《蘇秦列傳》)

3) 而内行章義之難——劉曰:"章,猶外也。言王使召滑相越,内行陰賊,外詐恩義,苞藏禍心,卒構難破於越也。"陸曰:"言内詳章恩義,而實勾禍難也。"(《樗里子甘茂列傳》)

(4) 賈大隱《老子術義》佚文

1) 關令尹——《老子術義》云:"《樓觀内傳》云:'真人,姓尹,名喜,字公父也。'

《七略》云'關尹子者,關吏也,名喜'云云。上文又云函關在周之西,理當西至函關矣。說者見此爲尹喜城,即疑散關是喜任官之處。既以周關在,此復出關。皇在鎬京,若老子去鎬京,西出散關,即不與函關相涉乃至喜第矣。一失其源,巧僞將甚,考時驗事,歷然可觀。尹喜爲令之所,老君逢喜之地,内外須以函關爲定,焉得以他所亂之。"(《老子伯夷列傳》)

孫猛《日本國見在書目録詳考》搜羅《老子術義》佚文頗全,但此條未能收入。

（5）公孫羅《文選鈔》佚文

目前所見的公孫羅《文選鈔》極少,而《文選集注》中《文選鈔》的作者是否爲公孫羅尚存爭議,所以這兩條佚文十分珍貴。

　　1）凡六出奇計——師説云:"羅《文選鈔》云:'六奇有六義也。一説曰:此謀出六府之内,故云六奇也。一説曰:匈奴王有六號也,陳平誘得此六王也,故云六奇也。今案:件兩説不符《史記》之文也。一説曰:六奇者,奇異之計謀,有六也。'"(《陳丞相世家》)

　　（2）載籍——《説文》曰:"籍,簿書也。"張衡《東京賦》云:"識前世之載。"公孫羅曰:"載籍,即謂書籍之載也。"(《老子伯夷列傳》)

第一條,筆者原本以爲若《文選集注》中有之,則可以確證《文選鈔》的作者。但今查《文選集注·江文通雜體詩》"雖無六奇術,冀與張韓遇"句下並無此條注文,然則要麼《文選集注》中《文選鈔》的作者並非公孫羅,要麼漏收了。

另外,筆者發現南化本《秦始皇本紀》中有一條關於《文選集注》的非常有價值的信息:

　　1）其勢居然也——《文選》陸善經云:"居然者,安然之志也。"

考慮到《文選》陸善經注目前僅存於《文選集注》中,而後者又是日本鎌倉時代金澤文庫舊藏,有理由相信這條注文與《文選集注》有密切的關係。不過,筆者尚未能檢索現存《文選集注》中是否有此注文,如果有的話,則可反映《文選集注》在室町時代的流傳和利用。

（6）《七録》佚文兩條

任莉莉《七録輯證》（上海古籍出版社 2012 年版）未能收入。具體如下：

1）食肉不食馬肝——《正義》曰："按：言凡談論不説湯武放殺，亦得爲談論，猶如食肉不食馬肝，未爲不知味。言《詩》，於魯則申培公，於齊則轅固生，於燕則韓太傅。申公爲《詩》訓故，而齊轅固生皆爲傳，或取采雜説，咸非其本義，與不得已。三家皆列於學官。又有毛公之學，自子夏所傳，而河間獻王好之，未得立。<u>《七録》云：'毛公《詩傳》，後鄭公箋之，諸儒各爲解。其《齊詩》久亡，《魯詩》亡於西晉，《韓詩》雖有，無傳之者，《毛詩》鄭氏猶立國學也。'</u>"（《儒林列傳》）

2）以修學著書爲事——《正義》曰："《漢書》云：'仲舒上疏條教，凡百二十三篇，而説《春秋》事得失，《聞舉》《玉杯》《繁露》《清明》《竹林》之屬數十篇，十餘萬言，皆傳於世。'<u>《七録》云：'《春秋繁露》十七卷，《春秋斷獄》五卷。'</u>"（《儒林列傳》）

其中，第二條佚文又見於《玉海》卷四十。

（7）有助於重新認識《史記索隱》

現在所見的《索隱》可能也是經過了一些修改、增删的。

1）與齊、楚之相會齧桑——《索隱》曰："《河渠書》'齧桑浮兮淮、泗滿'，徐廣云：'在梁、彭城間。'張晏云：'地名。'如淳云：'邑名，爲水所浮漂。'裴駰云：'《左傳》作"採桑"。'今平陽陽曲南七十里河水有採桑津，是晉境。服以爲翟地，亦頗相近，然字作'齧桑'；或云齧桑衛地，恐非。"（《張儀列傳》）

2）將勇者勝——《集覽》："《索隱》曰：'將，方來也。方來者勇，故勝。'"（《廉頗藺相如列傳》）

第一條《索隱》注文在今本《索隱》中分別位於《絳侯周勃世家》《河渠書》和《晉世家》，而第二條《索隱》注似不見於今本。

（8）《幻雲抄》中博引中日文獻，特別是宋元時期的典籍佔據了絶大多數，這符合五山時期禪僧的步趨宋元文化的傾向；由此也可以觀察到當時有哪些中國典籍傳入日本，又是如何被利用的，可能會在一定程度上改寫對中世時期中國典籍在日本流播的認識。爲此，以下羅列一些《幻雲抄》所徵引利用的中日文獻：

　　林堯叟《春秋經左氏傳句解》、胡三省注《資治通鑑》、《資治通鑑綱目》、《古今韵會舉要》、《韵府群玉》、盧藏用注《春秋後語》、鮑彪、吳師道注《戰國策》、宋濂《諸子辨》、瑞溪周鳳《坡詩脞説》、《三體唐詩》、《百川學海》、《東坡別集》、《居家必用事類全集》、《古今事文類聚》、《唐宋千家聯珠詩格》、《周易傳義附録》、陳澔《禮記集説》、《太平御覽》、虎關師煉《濟北集》、《集千家注批點杜工部詩集》、《杜詩續翠抄》、《黄氏日抄》、《困學紀聞》、《苕溪漁隱叢話》、《唐音遺響》、《十九史略》、《十八史略》、《豫章黄先生文集》、江贄《少微通鑑節要》、《日本書記》、《周易傳義附録》、《古文真寶》、《春秋穀梁傳注疏》、《枯崖漫録》、《禪林僧寶傳》、《詩人玉屑》、《李太白集分類補注》、《山谷幻雲抄》、李廉《春秋諸傳會通》、《大明一統志》、《國朝文類》、《吕氏家塾通鑑節要》、《史學提要》、《古今源流至論》、《學齋佔畢》、《五百家注昌黎文集》、《佛祖統紀》、祖琇《隆興編年通論》、《釋氏源流》、《賓退録》、《楚辭集注》、《鶴林玉露》、《景德傳燈録》、《十七史詳節》、《春渚紀聞》、阮日益《齊物論注》。

（三）從《幻雲抄》看南化本批注的特色

　　如前所論，南化本批注實乃日本歷代學者研究《史記》的成果薈萃，反映了日本室町時代《史記》研究的最高成就。其内容不僅有版本文字異同校勘、注音訓義、名物典故考證、詞句疏通，亦包括章法分析、史傳點評等，可以説視野寬闊，内容宏富，與同時代的中國《史記》研究相比亦不遑多讓。

　　筆者認爲，月舟壽桂在批注《史記》時最突出的一個特點便是針對不同的傳記擇取不同的資料來展開注釋。綜觀整部批注，引用最多的是胡三省注《資治通鑑》，自《周本紀》以下幾乎每篇都會大量徵引，這與《資治通鑑》叙事起自戰國的通史性質相契合。《資治通鑑》在史料排比考訂方面比較細緻，而胡三省注對於典章制度、音韵訓詁都有詳細注釋，特別是對音訓、地理諸項，考證尤爲精詳，訂謬殊多，這些都有助於《史記》的注釋。對於戰國人物，月舟壽桂又多參考《戰國策》及鮑彪、吳師道注，盧藏用注《春秋後語》等資料。對於漢代人物，月舟壽桂則大量參考《漢書》及其注釋，可謂資料選擇得當。

　　具體來説，南化本批注可分爲以下幾類。

（1）注讀音

　　日本人讀中國典籍特別注重漢字音韵，這或許是因爲漢字讀音因詞義詞性的變化而異，對日本人來説屬於難點。此種情況在後世日本的詩話著作中也有突出的反映，許多詩話類著作偏重小學，以釋音訓爲主。南化本批注中也有大量關於漢字音韵的注釋，

其中引胡三省音注和《古今韵會舉要》最多,間或引博士家之説。例如:

1) 下其議——胡注:"下,遐嫁翻。凡自上而下之下皆同音。"(《秦始皇本紀》)

2) 更饋遺——胡注:"更,工衡翻。遺,於季翻。"(《孝武本紀》)

3) 逐射千金——幻案:"《韵會》去聲禡韵:'射,神夜反。歐陽氏曰:泛而言射'云云。"(《孫子吴起列傳》)

4) 甯戚疾擊其牛角商歌曰:南山矸,白石爛——《漢書》作"高歌"。師古云:"'研'字與'岸'同。矸,脛也。薄,止也。"《韵會》:"矸,音下諫切。曼,音莫鮮切。"(《魯仲連鄒陽列傳》)

5) 屬鏤之劍——《史略》注:"鏤,音間。"(《伍子胥列傳》)

6) 蘇秦已説趙王而得相約從親——師説:"先師説'相'字劉不音,然則'相'讀依字,言蘇秦已説趙王,乃相共約結以從親也。菅氏説:'先師之説似非也。《蘇秦傳》:秦説趙王而得相國位,乃約六國之從也。其文甚明。然則此"相"音式亮反,劉之不音者,是省略耳。'今案:菅氏説甚是也,今爲先説。先師説可存之。"(《張儀列傳》)

(2) 釋詞義

訓釋字詞意思是讀通古書的最基礎也是最重要的環節,南化本批注中訓釋字詞的注解比比皆是,旁徵博引,迭有勝義,充分反映了批注者佔有資料之豐富,學識之通贍。例如:

1) 故彌子之行——幻案:"《韵會》'故'通作'固'。《史記‧魯世家》'必問於遺'者,韋昭注:'故,事之是者'。幻謂:讀'故'字爲真實義者,通作'固'之謂乎?"(《申不害韓非列傳》)

這是關於通假字的討論。

2) 君之望臣深——胡注:"望,怨望也,又責望也。《爾雅翼》曰:'怨者必望,故以望爲怨,"不意君之望臣深"是也。'"(《張耳陳餘列傳》)

這是引用胡三省注釋"望"字。

釋單字方面，南化本注解引據最多的當屬《古今韵會舉要》：

3）乞貸——《韵會》職韵"貸"："惕德切。《説文》：'從人求物也。'本作'貣'。按：漢武帝時縣官無錢，從民貣馬。《前·韓王信傳》'旦暮乞貣蠻夷'，今作'貸'。"（《韓信盧綰列傳》）

4）別，破軍七，下城五——《韵會》"軍"注："《周禮》：'五師爲軍，萬二千五百人。天子六軍，諸侯大國三軍，次國二軍，小國一軍，軍將皆命卿。'"（《樊酈滕灌列傳》）

（3）明句讀

搞清句讀斷句是理解古書的重要環節之一，顧炎武《日知録》曰："句讀之不通，而欲從事於九丘之書，真可謂千載笑端矣。"《史記》流傳中，有些地方在後世看來語義不明，不易點斷，南化本批注中就有一些關於斷句的討論。舉例如下：

1）攻南陽太行道，絶之——幻謂："舊點'攻南陽大行'以'道絶'二字爲連續。蓋南陽之太行也。案《通鑒》云：'秦武安君伐韓，取南陽；攻太行道，絶之。'胡三省云：'韓之南陽，即河内野王之地。班《志》：太行山在野王西北。'又《通鑒綱目》云：'秦白起伐韓，取南陽，攻絶太行道。'蓋'太行道'爲句。然則'攻南陽太行道'之點可也。"幻又謂："如《正義》，則'攻南陽，大行道絶之'點可乎？'攻南陽'三字爲句，'太行道絶之'五字爲句也。"（《白起王翦列傳》）

2）我固當死——舊點"當死"字連讀於"長平之戰"字。幻謂："'當死'字爲絶句，'長平之戰'字屬下句可也。"（《白起王翦列傳》）

3）凡説之務，在知飾所説之所敬，而滅其所醜——師説："劉以爲凡遊説之務者，在知文飾人君之所敬愛人，滅消所醜之人也。依劉之意，'知'字次'滅'字而可讀也。何者？已云不知其敬而招忤旨也。宜讀'在知飾所説之所敬而滅其所醜'也。貞以爲談説之務在知識文飾人君之所敬愛之人，而消滅其所醜惡之人也。依貞之意，'知飾'二字宜連讀也，宜讀'在知飾所説之所敬，而滅所醜'也。今爲文通也。但菅氏爲無文通者，失之遠也。"（《申不害韓非列傳》）

這一段記録了日本平安時代博士家們圍繞韓非子《説難》"凡説之務，在知飾所説之所敬，而滅其所醜"一句如何斷句的討論。

（4）校異字

南化本批注中有大量關於《史記》字詞校異的記録,常見之語有"一作""本作""家本作""小板作""大板作""《漢書》作""《通鑒》作"等等,這些校勘文字有的是月舟壽桂所書,也有的是月舟壽桂以前的批注者所書,反映了《史記》在日本流傳過程中各版本間字詞的差異,對於《史記》校勘有一定參考價值。另外,水澤利忠在《南化本〈史記〉與〈史記正義〉研究》一文中認爲,"小板"或指元彭寅翁本,但據筆者粗略考察,"小板"標出的異字有很多在彭寅翁本並未見到,水澤的看法可能不準確。"小板"究竟指什麼,在未有確切證據之前,王曉平教授"指日本和刻本中的小型版"之説較爲允當①。

（5）文義疏通

對於史文中不够明確或不易理解的文句,南化本批注常有精闢的注釋予以疏通釋惑,例如:

1）取予去就——蕉《講》云:"言可取者取之,可予者予之,可去者去之,可就者就之。"(《仲尼弟子列傳》)

2）四登相位,再列封疆——幻謂:"一,秦果免樓緩而魏冉相秦也;二,其明年,燭免,復相冉也;三,魏冉復相秦,六歲而免也;四,免二歲,復相秦也。"(《穰侯列傳》)

3）以彼其材——《講》云:"屈原有材不游諸侯者,不見二君之義也。"(《屈原賈生列傳》)

4）田横懼誅——《講》云:"先是,彭越且袒漢,且袒楚,今爲梁王專與漢,故懼誅。"(《田儋列傳》)

（6）章法分析

通過《幻雲抄》可以發現,南化本批注不僅十分重視詞句的音韵和釋義,也很留意《史記》的寫作章法,對於《史記》的章法及其影響也觀察得非常細緻,令人擊節稱歎。試舉幾例:

1）始以薛公爲魁然也——《留侯世家》:"太史公曰:'余以爲其人計魁梧奇偉,至見其圖,狀貌如婦人好女。蓋孔子曰:"以貌取人,失之子羽。"留侯亦云。'"《僧寶傳·

① 王曉平《日藏南化本〈史記〉寫本學研究序説》,載《國際漢學研究通訊》第十二期,北京,北京大學出版社,2016年,頁125。

雲門贊》曰："余讀雲門語句,驚其辨慧渦旋波險如河漢之無極也,想見其人奇偉傑茂如慈恩大達輩。及見其像,頹然傴坐胡床,廣顙平頂,類宣律師,奇智盛德果不可以相貌得耶。"幻謂:"《雲門贊》出於《留侯傳》,《留侯傳》出於《孟嘗君傳》。"(《孟嘗君列傳》)

在這裏,月舟壽桂認爲《留侯傳》中司馬遷對於對張良的想象與本人實際相貌的反差的叙述本於《孟嘗君傳》"始以薛公爲魁然也,今視之,乃眇小丈夫耳",而後世《雲門贊》亦承襲此筆法。

　　2)婢妾被綺縠——《孟嘗君》傳:"今君後宮踏綺縠,而士不得短褐,僕妾餘粱肉,而士不厭糟糠。"幻謂:"《孟嘗》《平原》二傳,變文法耳。"(《平原君虞卿列傳》)

月舟壽桂注意到《孟嘗君傳》與《平原君傳》有相似的文辭,《平原君傳》云"而君之後宮以百數,婢妾被綺縠,餘粱肉,而民褐衣不完,糟糠不厭",而《孟嘗君傳》則云"今君後宮踏綺縠,而士不得短褐,僕妾餘粱肉,而士不厭糟糠"。

　　3)昭王疑之……今臣盡忠竭誠……而信……願大……昔卜和……願大王——幻謂:"鄒陽一書,比辭累句,雜用故事,儻不玩味,恐易重複,讀者著眼:'臣聞'二字,四處有之;'昔者'二字,三處有之;'昔'一字,二處有之(昔卜和、昔樊於期);'今'一字,七處有之(今臣、乃今、今人主、今夫、今人主、今人主、今欲使天下);'何則'二字,九處有之;'此二人'三字,二處有之;'今人主'三字,三處有之;'願大王孰察'五字,三處有之。"(《魯仲連鄒陽列傳》)

月舟壽桂觀察得非常細緻,注意到鄒陽《獄中上梁王書》的詞句排比反復的修辭手法,此非再三玩味者不能做到。

　　4)以兵車趣攻——幻謂:"'趣攻疾戰'四字,一紙之中四處出之,文法一也。"(《樊酈滕灌列傳》)
　　5)《講》云:"《樊噲傳》文法不與諸傳同。"幻謂:"此傳之初皆稱侯。"
　　6)頃之,太子與梁王共車入朝——幻謂:"此傳三處曰'頃之',文法也,《漢書》同

之。又三處曰'久之'。"(《張釋之馮唐列傳》)

7)陘城今在中山國——幻謂:"《田仁傳》末曰'陘城今在中山國'者,文法一也。初曰'田叔,趙人也',故末結之。"(《田叔列傳》)

8)初,沛公引兵過陳留——蕉《講》云:"'沛公'以下載酈生事,與向所載異,故重書之,俾人知有兩説。文法一也。"(《酈生陸賈列傳》)

9)將軍張騫,以使通大夏——幻謂:"《騫傳》録功者略,何? 詳於《大宛》《安息》等傳也。略於此而詳於彼,何? 開邊歸漢傳於其國,則其功不言而顯矣。"(《衛將軍驃騎列傳》)

(7)史傳點評

宋代史評、史論漸多,明代中後期《史記》評論臻盛,尤以《史記評林》爲代表。而南化本批注在許多傳記之後都引用宋黃震《黃氏日抄》中的評論以作結,顯示出明確的史論意識。例如:

1)《黃氏日抄》:"萬石君家謹厚而已,而父子皆致二千石,已過矣。慶備位丞相於孝武多事之世,何哉? 衛綰,車戲士,天資偶亦謹厚,而景帝相之,且謂其可輔幼主。夫帝謂亞夫非少主臣,宜綰之見取歟? 張叔學刑名而能慈愛,君子蓋取節焉。直不疑償金已非人情之正,況周文溺袴行詐,彼何爲者,而皆致位通顯? 夫萬石家以誠得之,而竊慕者亦僥倖,殆流弊歟!"(《萬石張叔列傳》)

2)《黃氏日抄》云:"白起以穰侯薦爲秦將,其斬殺之數多,而載於史者凡百萬,不以數載者不預焉。長平之役,秦民年十五以上皆詣之,而死者過半,以此類推,秦之死於兵者又不可以數計也。蘇代説應侯,間之。起不復爲秦用,而賜之死。自秦而言,雖殺之非其罪;自公理而言,一死何以盡其罪哉!"又云:"王翦爲始皇伐楚,面請美田宅,既行,使使請美田者五輩。後有勸蕭何田宅自汙者,其計無乃出於此歟? 王翦諸人之輔秦,蓋凶德之參會,古今之極變,不可復以常事論也。太史公譏翦不能輔秦建德,而偷合取容。嗚呼! 是何異責虎狼之不仁耶。"(《白起王翦列傳》)

要之,南化本批注屬於寫本的一種特殊形態,理應納入寫本學研究的範圍。它不僅是古代中日文學文化交流的結晶,也是見證者;對於研究《史記》在日本的傳播、《史記》的版本、《史記正義》佚文,以及《史記》的解釋都具有很高的價值。本研究僅僅是通過米澤本《史記幻雲抄》來管窺南化本批注的巨大價值,希望以此拋磚引玉,唤起更多研究者介入,並且儘早將南化本批注全面而忠實地整理釋録出來。

（作者爲信息工程大學洛陽校區副教授,文學博士）

日本五山學僧東陽英朝對中國訓詁之法的沿襲與創新

——以《新編江湖風月集略注》爲中心

董　璐

在日本中世文學發展史上,五山學僧貢獻了卓越的力量,他們對各類漢文典籍的訓讀注釋、講解出版,可謂"中世最有成績的文化事業"①。嚴紹璗《漢籍在日本的流布研究》是國內較早關注漢籍在日流布情況的專著,對宋版和五山漢籍的傳播始末進行了考述②。王曉平《亞洲漢文學史》介紹了不少日本五山文學和刻集部漢籍,如《唐三體詩》《連珠詩格》《古文真寶》《詩人玉屑》《翰林珠玉》等等,其中還有不少針對這些漢籍的注本③。日本五山學僧的注本主要分爲兩類,一類爲"漢文注本",另一類則爲"抄物",是夾雜了日文假名的和漢混淆文。

室町時期臨濟宗學僧東陽英朝曾注釋南宋禪林詩偈選本《江湖風月集》,名爲《新編江湖風月集略注》(以下簡稱《略注》),該注本爲漢文注本。據日本國文學資料館資料庫顯示,日本收藏《略注》寫本刻本的文庫和圖書機構多達二十餘家。又據王寶平《中國館藏日人漢文書目》,國內有湖南圖書館和北京大學圖書館收藏《略注》回流本各四卷④。就版本品質、數量和流傳廣度,《略注》均堪稱《江湖風月集》注本之代表。

一、《江湖風月集》及其傳日

《佛學大辭典》中對《江湖風月集》有如下説明:

---

① 王曉平《亞洲漢文學》,天津,天津人民出版社,2009年,頁155—156。
② 嚴紹璗《漢籍在日本的流布研究》,南京,江蘇古籍出版社,1992年,頁36—48。
③ 王曉平《亞洲漢文學》,頁155—156。
④ 王寶平《中國館藏日人漢文書目》,杭州,杭州大學出版社,1997年,頁115。

（書名）具名《江湖風月集》，二卷。集趙宋景定咸淳至元代至治延祐間之諸方尊宿偈頌者，集者曰松坡。①

依據《佛學大辭典》的説明，《江湖風月集》應是《江湖集》之全名。從《略注》後面所附千峰如琬跋文亦可知，此集成書之時，亦“目之曰《江湖集》”。除此之外，日本《禪學大辭典》中對《江湖風月集》則有相對詳細的注釋。依照川瀨一馬《五山版研究》所述，《江湖風月集》現存版本主要爲五山版，但該版傳本相對較少，主要有東洋文庫藏本（有屋代弘賢的手識，一册）、成簣堂文庫藏本（多有室町時代的旁注，一册）、石井氏積翠軒文庫藏本（内野皎亭文庫舊藏，大德寺清拙和尚筆寫的旁注。現在爲天理圖書館所藏，一册，《善本影譜》所收）等三個版本②。椎名宏雄編《五山版中國禪籍叢刊》影印的就是天理圖書館藏本③。與此相對，《江湖風月集》寫本則僅有國會圖書館藏貞和二年（1346）二册。《江湖風月集》究竟何時以何種方式傳入日本，現已無法詳考。龍門文庫藏《江湖風月集抄》詳細記載了有關編者和該書傳入日本的情況：

《江湖集》，大唐行脚僧，隨行次書之，夢窗之説也。蓋夢巖滅後，唐本來吾朝也。憩松坡所集，琬千峯跋乃實也。大鑒禪師録，有開《江湖集》板小跋。不言憩松坡編。

凡二百六十三首，此本二百六十一首，不載二首也。松坡乃宋之末，元之始之人也。氣宇甚高，會宋運遷屬元朝而隱居，而編此集也。（下略）④

夢巖祖應爲日本臨濟宗聖一派僧人，出雲（今島根縣）人，1374年11月2日示寂，謚號大智圓應禪師，有語録《大智圓應禪師語録》一卷，詩文集《旱霖集》一卷⑤。按清拙正澄《禪居集》所收“大鑒開江湖集板跋”並《略注》跋文，《江湖風月集》開板於嘉曆三年（1328），夢巖1374年示寂，《江湖風月集抄》“夢巖滅後，唐本來朝”之説於時間不符。1328年開板，説明嘉曆三年之前《江湖集》已傳入日本，“唐本來朝”不可能是夢巖圓寂後發生的事情。

---

① 丁福保《佛學大辭典》，上海，上海書店出版社，2015年，頁1074。《佛學大辭典》“咸淳”訛作“威淳”，據史實改。
② 川瀨一馬《五山版の研究》上卷，東京，日本古書籍商協會，昭和四十四年，頁470。
③ 椎名宏雄《五山版中國禪籍叢刊》，京都，臨川書店，2014年，頁455—490。
④ 參見日本龍門文庫藏《江湖風月集抄》。
⑤ 上村觀光編《五山文學全集》卷一，京都，思文閣，1992年，頁793。

二、東陽英朝與《新編江湖風月集略注》

　　東陽英朝(1428—1504),室町時代臨濟宗僧人,大德寺 53 世住持,妙心寺 13 世住持,爲妙心寺四派之一聖澤派開山之祖。生於美濃國加茂郡(岐阜縣)。五歲於天龍寺隨玉岫英種出家,後於南禪寺參禪。三十歲起在龍安寺初代住持義天玄承處受教,義天玄承歿後,又以雪江宗深爲師。文明十年(1478)受印可後,成爲龍興寺住持。文明十三年爲大德寺住持,翌年返回龍興寺。明應元年(1492)移住美濃國加茂郡不二庵,後改稱大仙寺。之後又爲岐阜定慧寺開山,永正元年(1504)于少林寺圓寂。承應二年(1653),謐大道真源禪師①。《延寶傳燈録》言其人"内外經書,過目即記,尤有文雅"②。得益於此,他的重要著作大多與禪門詩文有關,除《略注》外,東陽英朝還編撰有《禪林句集》《少林無孔笛》③,除此之外還有《宗門正燈録》。他的諸多上堂法語和機鋒問答皆表現出"以詩論禪"的特徵。如:

　　　　僧問:"如何是賓中賓?"師曰:"慚愧闍梨飯後鐘。""如何是賓中主?"師曰:"高祖入關。""如何是主中賓?"師曰:"明皇幸蜀。""如何是主中主?"師曰:"王墨未彰文,萬邦咸稽首。"臘月七日,師同衆禪坐。夜將四鼓,師忽下禪床曰:"大丈夫悟道待甚麽明皇?"喝一喝,大衆一時散。上堂:"君不見'露從今夜白',君不聞'星河秋一雁'。説了也説了也。諸人有甚麽疑團。雖然恁麽,各自努力。珍重。"④

以上問答涉及的四個問題,其實質與臨濟"四料簡"並無差異。"四料簡"是臨濟宗常見接引學人的方法,賓主交參正是在這一方法基礎上衍生出的一種問答模式。"四料簡"的"奪人不奪境""奪境不奪人""人境俱奪""人境俱不奪",其本質,就是要消解"我"與"法"的對立,打破"主"與"客"之間的壁壘。臨濟僧人克符言"人境俱不奪"境界時曾云"主賓言不異,問答理俱全"⑤,意思是説主賓所言一致,問答之理也一應俱全。東陽

---

　　① 佛書刊行會編《大日本佛教全書》第 108 卷,《延寶傳燈録》第一卷二十八,東京,佛書刊行會,明治 45 年—大正 11 年,頁 382—383。又[日]北村澤吉《五山文學史稿》,東京,富山房,昭和 16 年,頁 743。
　　② 佛書刊行會編《大日本佛教全書》第 108 卷,《延寶傳燈録》第一卷二十八,頁 382。
　　③ 北村澤吉《五山文學史稿》,頁 744—746。
　　④ 佛書刊行會編:《大日本佛教全書》第 108 卷,《延寶傳燈録》第一卷二十八,頁 382。
　　⑤ 普濟著,蘇淵雷點校《五燈會元》卷十一,北京,中華書局,1984 年,頁 656。

翁上堂問答時分別使用了杜甫《月夜憶舍弟》"露從今夜白"和韓翃的《酬程延秋夜即事見贈》"星河秋一雁",足見其"文雅",他正是通過"露""雁"等詩意而言悟道之理。不過,東陽此處話只說了半句,剩餘的半句就是"悟道"之處。如"露從今夜白"之下句"月是故鄉明",在禪宗的詩學體系中,"歸家(鄉)穩坐"正是"明心見性"之時,當參學之人能體會到故鄉的明月時,就是參悟了,這種超越時空,貫通主客的方法,也就是"以詩論禪"。現在通行的《略注》就是東陽英朝編撰,其跋如下:

> 宗師偈頌,其旨不一焉。付法、傳衣、拈古、頌古、贈答、時事、咏懷、漫興,凡皆詳其實,可以解厥含蓄之妙,淺近者不足箋注而已。於是邪説不少,妄談惟多。松坡、千峰雖云復生,夫奈覆轍何耶。南堂、大鑒,有頌有跋,足慰編者歎者哉! 蓋如獨脚抽顧偈,則奇古没滋味,難容卜度。自雪竇、真净已下,稍帶風韵、含雅音,千態萬狀,攢花簇錦,是則春(缺風字)桃李,一以貫之。否則如趙昌畫,雖逼真非真。及宋末元朝,穿鑿過度。宋人賦繁開梅花云:"乃如詩到晚唐時。"禪居跋云:"殊失醇厚風,其斯之謂乎?"天秀老人夫何人哉? 胡揮亂鑿,不見本據者夥矣。余歸老於岐山下,明應三年癸丑之秋,依茶話以商略。而猶未了。文龜三年癸亥之冬,于少林野寺,重共切磋,遂以終之。玉本無暇,雕文喪德,烏虖,重重敗闕了也。
> 東陽叟　跋[①]

東陽叟的跋文爲《江湖風月集》所收偈頌進行了分類。從内容來看,東陽對天秀道人的注釋並不滿意,認爲其"胡揮亂鑿,不見本據者夥矣"。東陽叟對這種"胡揮亂鑿"的注釋方法亦持否定意見,而南堂清欲、清拙正澄等所作題頌和跋文,則從禪門不立文字的宗旨出發,認爲要堅決否定過度穿鑿這種行爲。東陽英朝《略注》的訓詁之法,正是基於當時"過度穿鑿"的現狀而爲之。他在訓詁方法上儘量避免"穿鑿附會",體現出尊重訓詁傳統,適度創新的傾向。

三、《新編江湖風月集略注》對中國訓詁之法的沿襲與創新

陳永正《詩注要義》提到詩歌注釋傳統時曾言:"注詩,首先是在詞語上的訓詁。對

---

① 筆者釋録自岩崎文庫藏《新編江湖風月集略注》天正舊鈔本,下同。

字音、字義、名物、地理、職官、制度等方面的解釋,這是自漢代以來注詩的傳統。"①《略注》的注釋模式,繼承了此種傳統注詩方法。卞東波在考察日本曹洞宗僧人海門元曠的《禪月大師山居詩略注》時,認爲這種"略注"的注詩方法與廓門貫徹《注石門文字禪》、連山交易《寒山詩集管解》等如出一轍②。由於海門元曠生活的時代亦正是《略注》刊刻的高潮期,而兩者均採取了"略注"這種注釋方法。據此可以看出,"略注"應該是室町末期到江戶初期日本注釋禪宗詩文集類文本時候會採取的一種普遍方法。本文從"音""義""形"三個角度來考察此種"略注"法對中國傳統訓詁法的沿襲與創新。

(一)"音":反切注音

以下是《略注》中涉及反切注音的例證(《略注》引文皆爲筆者釋録自日本岩崎文庫藏天正舊鈔本,下同):

① 啜,昌悦切,與歠同。又陟劣切。

② 稔,《玉篇》:如枕切。年熟曰稔。《説文》:穀熟也。從禾念聲。《廣》:年也。古人謂一年爲一稔,取穀一熟也。

③ 蕡,祥玉切,水草。《詩》曰:言采其蕡。《説文》:水舃也,以草賣聲。《爾雅》:牛脣。如續斷,寸寸有節,拔之復生,生者痛也。

④ △攓,去聲,翰,擲也。捘,都括切,采也,拾也。

⑤ 瓣香者,辨者衆辯之義。如辯許也。或作版,步遠切,片也。

⑥ 聒,公活切。

⑦《史記》漢武帝,禊霸上注三月上巳,臨水被除也。祓,孚物切,除災求福。

⑧《會》:上聲有厚,紐,女九切。《説文》:系也,從系,醜聲。《廣》:結也。抄云:繩之結目也。

⑨《玉篇》:銛,息廉切。

⑩ △景通先生事妙何。堵,都歠切,垣也。五飯爲堵。

⑪ 諱德溥,嗣觀物初。住大慈,傳,怖古切,大也,偏也,普也。

⑫ 婺亡遇切州石林行鞏和尚,嗣聞偃溪,住國清。

_____

① 陳永正《詩注要義》,上海,上海古籍出版社,2017年,頁65。
② 卞東波《唐代詩僧貫休詩歌的日本古注本——海門元曠禪月大師山居詩略注考論》,載《南京大學學報》,2018年第6期,頁71—75。

反切注音主要有三類,第一類爲《江湖風月集》中出現的字詞注音,這也是最多的一類;第二類爲注文涉及疑難字詞從而標注反切;第三類爲詩僧法嗣名號等注音。有些反切標明了所出字書、韻書,有些則直接標識反切。筆者統計注釋中出現的字書韻書,有《説文》《玉篇》《廣韵》《韵會》《爾雅》五部,有些反切雖没給出具體出處,通過考察可發現亦有除以上五部之外,使用《唐韵》中反切的例子。例①中《惠山煎茶》注"啜,昌悦切,與歠同。又陟劣切",這條反切注音其實是將《玉篇》和《唐韵》加以組合的產物。因《玉篇》中"啜"爲"常悦切,音歠",而在常見的韵書中,只有《唐韵》爲"昌悦切",《略注》將《唐韵》中"昌悦切"和《玉篇》"音歠"相結合,加上《廣韵》"陟劣切"構成。《略注》的注音糅合了多種韵書字書,一個字會有多重不同的注音。頗值注意的是,在《略注》反切注音中,只使用了"口口切",無"口口反"。

　　陳永正認爲詩歌注音,還應包括"爲平仄互通之字注音,視其格律、用法而定"①。這一點在《略注》中亦有體現,如第④條是爲《息耕》中"春風春雨能多事,擽掇犁鋤不上肩"的"擽掇"注釋,"擽,去聲,翰,擲也。掇,都括切,采也,拾也"。此處注者特意對"擽"注出其音調爲"去聲",其原因何在? 按照平水韵,《息耕》平仄格律應該是押先韵,具體爲下:

禾已登場水滿田,泥牛無復痛加鞭。
平仄平平仄仄平　中平平仄仄平平

春風春雨能多事,**擽**掇犁鋤不上肩。
平平平仄平平仄　**中**仄平平仄仄平

可以看出,加黑的"擽"字屬於可平可仄,很顯然,注者意識到這種"可平可仄"的問題會造成初學者模棱兩可,分別不清的可能,在注文中清楚注明"擽,去聲",符合《略注》跋文所述"爲初學取則"的目的。《略注》此處並未將"擽"字的反切標識出來,但依據"去聲",可知注者是從平仄關係入手加以注釋。按司馬光《類篇》,"擽,七丸切,擲也。又取亂切,文一,重音一"②,説明"擽"字是破音字,有平去兩聲。"翰,擲也"字面頗爲費解,該詩中並未出現"翰"字,翻檢各類字書韵書,"翰"字也並無任何表"擲"的解釋。此處之"翰",應指"擽"字的韵目(部)"翰",因爲按照《集韵》,"擽"字有兩個韵目,分別爲

---

①　陳永正《詩注要義》,頁66。
②　司馬光《類篇》第三十四卷,文淵閣《四庫全書》本,頁17。

平聲的"桓"①和去聲的"换"②,而在《韵略》和《增韵》中則僅列出了作爲"去聲"的韵目"换"。由於《集韵》《韵略》《增韵》中"攛"字的韵目並無"翰",因此,《略注》應該參考了别的韵書。

　　"攛"字韵目歸在"翰"字之下的,實際出自明代樂韶鳳等人洪武年間編撰《洪武正韵》,該書卷十二下有"九翰"③,當中就有"攛,擲也"④。依據《略注》的這一注釋,或有東陽英朝使用《洪武正韵》之可能。《洪武正韵》成書於洪武八年(1375),是明朝官方頒布的第一部正式的韵書。雖然進入明朝之後,日本入明僧的人數較宋元時期有所減少⑤,但由明廷派遣的官方使節和日本派遣入明的使者——即遣明使,從 1401 年第一次派遣遣明使到最後一次 1547 年,時間跨度長達一個半世紀,十多次⑥。被稱爲日本五山文學雙璧之一的絕海中津洪武元年入明,在明十年期間,不可能不關注明朝的詩歌創作。《洪武正韵》作爲明廷第一部官方的韵書,不可能不被關注。按照陳小法的觀點,明朝時期,日本向明廷求書是典籍東傳的主要途徑⑦。所以,在《略注》注文中出現《洪武正韵》的韵目便不足爲奇。如果説利用《集韵》《廣韵》《韵會》《玉篇》等韵書反映的是《略注》遵循唐宋古音的注釋傳統,那麽,對於《洪武正韵》的利用,則體現出《略注》對彼時學術前沿的關注,是在文獻資料上的創新。

(二)"義":解釋詞語

　　"解釋詞語"是訓詁的重點和主要目標。《略注》對詩歌詞語的注釋,涉及人名、物名、地名、禪宗典故(公案)、方言俗語等方面,基本囊括了詩歌詞語注釋的所有層面,體現出尊重詩注傳統、較爲全面的詩注觀,這也是繼承傳統《詩》注"名物觀"的重要體現。在《略注》的名物注釋中,較爲注重的有"地名""人名"和"禪宗典故"(公案)。

　　如大川普濟《送川道士》有"雲遮劍閣三千里,水隔瞿塘十二峰"兩句,《略注》引用

---

　　① 丁度《集韵》卷二第二十六"桓",文淵閣《四庫全書》本,頁 66。
　　② 同上書,頁 82。
　　③ 樂韶鳳等《洪武正韵》卷十二,臺北,臺灣商務印書館,《景印文淵閣四庫全書》第 239 册,頁 1。此處的"九"是標識韵目的序號,即去聲第九個字。
　　④ 同上書,頁 4。又樂韶鳳等《洪武正韵》。
　　⑤ 木宮泰彦著,胡錫年譯《日中文化交流史》,北京,商務印書館,1980 年,頁 587。入明僧從元代的 222 人鋭減至 114 人。
　　⑥ 陳小法《明代書籍交流之研究——以卧雲日件録拔尤爲例》,《新視野下的中外關係史學術討論會論文集》,蘭州,甘肅人民出版社,2010 年,頁 271。
　　⑦ 同上書,頁 280。

《方輿勝覽》和《水經注》爲注：

> 十二峰者,夔州巫山有十二峰,曰望霞、翠屏、朝雲、松巒、集仙、聚鶴、净壇、上升、起雲、飛鳳、登龍、聖泉。其下即巫山神女廟。《勝覽》五十一瞿塘《勝覽》五十七,夔州巫峽在州東一里,舊名西陵峽,峽乃三峽之門,兩崖對峙中,貫江望之如門。灩澦堆在州西南二百里瞿塘峽口,蜀江之心。《水經注》云：白帝城西有孤石,冬出二十餘丈,夏即没,名灩澦。土人云"灩澦大如象,瞿塘不可上。灩澦大如馬,瞿塘不可下"。峽人以此爲水候。又曰：舟子取途不决,名曰猶預。

陳永正就言："古今地名變化很大,地理志書亦因時有異。注家運用志書作注,不能隨宜,則易致誤。注唐宋詩詞,最好還是用當時的志書,如《元和郡縣圖志》《太平寰宇記》《輿地紀勝》《方輿勝覽》等。"[1]該注釋部分對"十二峰"和"瞿塘"給出了詳細的注釋,堪稱典型的地名注釋方法。《略注》注釋地名時多有對《方輿勝覽》的引用,一方面説明《勝覽》成書後就傳入日本,另一方面則説明日本注家所利用的大多是宋代的文獻,體現出較强的時效性,符合傳統詩注訓詁的要求。

在人名的注釋上,特別是對禪僧名諱,《略注》重視禪門法脈和生緣,對於很多禪僧的出生地,還進一步加以注釋。如三山介石朋和尚注云："嗣浙翁,諱智朋,字介石,住净慈。安吉州三山人也。璨無文《宗門會要序略》曰："閩人朋介石云云。《勝覽》十卷福建路福州郡名三山,三山在城裏,故名云云。"先注其法脈,再注名諱字號和生緣。由於"三山"屬於一名而異地,即浙江安吉有三山,福建亦有三山,《略注》引用《宗門會要序略》中的"閩人朋介石",認爲其生緣爲福建的三山而非浙江安吉州三山。《略注》在注釋中不僅利用如《宗門會要序略》這樣的内典,亦使用了《方輿勝覽》這樣的外典,作到了内外典並重。

在對禪宗典故(公案)的注釋上,《略注》往往採取的是既注重物名,又注重典故的注釋方法,將物名與典故的注釋有效結合。如《送侍者歸隆興》有"霹靂聲中躍怒濤,緒方韰甕奈渠何",《略注》云"霹靂,謂師一喝也",在禪宗典故中,言及"棒喝"者夥多,但注者所引爲洛浦元安禪師"赤梢鯉魚"之典,云："洛浦元安禪師久爲臨濟侍者,濟常稱美云：'臨濟門下一支箭,誰敢當鋒?'一日辭濟,濟問：'什麼處去?'師云：'南方去。'濟

---

① 陳永正《詩注要義》,頁73。

以主杖畫一畫云："過得這個便去。"師便喝,濟便打。濟明日升堂云:"有一條赤梢鯉魚,搖頭擺尾向南方去,不知向誰家虀甕裏淹殺?'"注者選擇這則典故注釋時,充分考慮了詩題《送侍者歸隆興》中的送別物件——即"侍者",詩句中的"虀甕"和"霹靂"——即"師一喝",將對詩語的注釋與禪宗典故進行了有效結合,對禪宗典故的選擇絕非盲目、隨意。

值得注意的是,《略注》中大量引用公案典故爲注,這些注釋大多出自禪僧的語録,而禪門的大部分語録,記載了很多禪僧日常上堂説法或者及闡人參學時候的内容,具有很强的"即興性"和"隨意性",這一點與詩話在表現方式上有明顯的類似。如細考詩話體的風格,從歐陽修《六一詩話》標舉"以資閒談"開始,便奠定了宋代之後詩話體的基調,有宋一代,詩話基本上是沿襲此道,在"漫筆感興"的路子上發展。① 例如《略注》對大川普濟禪師《送川道士》注中引用了《詩話總龜》云:

> 丹灶功成氣似虹,掀翻丹灶到無功。
> 雲遮劍閣三千里,水隔瞿塘十二峰。
> 《詩話總龜》第一卷何瓚書事云"果決生涯向洛中,西投知己語恩容。雲遮云云劍閣三千里,水隔云云瞿塘十二峰。闊步文翁坊裏月,閑尋杜甫宅邊松。到頭須卜林泉隱,自愧無能繼卧龍"。今此頌借用何瓚領聯以廣載也。

可以發現,《略注》引用禪宗語録或公案典故與詩話類著作中大量引入詩人奇聞軼事的模式有異曲同工之妙,其目的無非是要通過這些"公案"用典,來闡述僧詩中藴藏的"禪秘",但是,《略注》實際是將這種"釋意"融入在"釋事"的訓詁之中。這種注釋方式是日本室町末期至江户初期普遍採用的注釋方法。當然,此處的"意",並非詩歌涉及詞語的意思之"意",而是指傳統詩論中所言的"尚意"之"意",即作詩的"立意""命意""用意"②,也就是創作目的和詩歌的用意。

(三)"形":詩歌句法

"形"在詩法中又多以"格"而論,指詩的格式和體例,"句法"就是"詩格"重要的組成部分。《略注》對《江湖風月集》涉及"句法"的注釋,主要圍繞"錯綜句法""影略句

---

① 黄寶華、文師華《中國詩學史(宋金元卷)》,廈門,鷺江出版社,2002 年 9 月,頁 301。
② 易聞曉《中國詩句法論》,濟南,齊魯書社,2006 年 1 月,頁 6。

法"兩類展開,亦有部分句法無明確的注釋,實則是江西詩派"點鐵成金"之法。因"影略句法"筆者有專文另爲探討,本文主要考察"錯綜句法"和"點鐵成金"。

　　首先來看"錯綜句法"。《天童知客》詩首二句言"月團秋碾鄞江璧,蟹眼松翻萬樹濤",《略注》認爲是"錯綜句法"。《略注》無直引《詩人玉屑》之處,但有用《冷齋夜話》,《詩人玉屑》中關於"錯綜句法"的釋例皆引自《冷齋夜話》。《略注》的理解和接受應源自《冷齋夜話》,雖《詩人玉屑》亦存在五山版,但其在日本大規模刊刻和閱讀則主要集中在江户時期①。《詩人玉屑》云:

> 老杜云:"紅稻啄殘鸚鵡粒,碧梧棲老鳳凰枝。"舒王云:"繰成白雪桑重綠,割盡黃雲稻正青。"鄭谷云:"林下聽經秋苑鹿,江邊掃葉夕陽僧。"以事不錯綜,則不成文章。若平直叙之,則曰:"鸚鵡啄殘紅稻粒,鳳凰棲老碧梧枝。"以"紅稻"於上,以"鳳凰"於下者,錯綜之也。②

此處"月團秋碾鄞江璧,蟹眼松翻萬樹濤"以"平直叙之",則應爲"秋碾月團鄞江璧,松翻蟹眼萬樹濤",這種"錯綜句法"爲何會出現在詩歌的創作中? 此處僅從禪與詩的角度予以考察。

　　黃永武提出詩禪相同的地方共有六點,第一點爲"詩與禪都崇尚直觀與'別趣',或者是從違反常理之中去求理趣,或者是從矛盾的歧義當中去求統一"③。此處所言"違反常理",即可指"錯綜句法"中顛倒的語序。相較"平直叙之","違反常規"語序創造性形成了獨具魅力和"別趣"的詩學效應。崇尚直觀和別趣的主張要求參禪之人和作詩之人不執著,不拘泥,即楊誠齋《和李天麟二首》"學詩須脫透,信手自孤高。衣缽無千古,丘山只一毛。句中池有草,子外目俱蒿。可口端何似,霜螯略帶糟"④中所言的"脫透","學詩"與"衣缽"正指詩與禪均注重"隨機應物"的這種類似性,放到句法上,要求能夠突破常規的語序,也就是"錯綜句法"。

　　其次來看"點鐵成金",該句法爲江西詩派主張和提倡,黃庭堅《答洪駒父書》曰:"取古人之陳言,入於翰墨,如靈丹一粒,點鐵成金也。""點鐵成金"是將古人詩句通過

---

① 卞東波《京都大學附屬圖書館藏正中元年(1324)跋刊本〈詩人玉屑〉考論》,載《中山大學學報(社會科學版)》,2016 年第 4 期,頁 2。
② 魏慶之《詩人玉屑》卷三,文淵閣《四庫全書》本,頁 1。
③ 黃永武《中國詩學·思想篇》,臺北,巨流圖書公司,1979 年,頁 224。
④ 楊萬里撰、辛更儒箋校《楊萬里集箋校》,北京,中華書局,2007 年,頁 199。

翻案或挪移的手法直接運用到自己的詩句中,達到推陳出新的目的。《略注》中存在"完全化用"和"翻案使用"兩種"點鐵成金"方法。"完全化用"見於《送川道士》"丹灶功成氣似虹,掀翻丹灶到無功。雲遮劍閣三千里,水隔瞿塘十二峰"一句,《略注》引《詩話總龜》第一卷何瓚書事云"果決生涯向洛中,西投知己語恩容。雲遮云云劍閣三千里,水隔云云瞿塘十二峰。闊步文翁坊裏月,閑尋杜甫宅邊松。到頭須卜林泉隱,自愧無能繼臥龍",認爲這兩句是"借用古人全語",認爲是不加以改動,直接使用前人的完整詩句,《略注》所言這種直接"借用古人全語"的方式,其實質正是"點鐵成金"之句法的"完全化用","古人全語"正是黃庭堅所言"古人之陳言"。

事實上,"點鐵成金"法更多指"翻案使用"。如《送侍者歸隆興》詩曰"霹靂聲中躍怒濤,緒方甕瓮奈渠何。欄幹十二滕王閣,暮雨朝雲愁恨多",《略注》雖未明確注釋三四句爲"點鐵成金"句法,但其注引王勃《滕王閣》詩"畫棟朝飛南浦雲,珠簾暮卷西山雨",顯然認爲是將"朝雲""暮雨"通過拆解組合和變換語序的方式加以使用,正是"翻案"形成的特殊詩學效應。

除了上述兩類句法之外,在《略注》中還有沒有明確具體句法名稱的釋例,如四明末宗能本和尚《馬郎婦》詩中有"鎖夢關空天似洗,一鈎月掛幾人腸"句,《略注》言:"或抄曰:'四字繫馬郎,下三字屬菩薩。'穀詩曰:'白髮三徑草''馬瘦三山葉擁門'之句法也。四句,上三字屬菩薩,下四字繫馬郎等。掛字應上鈎字。""白髮"與"青山"並列出現表示歸隱之意,"三徑"出自《三輔決錄》"蔣詡歸鄉里,荆棘塞門,舍中有三徑,不出,唯求仲、羊仲從之遊",後便以"三徑"作爲隱者家園之代稱。"白髮三徑草"一句出自黃庭堅《謝公定和二范秋懷五首邀予同作》其五,前句爲"何爲陳師道"①,陳師道爲"蘇門六學士"之一,一生安貧樂道,素有"閉門覓句陳無己"之稱,這也就是指蔣詡閉門不出,"白髮"指陳師道,"三徑草"指蔣詡,這與"一鈎月"屬菩薩,"掛幾人腸"繫馬郎在句法結構上一致,菩薩與馬郎婦均是渡人,而陳師道與蔣詡皆"閉門"歸隱"三徑"。

再如《略注》中還有一處雖言及句法,却並未注明具體內涵的例子。《越上人住庵》"越山入夢幾重重,歇處應難忘鷲峰。後夜聽猿啼落月,又添新寺一樓鐘。"《略注》言該詩第三四句爲"《送三藏歸西域》詩云'五天到日應頭白,月落長安半夜鐘'句法也",陳金現曾就"半夜鐘"與宋人論詩態度撰文考察過,認爲這一現象代表了宋人"喜辨誤,好古敏求"的特點,也據此得出宋人論詩"太穿鑿"②的缺點,這正是《略注》所附南堂、天秀

①　黃庭堅撰、任淵等注,劉尚榮校點《黃庭堅詩集注》,北京,中華書局,2003 年,頁 174。
②　陳金現《從半夜鐘看宋人的論詩態度》,載《輔英學報》第 14 期,1994 年 12 月,頁 264。

和東陽三人跋文中一致指出宋人論詩存在問題。宋人周弼《三體唐詩》、洪邁《萬首唐人絕句》詩題均作《送三藏歸西天》，與《略注》作"西域"不同，或可藉《略注》提示校勘之異文。又據和刻本《增注唐賢絕句三體詩法》詩題皆作"西域"，故"西天"恐非，同書注云："五天者，東西南北中天竺也。頭應白者，程之遠也。半夜鐘者，思三藏之時也。"除此之外，另案國文研資料館藏承應二年（1653）刊《增注唐賢絕句三體詩法》眉批手書漢文注：

> 天隱注意，三藏到五天之後，李洞甚思之，在月落長安夜半鐘聲時，預言之也。一説本集題意，三藏到五天之日頭已白盡，其老可知，再會難期，故惜別，相共不眠，而至月落半夜鐘鳴時。一説共出《備考》。①

在《略注》有關"靈隱聽猿"的注釋部分，詩僧們的"猿啼"之處多在飛來峰，故此詩實爲"送別"越上人住庵而作，與《送三藏歸西域》同屬送別類。"後夜聽猿啼落月，又添新寺一樓鐘"，"聽猿"之處在靈隱，而此時越上人已到達"新寺"，作者在"靈隱聽猿"而思念已在"新寺"的越上人，這與"五天到日應頭白，月落長安半夜鐘"一致，此時李洞在"長安聽鐘"，而思念已身在"五天"的三藏。上述承應二年刊本中另有一手書夾注曰"《賢愚鈔》'景物中有人物者，煬帝、武帝、五天是也。'《備考》'第三句不喚，第四句申意格，按文字應照格'"。言下，兩者共通之處在於僅讀第三句，均不能達其詩本意，故曰"三句不喚"，非以第四句，才能"申發"出表達思念的本意，此處可稱呼這種句法爲"應照格"，即第三句應照第四句。

結　　語

本文從"音""義""形"三個方面考察了《略注》的訓詁之法及其特點，作爲漢文注本，由於其面對的讀者群體均爲漢文修養較高者，因此注者東陽英朝並未在反切讀音上耗費太多筆墨。即便如此，在部分字詞的注音方面，《略注》很有可能參考了明代的第一部官方韻書《洪武正韻》，彰顯出對彼時學術前沿的關注和創新。

但從整體而言，該注本的用力主要集中在"釋義"層面，無論是對禪詩意象還是對地

① 熊谷立閑撰《唐賢三體詩法備考大成》（全20卷），吉田四郎右衛門（京都）刊，延寶三年（1675）。

名人名,包括對公案典故的"釋事",均是爲其"釋義"服務,符合"略注"的基本模式,在同時期的日本禪詩漢文注本中極具代表性。

　　在對句法的解讀上,分別徵引了胡仔《苕溪漁隱叢話》、魏慶之《詩人玉屑》和阮閱《詩話總龜》這三部宋代詩話總集,足見東陽英朝在注釋參考書的選擇上具有明顯的傾向性,即從宋代詩話總體論的視角上加以選擇,並不拘泥於某篇獨立的詩話,這也證明上述詩話總集在室町時期已傳入日本,成爲五山僧侶研讀漢詩的重要參考書目。由於南宋時期,"以禪論詩"的風氣非常濃厚,而這三部詩話總集亦不同程度受到禪學的影響。特別是注重"論"的《詩人玉屑》,直接將韓駒"詩道如佛法"、吳可《學詩詩》和嚴羽"以禪喻詩"均納入到其闡釋體系當中①,如此看來,東陽在注釋過程中對三大詩話總集的利用,與這種"禪""詩"互論的時代背景密切相關。

　　(作者爲天津師範大學文學院博士生,延安大學外國語學院講師)

---

① 葉當前《論三大詩話總集的詩學思想——〈詩話總龜〉〈苕溪漁隱叢話〉〈詩人玉屑〉的詩學思想比較研究》,載《曲靖師範學院學報》,2005 年 9 月第 5 期,頁 30。

日本漢文小説古寫本五種校録

王曉平

　　從中國典籍的角度看,日本漢文古寫本是域外保存中國散佚文獻數量最多、最爲集中的部分,是敦煌寫卷之外的最大漢字寫本寶庫,是敦煌寫卷的一面鏡子。同時,日本古寫本與敦煌寫卷最大的不同是:它們是經過日本人篩選、淘汰、過濾之後的文獻,日本人的閲讀、翻譯和理解的痕跡,通過訓點符號等保留在這些寫本上,因此它們具有跨文化的性質。

　　至於日本人撰述的古寫本,包括漢詩文、漢文史書、漢文小説、漢文字書、漢文類書等,乃是以漢文、漢語的形式,遵循漢文規範而表述日本人情思的作品,雙重文化的混成性質更爲鮮明。對於這樣的跨文化文獻,傳統的文獻整理方法已不够用,可以通過跨文化新樸學的嘗試來尋求解决的途徑。

　　有關日本漢文小説的整理與研究,已有王三慶、莊雅州、陳慶浩、内山知也主編的《日本漢文小説叢刊》、王三慶主編《日本漢文笑話叢編》等出版,中日兩國已出版一批專著,如孫虎堂《日本漢文小説研究》、日本漢文小説研究會編《日本漢文小説世界——介紹與研究》,孫遜主持的國家社會科學基金重大項目"東亞漢文小説整理與研究"已取得重要成果。以上著述的主要研究對象,是江户時代的漢文小説。江户時代以前的漢文小説,有以嚴紹璗等學者對《浦島子傳》等的研究論文,總體來説,還有很大的深化空間。

　　從奈良時代傳世的《萬葉集》卷十六三七九一首,作爲和歌序出現的"竹取翁故事",堪稱日本最早的漢文小説:

　　　　昔有老翁,號曰竹取翁也。此翁季春之月登丘遠望,忽值煮羹之九個女子也,百嬌無儔,花容無止。於時,娘子等呼老翁嗤曰:"叔父來乎! 吹此燭火也。"

　　　　於是翁曰:"唯唯。"漸趨徐行,著接座上。良久,娘子等皆共含笑,相推讓之曰:"阿誰呼此翁哉?"爾乃竹取翁謝之曰:"非慮之外,偶逢神仙,迷惑之心,無敢所禁;近狎之罪,希贖以歌。"即作歌一首並短歌。

誠如有學者指出,這段故事顯然受到唐張鷟《遊仙窟》的影響,文中也使用了"阿誰"等唐時俗語。由於《萬葉集》早年以寫本流傳,誤寫誤傳的可能性也並非全無,如"花容無止","止"字或即"比"字之訛。這説明,不論是早有定評的文學經典,還是新發現的漢文小説寫本,寫本學的視點都是有價值的。

一、《浦島子傳》與《續浦島子傳記》

平安時代的文士效仿中國志怪傳奇小説者漸多,或以記爲名,或以傳爲名,多夾叙夾議,雜以抒情,止於較爲短小的筆記故事。或爲"仿志怪",或形同紀傳,或與漢詩與和歌合璧,或插入用漢字標注的和歌,具有鮮明的跨文化性質。都良香的《富士山記》、大江匡房的《狐媚記》等都是較早的作品。其中無名氏的《浦島子傳》與《續浦島子傳記》較上述作品更爲完整。

這裏收録的兩篇,原載《群書類從》第九輯。它們原先都是以寫本流傳,雖已經過整理,但其中仍然存在一些疑難問題,如果以寫本學的視角來讀,也會發現一些值得探討的問題。在釋録時,對原作重新加以分段,以便閱讀,底本中明顯的誤字徑改。我國學者嚴紹璗曾撰文予以考索,可資參證。

浦 島 子 傳

當雄略天皇二十二年,丹後國水江浦島子,獨乘船釣靈龜。島子屢浮浪上,頻眠船中。其之間,靈龜變爲仙女,玉鈿映海上,花貌耀船中。迴雪之袖上,迅雲之鬢間。容貌美麗而失魂,芳顔薰體克調,不異楊妃、西施。眉如初月出峨眉山,靨似落星流天漢水。

島子問神女曰:"以何因緣,故來吾扁舟中哉? 又汝棲何所?"

神女答曰:"妾是蓬山女金闕主也。不死之金庭,長生之玉殿,妾居所也。父母兄弟在彼仙房,妾在世結夫婦之儀。而我成天仙樂蓬萊宮中,子作地仙游澄江浪上。今感宿昔之因,隨俗境之緣。子宜向蓬萊宮,將遂曩時之志願,令爲羽容之上仙。"

島子唯諾,隨仙女語,須臾向蓬山。於此神女與島子攜到蓬萊仙宮,而令島子立門外。神女先入金闕,告於父母,而後共入仙宮。神女並如秋星連天。衣香馥馥,似春風之送百花香;珮聲鏘鏘,如秋調之韵萬籟響。

島子已爲漁父,亦爲釣翁,然而志成高尚,凌雲彌新。心雖存强弱,得仙自健。其宮爲體,金精玉英,敷丹墀之内;瑶珠珊瑚,滿玄圃之表。清池之波心,芙蓉開脣而發榮;玄泉之涯頭,蘭菊含笑〔而〕不凋①。

島子與神女,共入玉房。薰風吹寶衣,而羅帳添香;紅嵐卷翡翠,〔而容〕帷鳴玉。金窗斜,素月射幌;珠簾動,松風調琴。朝服金丹石髓,暮飲玉酒瓊漿。千莖芝蘭,駐老之方;百節菖蒲,延齡之術。

妾漸見島子之容顏,累年枯槁,逐日骨立。定知外雖成仙宮之遊宴,而内催故鄉之戀慕。宜還舊里,尋訪本境。

島子答云:"暫侍仙洞之霞筵,常嘗靈藥之露液,非是我幸乎? 久遊蓬壺之蘭臺,恣甘羽客之玉杯,非是我樂哉! 抑神女施姊范,島玩夫密,進退在左右,豈有逆旨乎? 雖然,夢常不結,眠久欲覺,魂浮故鄉,淚浸新房。願吾暫歸舊里,即又欲來仙室。"

神女宜然哉,與送玉匣,裹以五彩,緘以萬端之金玉,誠島子曰:"若欲見再逢之期,莫開玉匣之緘。"言了約成,分手辭去。

島子乘船,如眠自歸②去。忽以至故鄉澄江浦。尋不值七世之孫,求只茂萬歲之松。島子齡於時二八歲許也。至不堪,披玉匣見底,紫煙升天無其賜。島子忽然頂天山之雪,乘合浦之霜矣。

續浦島子傳記

承平二年壬辰四月廿二日甲戌,於勘解由曹局注之,阪上家高明耳。

浦島子者,不知何許人。蓋上古仙人也。齡③過三百歲,形容如童子,爲人好仙,學奥④秘術也。服氣乘雲,出於天藏之闌;陸沉水行,閉於地户之扉。以天爲幕,遊身於六合之表;以地爲席,遣懷於八埏之垂。一天之蒼生爲父母,四海之赤子爲兄弟。形似可笑,而志難奪者也。

獨乘釣魚舟,常游澄江浦。伴查郎而陵銀漢,近見牽牛織女之星,逐漁父而過汨羅⑤,親逢吟澤懷沙之客。於是釣魚之處,曳得靈龜也。島子心神恍忽,不寤寐,浮於波上,眠於舟中。

欸然之間,靈龜變化,忽作美女。絕世之美麗,希代尤物也。玉顏之艷,南威障袂而

---

① "凋",底本作"稠"。
② "歸",底本作"飯"。
③ 底本原注:"一有雖字。"
④ 原注:"一作真。"
⑤ "羅",底本作"濯"。

失魂；素質之閑，西施掩面而無色。眉如初月出於蛾眉山，靨似落星流於天漢水。雲髮峨峨，不加芳澤；花容片片，無御鉛粉。猶驚鴻沐於緑波，同游龍浴於碧海。纖軀雲聳，當散暫留；輕體鶴立，將飛未翔。既而婥娟，形體狎之，千媚而卒難叙；繆綾婉孌，腰支昵之，百嬌而忽不申。繾綣未知蓬嶺之仙娘，變靈龜與麗人；還疑巫山之神女，化朝雲與暮雨。

然而遂島子問曰："神女有何因緣而變①化來哉？何處爲居？誰人爲祖②？"

神女曰："妾是蓬山③女也。不死之金庭，長生之玉殿，妾之居處。父母兄弟在彼金闕也④。妾在昔之世，結夫婦之義，而我成天仙，生蓬萊之宮中；子作地仙，游澄江之波上。今感宿昔之因，來隨俗境之緣也。宜向蓬萊宮，將遂曩時之志。願令眼眠。"

島子唯諾，隨神女語。

而須臾之間，向於蓬萊山。如夢如電，靈變難期；怳兮惚兮，幽暮易遷。陽侯渡日，挾萊舟於天心；靈神蕩雲，而散花浪於海面。揮揮泄泄，未知所志之遠近；沉沉悠悠，不悟所遊之東西。遂一時眠之内，濟萬里波上，而到蓬萊山脚也。

於是神女與島子提攜到蓬萊宮，而令島子立於門外。神女先入告於父母，而後與島子共入仙宮。神女整衣服，斂顔容，而動霧縠⑤，以閑登於碧岩；褰冰紈，以徐步於玉砌。衣香馥馥，似春風之送百和香；珮聲鏘鏘，如秋調之韵萬籟響。

島子已爲漁父，亦爲釣翁。鶉衣不重，羽服似輕。然而志成高尚，陵雲而彌新；心存強弱，得仙而自⑥健。宛如羽客乘風，仙娥上月；勝地閑敞，而洞裏幽玄也。其山爲狀，崔嵬而穿雲，瞻之目眩將墜；岩嶙而陵波，登之情迷失變。巍巍隱天，俯觀雲雨，蕩蕩臨海，近玩滄浪。冰夷出波而開闥，紅妃臨岸而含嚬也。其宮闈勢⑦，金臺玉樓，隆崇而崔嵬；紺殿綺窗，花麗而煥爛。金精玉英，敷於丹墀之内；瑶珠珊瑚，滿於玄圃之表。玉樹結根，而含蘂開花，朱莖白蒂，煌煌焕焕；瓊林垂條，而結實散香，緑葉紫房，離離婁婁。艷彩繽紛，飛香發越。感心動耳，迷魂奪精。其則清池之波心，芙蓉開唇而發榮；玄泉之涯頭，蘭菊含笑而不凋。誠是列仙之陶，神女之洞也。

---

① 原注："一無變字。"
② 原注："一有乎字。"
③ 原注："一有之字。"
④ 原注："一無也字。"
⑤ "縠"，底本作"穀"。原注："穀疑縠。"
⑥ 原注："一作因。"
⑦ 原注："一作體。"

　　島子與神女共入於玉房,坐綺席,迴觴①傷肝,撫心定氣。薰風吹寶帳,而羅帷添香;
蘭燈照銀床,而錦筵加彩。翡翠簾褰,而翠嵐卷筵;芙蓉帳開,而素月射幌。不欲對玉
顏,以同臨鸞鏡;只願此素質,以共入鴛衾。撫玉體,勤纖腰,述燕婉,盡綢繆。魚比目之
興,鸞同心之遊。舒卷之形,偃伏之勢,普會於二儀之理,俱合於五行之教。無勞萱草,
是可忘憂;不服仙藥,忽應驗齡也。

　　其後神女之父母兄弟,與島子遞相嘉宴。或催三春之晚遊,或好九秋之夜宴。彈一
弦之琴,歌萬種之曲。霓裳羽衣,而逍遥於紫府之黄庭;喻霧餐霞,而宛轉於絳青之碧
落。岩花四面,經四序而無凋;石鏡萬壽,送萬歲而不朽。優遊香樓之上,徙倚於飛觀之
中;遊目於紫雲之外,棲心於清虚之間。或讀六甲靈飛之記,或誦萬畢鴻寶之書。

　　朝服金丹石髓,是分百種千名也;暮飲玉酒瓊漿,亦有九醞十旬也。九光芝草,駐老
之方;百節昌蒲,延齡之術。飲一杯仙藥之處,得長生之籙也;嘗九轉靈丹之内,尋不死
之庭也。於是子英之赤鯉,逐波而飛升;緱氏之白鶴,凌雲而翔集。志高於淮南之雲中
望雞犬;感深於鼎湖之空際隨烏號。所謂學者似牛毛,而得者罕②於麟角之道也。

　　神女與島子相談曰:"不可極樂,不可盡嘉。閑思合離之道,稍覺榮衰之理。況至於
彼愛水之浮千河,毒焰之焚③十山,而愛別之變難盡,生死之運無窮也。我依宿昔之因,
盡當時之緣也。妾漸見島子容顏,累年枯槁,逐日骨立,定知雖外成仙宮之遊宴,而内生
舊鄉之戀慕,宜還故鄉,尋訪舊里。"

　　島子答曰:"久侍仙洞之筵,常嘗靈藥之味,目視花麗,耳聞雅樂,何非樂哉! 亦不幸
哉! 抑神女爲天仙,余爲地仙,隨命進退,豈得逆旨哉!"

　　神女曰:"吾聞君子贈人以言,小人贈人以財。雖我非君子,而適得仙骨也。將贈子
以言。"

　　島子曰:"諾。"

　　神女送詞於島子而告言:"若還故鄉,莫好青(聲)色,勿損真性。五聲八音,損聽之
聲也;鮮藻艷彩,傷命之色也;清醪芳醴,亂性之毒也;紅花素質,伐命之斧④也。島子若
守此言,永持誠者,終萬歲之契,遂再會之志。"

　　亦以繡衣被島子,而送玉匣,裹以五彩之錦繡,緘以萬端之金玉,而誡島子⑤:"若欲

---

① "觴",底本作"腸"。原注:"腸疑觴。"
② "罕",底本作"牢",依文意改。
③ "焚",底本作"樊",依文意改。
④ "斧",底本作"鏵"。
⑤ 原注:"一有云字。"

見再逢之期，莫開玉匣之緘。”

言畢約成，而分手辭去。各成訣別之詞云：“嗟會難離易，古人所嘆也。”

攜手徘徊，撫胸踟躕。仰洞裏之幽遠，而共聽晚風。視仙宮之詭怪，而同乘曉月。颯颯翠嵐，銷魂之媒介；森森素波，驚骨之指南。去丹房而丹誠易感，辭紅花而紅淚無從。足往心留。良會永絕。

島子乘舟①自歸去。忽到故鄉澄江浦，而迴見舊里。草田變改，而家園爲河濱也；水陸推遷②，而山嶽成江海也。故鄉荒蕪，閭邑絕煙，舊塘寂寞，道路無跡。依倚於山脚，而翠嵐驚心；彷徨於岩腹，而薜蘿侵頂。

僅遇於洗衣老嫗，而問舊里故人。嫗曰：“我年百有七歲，未聞島子之名。唯從我祖父之世，古老口傳而經數百歲。傳來語曰：昔有水江浦島子者，而好釣乘舟，久游江浦，遂不歸來，蓋入海中也。唯未知經幾數百歲，誰人再來更稱島子哉？從祖父以往，聞名僅傳也；況玄孫之末世，白頭老嫗，縱雖聞名，豈易知面哉？”

於是島子知仙洞之裏，遊覽之間，時代遙謝，人事沿革。而悲嘆舊鄉之遷變，想像仙遊之未央。戀慕之情，胸臆似春；悲哀之志，心府如割。不堪悲戀，而忽開玉匣。於時紫雲出於玉匣，指蓬山飛去也。

島子玉匣開之後，紫雲飛去之處，老夫③忽來，精神恍惚，而嘆息曰：“嗟妒哉！嗚悲哉！違神女一諾之約，而失仙遊再會之期。”

紅淚千行濕白鬢，丹誠萬緒亂絳宮。其後鳴金梁而飲玉液，餐紫霞而服青衫。延頸鶴立，遥望鼇海之蓬嶺；馳神鳳跱，遠顧仙洞之芳談。飛遊岩河，而隱淪海浦也。遂不知所終，後代號地仙也。

所謂浦島子傳，古賢所撰也。其言不朽，宜傳於千古。其詞花麗，將及於萬代，而只紀五言絕句二首和歌，更無他艷。因之不堪至感，代浦④島子咏七言廿二韵，以三百八字成篇也。名曰《續浦島子傳記》。

於時延喜二十年庚辰臘⑤月朔日也。雖思風發於詞林，而纖枝不振葉；雖言泉添於筆海，而查浪未開花。當時之墨客，後代之詞人，幸恕素懷，莫以盧胡，其辭曰：

---

① 原注：“一有眠字。”
② 原注：“一作遷移。”
③ “夫”，底本作“大”。
④ 原注：“一無浦字。”
⑤ 原注：“一作八。”

島子釣舟龜媛芳，浮波游蕩類查郎。

去時山鶴鳴遺響，別裏嚴（岩）花凋失香。

薄暮自成兩處恨，清晨欲斷九迴腸。

追旬穿眼拭紅淚，送歲焦肝累白藏。

楊柳眉生愁萬數，芙蓉瞼落淚千行。

可憐守節妾留室，盍嘆衡慈母在堂。

君志竹筠宜不變，我思松柏豈應忘。

念如流水逐宵①激，怨似繁星迎夕涼。

鏡面獨鸞何舞蹈，梁頭雙燕散翔翔。

雁傳錦字表新意，身被繡衣還故鄉。

只有蓽門金菊艷，忽無玉匣紫雲光。

露前閑蹈庭苔綠，風後俄悲峰樹黃。

澗戶懸泉沾領袖，柴扉厚霧濕裘裳。

桑田紛錯趣三族，閭邑荒蕪迷四方。

俯地馳神臨絶壁，仰天抱影顧連崗。

沈吟俗境憤猶積，想像仙宮悦未央。

野外怨依聞蟋蟀，洞中悽爲伴鴛鴦。

煙霞眇眇淺深黛，江浦茫茫遠近望。

湖上骨驚同瓦礫，海邊涕溢漲滄浪。

遺懷老至捕朝景，搔首老來拂曉霜。

憎比目魚胸臆苦，妒交心鳥感情傷。

遥尋舊里草間宿，夢見蓬萊秋夜長。

依有餘興，咏加和歌絶句各十四首，浦島子之咏十首，龜媛之咏四首。

水乃江浦島子加玉匣開天乃後曾久厄子雁氣留

水江島子到蓬萊，戀慕故鄉排浪迴。

龜媛哀憐相別後，猶開玉匣萬悲來。

---

① "宵"，底本作"霄"。

玉匣開行雲丹後井低海人津夜曾爾毛成爾氣留鈀

　　玉匣忽開老大催,淚沾白髮臥青苔。
　　紫雲眇眇指天去,萬里悲心若死灰。

結手師心緒弱解染手指南乃雲爾後塗鈀

　　神女契期送繡衣,還來舊里紫雲飛。
　　蓬山別後心恨苦,夢裏精神每夜歸。

世間緒思海塗我身庭老乃波佐部立曾波利氣留

　　別離仙洞出珠簾,歧路還思比翼鶼。
　　島子低頭流落淚,海邊波浪眼前添。

舊里每見師多良智目毛失丹氣利我身毛露砥滅矢羽手南

　　故鄉親友桑田變,朝露棲枝草木滋。
　　四面絕鄰人物異,唯殘松樹女蘿絲。

逢事乃雲井遥丹阻禮羽心曾虛爾思成塗

　　辭去蓬山趣故鄉,白雲飛起碧天涼。
　　荒蕪閭邑絕人跡,獨立心神馳四方。

戀敷丹負雲井丹成寢波結師節緒違津禮羽否

　　雖堪戀慕思無窮,遥阻雲邊望碧空。
　　可惜違期忘約契,忽開玉匣背仙宮。

綿之原波乃鹽里緒憑低屋指南乃雲緒先遣氏介畢

　　仙舟浮海猶游翁,波上閑眠宛似夢。
　　尋到故園山容變,指南雲去匣①中空。

玉匣籠垂物緒開多禮者我身柄砥羽輪舊成介利

---

①　“匣”,底本作“篋”。

仙宮玉匣入精神，感意難停戀美人。

情念開緘光煥爛，化雲飛處失魂身。

乍夢不覺物緒玉匣開禮羽我爾成氣留物緒

島子夢通仙女神，曉來覺悟意無申。

眼眠心苦難安寢，雖到舊閭落淚新。

已上浦島子之咏十首畢。

紫雲乃歸緒見柄丹何卧袖乃紅丹染

蓬山女覺紫雲心，袖裏千行紅淚深。

卧地呼天釵忽落，感傷易斷淚難禁。

海童乃波乃立出天別師緒夜夜獨怨手曾寢

遥浮海渚萊舟去，流盻波頭怨恨深。

難會易離誰不苦，焦心夜夜淚沾襟。

世緒海天我泣淚澄江丹紅深木波砥與賴南

難忘舊里查郎去，別後絶逢戀慕催。

泣血成河添海上，染波紅淚打江涯。

今世逢事難成沼禮羽後世丹谷相見手師艶

離襟心折似夢中，玉匣開來傳浪風。

雲隔仙宮千里外，結緣後世得相逢。

已上龜媛之咏四首訖。　浦島子傳記一卷

永仁二年①甲午八月廿四日，於丹州筒河莊福田村寶蓮寺如法道場，依難背芳命，不顧筆記狼藉，馳紫毫了。

---

①　永仁二年，即1294年。

二、《玉造小町壯衰書一首》校録

　　《玉造小町壯衰書》(以下簡稱《壯衰書》),有慶應義塾大學藏本,又有《群書類從》第九輯釋録,原以古寫三通並流布之印本校勘。

　　以下以 1994 年岩波書店出版的枥尾武校注《玉造小町壯衰書—小野小町物語》一書所附慶應義塾大學藏本影印爲底本釋録,以《群書類從》本(以下簡稱《類從》本)參校。慶應義塾大學藏本内題"玉造小野子壯衰書",爲江户前期寫本,茶色封皮,縱 27.2 cm,橫 20.1 cm。本文 12 張,題跋 3 張,原有附題簽"玉造",後剥落。本文與題跋爲同一人書寫。題跋"享德三(1454)甲戌孟夏(四月)十日於南都東大寺總持院書寫畢,金剛佛子祐成年六十九戒五十四,永禄十一年(1568)戊辰臘月(十二月)日　雲泉野納筆印"。

　　從内容看,《壯衰書》與敦煌寫本《百歲篇》多相類似。文中多用俗字,原釋録遺留問題尚夥。這裏重新分段,試對其中的疑點從寫本文字的特點出發略加辨析。原文中的明顯誤字徑改。常見俗字徑改爲規範簡化字。

玉造小町壯衰書一首

　　予行路之次,步道之間,徑邊途傍,有一女人。容貌憔悴,身體瘦疲。頭如霜蓬,膚似凍梨,骨竦筋抗①,面黑齒黄,裸形無衣,徒跣無履。聲振而不能言,足蹇而不能步。餱②糧已盡,朝夕之餐難支;糠秕悉畢,旦暮之命不知。左臂懸破筐,右手提壞笠。頸係一裏,背負一袋。袋[容]何物? 垢膩之衣;裏[容]何物? 粟豆之餉;笠入何物? 田黑蔦芘;筐入何物? 野青蕨薇。肩破衣懸胸,頸壞裳纏腰。匍匐衢間③,徘徊路頭。

　　予問女曰:"汝何鄉人? 誰家之子? 何④村往還? 何縣去來? 有父母哉? 無子孫歟? 無兄弟歟? 有親戚哉?"

　　女答予曰:"吾是倡家之子,良室之女⑤焉。壯時憍慢最甚,衰日愁嘆猶深。齡未及二八之員,名殆兼三千之列。被寵華帳之裏,不步外户;被愛珠簾之内,無行傍門。朝向鸞鏡,點蛾眉而好容貌⑥;暮取鳳釵,畫蟬翼而理艷色。面不絶白粉,顔無斷丹朱。桃顔

---

① "抗",底本作"抝",爲"抗"字俗寫稍訛。抗,上,揚,"筋抗",如言青筋鼓起,爲皮膚老化之狀。
② "餱",底本作"粮"。
③ "間",底本作"眠"。
④ "何",底本作"誰"。
⑤ 《類從》注:"一作娘。"
⑥ "容貌",底本作"頯皃"。

露笑,柳髮風梳。腕肥玉釧狹,膚脂①錦服窄。暐曄面子,疑芙蓉之浮曉浪;婀娜腰支,誤
楊柳之亂春風。不奈楊貴妃之花眼,不屑李夫人之蓮睫。

　　衣非蟬翼不被;食非麞牙不餐。錦繡之服,數滿蘭閨之裏;羅綾之衣,多餘桂殿之
間。緗袖飄颻,如彩雲之迴翠嶺;絢袂②暐曄,似碧浪之疊蒼濱。綺羅昭(照)地,光色翻
天。菟③裘貂④裘,濕紅藍而色濃;蟬衫蛛⑤裳,染紫蘇而色⑥麗。光照麒麟釧,香薰鴛鴦
被。巫峽行雲,恒有襟上;洛川迴雪,常處袖中。羅襪綾鞋,集龍鬢之筵表⑦;緗履帛
跣⑧,并象牙之床端。薰馨無盡,光彩有餘。顏色美艷之姿,相同花鰓開露之笑,氣香薰
馥之貌⑨,不異蘭麝散風之韵⑩。采女奴婢,陪從左右;仕子⑪僮僕,圍繞前後。家裝瑇
瑁⑫,室妝瓊瑤,壁⑬塗⑭白粉,垣畫丹青,簷貫虎魄,簾系蚌胎,帳并翡翠,幌接燕紫,窗流
雲母,戶浮水精,床鋪珊瑚,臺鏤瑪瑙。紅蠟之燈,挑九枝而滿堂上;翠麝之薰,招百花而
餘室中⑮。萬慮任心,百思自足。

　　衣裳奢侈,飲食充滿。素粳之紅粒,炊玉爨而盛金椀⑯;緑醪之清醑⑰,溢珠壺⑱而斟
鈿樽⑲。鱠非禎鯉之腴不嘗,鮨非紅鱸之鰓未味。魺⑳鮒之魚,翠鱒之炙,鮹鱺之齏,鮭
鰹之臕㉑,卷(羹)㉒沸東河之鮎,臘煮北海之鯛。鮭條緇楚,鱣臘㉓鮪脯,鶉豚㉔鴨羹,雁

---

①　"脂",底本作"膏"。
②　"袂",底本作"彩"。
③　"菟",同"兔"。
④　《類從》注:"一作豹。"
⑤　"蛛",底本作"鉠"。
⑥　"色",底本作"彩"。
⑦　"筵",《類從》作"席",注:"一作筵。"
⑧　"跣",底本作"履",《類從》作"跣"。"跣",爲赤脚、光着脚的意思,而此字右旁注"ハキモノ",指脚上穿的,又下注"一作履",顯有矛盾,或"跣"爲誤字。原注:"一作履。"
⑨　"貌",底本作"皃",爲"貌"的俗字。
⑩　"韵",底本作"匀",《類從》作"匀"。"匀","韵"之古字,"匀","韵"的古字略變。
⑪　"仕",底本作"子",《類從》作"仕",注:"一作仕子。"
⑫　"瑇",《類從》作"玳",日本寫本"目"部件與"月"部件多相混。
⑬　"壁",底本作"璧",《類從》作"璧",寫本中"壁""璧"多混。
⑭　"塗",底本奪"塗"字。
⑮　此句《類從》作"翠麝之薰,招百花而餘室中;紅蠟之燈,挑九枝而滿堂上"。
⑯　"椀",《類從》作"垸","垸"同"塊""椀"。《類從》注:"一作椀。"
⑰　"醑",《類從》作"脂",注:"一作醑。"
⑱　"壺",底本作"毫"。《類從》作"壷"。此字左旁注"ツボ",右旁注"コニ",從字形與意義看,蓋爲"壺"字譌。《類從》注:"一作壺。"
⑲　"樽",底本作"鐏",《類從》作"樽"。
⑳　"魺",底本作"魟"。《類從》作"魺",注:"一作鮹。"
㉑　《類從》作"臕"。
㉒　"羹",底本作"卷",《類從》作"臕",注:"一作臙。"
㉓　"臘",《類從》作"脂"。
㉔　《類從》注:"一作臙。"

醢鳳脯,雉膲鵝膝,熊掌菟脾①,麕②腦龍腦,煮蚫煎蚌③,燒鮹焦蠟,蟹螯螺膽,龜尾鶴頭,備於銀盤,調於金机,饌於鈿盞,膳於鏤疊④,又集神嶺之美菓,聚靈澤之味菜。東門五色之瓜⑤、西窗七班之茄、敦煌八子之梣。爛煥五孫之李、天谷張公之梨、廣陵曾⑥王之杏、東王父之仙桂、西王母之神桃、魏南牛乳之椒⑦、趙北雞心之棗、泰山花嶽之幹柿、勝丘玉皂之篩栗、嶺南丹橘、溪北青柚、河東素菱、江南翠茈。萬號千名,珍味美香矣。

三皇五帝之妃,未成此驕。漢王⑧周公之妻⑨,未致其侈,榮剩於身,賞過於品也。

是以鶯囀三春之始,早玩雪梅於幌帳之下,鹿鳴⑩九秋[之]終,晚賞露菊於簾簷之中⑪。待花時,秉玉筆咏紅櫻、紫藤之和歌;迎月夜,操金弦調鶴琴、龍笛之妙曲。口吹鳳凰之管,梁塵迴而聲斜;手取鸚鵡之觴,漢月落而影靜,是以⑫君臣子孫,爭婚姻於日夜;富貴主客,競伉儷於時辰。然而娜(耶)⑬孃不許,兄弟無諾。唯有獻王公妃之議,專無與凡家妻之語。

而間十七歲而喪悲母,十九歲而殞慈父,廿一而一二亡兄,廿三[而]死弟。別鶴⑭之聲,叫漢天而聽幽;離鸞之音⑮,唳⑯胡地而愁切。朝居孤館而落淚,暮坐獨⑰庇而斷腸。奴婢不從,僮僕無仕。

富貴漸微,衣食屢疏。家屋自壞,風霜暗墮⑱,雨露偷浸。門戶既荒,草木悉塞。荆棘⑲繁其內,狐狸棲其裏。蝙蝠棲簷,蟋蟀居壁。熠熠滿光⑳,雷電發聲。福根已死,禍

---

① 《類從》注:“疑脾。”
② 《類從》注:“一作麝。麕與龍對,恐當作麝或麕。”
③ 《類從》注:“一作蛤。”
④ 《類從》作“疊”,依文意改。
⑤ “瓜”,《類從》作“苽”,俗字。
⑥ 《類從》注:“一作楚。”
⑦ “椒”,《類從》作“桛”,依文意改。
⑧ 《類從》注:“一作主。”
⑨ 《類從》注:“一作妻。”
⑩ 《類從》注:“一作鳴。”
⑪ 《類從》注:“一作下。”
⑫ 《類從》注:“一作是以。”
⑬ “耶”,《類從》作“娜”,俗字。
⑭ “鶴”,《類從》作“鸖”,俗字。
⑮ “音”前或奪“之”字。
⑯ 《類從》注:“一作唤。”
⑰ “獨”,《類從》作“孫”。
⑱ 《類從》注:“一作隕。”
⑲ “棘”,《類從》作“蕀”,俗字。
⑳ 《類從》注:“一作晃。”

葉①自生,財産屢盡,貧孤獨遺,稻穀之餘。盡②獻空王之施。絹布之殘,皆報亡親之德,僅餘遺財沽罄,適留殘蓄商畢。

嗟呼哀哉!昔聞鰥孤而餘家門,今見寡獨而跰道路。無益迴人間③,徒④懷生前之恥;不如歸⑤佛道,欲播死後之德。

伏惟金釵⑥玉環,無成佛寶之妝,繡服羅襟,不作法衣之備。是以削霜鬢之愁⑦遺,長欲厭六塵之棲,剃雪髮之纔殘,忽應歸三寶之境。鸞鏡玩掌之日,青黛畫眉而好風⑧容;鵝珠戴頭之時,白毫遍身而備月貌。須作尼以歸佛,從僧以聽法。然染而無可被之衣,饌而無可供之食。徒雖憶一心,猶未啓十方⑨,仰願諸佛必導孤身云。

予聞此語,自陳其言。仰蒼天而悲泣,俯白日而愁吟。夫以富貴者,天之所與也,東西南北之雲色不定;愛樂者,人之所感也,生老病死之風聲⑩無常。寄言老衰[之]女,誰人永年有保富貴;欲説孤寡之嫗,孰子數歲有期康寧。

因兹且學樂天《秦中吟》之詩,且效幸地魯上咏之賦,韵造古調,詩賦新章爾云⑪:

一百二十四韵

路頭有老婆⑫,其體甚弱微。

氣力皆憔悴,容顏悉瘦疲。

身衣風葉乏,口食露花希。

夏不點蓮睫,春無畫柳眉。

鶴髮如霜蓬,鮐背似凍梨。

叩頭梳落髮,搔首挑⑬遺髭⑭。

行步躬猶弱,起居質甚羸。

---

① 《類從》注:"一作葉。"
② 《類從》注:"一作遍。"
③ 《類從》注:"一作界。"
④ 《類從》作"從"。原注:"一從徒。"
⑤ 《類從》注:"一有依字,恐非是。"
⑥ "釵",底本作"釾",寫本"釾""釵"或混用。
⑦ "愁",底本作"恖"。
⑧ 《類從》注:"一作鳳。"
⑨ 《類從》注:"一作力。"
⑩ "聲",《類從》作"音",注:"一作聲。"
⑪ 《類從》注:"一作尔云一百二十四韵。"
⑫ "婆",底本作"恖",《類從》作"嫠",注:"一作女。"
⑬ 《類從》注:"一作桃。"
⑭ "髭",底本作"鬢"。

恨哉離父母，涼燠數推移；

哀矣別爺孃，歲年①多改之。

霜封幽墓骸，日曝故墳屍。

松老風颯颯，萊生雪皚皚。

燒身②腸早斷，染血淚先垂。

彈指眼難合，噬臍頤③叵支。

胸肝春有剩，腸④膽碎無遺。

白佛談僧志，爺孃報恩⑤思。

寡孤送年處，嫁得一獵師。

獵師有二婦，孤妾無一婢。

二妻互咒詛，一身自憂悲。

憂悲過日程，産得一男兒。

男兒容顏美，妾身形體衰。

無嘆我形瘦，有思子貌肥。

皮膚滿瘡痏，骨筋遍痛疵。

青黛永捐鏡，碧箱長棄璣。

秋霜梳素髮，曉浪洗黃髭。

唇胗朱無潤，面皺粉不湣⑥。

富遊潤屋闊⑦，貴戲洞房⑧陴。

月底笑仿佛，花前步逶迤。

錦繡金縷帳，瑤絢玉綾幃⑨。

鳳凰交翅輦，騏驎⑩并蹄騎。

貧難繼路命，賤易絶風姿。

---

① "年"，《類從》作"月"，注："一作年。"
② 《類從》注："一作丹。"
③ "頤"，《類從》作"頷"。
④ "腸"，《類從》作"腹"。
⑤ "爺孃報恩"，《類從》作"報恩謝德"。
⑥ "湣"，底本作"湣"。
⑦ "闊"，《類從》作"閣"。
⑧ "房"，《類從》注："一作坊。"
⑨ "綾幃"，《類從》作"綏帷"，注："一作綾幃。"
⑩ "騏驎"，同"麒麟"。

日暮眠荒閨①，朝闌伏壞扉。

鴛鴦無會翼。魮鮙②不雙鰭。

紆子乞繩袴，被夫尋線綏。

緣夫如紫燕，愛子似斑雉③。

鷇④翟棲幽巢，雌雄處故籬。

籬傾聲喃喃，巢覆喚⑤咨咨。

寄言雉將燕，夫妻悉謗譏。

迴心鷇與翟，母子屢憐慈。

子瘦無前後，夫瞋不是非。

衣裝疏任⑥杖，餐飲粗如笞。

夫藝能猶劣，婦貞潔最卑。

君無心室用，我不足家治。

昔日千思敏⑦，今時萬慮癡。

漁翁秋浪棹，織婦暮霜機。

翠畝久棄鉏，玄⑧疇長擲鎡。

薄田禾穰穰⑨，疎畠麥離離。

唯有業畋獵，更無蓄毫釐。

林蹄過日餐⑩，野翅送時資。

朝饌皋鵝鴨，暮廚嶺塵麋。

腒臘⑪盋⑫盞滿，髓腦⑬杯盤滋。

---

①　《類從》注："一作闈。"
②　"魮鮙"，魚名。比目。
③　《類從》作"鴲"，同"雉"。
④　《類從》作"鷃"，"鷇"之俗訛字，卵，蛋。
⑤　"喚"，《類從》作"唤"。
⑥　《類從》注："一作仕。"
⑦　《類從》注："一作繁。"
⑧　《類從》注："一作雲。"
⑨　《類從》注："一作穦，又穤。"爲"穰穰"之訛。"穰穰"，豐熟貌。《詩·商頌·烈祖》："自天降康，豐年穰穰。"又衆多，《詩·商頌·執競》："降福穰穰，降福簡簡。"毛傳："穰穰，衆也。"
⑩　"餐"，《類從》作"食"，注："一作飡。"
⑪　《類從》注："一作臘腒。"
⑫　"盋"，《類從》作"偑"。
⑬　"腦"，《類從》作"髓"。

走獸膻胲①腐②，飛禽腥膩脂。

鮮香唇上散，臰氣鼻中貽。

生前莘不限，死後苦無比。

願六塵捨離③，請三寶④受持。

荒家棲蝙蝠，破屋居狐狸。

蟋蟀喧懸壁，蜩蟬鳴處闈。

蚖蛇臨月牖，蝮蝎列雲楣。

荊棘難剗掃，莪蒿未刈⑤夷。

故園⑥悲風起，疏窗泣露槀。

艱難過數歲，惆悵送多時。

去不來壯齡，來無去衰期⑦。

月光減耀輝，霜色增寒威。

殘日闚猶少，餘年縮復幾。

富貴祈天帝，歡榮請地祇。

青溪尋瑞草，翠嶺求珍芝。

前後非實⑧語，古今有虛詞。

坐餓求妙藥，臥疾訪良醫。

除雪髮歸佛，剃霜鬢作尼。

祛⑨有習塵服，被無爲法衣。

悲六道輪迴，愍三途往歸。

君前而我後，子傷亦夫殤⑩。

父母喪不據，夫兒殞無依。

不屑眼前福，可專身後禔。

---

① 《類從》注：“一作膝。”
② 原注：“臠歟。”
③ “捨離”，底本作“離捨”。《類從》作“捨離”。
④ “寶”，底本誤作“室”，《類從》作“寶”。
⑤ “刈”，《類從》作“苅”，增筆字。
⑥ 《類從》注：“一作闈。”
⑦ “期”，底本作“娸”，依文意改。
⑧ “實”，底本誤作“家”，《類從》作“實”。
⑨ 《類從》注：“一作拂。”
⑩ “殤”，《類從》作“殗”。

唯應厭有漏,偏①欲願無爲。

秋夜深綿綿②,春日永遲遲。

捫淚卧慘③恓,斷腸起喔咿。

片時袂難乾,長夜枕易敧。

愁氣餘心府,憤神滿胸陂。

永牽往生餞,忽致發心瓷。

智海心魚漁,法城意馬馳。

梵風扇颭颭,法雨灑祁祁。④

惠日光晴晰,慈雲色霡霏。

生生觀不誤,世世憑無疑。

速謝婆娑界,遄參極樂墀。

二尊爲我友,一佛作吾師。

花色折千葉,燭光挑九枝。

觀三身體相,瞻萬德威儀。

步寶樹琪藥,遊瑶泉瓊⑤池。

中天雲底戲,上地月前嬉。

安樂國無憗,悃嘉⑥鄉有愁⑦。

經行十方界,講⑧説一圓機。

池鳥囀三寶⑨,浮沉往來飛。

樹風唱四德,飄颾⑩動摇吹。

鸚鵡立金渚,鴛鴦遊玉堤。

寒鴻翔翠瀾,洲鶴⑪翥紅漵。

① "偏",《類從》作"亦",注:"一作偏。"
② "綿綿",《類從》作"緬緬",注:"一作綿。"
③ 《類從》作"栚",注:"疑恓。"
④ 此句《類從》作"法雨灑申申,梵風扇颭颭"。
⑤ 《類從》注:"一作瓊。"
⑥ "嘉",《類從》作"喜"。
⑦ "愁",《類從》作"怡",注:"一作憗。"
⑧ 《類從》注:"一作聽。"
⑨ "寶",底本誤作"室",《類從》作"寶"。
⑩ "颾",底本作"颯",《類從》作"颶",注:"一作颯。"
⑪ "鶴",底本作"鶮",俗寫。

翶①翹猶橐橐,翩翩②復褆褆。

隨聽三業潔,就視六根清③。

佛性償珪翼,法音唱瑱觜。

金溪重滉瀁,玉沼疊清漪。

寶樹幾重網,金蓮數卷絲。

音聲妓④樂曲,緩急自然篪⑤。

歌舞咏頌護,雅操任運鏞⑥。

精調嵐底咏⑦,妙韵月前嘶⑧。

簫笛琴箜篌,其音純宜宜。

琵琶鐃銅鈸,彼響悉奇奇。

玉笛金箏賦,瑶琴瓊瑟⑨徽。

歡喜思懿懿⑩,悦豫意熙熙⑪。

晝夜知蓮發,晨昏覺花萎。

九品蓮臺重,三身花⑫座毗。

金繩橫界道,寶網豎⑬庭墀⑭。

樓觀搆瑪瑙,殿閣作瑠璃。

遊七寶宮殿,住千琪闍徙。

鳳甍連隊(璲)璐,鴛瓦并琮琦。

琨橗流金梁,銀礎浮玉楮。

佛壽無邊際,尊相不覺知。

眼同四大海,頭等五須彌。

---

① "翶",底本作"翶"。《類從》作"翶",注:"一作翶。"
② "翩",同"翩",飛翬。
③ 《類從》作"澄"。
④ "妓",《類從》作"伎"。
⑤ "篪",底本作"箸",《類從》作"篪",注:"一作篪。"
⑥ 《類從》注:"一作俥。"
⑦ 《類從》注:"一作珠。"
⑧ "嘶",《類從》作"㘈",依文意改。
⑨ "瑟",底本誤作"琴"。
⑩ "懿懿",《類從》作"惢惢"。
⑪ "熙熙",《類從》作"凞凞"。
⑫ "花",《類從》作"華"。
⑬ "豎",底本誤作"堅"。
⑭ 《類從》注:"一作墒。"

如聚秋雲彩,似比曉月輝。

彼尊相蕩蕩,其佛德巍巍。

頂上肉髻光,光中化佛隨。

眉間白毫相,相旁①梵衆圍。

願往生其土,羨來意旨披。

結緣衆先尊,修行者讀(續)誧②。

棹濟度船筏,送生死海涯③。

輠慈悲輂輴,超煩惱山巒。

六趣故鄉愍,四生舊里詺。

鷲頭遺跡禮,雞足昔容賔。

白棺閉神暮,青蓮開眼期。

西方尊導我,引攝④不相違。

中道教憐我,慈哀無背跂⑤。

凡爲贊佛乘,秉筆作斯詩。

玉造小町壯衰書一首

　右志者搜學高祖大師御製作之御素意,令未來朦昧之輩覺悟壯衰轉變之無常,以法華讀誦之餘暇,拭老眼染禿筆者也。法華讀誦,此時五十餘部也。誠此書者,文約義豐也。冀末代一見之人,翻世間常住之惡見,植末世得脱之善苗,離無始慣習之惡因,令證萬德莊嚴之善果耳。小因大果者,佛法之不思議也;斷迷開悟者,諸佛之加持力也。仰願兩部之詩尊,并經中三寶,哀愍勤志,令成就二利之求願給矣。

　享德三甲戌孟夏十日

　於南都東大寺總持院書寫畢金剛佛子祐成年六十九戒五十四

　此册子者,小野小町之行實也。傳説曰高野大師製焉,有年代前後異論也。雖然,如晉遠陶陸三笑蘇黃用得賦之矣。蓋聖師神女事,不可得而測者乎?爰臨江老人者,本朝倭歌達者,於敷島道窮先聖壺奧矣。天下誰不仰慕之,頃比得小町遺像,弘法大師於

---

① "旁",《類從》作"傍"。
② "續誧",底本作"讀訪",《類從》作"續誧"。
③ 《類從》注:"一作崎。"
④ "攝",《類從》作"接"。
⑤ "跂",底本作"致"。

南都畫之，日下無雙至珍也。此一册亦南都人十襲秘之，借得以令予寫之，方以類聚之謂也。只今世已澆季，而興此道者，非老人而誰歟？可嘉尚哉！

永禄十一年^{戊辰}臘月日

雲泉野衲筆印

雜汭臨江齊紹也。公卿在南方古都，偶爾獲小野小町肖像，然後玉造一編書相繼而臻。蓋夙因之所感也。一日袞來而靳贄，予蔓詞於編末，披而視之，東京左邊鹿苑大宗匠親製跋語，以見擬君子之贈，蔑①才小子尚何言乎？然予與公多年締方外交，嶤拒則殆非禮也。夫小町之生之爲生，生而穎異，覃思研精於咏歌之道，加之具空宗見性之眼，以故倭國神女之名，昭之乎青央，同傳者鮮有聞，實七賢月上靈照女之流亞也。彼巫陽雲婚兩嫁之仙姬，豈耐同年之語乎？凡倭歌者，吾邦有世畫也，連歌者，吾邦聯句詩也。公自少至壯，問學孜孜，索隱倭歌，探賾連歌。連歌中興爲當世第一流，厥象此編不求之，并得者可謂物歸有主矣吁。

右《玉造小町壯衰書》，以古寫本三種并流布之印本挍合畢。

三、朝鮮李朝李齊賢所撰《孝行録》日寫本校録

黑田彰《孝子傳研究》書後影印的南葵文庫本《孝行録》寫本，涉及到中、韓、日三個國家，跨越了中國元朝、朝鮮半島高麗朝和日本江户時代的數百年。

該寫本現收藏於東京大學圖書館。首有李齊賢所撰《孝行録序》，這一頁鈐有"南葵文庫"印、"陽春廬記"印、"挋齋"印。由此可知，此本正是江户時代著名考據學者狩谷挋齋所藏本。蓋其後經南葵文庫而爲東京大學圖書館所有。以下簡稱南葵文庫本。

這個抄本的源頭，無疑是元代郭巨敬的《二十四孝》和中國流傳的孝子故事，撰述的主體則是被稱爲韓國"漢詩之宗"的學者李齊賢（1287—1367）。不知是何契機，李齊賢的書傳到日本，又經過不知名學者加上片假名和批注，最後到了明治初年的紀清矩手裏。

李齊賢所撰《孝行録》還有兩種日本刊本。國會圖書館藏 1925 年南葵文庫橘井清

---

① "蔑"，底本誤作"襪"。

五刊行的《孝行録真本》(以下簡稱《真本》),書後有跋曰:

> 《二十四孝》流傳於世既久,而未詳系於何世何人之撰次。如《續文獻通考》録元郭居敬撰,固不可信也。且彼國已逸真本,諸書所載,彼此出入,可頗疑焉。狩谷披齋原藏《孝行録》古抄本一卷,首有序文一編,前所贊廿四章十六句後所贊三十八章九句録外一章一句,通六十三章二十六句,以爲完璧。

> 翻閱一過,此書撰述之詳細,與諸書出入之跡,悉得明之,誠爲珍籍矣。今一仿原本之體裁,附之活版,配布於世。後人依之,得復傳其真歟?

大正壬戌歲中秋　　刊行者識①

1933 年,松邑三松堂刊行了竹内松治校訂的《校刻孝行録》(以下簡稱《校刻》),其序曰:

> 《孝行録》,元李齊賢所撰。齊賢行事,史書無所傳。據其自序而知,順帝至正年間人耳。世所謂《二十四孝》者,其前半之讚語也。雖録中非無痛迫矯激,難爲今日之訓則者,然盡出於醇誠至情所觸發,精讀玩味,則無不可鑒以省,其稗(裨)現時之風教,蓋不鮮矣。即此校刻,欲以爲篤學真摯之青年,一以補闕,涵養道義。

昭和八年八月竹内松治識②

《孝行録》序言署至正六年,此乃元順帝至正六年(1346)。日本刊行者或許是在中國史書中尋找有關李齊賢的記載未果,故曰"史書無所傳"。

李齊賢,字仲思,號益齋,性素厚重,未嘗疾言遽色,致力於經籍,又受程朱之學,詩詞多佳作。二十八歲侍險忠宣王入元京,從姚燧、閻復、元明善、趙孟頫等遊,並奉使於川蜀,又遠游江浙,足跡曾至甘肅朵思麻。至正六年,李齊賢時五十九歲。

以上兩日本刊本,前者只録正文,後者將底本手書批注也加以釋録,故較爲全面地反映了抄本的面貌,但對於所引資料未加説明。據筆者初考,所引最多的是《排勻》,"勻",古"韵"字。"排韵",就是相傳元人所編次的《排韵增廣事類氏族大全》,該書有日本元和五年(1619)活字本,而在我國,也有清康熙九年(1670)所刻《新刻京本排韵增廣

---

① 李齊賢撰,南葵文庫橘井清五編《真本孝行録》,南葵文庫,1925 年,頁 1。
② 李齊賢撰,竹内松治校録《校刻孝行録》,松邑三松堂,1933 年,頁 1。

事類氏族大全綱目》。此外,批注還引用了《玉篇》《説文》《舊閨範》《韵府》(《佩文韵府》)《易大全》(清來木臣著《易經大全會解》)《三綱行實》(《三綱行實圖》)《勸善書》《三體注》(《箋注唐賢絶句三體詩法》)《家語》(《孔子家語》)等。這些都是考察圍繞《孝行録》兩國書籍與學術交流的有益資料。

關於這些批注究竟出自何人之手,雖然不能得出明確結論,但我們可以推測,有些可能是抄録原來底本的,也有的是出於明治時代人紀清矩之手。從朝鮮原本抄録的,比如《三綱行實圖》一書,實際出自朝鮮國世宗時代,是一本收集韓國和中國的書籍裏有關能稱得上君臣、父子、夫婦關係模範的忠臣、孝子、烈婦,旨爲宣傳孝行的風習的書。而那些引自《排韵》的條目,則可能是日本抄寫者的手跡。這恰好反映了寫本在輾轉傳抄流傳過程中的"本成衆手"抄寫者積極參與文本製作的特點。不過,另一種可能性也並非不存在,也就是説,所有的批注都出自紀清矩一人之手,因爲日本國會圖書館收藏有朝鮮申用溉所編《續三綱行實圖》,有正德九年(1514)序。

以下據影印本將南葵本《孝行録》加以釋録。

每一個寫本都有很多秘密。該寫本的訓點,不僅對於瞭解明治時代學者解讀該書的情況是十分有益的,不僅如此,還可以幫助我們糾正文中的某些誤字,正確復原本文。

該寫本以所謂楷書"細字"抄寫,其中也有個別字或部件用了草書,如"見"字寫作"见","親"字作"新","有"字作"弓","帶"字作"芾","數"字作"如","築"字作"笨","尋"字"衤","頓"字作"杉","夥"作"矜"。有些在中國寫本中很少見到的俗字,也可以在這個寫本中找到用例,如"勸"字作"劝","寒"字作"寒","漢"字作"㳄","婦"字作"姀","義"字作"羙","還"字作"逵","念"字作"念","議"字作"譲","卷"字作"卷","我"字作"𣏌","俄"字作"偿""娥"字作"嫁","免"字作"兑","絲"字作"絑","觀"字作"䙡","往"字作"逹"等。

寫本所出現的誤字或許也可以作爲考證批注來源的一個方面。如第一則批注中兩字將"不則德義之經曰頑",抄成"不剛德義之經曰頑","剛""則"形近而訛,如果不是轉抄,而是由抄寫者親自查尋而作的批注,或許不會出現這樣的誤寫。

無論具體流程如何,可以肯定的是,南葵文庫本《孝行録》是中韓日三國孝道文化交流的産物。通過這本書,中國這麽多的孝子故事走進了朝鮮李朝文士之中,也走進了明治大正時代的日本文化研究者的視野。他們在不同的時代、不同的文化語境中,對這些孝子故事做出了不同的解讀。

從書寫來看,該抄本大致反映了江户末期至明治時代的抄本書寫形式和書風。

這樣一個寫本,對於探討東亞文化中的孝道文化,可以提供一個有趣的視角。對於傳統文化,可以採用不同的方式爲新文化的構建服務。

日本的兩個刊本以整理正文爲主,略去了兩段重要的文字。一段是序言後轉録的一段舜的傳説的全文,一段是全書後紀清矩撰寫的日語跋。此次釋録,將其補齊。爲便於閲讀,爲各則編了號。

孝行録

孝行録序

府院君吉昌權公,嘗命工人畫二十四孝圖,僕即贊,人頗傳之。既而院君以畫與贊獻之大人菊齊國光,菊齊又手抄三十有八事,而虞丘子附子路,王延附黄香,則爲章六十有二。其辭語未免於冗且俚,蓋欲田野之民皆得易讀而悉知也。文士見不指以爲調嗤符者幾希。然念菊齊公八旬有五,吉昌公六旬有六,晨昏色養,得其歡心,此亦老萊子七十而戲彩者何異? 僕將大書特書,更爲權氏孝行贊一章,然後乃止。至正①六年五月初吉,李齊賢序。

孝行録

前後贊總目

1. 木舜象耕	2. 老萊兒戲	3. 郭巨埋子
4. 董氏賃身	5. 閔子忍寒	6. 曽氏覺痛
7. 孟宗冬筍	8. 劉殷天芹	9. 王祥冰魚
10. 姜詩泉鯉	11. 蔡順分椹	12. 陸績懷橘
13. 義婦割股	14. 孝婦抱屍	15. 丁蘭刻母
16. 劉達賣子	17. 元②覺警父	18. 田真諭弟
19. 魯姑抱長	20. 趙宗替瘦	21. 鮑山負筐
22. 伯瑜泣杖	23. 琰子入鹿	24. 楊香跨虎

右前所贊二十四章

25. 周后問安	26. 漢皇嘗藥	27. 仲由負米

---

① "至正",左旁注:"順帝年號也。"
② "元",底本誤作"文"。

28. 黃香扇枕	29. 日磾拜像	30. 顧愷泣書
31. 張允療目	32. 少玄鑷膚	33. 緹縈①贖父
34. 景休乳弟	35. 文貞穿壙	36. 大初伏棺
37. 王裒泣柏	38. 宗承生竹	39. 文讓烏助
40. 表師狼馴	41. 薛包被毆	42. 庾袞護病
43. 劉政焚香	44. 許孜負土	45. 申徒不食
46. 乾邕過哀	47. 王陽避險	48. 李詮投江
49. 戴良驢鳴	50. 吳猛蚊噬	51. 鮑永去妻
52. 鄧攸棄子	53. 茆容設膳	54. 黔婁嘗糞
55. 江革自傭	56. 世通永慕	57. 子平罪己
58. 壽昌棄官	59. 英公焚鬚	60. 文正拊②背
61. 陳氏養姑	62. 長孫感婦	

右後所贊三十六章章八句

1. 大舜象耕③

虞舜父瞽瞍,再娶而生象。父頑④,母嚚⑤,象傲,屢欲殺舜,舜惟承順爲事。時耕歷山,感象耕鳥耘。堯聞之而禪其位焉。

父頑母嚚,弟傲不仁。竭力于田,號泣旻天⑥。

鳥爲之耘,象爲之耕。物猶知感,矧伊人也⑦。

頑嚚底豫,傲⑧不格奸⑨。大舜之孝,萬世所難。

隊隊耕春象,紛紛耘草禽。嗣堯登寶位,孝感動天心。

姚字重華,少喪母。父名瞽叟,更娶後母,生象。後母常行惡心害舜云云。乃令蓋屋。舜知其意,遂披大席上屋。父放火燒屋,舜以席裹身跳下。

① “縈”,底本作“榮”,依義改。
② “拊”,底本作“柎”,依義改。
③ 題下注:“頑,《左傳》云:不剛(則)德義之經口(衍)爲頑,不道忠信之言爲嚚。”
④ 欄上注:“頑,癡也,鈍也。《左傳》:心不剛(則)德義之經爲頑。”
⑤ 欄上注:“嚚,《左傳》:口不道忠信之言爲嚚。”
⑥ 欄上注:“春蒼天,夏昊天,秋旻天,冬上天。見《玉篇》。”
⑦ “也”,底本無作“之”。
⑧ “傲”,左旁注:“慢也,倨也。”
⑨ 欄上注:“奸,私也,詐也,淫也。《左傳》:亂在外爲奸,在內爲宄。”

　　叟見不死,復使淘井,欲埋之。時鄰家知其意,語舜曰:"父母當令君淘井,必有惡心,何不避之?"舜曰:"我只可順父母而死爲孝,不可逆父母而走爲不孝。"

　　親友聞之,與舜錢五百,使爲方便。預作計,向東家井中穿作孔相透。明日果令淘井。舜腰着錢五百,入井中。父母挽罐上看見銀錢一文,歡喜未有堪,意井深暗黑,視不見底。舜乃於東家井傍穿成孔相通,託報父母曰:"錢盡。"父母及弟見罐中無錢,遂①將石填之。

　　其父兩目即盲,母便耳聾,弟口啞。後貧困,又遭天火燒其屋。

　　舜已從東家井中出,投諸歷山耕田,歲收二百石粟。改名易姓,入市糴米。見其母賣薪飢寒,常倍與薪價,入糴米錢私安于米袋中,得錢者數度皆如此。

　　瞽叟怪問之,妻曰:"市中有一少年,見貧困,每爲憐恤,常倍與我薪價。"

　　叟曰:"此非是吾舜子乎?"

　　妻曰:"舜令在百尺井底,以石填之。自非聖人,豈能更生?"

　　"來日將吾入市,與其人相見。"

　　妻遂扶叟至市,見昨日少年來。叟曰:"爲我喚至,報謝其恩。"

　　妻便喚得少年至。叟問曰:"君是何人,相憐過厚。老弊不善,兩目失明,貧苦飢寒,無以相報。"

　　少年曰:"我是忠孝之人,見翁貧困,特相愍念,何必言報?"

　　叟聞其聲響,曰:"非吾舜子乎? 音聲相似。"

　　舜曰:"是也。"

　　於是父子相抱哭,哀聲盈於道路。市人見之,莫不凄慘。舜將衣襟拭父目,即開明。母亦能聽聲,象即便能語。舜再拜云云。

　　人民見舜行孝,莫不流涕,因此孝順,聲聞四海。帝聞其聰明,禪位與之,是爲帝舜。舜垂拱無爲,萬邦歸化,在位八十二載。生子商均,不肖,又禪位與司空伯禹,是爲夏后氏,三王之祖也。

孝行録　益齋李齊賢贊

2. 老萊兒戲

　　老萊子至孝,行年七十,父母各百歲。着五色爛②斑之衣,爲兒戲於親側,取冰上堂,

---

① "遂",底本誤作"逐"。
② 左旁注:"色不純也。"

足跌，因爲兒啼，恐使二親憂其衰也。

在人情理，必感衰年。兒已老矣，親豈安然。

故昔萊子，思悦其親。親俱百歲，已且七旬。

彩服斕斑，兒啼兒戲。白髮朱顏。春風和氣。

戲舞學嬌癡，春風動彩衣。雙親開口笑，喜氣滿庭闈。

3. 郭巨埋子

郭巨家貧，養母有子三歲。母常減食與之。巨謂妻曰：“貧乏不能供給，子奪母膳。可共汝埋之。”妻從之，掘地三尺。見黄金一釜，上有書云：“天賜孝子郭巨，官不得奪，人不能取。”

郭巨家貧，養親竭力。目憐幼孫，每分其食。

謂兒若在，恐母或飢。呼妻掘①地，舉將埋之。

黄金滿釜，上與刻書。天賜孝子，人勿奪諸。

貧乏思供給，埋兒願母存。黄金天所賜，光彩照寒門。

4. 董氏②賃身③

董永千乘人也。傭力養父，父死，就主人賃錢一萬，以葬。還，遇一婦於路，求爲永妻。④ 俱詣主人，主人曰：“織縑⑤三百，放汝夫婦。”婦織之一月而畢。輒辭永曰：“我天地之織女。緣君至孝，天帝令我助君償債耳⑥。”

樂樂⑦孝子，千乘董氏。傭力以養，債身以葬。

路逢美婦，爲妻償負。日織縑帛，一月三百。

償畢告白：“我乃織女，天遣償汝。”乘雲而去。

葬父貸方兄，天妃陌上迎。織縑償債主，孝感盡知名。

---

① “掘”，底本作“堀”。
② 右旁注：“董永，字延年，後漢人。”
③ 題下注：“賃，備也，儥也。傭，《周禮》：‘民切曰庸。’《爾雅》：‘庸，勞也，僱也。’”
④ 欄外注：“永曰：‘今貧若是，身復爲奴，何敢屈夫人爲妻？’夫人曰：‘願爲君婦，不恥貧賤。’遂將婦人至錢主。曰：‘本言一人，今何有二？’永曰：‘言得二理何幸乎？’此一行以《勸善篇》補之。”
⑤ 欄上注：“縑，并絲繒也，又絹也。”案：此引《説文》。
⑥ 欄下注：“言訖凌空而去。以《排韵》補之。”
⑦ 欄上注：“樂，瘠貌。《詩》：‘棘人樂樂。’”

5. 閔子忍寒

閔損字子騫,早喪母。父再娶,生二字,後母衣其二子以綿,疾損,衣以蘆花絮。父冬日令損御車,體寒失靷①。父察知之,欲逐後母。損跪曰:"母在一子寒,母去三子單。"父乃止。②

後母不慈,獨厚己兒。弟温兄凍,蘆絮非綿。

父將逐母。跪白於前:"母今在此,一子獨寒。

若令母去,三子俱單。"父感而止,孝乎閔子。

閔氏有賢郎,何曾怨晚娘。尊前留母在,三子免風霜。③

6. 曾子④覺痛⑤

曾參以孝行稱。在野拾薪,忽心動,遽返以告其母。母曰:"有客至,齧指使汝知之。"誠孝如此。⑥

曾子矻矻⑦,事親養志。在野負薪,有客來止。

心動遽返,緣母齧指。誠乃天道,孝爲行原。

彼痛此覺,一體所分。豈惑三告,投杼逾垣。

母指纔方齧,兒心痛不禁。肩薪歸未晚,骨肉至情深。⑧

7. 孟宗冬筍⑨

孟宗字恭武,少孤,養母。母年老病篤,冬月思筍。宗往竹中,泣而告天。須臾出筍數莖,持歸供母,其病即愈。⑩

昔有賢士,孟姓宗名。冬寒母病,思啜筍羹。

---

① 欄上注:"靷,以忍切。引軸,一云駕車。""䩞革也,靶。在胸,靷。"
② 欄上注:"閔損云云,孔門居德行科,不任大夫之家,不食仁君之禄云云。《贈琅琊公》,《排韵》。"
③ 題前注:"順父母之欲曰養志。孟子曰:曾子養曾晳必有酒肉;將徹,請所與,問有餘,曰'有'。曾晳死,曾先養曾子,必有酒肉;將徹,不請所與;問有餘,曰'無多',將以復進也。此所謂養口體者也。若曾子則養志也。"
④ 右旁注:"字子輿。"
⑤ 題下注:"《孝經》注:'人有一身,心爲之主,士有百行,孝爲之大。'"又注:"孝者,五常之本,百行之源也。"
⑥ 文下注:"《家語》:'曾子至孝,三尺鳥萃其冠。'"
⑦ "矻矻",底本作"乾乾"。
⑧ 欄外注:"甘茂謂親王曰:'曾參有與同姓名者殺人。人告其母。母曰:'吾人不殺人。'又頃一人來。有頃又一人來。其母投杼而走。夫以曾參之賢,其母信之。然三人則母,今疑臣者非特三人,臣恐卅王之投杼也。'《三體注》。"
⑨ 題前注:"孟宗,江夏人,性至孝。母卒,冬節將至。宗乃入林哀泣,筍爲之生,得以供祭記。劉殷年九歲,爲曾祖母冬思筍,殷泣而獲供饋。《事文彙集》。"
⑩ 文後注:"孟宗,字子恭云云。晉武時爲魚池監,作鮓寄母。母曰:'何不避嫌疑?'遂還之。《排韵》。"

號天繞竹,泣涕縱橫。藏雛包籜①,雪裏羅生。

采歸供膳,疾乃瘳平。精誠既切,感應孔明。

淚滴朔風寒,蕭蕭竹數竿。須臾春筍出,天意報平安。

8.　劉殷天芹

劉殷,彭城人也,奉母②至孝。母於冬月,患病思芹。殷③往澤中,號泣無已,恍④若天神賜芹。持歸供母。其病即差。

彭城劉殷,母病思芹,方冬泣禱,至誠感神。

自天而墜,青嫩如春。美味入口,沉痾去身。

由孝爲致,天何遠人? 子如不子,降罰亦均。

9.　王祥冰魚⑤

王祥⑥性至孝,早喪親,繼母朱氏,嘗欲生魚。時天寒冰凍,祥解衣臥冰以求之。冰自解,雙魚躍出,歸以供母。

又庭中有柰樹着子,使祥守視,晝驅鳥雀,夜警蟲鼠。時雨忽至,祥抱樹至曙。母見之惻然。母病求黃雀炙,黃雀數十飛入其幕⑦。此皆孝誠所感。

晉有王祥,生魚母嗜。天寒川凍,網釣難致。

解衣臥冰,自躍雙魚。懇懇孝誠,奚止此耳。

抱柰夜號,羅雀⑧夥饋。後拜三公,名標青史。

繼母人間有,王祥天下無。至今河水上,一片臥冰摸。

10.　姜詩泉鯉⑨

姜詩,廣漢人。至孝。妻龐氏,奉順尤謹。母好飲江水,妻常泝流求之。母嗜

---

① 右旁注:"籜,他名切。"
② 右旁注:"祖母王氏。"
③ 右旁注:"時年九歲。"
④ 欄下注:"恍,忽也,狂人。"
⑤ 欄上欄外注:"王祥弟覽母朱氏遇祥無道,覽年數歲,見祥被楚撻,輒涕抱持,至於成音也。每諫其母,其母少止凶虐。朱屢以非理使祥,覽與祥俱;又虐使祥妻,覽妻亦趨而共之。朱患之,乃止。"又注:"王祥,字休徵,琅邪人。繼母朱氏不慈,數譖之。由是失愛于父。母每使掃除牛下,祥愈恭謹。父母有疾,衣不解帶,湯藥必親嘗之。牛下,牛糞。"再注:"黃雀,體絕肥。江夏、竟陵常獻給大官。《廣雅》。"
⑥ 右下注:"字休徵。"
⑦ 左旁注:"幙亻。"
⑧ "雀",底本作"省",依義改。
⑨ 題下注:"漢永平中舉孝廉。《排韵》。"

魚膾，必之共鄰母食之。舍側忽有湧泉，味如江水，每日①輒出雙鯉，夫婦取之而供膳②焉。

姜詩養親，其婦尤篤。遠汲于江，日從母欲。

母嗜魚餐，非鄰不獨。舍傍泉湧，味即如江。

泉中鯉躍，每出必雙。詩固賢矣，孝哉婦龐。

舍側甘泉出，一朝雙鯉魚。子能知事母，婦更孝於姑。

11. 蔡順分椹

蔡③順，汝南人也。王莽末年，天下大荒。順拾椹赤黑，異器盛之。赤眉賊見而問之，順曰：“黑者奉母，赤者自食。”賊知其孝，乃遺米三斗，牛蹄一隻。

蔡順摘椹，赤黑異齎。赤將自食，黑奉母兮。

賊感而遺，斗米牛蹄。母兮平生，性畏雷聲。

聞雷雖夜，號繞墳塋④。嗚呼孝矣，事死如生。

黑椹奉萱闈，啼飢淚滿衣。赤眉知孝順，牛米贈君歸。

12. 陸績⑤懷橘⑥

陸績字公紀，吳人也。年六歲。於九江見袁術，術出橘享⑦客，績懷三枚，拜去墮地。術曰：“陸即作客，何⑧懷橘乎？”績跪答曰：“欲歸遺母。”術大奇之。

陸績吳人，嘗見袁術。拜辭欲歸，袖墮三橘。

問即何爲，爲客懷物？言將遺之，有母抱疾。

時方垂髫⑨，年未及七。孝已如斯，矧伊壯日。

孝悌皆天性，人間六歲兒。袖中懷綠橘，遺母報含飴。

---

① “日”，底本作“切”。
② 左下注：“饗，與饍同。”右下注：“非饌字。”
③ 右上注：“漢。”
④ 右旁注：“‘塋’，イ。墓域也。”
⑤ 欄上注：“漢末孫權以爲鬱林守。”
⑥ 題下注：“陸績繫獄見餉羹，知母所調，曰：‘母羹葱，必刀斷肉必以此刀知也。’本《排韵》陸績事。”
⑦ “享”，底本作“亨”。
⑧ “何”，底本作“而”。
⑨ “髫”，底本作“髯”。

13. 義①婦割股

王武子，河陽人也。宦遊未迴。其妻至孝，姑病危，婦遂默禱，割股與姑食之，其病即痊。國家知之，遂與母妻封爵。

武子奚姓？河陽之王。宦遊未返，母病沾床。

若非人肉，更療無方。妻自割股，作羹與嘗。

病遂痊癒，名聞唐皇。封妻爵母，孝德以彰。

14. 孝娥抱屍

孝女曹娥，會稽上虞人也。父盱爲巫祝。漢建安二年五月五日，於縣江泝濤②迎婆娑神，值江水發而遂溺死，不得其屍。娥年二十四，乃沿江號哭，晝夜不絕聲。旬有七日，遂投江而死，抱父屍而出。吏民改葬樹碑焉。

孝娥姓曹，父溺驚濤。娥年廿四，晝夜哀號。

聲不暫停，旬又七日。投江抱屍，經宿以出。

誠貫穹壤，淚溢滄浪。黃絹妙筆，萬世流芳。③

15. 丁蘭刻母

丁④蘭事母大孝，母因病亡，哀痛罔極。刻木爲母形，事之如生。蘭外出，其妻不敬，以針刺目，血出泣下。蘭歸察知之，即逐其妻。其孝如此。

哀哀丁蘭，早喪慈顏。衆人皆有，我獨無母。

刻木肖形，事之猶生。晨昏定省，以盡誠敬。

噫彼世人，不有其親。生不能養，能不泚顙。

刻木爲慈母，形容在日身。寄言諸子姪，聞早孝其親。

16. 明達賣子

劉明達，天性大孝，共妻奉母。時歲大荒，推車載母，往河陽在路。子侵母食，遂賣其子，妻遂割一乳與其子，相與成其孝。

---

①　右上注："唐。"

②　左下注："大浪也。"

③　文後注："黃絹幼婦，外孫虀臼。'絕妙好辭'之四字也。魏曹操與楊修同檢此八字，修一見而知之，操行三十里而知之，操曰：'有智無智，較三十里。'"

④　右上注："漢。"

昔劉明達,共妻挽車。年荒載母,就粟移居。

恐侵母膳,持賣幼子。獲錢五百,以備甘旨。

妻不忍別,割乳而歸。專心孝養,終始無遺。

17. 元覺警父

元覺之父悟,性行不肖。祖年老且病,悟厭之,乃命覺輿簣而棄於山中。覺不能止,從至山中,收簣而歸。悟曰:"凶器何用?"對曰:"留此舁父。"父悟慚,遂迎祖歸。

元悟悖戾,棄父窮山。有子名覺,收簣而還。

曰此凶器,汝何用爲? 親老舁送,世世所將。

良心不亡,自反知改。迎父歸家,奉養無怠①。

18. 田真諭弟②

田真、田慶、田廣,兄弟三人,欲分財産。堂前有紫荆一株,花葉茂盛。夜議析分爲三。曉即憔悴。乃真泣曰:"樹本同根,聞分尚如此,人何不如也。"兄弟由是不復分焉。

田真二弟,慶廣其名。既分財産,家有紫荆。

議破爲三,樹乃夜悴。曰木猶然,況吾昆季,

本是同氣,何忍離居? 骨肉卒合,根柯再蘇。

海底紫珊瑚,群芳總不如。春風花滿枝,兄弟復同居。

19. 魯姑抱長

魯姑,魯人也。時值齊寇逐之。姑有二子,遂棄小者,抱大者而走。齊軍問曰:"棄小抱大,何也?"姑對曰:"大者是夫前妻之子,夫亡之日,囑我保守,不敢忘其言也。"齊軍聞之,嘆曰:"義婦也。此國必有義士。"收兵而退。

魯姑將兒,走逢齊寇。問汝何心,抱長棄幼。

前婦遺孤,夫亡囑我。雖在危急,背言不可。

女猶重義,豈曰無人? 迴戈卷甲,兩國交親。

---

① "怠",旁注"恙亻"。

② 題下注:"《排韻》不記何時人。"

20.　趙宗替瘦

趙孝宗弟孝禮,爲賊所劫,欲烹之。孝宗詣賊,言弟孝養老母,且身瘦不如己肥,請代烹。其言哀切,賊曰此孝子也,皆釋放之。

兄曰趙宗,弟則名禮。赤眉劫禮,脯以充飢。

宗詣自陳,禮能孝悌。且其身瘦,不如宗肥,

願以肥兄,替其瘦弟。賊聞驚感,即兩釋之。

偶值綠林兄,代烹云瘦肥。人皆有兄弟,趙①氏古今稀。

21.　鮑山負筐

鮑山字文木,京兆人也。養母至孝,漢末大荒,以筐負母,送往南秦。路逢群賊,問曰何故如是,山以情告之。賊相謂曰:“孝子也。”與絹數匹。

京兆鮑山,遭世凶荒。將母逃難,負之用筐,

道逢劫賊,吐辭懇惻。賊心猶感,釋而去之。

匪惟釋之,束帶與之。賊亦人子,安有不恕。

22.　伯瑜泣杖

韓伯瑜至孝,時有過,母杖之而泣。母曰:“他日未嘗泣,今泣何也?”瑜對曰:“往者得杖常痛,知母康健。今杖不痛,知母力衰,是以泣耳。”

伯瑜者何? 汝南韓氏。事母母嚴,杖己己喜。

後復杖之,悲泣不已。母詰其故,哀哀致辭:

“昔杖而痛,知母不衰;今而不痛,兒寧不悲?”

23.　琰②子入鹿

琰子,迦夷國人也。父母年老,并患雙目。琰子衣鹿皮,入鹿群之中,將取乳,以供二親。遇國王出獵,中箭哀呼,曰:“王今一箭,殺三道人。”王問其故,曰:“我已死,而兩親俱死矣。”父母聞之慟哭。王遂引至屍所,父母抱屍大哭,振動天宮。天帝吹藥入口,琰子得蘇。

琰子不幸,二親雙瞽。又老且病,思欲鹿乳。

---

① “趙”,底本作“張”,依義改。日語中“趙”“張”音同。
② 右下注:“《勸善書》作‘睒’,吐濫切。”

乃蒙其皮，入群求取。忽遭獵客，一矢而殂。

瞽親來接，地蹕天呼。天帝賜藥，入口便蘇。

老親思鹿乳，身掛褐毛衣。若不高聲語，口中帶箭歸。

24. 楊香跨虎①

楊香，魯國人也。笄年，父入山中，被虎奮迅。欲傷其父。空手不執刀器，無以禦之，大叫相救。香忍父聲，匍匐奔走，蹲跨虎背，執耳叫號，虎不能傷其父，負香奔走，困而斃焉。

魯邦有女，字曰楊香。父遭虎逐，頓僕山岡。

聞聲赴救，直前自當。騎背挈耳，叫呼彼倉。

未遑噬搏，載以奔忙。白額俄斃，翠娥無傷。

深山逢白額，努力搏腥風。父子俱無恙，脱身饞口中。

右前所贊二十四章章十二句

25. 周后②問安

《禮記‧文王世子》第八篇云：文王之爲世子，朝於王季日三。雞初鳴而衣服，至於寢門外，問：“今日安否如何？”日中又至，及暮又至。其有不安節，文王行不能正履，食上必視，寒暖之節，食下問所膳，曰未③有復④，然後退。

文王世子，問安王季。雞鳴而衣，一日三至。

寒暖之宜，食上必視。節有不安，行莫能履。

26. 漢皇嘗藥

袁盎⑤字絲，言於文帝，曰：“陛下居代時，大后嘗病三年，陛下不交睫解衣，湯藥非

---

① 欄上注：“楊香，南鄉縣楊豐女也。隨父田間，豐爲虎所噬，香年十四，手無寸刃，乃搤虎頭，豐因獲免。太守聞之，賜穀旌其門閭。吕氏曰：‘惟義能勇。膽莫怯於女子，力莫弱於閨門之少年，猛憝多力莫强於噬人之虎。香也乃能搤其頸，而救父以生。向非孝念迫切，奮不顧身，以勇以來，豈能自敵哉！幸而兩全，亦有天祐。若香之心，死必俱死，亦無恨矣！’《舊閨範》。”題下注：“笄，《説文》：‘簪也。’女子十五而笄，許嫁而笄也。”

② “后”，底本旁注：“公イ”。

③ “未”，底本作“末”，右旁注：“ナカレトフテ。”

④ “復”，底本作“原”，右旁注：“フタタヒスル。”

⑤ 欄上注：“袁盎，申屠善引以爲上客。漢文帝與慎夫人日坐，盎引却之，上賜之金。後病免家居。景帝時遣人問籌策。”

口所嘗不進。夫曾參以布衣猶難之,陛下以往者修之,過曾參遠矣。”

賢哉漢文,既孝且仁。侍疾大后,湯藥必親。

衣不解帶,三年一心。袁絲有語,遠過曾參。

行孝臨天下,巍巍冠百王。漢廷事賢母,湯藥必親嘗。

27. 仲由負米

仲由,字子路,見孔子曰:“由也事二親,負米百里之外。親没南遊,爲趙大夫積粟萬鍾①。雖欲爲親負米,何可再得?”

又虞丘子哭於道,孔子使問之,對曰:“樹欲静而風不止,子欲養而親不待。所以以悲耳。”

仲由養親,負米百里。後食萬鍾,不以爲喜。

樹兮欲静,風兮不止。哭而自悲,有虞丘子。

負米供甘旨,寧忘百里遥。自榮親已殁,猶念舊劬勞。

28. 黃香②扇枕

東漢黃香,事母至孝,暑則扇枕,寒則以身温枕席。

又王延,晉人也。事親色養,夏則扇枕,冬則以身温被。

黃香事親,恪③勤朝夕。夏扇其枕,冬温其席。

亦有王延,其孝同然④。爲人之子,當效二賢。

冬月温衾暖,炎天扇枕涼。兒童知子職,千古一黃香。

29. 日磾拜像

金日磾母,教誨兩子,甚有法度。上聞而佳之。母病死,詔圖畫於甘泉宫,署曰:“休屠王閼氏。”日磾見畫,常拜之涕泣。

休屠閼氏,教子有法。子曰日磾,立漢功業,

---

① 欄上注:“鍾,六斗四升也。”
② 欄上注:“黃香,字文强。年九歲,失母,事父盡孝。暑則扇其床云云。太守劉護問而異之。署爲門下孝子。幼能文章,專精經典。京師語曰:‘天下無雙,江夏黃香。’”又注:“漢肅宗詔詣東觀,讀所未見書,拜尚書郎。”
③ 右旁注:“口各切。敬也,謹也。”
④ 欄外注:“晉西河人王延云云。隆冬盛寒,體常無全衣而親極滋味。”

都①像甘泉，必拜以泣。宜爾子孫，珥②貂七葉。

30. 顧愷泣書

顧愷，字子通。每得父書，必掃几案，致書於上，拜跪讀之。每句應諾，父有疾，臨書垂泣，聲即哽咽。

顧愷子通，名載《吳志》。得父之書，拜讀且跪。

每句應諾，若聞口説。知有其疾，垂泣哽咽。

31. 張元療目

張元，字孝始。其祖喪明三年。元憂泣請僧燃燈七日七夜，轉《藥師經》。夢一老翁，以金鎞療之，祖目果明③。

張元十六，乃祖喪明。燃燈轉經，日夜相續。

金鎞刮目，夢感甚靈。病遂痊平，孝誠之篤。

32. 少玄鑱膚

王少玄，傅（博）州人。父隋末死亂兵。玄甫十歲，問父所在，母以告之。即哀泣求屍。時野中白骨覆壓，或曰以子血漬而滲者，父骼也。玄鑱膚，閲旬而獲，遂以葬之。

少玄十歲，泣求父骸。鑱膚滴血，滲者收埋。

父子一身，死生一理。感而遂通，乃至於此。

33. 緹縈贖父

齊人淳于意有五女無男，坐事當刑。緹縈最少，涕泣隨父到長安，上書曰：“妾父爲監齊中，皆稱廉平④，今當刑。妾傷死者不可復生，絶者不可復續。雖欲改行自新，厥路無由。妾願没爲官婢，以贖父罪。”文帝詔免意罪，并除肉刑。

欒⑤彼緹縈，上書漢廷。絶不可續，死不可生。

---

① 左旁注：“詔力。”
② 左旁注：“珥，筓也，好美冠也，美貌也。”
③ 此段文后有小注：“鎞，釵也。”
④ 左旁注：“義言心也。”
⑤ 左旁注：“瘦白也。”

願身作婢,爲父贖刑。五刑①之省,一女之誠。

34. 景休乳弟

孟景休至孝,天寒葬親,足指皆墮,弟偉無乳哺,景休親乳之,累日乳自下,足指復生。

孝悌天至,景休孟氏。天寒葬親,足墮其指。

弟幼在繦,抱以養乳。乳既自生,指亦隨長。

35. 文貞穿壙

梁②文貞,虢州人。少從君,及還,親已亡。即穿壙③爲門,晨夕灑掃,廬于墓左。喑④默⑤三十年,家人有所問,畫父以對,行旅皆爲之流涕,有甘露降塋木,白兔馴擾。

文貞從軍,養不逮親。穿壙掃墓,閱三十春。

悲動行旅,默⑥對家人。甘露降樹,白兔自馴。

36. 古初伏棺

長沙義士古初,父喪未葬,鄰人失火,延及初舍。棺不可移,初冒火伏棺上,俄而火滅。

長沙古初,時號義士。父歿未葬,比鄰火起。

延及舍下,伏棺哀號。至誠所感,熾焰自消。

37. 王裒泣柏⑦

王裒,字偉元,城陽人。父歿,隱居教授,廬于墓側,旦夕攀柏悲號,涕淚著樹,樹爲之枯。讀《詩》之"哀哀父母,生我劬勞",未嘗不三復流涕⑧。

---

① 欄上注:"五刑者,墨、劓、剕、宮、大辟也。"
② 左上注:"唐。"
③ 左旁注:"墓穴也。"
④ 欄上注:"喑,無泣無聲也。"
⑤ "默",底本作"嘿"。
⑥ "默",底本作"嘿"。
⑦ 欄上注:"裒父儀爲魏安東將軍司馬昭司馬,東關之敗,昭問於衆曰:'近日之事,誰任其咎?'儀對曰:'責在元帥(謂昭)。'昭怒曰:'焉欲委罪於孤邪?'遂引出斬之。裒痛父非命,於是隱居云云。三徵七辟皆不就云云。"
⑧ 文下注:"門人受業,并廢《蓼莪》之篇。《小學》記之。"

偉元喪父,不應徵辟。且夕悲號,淚灑墓柏。

每誦①《蓼莪》,三復涕洟②。門人不忍,遂廢此詩。

慈母怕聞雷,冰魂宿夜臺③。阿香時一震,到墓遶千迴。

38. 宗承生竹

宗承父資喪,負土而葬。一夕而成,墳土自高五尺,松竹自生。

子能至孝,天必感誠。宗承負土,以營父塋。

墳高五尺,一夕自成。惟松與竹,不植而生。

39. 文讓鳥助

文讓養母至孝,母亡,兄弟二人,役力而葬,不用僮僕,群鳥數子,含土助而成墳。

文讓弟兄,葬母盡情。不勞僮僕,役力以成。

鳥能反哺,鳥中曾參。感義相助,孰曰飛禽。

40. 袁師狼馴

程袁師,宗州人。母病十旬,不解帶,藥不嘗不進。母終,負土築墳,常有白狼黄蛇,馴於墓側。

袁師事母,克敬克勤。病不解帶,葬自築墳。

狼貪蛇毒,其感也深。蠢蠢④萬類,孰無此心。

41. 薛包被毆

薛包,字孟嘗,汝南人,好學篤行。父娶後妻。妻而憎包,分出之。包日夜號泣,不能去,至被毆杖,不得已,廬於舍外。旦入灑掃,父怒,又逐之,乃廬於里門,晨昏不廢。積歲餘,父母慚而還,之後服喪過哀。

父兮憎兒,多因繼室。兒若至誠,將悔其失。

包也被毆,未忍遠出。慚而還之,終始如一。

---

① "誦",底本作"調"。
② 左旁注:"鼻汁也。"
③ 右旁注:"死去子後魂。""夜臺",右旁注:"墓。"
④ 左旁注:"集貌也。"

42. 庾袞護病

晉咸寧①中大疫，庾袞二兄俱亡。次兄昆復危殆，癘氣方熾，父母諸弟皆出次於外，袞獨留不去。諸父兄皆强之，乃曰："袞性不畏病。"遂親自扶持，晝夜不眠。其間復撫柩②，哀慜③不輟。如此十有餘旬，疫勢既歇，家人乃反。昆病得差，袞亦無恙。父老感曰："異哉！此子守人所不能守，行人所不能行。歲寒然後知松柏之後凋也，始知疫病之不能相染也。"

兄亡弟疫，庾袞獨留。十旬相守，終亦無尤④。

嗟哉世人，念我畏病。父子不保，豈曰天性！

43. 劉政焚書

劉政奉先母，母中年損其目，不能視物，政焚香致禱旬日，母目如故。終，廬於墓側，朝夕哭泣，百禽助噪。

母有目疾，莫能視物。焚香禱天，遂致瞭⑤然。

終廬於墓，百鳥號慕。政也事親，庶乎棘人。

44. 許孜負土

許孜，字季義，東陽人。孝友恭讓，敏而好學。親歿，柴⑥毀骨立，杖而後起。建墓於縣之東山，躬自負土。每一悲號，鳥獸翔集。

許孜孝恭，好學有立。及喪其親，柴毀雨泣。

負土東山，鳥獸翔集。人知見之，能不烏邑⑦。

45. 申徒步食

申徒蟠，字子龍。九歲喪父，哀毀過禮，服除⑧，不進肉十餘年，每忌日輒三日不食。

年方九歲，喪父逾禮。服除不肉，諱且不穀。

---

① 左旁注："武帝年號也。"
② 左旁注："棺之木也。"
③ "慜"，底本作"堅"，左旁注："慜力。"
④ 尤，左旁注："恙亻。"
⑤ 右旁注："瞭，力修切。目明也。《玉篇》。"
⑥ "柴"，底本作"紫"，旁注："柴，瘦也。"
⑦ 左旁注："《韻府》：'烏邑，悲哀云云。烏或作於。漢成帝贊。'"
⑧ 欄外注："服除，親死後替衣。又如故肉不食。"

惟彼子龍,一節始終。黨錮之禍,焉能讒①我!

46. 乾邕過哀

王崇,字乾邕,雍丘人。兄弟勞勤稼穡以養二親。母亡,杖而後起,晝夜號哭。復丁父憂,哀毁過禮。是年夏,風雹所經,草木摧折,平崇田畔,風雹便止。服除仍居墓側,冬中有鳥巢於崇屋,乳養三子,馴而不去。守令②親自監視,奏標門閭。

乾邕躬稼,養父母且。丁憂過禮,除服居廬。

鳥乳於冬,雹不傷穀。守令旌門,世仰遺躅。

47. 王陽邂③險

漢王陽,爲益州長史,行至九折坂,嘆曰:"奉先人之遺體,奈何數乘此除。"遂以病去。

維孝之始,身髮勿傷。千金之子,坐不垂堂。

邛崍淩坂,險過羊腸。迴車去職,我慕王陽。

48. 季詮投江

沈④季詮,字子平,洪州人。少孤事母,未嘗與人爭,皆以爲怯⑤。季詮曰:"吾怯乎爲人子者,可遺憂於親乎?"貞觀⑥中,侍母渡江,遇暴風,母溺,季詮號呼投江中。少頃,持母臂浮出水上。

忍能遠辱,忿必招尤。季詮似怯,恐遺親憂。

勇於救母,臨江自投。滄浪萬丈,援臂上浮。

49. 戴良驢鳴

戴良,字叔鸞,母好驢鳴,良常學之,以悦母。

事親色難,當順所好。豈慮他人,怪我以笑。

---

① "讒",底本作"洗"。依義改。
② 右旁注:"守護也。"
③ 題下注:"邂,不欺(期)而會也。又邂逅也。"下行"漢"字前有小注:"前。"
④ 左旁注:"唐。"
⑤ 欄上注:"怯,去劫凡。懼也,畏也。"
⑥ 欄上注:"貞觀者,唐第三太宗年號也。"

呃呃驢鳴,我效其聲。但爲兒戲,足悦母情。

50.　吴猛蚊噬

晉吴猛少有孝行,夏月常手不驅蚊,恐其去已而噬親也。

吐甘嚥苦,父母之仁。兒心其心,可謂孝矣。

常恐蚊子,去已移親。足見真識。勿云細事。

夏夜無帷帳,蚊多不敢揮。恣渠膏血飽,免使入親闈。①

51.　鮑永去妻②

後漢鮑永,字君長。妻於母前叱狗,永遂去也。

娶妻爲親,非爲我也。叱狗於前,已不可也。

狃而玩之,過將大也。責而出之,令可嫁也。

52.　鄧攸棄子

晉右僕射鄧攸,字伯道。永嘉③末,没于石勒④,以牛馬負妻子而逃,遇賊掠其牛馬,乃步。其兒及弟子綏,度不能兩全。乃謂妻曰:"吾弟早亡,唯有一息。理不可絶,止應自棄我兒耳。幸而得存,我當有子。"妻泣而從之。乃棄其子。卒以無嗣。時人義而哀之,爲之語曰:"天道無知,伯道無兒!"弟子綏服假喪三年。

去胡遇賊,走恐違兮。攜其孤姪,棄己兒兮,

後竟無嗣,天難知兮。服喪三年,姪亦宜兮。

53.　茆容設膳

茆容,字季偉。郭林宗見而異之。請寓宿且日,容殺雞爲膳。林宗以爲爲己設。既而供其母,自以草蔬,與客同飯。林宗拜之,曰:"卿賢哉!"因勸令學,卒以成德。

且起殺雞,以供母餐。自持蔬糲⑤,與客同粖。

---

① 欄外注:"吴猛,晉人,少有孝行。夏月云云。丁義授以神方。後因回豫章,江波甚急,以白羽扇畫水而渡。後從許名學仙道,得飛升。宋朝封神烈真人。《排韵》。"

② 文下注:"光武朝拜司隸辟。"

③ 左旁注:"懷帝年號也。"

④ "勒",底本作"勤"。

⑤ 左旁注:"黑而不精米也。"

賢而拜之,客則林宗。果爲名士,是曰茆容。

54. 黔婁嘗糞①

南齊庚黔婁②爲孱③陵令,到縣未旬。父易在家,遘④疾,黔忽心驚,舉身流汗,即日棄官歸家。家人悉驚其忽至,時易疾始二日。醫云欲知差⑤劇⑥,但嘗糞甜苦。易泄痢,黔婁輒取嘗之。味轉甜滑,心愈憂苦。至夕每稽⑦顙北辰,求以身代⑧。

在家父病,庚令驚汗。棄官忽歸,人怪且嘆。

嘗糞而甜,不暇自憂。稽顙北辰,乞以身代。

到縣未旬日,椿⑨庭遭疾深。願將身代死,望斗啓憂心。

55. 江革自傭

江革,字次翁,齊郡人。少失父,獨與母居。遭天下⑩亂,負母逃難,數遇賊,涕泣求哀,言有老母,賊不忍殺。轉客下邳,行傭以供母。便身之物,莫不畢給。

江革負母,逃亂異鄉。遇賊陳欵,賊不忍傷。

盡以於孝,備養於傭。便身何物,有不畢供。

負母逃危難,窮途賊犯頻。哀求俱獲免,傭力以供親。

56. 世通永慕

郭世通,年十四。喪父居喪,殆不勝哀。家貧傭力,以養繼母。母亡負土成墳,思慕終身,未嘗釋衣。嘗與人貨物於市,誤得一千錢,當時不覺,後方悟,追還其主。錢主驚笑而辭之,世通委之而去。

幼而喪父,傭以養母。負土營墳,送終也厚。

---

① 欄外注:"庚易,字幼簡。性恬静,以文義自娛。長史袁義欽其風,贈以鹿角書格、蚌盤、蚌研、牙筆,並一詩曰:'白日清明,青雲遼亮。昔聞巢許,今聞臺尚。易以連理,幾升翹格。'報之齊王,詔徵不就。子黔婁。《排韵》。"

② 左旁注:"字子貞。"

③ 右旁注:"鉏山反。"

④ 欄上注:"古文構作遘,遇也。《易大全》。"

⑤ 左旁注:"病瘉。"

⑥ 左旁注:"病增。"欄上注:"陳氏曰:'病瘉曰差,病甚曰劇。'"

⑦ 右旁注:"叩頭也。"

⑧ 頁中注:"《三綱行實》補之:俄聞空中聲曰:'聘君壽命盡,不復可還。汝禱既至,故得至深。'末晦而易亡。黔婁居喪過禮,廬於墓側。"

⑨ "椿",底本作"捼"。

⑩ 右旁注:"《玉篇》:末世亂兵起。"

衣不嘗釋,永慕於後。問主還錢,益見所守。

57. 子平罪己

何子平,母喪去官。東土飢荒,繼以師旅。八年不得葬,晝夜號哭,冬不加絮,夏不就清涼,一日以米數合爲粥,不進鹽菜,所居屋敗,不蔽風日。兄子伯興,欲爲葺理。子平不肯,曰我情事未申,天地一罪人耳。屋何可覆。蔡興宗爲會稽太守,甚加矜賞,爲營塚壙。

兵饉八年,母不得葬。衣寒不綿,屋破不障。

自謂罪人,日夜惻愴。賢守見憐,乃營塚壙。

58. 壽昌棄官①

朱壽昌②,生七歲。父③出其母④,嫁民間。母子不相知者五十年,壽昌求之四方,刺血寫經,與人言輒流涕。棄官⑤,入秦得焉。居數歲,母卒,涕泣幾喪明,拊其弟妹,買田居之。

哀哀七齡,念母何在。刺血寫經,逾五十載。

棄官遠尋,并得弟妹。迎之以歸,乃盡恩愛。

七歲生離母,參商⑥五十年。一朝相見面,嘉氣動皇天。

59. 英公焚鬚⑦

李英公績,貴爲僕射,其姊病,必親爲然火煮粥,火焚其鬚。姊曰:"僕妾多矣,何爲自苦如此?"績曰:"今姊年老,績亦老。雖欲數爲姊煮粥,復可得乎?"

英公方貴,僕妾豈無? 養其病姊,煮粥爇鬚。

姊今⑧病矣,老弟唯吾。爲之煮粥,可數得乎?

---

① 頁間注:"朱壽昌,字唐叔。三歲失母,及長棄官,刺血寫《金剛經》。四方求之,於陝州得焉。士大夫多以歌美之,東坡爲序。《排韵》。"
② 左旁注:"字康叔,揚州人。"
③ 右旁注:"名巽,守雍州。"
④ 右旁注:"劉氏。"
⑤ 右旁注:"熙寧初。"
⑥ 下注:"北參南商。"
⑦ 題下注:"李勣疾,醫以鬚灰可治,太宗自剪鬚和藥。"
⑧ "今",底本誤作"令"。

60. 文正拊背

文正公司馬光,與其兄伯康友愛尤篤。伯康年將八十,奉之如嚴父,保之如嬰兒。每食少頃,則問曰:"得無飢乎?"天少冷,則拊①其背,曰:"衣得無薄乎?"

伯康老矣,文正奉之。敬如嚴父,保若嬰兒。

手拊其背,問寒與飢。移忠通鑑,萬世良規。

61. 陳氏養姑

漢陳孝婦,年十六而嫁。其夫當戍②且行,屬曰:"我生死未可知,幸有老母,無他兄弟備養,吾不還,汝肯③養吾母乎?"婦曰:"諾。"夫果死不還,婦養姑不衰。終無嫁意,其父母將取而嫁之。婦曰:"夫去時屬妾以養老母,妾既許諾,養人老母而不能卒,許人以諾而不能信,何以立於世?"欲自殺,父母懼而不敢嫁。養姑二十八年,姑終,盡賣甲宅葬之,故號曰孝婦。

良人遠征,屬我老母。身殁不歸,言在敢負。

之死靡他,養專葬厚。萬世稱之,曰陳孝婦。

62. 長孫感婦④

柳玭曰:崔山南昆季,子孫之盛,鄉族莫比。山南曾祖王母長孫夫人,年高無齒。祖母唐夫人事姑孝,每旦櫛縱⑤笄,拜於階下,升堂乳其姑。長孫夫人不粒食數年而康寧⑥。一日疾病,長幼咸集,宣言無以報新婦恩,願新婦有子有孫,皆得如新婦孝敬,則崔之門,安得不昌大乎。

姑老無齒,有婦曰唐。櫛笄以拜,乳哺於堂。

數年不粒,尚得強康。神明是感,門户宜昌。

孝敬崔家婦,乳姑晨盥梳。此恩無以報,願得子孫如。

---

① 左旁注:"安慰也。"
② 右旁注:"賊兵也。"
③ "肯",底本作"背",旁注:"肯力"。
④ 欄外注:"山南名瑉,博陵人,爲山南西道節度使,故稱山南。長孫,瑉曾祖携之妻。唐夫人,瑉祖懿之妻也。"有日語注,大意爲:"崔王山南,唐夫人,崔王妻也。山南長孫崔王母也,故長孫山南之姑也,長孫者唐夫人也。柳玭云者,不審。玭,《玉篇》,滿蠲、滿賓切。"
⑤ 欄上注:"縱,山綺反,冠織也。"
⑥ 左旁注:"由飲乳也。"

右後所贊三十八章章八句

《孝行録》終

○黃山谷①

《實録書成》云：公②事母孝，有曾、閔之行。安康臥病彌年，公晝夜視顔色，手湯劑，衣不解帶。時其疾痛苛庠（奇痒），而敬抑搔之至，親滌厠牏，洗中裙云。遭喪哀毀過人，得疾幾殆。既還葬，因廬墓側終喪。先是蘇公嘗薦公自代，其略曰"瑰瑋之文，妙絶當世。孝友之行，追配古人，世以爲實録"云云。《帳中香·序部》。

詩曰：

貴顯聞天下，平生孝事親。汲泉涓溺器，婢妾豈無人？③

皇朝④有廿四章《孝行録》抄一卷，此信陽沙門惠均校正，首書有寬文四年序。不知何人以片假名加俗解插圖，寬文五年洛陽三條通菱屋町婦屋仁兵衛印行。今與此書比較，乃全自此書拔萃者也。但前揭二十四人中，闕其贊者，除劉殷天芹、義婦割股、孝娥抱屍、明達賣子、元學（覺）警父、魯始（姑）抱長、鮑山負筐、伯瑜泣杖等八人，自後揭三十八章中加漢文帝、黃香、唐夫人、吳猛、朱壽昌、庾黔婁、王袞等七人，及黃山谷爲二十四孝。此書爲岡本保孝之藏書。余得此《孝行録》古抄本時，示之先生，於是考此書及以上異同，書於一紙，爰記焉。

清矩按：觀其卷首所揭李齊賢序，前廿四章，章十二句，後三十八章，章八句，贊乃李氏所爲。然後人自其六十二人中選廿三人，另加黃山谷爲廿四孝，增五言四句之贊，故卷中有長短之贊，且或有短句之贊，或無，又將黃山谷一人録外之末。此現古抄本自從前李氏之真面目也，亦知二十四孝之人名藉以移來焉，可謂更爲

---

① 下注："宋朝之人，時稱江西詩祖，元祐中爲大史。"

② 右旁注："山谷也。"

③ 詩後注："元王薦，性孝而好義。父嘗疾甚，薦夜禱於天，願減己年，益父壽。父絶而後蘇，告其友曰：'適有神人，皂衣紅帕，恍惚語我曰：汝子孝，上帝命賜汝十二齡。疾愈後果十二年而卒。母沈氏疾渴，語薦曰：'得瓜以啖我，渴可止。時冬月，求於鄉不得。行到深奧嶺，值大雪。薦避樹下，思母病，仰天而哭。忽見岩間青蔓，披有瓜焉。因摘歸，奉母。母食之，渴頓止。"

④ 左頁注：《道德經》：希，視之不見名曰希。希，無色也。夷，聽之不聞名曰夷。夷，無聲也。　春山如笑，夏山如滴，秋山如妝，冬山如睡。經文云：我遣三聖，化彼震旦，前開禮儀，後開真實。　三聖：老子、孔子、顔回。孝百行基，修善初也。儒童，迦葉定光佛。

珍奇。

　　　　明治三年九月十八日從大學語箋編集局還後雨窗下記之① 　紀清矩

四、《漢譯竹取物語》釋録簡注

　　《竹取物語》是平安前期的物語。有物語文學鼻祖之稱。平安中期被稱爲《竹取翁》(《源氏物語•賽卷》)《赫映姬物語》(《源氏物語•蓬生卷》),中世、近世則稱爲《竹取翁物語》,現在一般稱爲《竹取物語》。關於成書時期,有延喜以前説、延喜以後説兩種。現存本有後世潤色。作者有源順、源融等説法。是一位精通佛教、和歌等,瞭解庶民生活的知識者。内容包括奇異誕生與化生故事、致富故事、求婚難題故事、貴種流離故事、地名起源故事等。

　　寫本《漢譯竹取物語》(以下簡稱《漢譯》)藏早稻田大學圖書館,署名"上毛　刀川橋丁著"。上毛(じょうもう),今栃木县。作者是一位精通中國詩文的學者。首頁有九曜文庫印。

　　《漢譯竹取物語》雖名曰漢譯,但只是在故事線上没有改變,細節則比日文版大爲豐富,注入了很多創作成分。與現存日語本相對照,改變很少的是其中的和歌,基本是用萬葉假名標記了日文版的和歌。可將《漢譯》中的和歌與岩波書店 1966 年出版的阪倉篤義、大津有一、築島裕、阿部俊子、今井源衛校注本《竹取物語　伊勢物語　大和物語》所載相對照。我國有雲南文藝出版社 2002 年出版的曼熳所譯的現代漢語譯本《竹取物語》。

　　《漢譯》用工整的日本小楷(細字)書寫,其中也多夾俗字,如"圖"作"圎"、"毁"作"毀"、"聞"作"閗"、"焉"作"焉"、"多"作"夛"、"鼠"作"鼡"、"獵"作"猟"、"對"作"対"、"胸"作"胷"、"襄"作"社"、"點"作"㸃"、"服"作"𠥔"、"魂"作"䰟"、"鼎"作"鼻"、"察"作"察"、"飛"作"飞"、"釋"作"釈"、"肅"作"肅"、"飾"作"餝"、"儀"作"儀"、"斂"作"歛"、"驗"作"驗"等。釋録皆改爲繁體正字,明顯的誤字徑改。釋録對原文重新分段,便於閲讀。

漢譯竹取物語
上毛　刀川橋丁著

在今而既往,有采竹翁者,往山野,恒業采竹,小大由之,其名曰贊岐造郎。

---

① 此跋底本爲日文,兹譯爲漢語。

　　一日,往翠篁,撰取蒼玉。森萃中,有幹根發光者一竿,以爲奇異。近視之,則自虛心處,發光曜,愈益熟視之,則有一女兒,身長三寸許,豐姿如玉。

　　翁喜曰:"知是以在我朝夕所視之竹中,爲我兒之人乎哉?"

　　蓋國音兒通籃,則載掌上,而歸家,使老媼育之。顏色之美,不見倫比。以甚幼,置搖①籃中乳焉。翁日日以采竹爲生産,得此女兒以來,采竹則得每節間含黃金者數矣。於是翁漸豐裕,養此女兒,無疾患病苦。

　　俄長,不出三月,殆如成人,則定理鬟日,令斂雲髻,戴步搖,垂鳳釵,裝繡裳,曳絳裾,飾紫袖,尚褧衣,束玉帶,穿羅襪,置於錦帳綺幕之中。居於深窗翠簾之内,奉養無所不至。姿容絶世,蠑首蛾眉,蝎領貝齒,朱脣明眸,丹瞼顤髮,纖指細腰,削肩雪膚,燁兮如花,温兮如瑩,短長之間,不能增减一分,着粉則過白,施紅則過赤,百媚諸好盡備,其姣麗難測究,不可勝贊,使西施拜下風,貴妃亦應無顏色。足容重,手容恭,目容端,口容止,聲容静,頭容直,氣容肅,坐如屍,立如齊(齋)。進退有度,周旋有則,作事有法,動静有文,言語有章。心廣情閑,智算警穎。操行綽綽中節,容儀優優和順。上古既無兮,今世亦所未見。耀乎若白日排雲霧而出,皎乎若明月拂煙霞而光。昭椒室,輝蘭房,不見四隅有暗昧之地。

　　翁心有不平,見此女兒,則憂悶倐散,而熙熙歡樂;憤怨忽消,而康康愉悦。翁采竹年載之久,積財巨萬,其富與王侯等,勢威益熾矣。

　　女齡已及二八,使三室户齋部秋田命字,秋田名曰細筠之赫映姬。

　　開琪席,藉華筵,陳銀盤,旅肥鮮,傾金缸,酌醇醪,張盛宴三日,設百戲樂,盡高山流水、霓裳羽衣之曲。不論男女,招鄉鄰,大罄歡飲豪遊焉。

　　世之爲男子者,勿論貴賤,百方欲得此赫映姬,或一見欲知其妖嬈,耳聞其窈窕,而神魂恍惚飛往。夫雖其鄰里鄉黨之人,不容易得視其姿容,然猶且思服輾轉反側,不能安枕,遂至中夜鑽穴隙,一窺於東籬,一覘於西垣,動心焦思,後世鑽穴隙之語,蓋本於之也。雖日夜來往,以翁媼不首肯,皆無有秋毫之驗,故雖寄語者有之,不肯得片言之答辭,猶徒消白日於門外,徹長夜於牆下者,甚多矣。但其志情不甚切者,知無其驗不果來。

　　衆人中有以好色聞者五人,惓惓盡心。旦暮彷徨。一曰石作皇子,一曰車持皇子,一曰右大臣阿倍御大人,一曰大納言大伴御行,一曰中納言石上麻吕。夫世間多少艾,

---

　　① "搖",底本原作"筠",有左有小圓圈,爲删改號。上欄書"搖"。

此五人耳一聞其名,則常欲就視其容姿,況於聞赫映姬之美乎?忘寢食,朝朝暮暮,戀戀依依。行行重行行,終不得見其瑰姿艷態。時雖贈書,求①貿絲之殷勤,嘆匏瓜之無匹,以俟藻詞,不見返信;時雖贈歌咏,悠悠心緒,悲牽牛之獨處,以待惠信,不聞答辭。非不知無其應,而凝寒嚴冬之夜,蹈堅冰積雪。九夏三伏之日,冒爍石雷雨,而來往經歲月。

一日,五公子來謁采竹翁,拜手稽首,曰:"請汝許與女於我乎?"

翁謝曰:"非我所生之女,故不能奪其志而強之也。請辭之。"

爾來遷延送日。是故五公子歸邸之後,獨空熱中,遂雖至祈鬼神,以欲斷意念。戀想之情,猶綿綿無絕期。心竊思:"假令彼女雖堅守操節,豈無室家之道乎?"中心怊有摽有梅之期,強表款誠於聲音笑貌之間。

日以行翁家,翁見之,謂赫映姬曰:"我女之佛,汝雖物怪之人,我多年所愛育之志不淺焉。我今欲語汝,汝宜聽我言乎?"

赫映姬曰:"唯。命敢不奉乎?妾不知吾身之爲物怪,唯信翁爲我之父。"

翁曰:"吁嗟!善哉汝言乎!我年齒已過五旬,命已在旦夕。夫諸天之人,我不能知也。此世之人者,男偶女,女配男,而後本支百世昌。汝獨焉無夫哉!"

赫映姬曰:"何然乎?"

"汝雖物怪之人,已具女性,我在此世,則汝得營生,我一夕先朝露,則汝何得以獨營生乎?諸公子之通殷勤,爲日既久,汝宜擇之,以慮後年哉。"

赫映姬曰:"妾愧且卑矣,然未知諸公子之肺肝,徒有桑中之行,則恐後日有噬臍之悔。縱雖王子公孫,妾未知其有赤誠,何以應其娉也?"

翁曰:"烏乎!汝言能適我志。抑汝所望之良夫,其心意如何,祁寒暑雨,不厭而來,諸公子肺肝之赤誠,其已明矣。"

赫映姬曰:"何敢望非常至切之赤心,唯毛髮之事而是足矣。若諸公子之至誠相等,則安得所軒輊?故五人之中,贈妾以異器珍寶者,即是其志勝四人者也。我則取巾櫛婢侍之。請以此言傳諸公子。"翁善之。

日暮,五公子來集。或吹玉笛,或咏詩賦,或謠歌曲,或嘯風招,或拍團扇。翁即出拜手稽首曰:"辱在敝屋,已有年矣,恐懼何堪。"

曰:"我命已在旦夕,宜奉辱命。姬曰未知其肺肝,何以應其娉也。真然。"

又曰:"安知所軒輊?唯贈妾以異器者,即是其志勝四子者也,我則婢侍之。翁甚善

① "求",底本作"逑",疑誤。依文意改。

之。公孫亦可無所怨恨也。"五公子諾焉。

　　翁乃入語之。赫映姬曰:"石作皇子,佛鉢在天竺者,請取之,以爲納采。車持皇子,東瀛中有山,曰蓬萊,有樹以白銀爲根,以黃金爲幹,以白玉爲花,請折取其一枝,以易儷皮。右大臣,聞唐土有火鼠裘者,請以爲質幣。大伴大納言,一玉而所發五彩,光耀之明珠在龍首者,請取以爲納徵。石上中納言,以玄鳥所持之蚌珠爲信驗。"

　　翁曰:"異哉此言也! 難哉汝所求也! 皆非産我國者,猶緣木而求魚,如之何可以告乎?"

　　赫映姬曰:"何難之有?"

　　翁曰:"我未知其可否,試以告諸公子耳。"乃出語以姬言,曰:"公孫請贈遺之。"

　　諸公子聞之,色勃如曰:"是烏頭白、馬生角之言也。盍以平話尋常之言應之也?"各憤怨而歸去。

　　諸公子,雖一慍其無狀,猶不見此女,則不如無生。假令異邦之重器,豈敢不取來也。日夜凝心思,有所畫策。

　　石作皇子,性巧智,心私顧念:夫佛鉢者,天竺無二之寶器也。雖絶萬里,遠洋往而求之,安可能得之? 乃使詐告赫映姬曰:"即今航天竺而求石鉢。"三歲之後,至大和國十市郡某山寺,竊取所供賓頭盧尊者之石鉢,熏煤帶黝色者,盛以錦囊,結之造花樹枝,攜而詣赫映姬許,通謁以爲贈。

　　赫映姬以爲異,取而視之。鉢中有一書,即披讀之。其歌曰:"宇美夜未能美知爾許許呂遠鬥久之波天美伊志濃破知乃奈美太難駕禮伎。"①

　　赫映姬以爲可有許多光耀,熟視之,則無螢火之光,蓋真佛鉢者,其色紺青而有光云。即曰:"於久都由乃比加利遠太爾母夜登散萬之袁俱良也末爾天奈仁母登米祁武。"②入石鉢中,以却之。

　　皇子棄擲石鉢於門外,而寄歌曰:"志良也末仁安幣婆飛加利乃宇須留加等波知遠寸夫天茂多濃萬流流閑難。"③赫映姬非啻不和,耳如不聞其言。皇子終無由解説而空

─────────

①　和歌:"海山の道に心をつくし果てないしのはちの涙ながれき",曼熳譯作"翻山渡海心血盡,取得石鉢淚長流"。
②　和歌:"おく露の光をだにぞやどさましをぐら山にて何もとめけん",曼熳譯作"一點微光都不現,許是取自小倉山"。
③　和歌:"しら山にあへば光のうするかとはちを捨てもたのまるゝかな",曼熳譯作"鉢見美人光自滅,我今捨鉢鉢不捨君"。

歸,其棄擲鉢而再寄歌也。

　君子聞之評曰:"厚顏而不顧恥者也。"蓋國訓"恥"通"鉢",不顧猶棄擲也。

　車持皇子爲人有機權,陽爲朝請暇曰:"浴築紫國某處礦泉,治沉疴。"而陰使人告赫映姬曰:"當往蓬萊求璧樹而來。"

　於是官人隸屬,盡餞其行,到浪速。皇子曰:"我恐道途有民庶送迎之勞,故我今欲爲羸服微行,不多用傔從,唯從近侍之臣二三而已,乘船而航。"送者咸惜別而歸,真如遠航者,約九旬而返來。

　豫有所命,密招良工有名者,即内匠寮冶工内麻呂等六人也。卜幽境人跡不到之地,建草舍,設牆堵三匝。皇子自率冶工而籠居。出入者,唯與密議之近侍而已矣。築十六竈,屋上穿曲突,以鑄造璧樹,終如赫映姬所望者,不違毫釐而造之。密命從者,持之至浪速,遣使告館邸留守曰:"乘船而歸來。"僞裝以長途羸憊之容姿。於是人人恐後時,奔波迎之者甚多矣。璧樹藏長櫃,以布被之,舁而來。世人聞之,喧傳曰:"車持皇子持優曇華而歸。"

　赫映姬聞之,恐爲皇子之侍婢,痛心憂苦,而望其言不信。既而有叩門者,曰:"車持皇子至。未釋旅裝而來訪。"翁出見之。皇子曰:"請告姬,擲身命求璧樹來,出以贈之。"

　翁即取其樹而入室。有書結樹曰:"伊多都良爾美波奈之門登毛太萬乃延袁多遠良轉散良爾加幣良斜末之。"①

　赫映姬一驚其璧樹之美,一感其志情之切,惘然自失。翁走入曰:"汝所求于皇子蓬萊璧樹,無絲毫差而持來焉。汝何違言之爲乎?未脫征衣,不遑休而辱臨敝屋,汝亦直奉侍焉。"

　姬默不答,支頤而沈思,如有隱憂,心於忉忉。皇子曰:"今而何得有違言乎?"直起上廊。

　翁輒然其言,乃語赫映姬曰:"皇子所贈璧樹如約,邦内所未見之珍寶也,安得却其聘。且豐容姿儀尤絕人。"勸誘頗至。

　赫映姬對曰:"妾也偏憚拒父母之命,但猶恐身陷不幸,故望皇子以天下難得之異器也。不圖今則持來,心切不堪悔恨也。"

　翁爲不聞其言,就幽閨,展鴛衾。四垂羅帳,設伉儷合巹之具。翁問曰:"於何處求

---

①　和歌:"いたづらに身はなしつとも玉の枝を手おらでたゝに歸らざらまし",曼燧譯作"身經漫漫萬里路,不得玉枝誓不還"。

之乎? 奇哉琅玕,美哉球琳。"

皇子曰:"二年已前,二月初浣,發船於浪速而遠航,海路渺漫,不見端倪,而不達思念,則縱令保生,何用之有? 空任盲風,若不幸不能保生乎? 是亦命葬魚腹而止耳;幸有保生乎,雖剝膚椎髓,窮扶桑,徂金樞,極九泉,溯天漢,豈不至蓬萊而止乎? 泄泄於森茫積水,或怒濤駭浪,如連山疊疊,將沉淪於千尋波底;或爲颶風所漂揚于紅洋黑漢之岸頭,將爲厲鬼所傷害;或泛泛于混沌冥蒙之海上,或絶糧餉,食萍葉藻根,而僅保蜉蝣之生;或將爲天吳魍魎,貝齧四支,咬百骸,或采蛤蜊,而纔繫風前之命,萬里孤懸之扁舟,爲瘴霧厲氛所侵,已無橘井杏林巫覡之救,不免爲不歸之客矣。任風力,泛泛於浩汗無涯之間。經日凡五百日。其一日辰刻,洋中遥,望翠螺如黛,小舟飛揚上下,足踉跄不能立,奮心厲氣,倚檣而凝眸矚目,山雖大,如浮波上,突兀山形甚美,是或神嶺乎? 或仙宮乎? 心動氣阻不得近,轉楫回棹於浦溆,而察其狀概。三日,忽有仙女曳霞綃之輕裾,踐瓊瑤之珠履,出山而下,持銀碗,扚靈泉。予見之,捨乘舟而上於港涯,問曰:'此山爲何?'仙女應曰:'爲蓬萊。'予聞此言,歡喜心欲狂。予又問曰:'女爲誰?'仙女曰:'爲寶冠瑠璃。'忽焉升去入山中。山勢崒崒,峭壁懸崖,無登路,遲遲繞步林麓,奇木異草,繁蔭滿地,紅白着花,紛紛鬥芳,黃金之池水,白銀之溪流,瑠璃之温泉,混混湧出,湲湲似鳴環,有橋架之飾以琥珀珊瑚瑪瑙玻璃,橋之左右,瓊樹植焉。瑤林連焉,燦爛奪人心目。今我所折取之璧樹,雖非群樹中最上番之物,但恐違姬言也。其山景勝佳絶。蓋宇宙不見比類。雖假三尺長喙,不可勝語;雖勞中書君,不能勝記,戀戀不能去,然以折取璧樹之故,心神恐悸,直乘舟,揚帆於順風,經四百餘日,得着浪速。蓋皇天后土之惠也。自浪速昨歸來京師,未釋潮濡之衣,而來訪也。"

翁聞之嗟嘆,賦曰:"久禮多計能與與乃多計登留濃夜末爾毛斜也波和微之伎不志遠能美美志。"[1]

皇子亦聞其賦,心私喜,曰:"我多年所熱中之志情,今則胸襟自覺清涼。"即賦曰:"和我多母登計不加和計禮婆和微志佐乃知俱佐能閑數毛和須良連奴幣之。"[2]

既而冶工六人,雁鶩行而來,立中庭,一人插書竹竿,進跪簾下而奉之曰:"内匠寮冶工綾部内麻呂謹言: 吾儕六人,奉仕皇子,鑄造璧樹,摧精焦心千餘日,其勞亦不少,然未有禄賜之報,伏請速賜之,是内麻呂等各皆欲以頒與家人子弟也。"

---

① 和歌:"くれ竹のよの竹とり野山にもさやはわびしきふしをのみ見し",曼熳譯作"常入野山伐新竹,平生未歷此艱難"。
② 和歌:"わが袂けふ乾ければ侘しさの数も忘られぬべし",曼熳譯作"數年苦戀青衫濕,今日功成淚始乾"。

翁聞之,狐疑傾頭。皇子爲之舉措失度,心悸膽消。赫映姬命侍婢曰:"汝取其書。"婢即取以奉之。其書曰:"賤工等拜手稽首奉書曰:我等六人,從皇子之命,共閉居草舍,鑄造璧樹,經千餘日而成。初皇子曰:'汝賤工宜竭心力鑄造之,我亦圖汝功,可以禄汝。我不敢食言。'今聞之,我等賤工所鑄造之璧樹,出於妃赫映姬之命也。我等賤工,私以爲,如其禄施,則是妃所宜賜賚者也。伏以爲請。"

赫映姬比日暮,憂心惙惙,及讀此書,愁眉忽開,乃語翁曰:"妾初觀璧樹,信爲蓬萊之物,今讀冶工等之書,則皇子巧言僞罔若此,驚愕何堪! 請速却之。"

翁頷之,曰:"信聞其模擬製造,則却之何難之有乎?"

赫映姬心爽然,即和皇子之歌曰:"未古登加等伎伎天美都禮婆許登能波遠閑佐連流多萬乃衣爾曾阿利祁留。"[①]并其摸造之樹返之,翁慚悔於突梯脂韋,奉承皇子之意,爲如坐而睡者,皇子敝罔靡徙,左顧右盼,欲立而不能立,欲坐而不能坐,乘黄昏,宛如巾帽於貓子,臂行背退而下廊,鼠出狗潛而歸邸。

赫映姬乃進冶工,語之曰:"汝冶工能爲我訴之,我今賞汝,與之以布帛金米。"冶工等抃舞相語曰:"烏乎! 如我等所思念。"各拜手而歸。

皇子憤恚,使人要途以楚撻之,體軀毁傷,流血而逃散。金米布帛,狼藉於道途。皇子亦慚愧悔恨,曰:"大丈夫終生之愧耻,豈有似之者乎? 非啻不得一婦,爲君子所不齒,爲小人所笑。我甚耻之。"遂入隱於山村,家宰屬隸,驚嘆不知所措,馳人萬方尋其蹤跡,終不知其所逝。或轉溝壑乎,或投溪流乎,是蓋皇子愧家人,而蹈晦於千壑萬峰之間者也。

君子聞之,評曰:"顛狂而放心矣。"蓋國訓"放魂神",通"却璧"也。

右大臣阿倍御大人,殷富而右族也。赫映姬望納采之年,有唐商王卿者,來在築紫博多。右府乃作書,曰:"請得購火鼠裘。"則撰擇近臣之忠誠者,使小野房守從事。房守到博多,見王卿,傳命致書及金。王卿見書而報曰:"大唐賤商王卿,謹奉書答大日本台鼎右府閣下:拜命之辱。雖然,火鼠裘者,大唐未之産。故《禹貢》《山海經》亦不載之。耳聞其名,而目未之見也。或産於世,則已有傳貴國者乎? 賤商得之爲難,然若航西域,而訪長者邸,則或得求之乎? 求之而不得,則閣下所賜之黄金者,附從事野君而返耳。王卿稽首再拜。"

---

① 和歌:"まことかと聞きて見つれば言のはを飾れる玉の枝にぞありける",曼熳譯作"花言巧語無羞耻,僞造玉枝欲騙誰!"

唐商船再來博多，小野房守亦乘之而歸，直上京師。右府聞之，使侍臣迎之以駿馬。房守騎之，自築紫七日而歸京師，奉裘及書。其書曰：“王卿謹言右府閣下：火鼠裘一領，右使派人于四方而求者，今附從事野君以致之於閣下。古今無二之良裘也。聞在昔西竺之僧某，持來中華者，相傳藏國都西方某山寺。請刺史廳求之。以所賜之金不足，則加賤商之貨，稍得購買之。請願加賜以五十金，賤商有歸國之期，必可有贈與也。否則直却還裘衣。王卿恐懼再拜。”

右府見書曰：“烏乎！是何足言。所不足者僅少之金耳。我必贈之。汝贈致此裘，我甚賞之。”忻躍何已，西向拜首。見其櫃，則鏤之以碧玉，裘色紺青，而毛端燦爛放金光，真如古今至寶者。其美無雙，不論其不焚於火與否，其清麗絕類無比。右府舞躍歡呼曰：“至寶哉此裘！宜乎赫映姬爲企望！”直藏之櫃，結花樹，身整衣冠，中心期可宿姬邸，咏歌加裘櫃，使從者昇之，以遺赫映姬。

其歌曰：“可伎利奈幾於毛比爾夜計奴加波古母太茂等駕破伎天計不許曾波幾米。”①

乃踵門通謁。翁出拜之，持其所置之裘，入室以視姬。赫映姬見之，曰：“美哉裘乎！但妾未知其真贋何如。”

翁曰：“汝勿猜疑。先招延右府。世間所未見之美裘也。汝宜信之，勿使人濫失意。”

乃招延右府於室内。蓋招延右府者，老媼亦以欲使姬爲右府執巾櫛也。翁殊痛嘆姬爲空房孤孀，欲令得嘉耦，然以其功拒伉儷，不敢強之者，是亦非無其理也。赫映姬語翁曰：“此物投於火中而不焚者，真火鼠裘也。果然，則妾謹以奉右府之命；不焚於火中者，火鼠裘之外未有也。然則可知其真。請以此言，語右府，妾今試投之火中，以檢其真否。”

翁曰：“汝言真然。”乃語右府以姬言。右府曰：“此良裘自西域所傳唐土者，而我命唐商以兼金數十鎰②求之者，何有所容疑乎？”

曰：“鄙人非敢不信閣下言，但未知其真否，請試欲投之炭火中，以徵之。”

右府即命侍臣，取以投之炭火。忽然焚燎無一毛存者。翁見之，曰：“夫焚燼於炭火者，非真火鼠裘。甚哉！大官欺余。”右府見之，驚愝不知所爲，顏色蒼蒼然。

---

　　① 和歌：“限なきおもひに焼けぬ皮衣袂かはきてけふこそはきめ”，曼煥譯作“熱戀情如火，不能燒此裘。經年衣袖濕，至今淚始收”。
　　② “鎰”，底本誤作“諡”。

赫映姬見之,喜色盎面,則和右府歌,置之櫃中,以却還其娉。其歌曰:“奈古利難父母由登志里勢婆加波古吕於茂比乃保加爾於伎天美末之遠。”①於是右府芒芒然舁空櫃而歸館。

方此時,世人相語曰:“聞安倍右府以火鼠裘爲儷皮,已住于赫映姬之邸,夫果真乎?”

或人曰:“異乎吾所聞也。裘也投火,忽焉焚燎,不留一毛。赫映姬直却其娉。”

君子聞之,評曰:“不善始,何能有終。《書》曰‘火烈於崑岡,玉石共焚’,矧鼠裘乎?宜哉,失其儷皮,貿貿然歸也。”

大納言大伴宿禰御幸,天押日命裔,而世世爲禁軍將,性勇悍而驕奢。悉招家從於堂下,宣言曰:“我聞一玉而有發五彩光耀之明珠在龍首,汝等能爲我獲之乎?褒賜惟是其所望。”

家從咸對曰:“賤臣等謹奉將軍之命,然一玉而五彩者,獲之甚難,況在龍首之明珠乎?安得獲之也?”

大納言變乎色,曰:“凡爲人臣者,可致身以奉君事。夫蛟龍者,非棲唐土西域而已,其上下天也,於我邦山海,汝等何以爲難乎?”

家從等對曰:“嚴命夫若此,雖所難獲之物,唯大命之奉承,可往以求焉。”

大納言見其懦,大笑曰:“汝等已有人臣之名,而安得違戾其君命乎?”

即盡差家從,欲以使獲龍珠,於是大發倉廪,出布帛貨財,以給其行資,曰:“而今而後,我齋戒沐浴,以可待汝等還日。汝等亦不獲龍珠,則勿復還歸。”家從等各奉命而發,但以其命甚峻刻,各欲行志所向,相語以訾其好事。所其賜與之布帛貨財,各分取之,然或有潛鄉里,或有隱故舊之家,相語曰:“縱令雖君父之命,非理如此,我等安能得忍之乎?”與共訕其無道貪虐。

大納言欲娶赫映姬,惡其館邸之陋也。俄起土功,建玉館。堵壁不露形,塗以髹漆;梁楹不呈材,絡以錦繡。屋上以無色絹絲葺之,以藻績之,文組覆之,房室以華綾羅文之帳帷飾之。盡美矣,窮巧矣。悉放妻妾侍婢,中心期以娶赫映姬;大備伉儷具,獨起臥以待家從還來。

已期年,遂不得其復命。大納言憂慮心不安,於是率中衛兵二人,以爲傔從,微服潛

① 和歌:“まごりなく燃ゆとしりば皮衣思ひの外にを(お)きて見ましを”,曼熳譯作“假裘不耐火,瞬間成灰燼。如此凡庸物,何勞費苦心!”

行,到浪速,使衛士問曰:"大納言大伴家之從者,有發船於此浦頭,而殺龍獲其首珠者否?"

舟人姍笑,曰:"異哉言乎! 怪哉問乎! 天下古今無殺蛟龍以獲其首珠之人。"

大納言聞之,謂舟人愚騃,不知古來壯士有如周處者斬蛟龍也,大丈夫何畏蛟龍乎? 即語曰:"予執弓一發如破,足一矢以射龍以獲其首珠,豈何遑待遲緩之奴輩乎?"

即備小舟以乘之,遍泂漕於港浦濱海,以求蛟龍。遂至遠航以漂於西海,颶風倐乎起,六合迷濛,小舟泛泛如浮萍無所寄,不辨東西,不知遠近,何所底止。狂波激舟,飛沫入蓬,加之奔雷電掣,金蛇閃閃,霹靂震於舟中。大納言驚嘆戰慄,曰:"我未遭遇若恐畏,安危如何?"

楫師對曰:"小人業舟楫已多年,然未嘗知若迅雷風烈,舟不沈沒於海底,則有雷霆震於舟中乎? 若幸有神明之守護,則漂流於南海乎? 嗟小人不幸,見役使於暴虎憑河之君,將爲不祀之鬼。"楫師相共哭泣。大納言聞之,曰:"夫人乘舟則憑依楫師。言重如太山,膚汝何爲如此之言乎?"嘔逆咄黃水數升以悲哀。楫師對曰:"閣下雖聊賴小人,小人非鬼神,何以得防遏風濤乎? 其所恐畏者,震雷電擊也。是以閣下欲殺龍之故也。颶風亦龍所吹噓也。請宜速祈救護於天地神明。"

大納言善之,則禱曰:"大伴宿禰御幸,伏祈船靈神,小子狂愚昏騃,而欲殺龍,遇天之譴怒。而今而後,不爲一毫觸龍髯,請明神赦小子御幸之罪過,以免此災異焉!"號叫俯伏,千禱百拜。於是乎雷漸收聲,然颶風猶益急。

楫師曰:"以閣下改過祈禱,雷霆忽止。以是見之,則震電者,龍所感也,然此海風者,順而非逆,非向於南海而駛北者也。"慰諭勸說頗至,而大納言疑懼不肯信之。

漂摇於海上三四日,而着一浦頭,則播磨國明石濱也。大納言猶以爲漂蕩南海,大息困臥。衛士趨告之守廳,國守促駕以來訪,見心神惱亂,病臥船底,命從者令藉蒲席于沼濱松林下,自舟底徙之。於是大納言始覺非其南海,力以揚首,而深爲瘴癘所侵,下腹脹滿,雙眶成腫,宛如棗杏大。人人見之,袖口以哂。國守亦微笑,即命司廳,造腰輿,乘之昇以歸館。

家從等竊聞之,還報曰:"賤臣等未獲龍珠,恐主君有誚讓,不敢歸來,而將軍亦已知龍珠之難獲,顧今也可無譴怒,是以還來。"

大納言力病出床,謂曰:"善,汝等不獲龍珠也。夫龍者感雷霆也。我欲獲其珠,殆將震死數人之軀命,是我大過矣。汝等若有捉龍乎,我必覆舟葬魚服耳。汝等不及獲龍珠而來,我今甚善之。噫! 夫赫映姬者,大妖賊,可惡哉! 謀以欲往殺我等也。自今之後，我不復入彼門牆之地。汝等亦勿必往。"

　　乃出殘剩之家財，以與歸來之家從，而大酬其勞。先所逐之夫人聞之，胡盧抱腹絕倒。屋上所葺之絹絲，則任鳶烏咋切之以爲巢云。世人相語曰："大納言大伴卿果獲龍首之珠而歸乎？"或人曰："否，不然。兩眼添棗杏之腫珠而歸來。"傍人聞之，笑曰："烏乎！難堪哉！"

　　是後世稱非理難濟事曰"難堪"者也。蓋本於此也。邦語"難堪"，通"難食"也，是謂棗杏大之腫珠不可口。

　　中納言石上麻呂命家從曰："見玄鳥營巢，則必告之。"

　　家從等奉命曰："閣下以燕巢欲供何資乎？"中納言曰："欲獲玄鳥所持之安子貝也。"

　　家從等對曰："我等少時有戲殺玄鳥者多，然其腹中不見藏如此物。蓋方卵時有之乎？雖然，玄鳥者，見人之近，差池飛散，安得獲之乎？"

　　時一人前曰："夫玄鳥巢於大炊寮廚房梁間。閣下自率忠誠之壯者，設棧使登行以窺之，則群燕何不産卵乎？令待其期以獲之。"

　　中納言喜曰："偉哉！予始知之，汝言甚有理。"

　　於是遣忠誠之壯者二十餘人，設棧使登之，頻繁走人，令問貝子有無，而以人多登棧，群燕畏避，不來其窠巢，則報以其狀。中納言聞之，大苦，心憂慮。大炊寮老吏倉津郎者，曰："聞閣下欲獲玄鳥之貝子，而未之獲。賤官有一計，請以獻之。"

　　中納言聞之大喜，出見之，不知膝之前。倉津郎曰："閣下欲獲玄鳥貝子，然好謀而不成，是以未之獲也。且使壯者，登棧以二十人之多，是以玄鳥色斯舉矣，翔而散也。今則毀棧退人，唯使忠誠者一人乘竹籃，設滑車，繫之以索，窺玄鳥卵時，以索鉤揚之，忽然使探其貝子則獲之乎？賤官私以爲得計，閣下夫能用此計否？"

　　中納言大嘉其畫策。於是使盡毀棧，人皆歸館。中納言問倉津郎曰："何以知其卵時，而得使人登乎？"

　　倉津郎對曰："夫玄鳥産卵時，則搖其尾而七旋，便窺此時，急使人登以獲之。"

　　中納言大喜之。微服出北門，潛行大炊寮，伍從者夜以繼日而探貝子。中納言喜倉津郎計，語之曰："汝非奉仕我者，而欲使我達所企望。我甚善之。"

　　脱套衣賜之。又曰："汝今宵必來此寮以助我。"使歸之。

　　日暮至大炊寮，棧已徹。玄鳥來巢，如倉津郎所言。有一燕揚尾以迴旋，乃使人乘籃,索以鈎舉之,直入於巢中以探之。曰:"無一物之觸者。"

中納言怫然怒曰:"汝搜索不周,是以不獲也。汝等奉君事,似不忠誠。予今可自上以探之。"

即駕籃以上,窺其旋迴。會有一燕揚尾而會旋者,急入右方於其巢中以搜之。有小扁者,握取之。中納言喜悅欲狂,疾呼曰:"予今搜得一物,速下籃。予獲珠貝必矣。"

老吏倉津郎相集而欲下籃,急遽引之,綱絕籃覆。中納言墜落大鼎上。從者等大驚,趨而抱持之,氣息殆絕,掬冷水以入口灑面,於是漸蘇,則持其手足,自鼎上卸之,各叩頭謝罪,且問其苦如何。中納言氣息奄奄,謂曰:"今也稍覺夢如醒,但腰骨痛劇,不能起。雖然,以獲珠貝,不堪欣喜,汝等宜速點燈而來。予欲視其珠貝之美。"

忍痛揚首,開右手見之,則其所握取者,鴟鳥之古糞也。中納言喟然嘆曰:"噫! 勞苦無效哉!"

故後世違其所期望,則曰"無效",蓋本於之也。

已見其無效,心魂悄悄,蓋以糞泥者,不能藏櫃中以供納采也。中納言悔恨,不欲使人聞其輕舉臥病,力(忍)痛苦以陽裝無其異狀。雖然,自後日加羸憊,且中心非憂不敢獲其珠貝,恐爲世人所嗤笑,大慚悔,不悲爲疾痛捨捐館舍,大疾貽其臭名。

赫映姬聞之,遣使問其病,慰之,其歌曰:"等之袁幣天奈美多知與良奴須美能衣濃末都加比難志登伎久波萬古等閑。"[1]

中納言使侍者讀之,力病揚首,使人持紙書一首,以報姬,遽然而絕命。其歌曰:"加飛破駕久阿利祁留毛能袁和比波天天志奴流伊濃知袁寸久比夜波勢努。"[2]

赫映姬聞之,憐其死。自事稱小歡喜之事,曰"有效",蓋始於之也。

既而帝聞赫映姬娉婷無雙,敕內侍中臣房子曰:"惱殺衆人,終不肯伉儷之赫映姬者,其姿貌真如所傳者與? 朕未審爲其何狀,汝宜徑往就彼家,而檢其姿容來聞。"

房子即奉敕而往,采竹舉族恐惶延使者,老媼出謁之,內侍傳王命曰:"帝敕曰:朕聞赫映姬名久,汝往視其姿容來。"

媼拜手稽首:"天子以賤女之故,辱賜使,恐懼何堪? 謹領綸旨。"退語姬,且告之曰:

---

[1]　和歌:"年をへて浪たちよらぬ住の江の松かひなしときくはまことか",曼燛譯作"經年杳杳無信訊,想是貝兒未取成"。

[2]　和歌:"かひは(か)く有(り)ける物をわびはてゝしぬる命をすくひやはせぬ",曼燛譯作"貝未取成詩取成,救命只須見芳顏"。

“汝宜速出謁王使。”

赫映姬對曰：“妾也賤陋且愧惡，安可見王使乎？”

媼曰：“噫！汝何言之不恭乎？豈焉得疏斥王使也？”

赫映姬曰：“妾雖微賤，徒得從命乎？”意思甚固。媼姬雖如真母子，以其辭色共屬，故媼亦不敢强勸説之。媼出語内侍曰：“小女天資頑固不柔順，不肯奉王命。”

内侍厲色曰：“帝命已如此，如之何得不睹？普天之下，率土之濱，誰能得違王命乎？汝非理之言，勿敢再陳。”

媼恐懼戰慄，重語姬，以内侍言。姬聞之，愈滋不奉命，曰：“苟責妾以違敕之罪乎？則妾甘以伏其罪。”

於是内侍復命。帝聞之曰：“惱殺群公子而不顧念之小女，亦剛腸哉！”遂止其議。

然猶欲見赫映姬，以萬乘之威，安爲一小女所撓屈乎？則召翁敕曰：“汝奉朕命，以女爲宮人。朕曩聞汝之女爲小艾，遣使以傳命，遂不得達朕意，汝何使小女驕惰壞去？其不敬之罪，豈淺少乎？”

翁叩頭拜謝曰：“小人之賤女，素如無仕王宮之志者，是以小人無由勸説。雖然，歸邸可傳王命，以曉喻之。”

帝曰：“汝有鞠育之恩，女何得不從乎？汝使女充下陳，則朕必賞汝以爵秩。”

翁拜王命，欣然歸邸。語赫映姬以帝言，曰：“汝宜直奉命以仕王宮。”

赫映姬對曰：“妾決無仕王宮之心也，家君欲使强仕乎？則妾唯有亡失而已。大人有得尊爵乎？則妾唯有一死耳。”翁驚曰：“汝勿敢死。我假令得尊爵，一日不見汝，則又何以樂於心乎？雖然，汝何不肯仕王宮，且汝何以欲死乎？”

姬曰：“家君以妾言爲虛語乎？試使有奉仕，則妾何不死乎？夫五公子之於妾，其心情海嶽不啻也。然遂使其志望，徒歸水泡。今也一朝奉王命，而仕后宫，則世人謂妾何，是妾所大耻也。”

翁曰：“人間萬事，唯生死之際爲重，我能爲汝辭之。”

乃至闕，奏曰：“小人奉敕，頻勸説小女，以仕王宮。然小女以死拒之。夫此女子者，非於媼小人之所生，往年於深山中所采拾者，故其志情，固不類尋常世間之人也。願大王幸赦小人父子之罪。”

帝曰：“聞汝家居在山麓，朕詑（託）遊獵，至汝之家，欲以見汝之女，汝必副朕言。”

造郎奏曰：“陛下不罪小人父子，賜大命，已及再四，恐懼何堪！大王間（聞）小女無意念，辱欲枉龍駕，以竊見之，小人之幸，夫何以加之乎？”

帝俄卜日,而出狩獵,幸赫映姬邸,見有(其)婉孌綽約,光彩照徹滿一室,宛然似貌姑射之仙,知其爲赫映姬,迫而見之。姬將逃入華帳,帝直捉其衣袖。姬俯伏掩面,帝已瞥見其花顏,大愛之,不敢釋其袖,將率以歸王宮。

赫映姬奏曰:"以賤妾已住于王土,大王欲奪妾志,以令侍床幃。雖然,妾元是非王土之民,大王安能得以妾歸宮闕乎?"

帝聞之,曰:"否否! 朕今欲必以汝歸宮,何難之有乎?"則命侍衛令進輿,赫映姬知不能峻拒王命,倏然潛姿藏容,如煙霞之不能捕捉。帝見之,雖頰齗憤慨,不能如之何,即知非其尋常世間人。語赫映姬曰:"朕不敢以汝歸,請汝復原形,朕亦將一見汝姿容而歸也。"

姬直復故。然帝愛憐之情不能自禁,眷眷焉,戀戀焉,則賞老翁造郎之嘉謀,且賜禄於從駕之百官。帝心緒猶懊惱,躊躇不能去。日暮心魂恍惚,而還御,及其乘輿將駕,賦歌以賜姬:"加幣流佐能美由伎毛濃宇久於母保幣天曾武幾等萬留閑俱夜比賣游惠。"①

姬即和曰:"無俱良波不志多爾毛登之破幣奴留美乃奈仁加波太末能雲天難遠毛美武。"②

帝覽之,大憐其微辭,情益爲之動。雖心誠不欲還宮,非可終夜跰蹲,不得已遂還宮。帝顧左右前後,無可較赫映姬者。佳麗秀絶者,亦比赫映姬其粉黛如土。帝朝暮唯一意,戀想赫映姬仙姿,雖有后宮三千,無可顧眄意,六宮無復當進御者。自是忽忽起臥,不復理朝政,日夜賜制書于赫映姬。姬亦報答殷勤通意,爾來寄懷春花秋草,以賜詩歌,雖神人不得相交,述雅藻唱和慰心魂,如此者三歲。

一夕,赫映姬見春月朦朧,憂心惙惙,其狀貌異于平時。老婢慰之曰:"莫對月明思往事,恐損君顏色滅君年。"

然姬乘侍婢不在,獨玩月,悲泣殊切。既而七月之望,赫映姬倚欄對月,如思念甚深者。侍婢等見之大驚,走告采竹翁曰:"姬每望月悲哀,而頃者殊甚。其狀異平生,如大抱憂思者。願大翁留意之。"

翁聞侍婢言,乃語姬曰:"汝有何心而觀月抱憂乎? 夫歡樂無極者,人間之世也。"

---

① 和歌:"歸るさのみゆき物うく思ほえてそむてとまるかぐや姬(ひめ)ゆへ",曼燰譯作"鑾駕空歸愁無限,只因姬君不肯來"。
② 和歌:"(むぐち)はふ下にも年はへぬる身の何かは玉のうてなを見む",曼燰譯作"久居蓬户茅舍間,不住金殿玉樓中"。

姬曰："妾觀月則有浮世無常之感,是以唯自催愁思而已,何憂之有?"如不以翁言介意者。

翁往至姬室,察其動止,則猶有憂念者。曰："汝則我所愛之女,有何憂思? 其所憂思,果關何事乎。請試語之。"

姬曰："妾無毫所憂思也,徒對月則有感愴之情而已。"

翁曰："然則自今之後,勿復觀月,觀月則如哀情多之狀何?"

曰："如之何得不見月乎?"月出則居簷端長嘆如故,但無月之夕不然也,至八月之初,時時悲泣。侍婢等見之,私語曰:"姬夫果有憂患也?"各奇異之。雖然,自翁媼以下至於婢妾,皆不知爲其何故。

至前中秋二三日,其夕則獨立中庭,以甚悲泣,不敢忌憚人目,涕泗滂沱。翁媼侍婢等見之大驚愕,走以問之。姬嗚咽謂曰:"妾往日欲語之,而恐使翁媼胸次懊惱,是以不敢言。今詳語之。夫妾非此國之人,素是廣寒宮中之人也。以有宿緣,少間來生此國。今已近歸期,特以三五夜中,自月宮所迎妾之使來,妾不能辭之,將還月宮,是以不堪離恨,故憂悲。是今春以還,所以抱長嘆也。"言未已,動身慟哭。

翁聞之,語赫映姬曰:"汝何之言也。我得汝於竹筒中者也,當時汝容姿如一芥子。我子育之,以至使成人,然猶何人而欲迎之乎? 我豈敢許之乎? 汝必還月宮也,我將先汝以死。"唬(號)叫踴躍,其狀感傍人。

姬謂曰:"妾廣寒殿之人,而有父母,頃刻排雲漢,以降此國者也,然已多經年所,爾來忘溫涼定省,以留此國久矣。是以非曾不欲還月宮,大悲歡與翁媼訣別。妾非欲敢自還者,父母之强迎妾者也。妾雖不欲之,今者不能拒之。"共俱相泣。多年所奉承之侍婢等,亦悲泣嘆慨,慕其溫容操節,不堪戀戀之情,大哀其離別,絕飲食以悲泣。

帝聞之,遣使于采竹翁邸。翁見王使,潸然流涕。王使視其狀,戴白折腰,龍鍾甚苦,目眶如爛者,然翁年齒僅知命,然緣藏離愁,顏色忽焉憔悴。

王使傳命曰:"帝曰:朕聞汝有四鳥悲,真然乎否?"

翁拜命之辱,泣涕奏曰:"將以三五夜中,自廣寒宮中仙使來迎小人之女,謹辱聖問,恐懼何堪? 大王愍察小人不幸,遣一旅于茅廬,以捕斬月宮使人。"

王使復命,且奏翁憂苦狀。帝聞之曰:"朕一瞥猶不能忘其仙姿,然況於朝夕所撫育者乎? 赫映姬還月宮,則其悲嘆有何窮極?"

望日,帝命百揆撰猛士,使羽林郎高野大國率六府虎賁二千,以差遣采竹翁邸。大國至翁邸,分軍爲二,一陣於牆上,一陣於屋上。家從亦多,皆發,以盡帶弓箭,以守門外,又使婢女守屋內,老嫗擁姬於窟室內,以護之。翁則鎖其障户,以守其室外。翁雀躍歡喜曰:"守備如此其嚴也,我豈敢憂天人乎?"

則語屋上軍曰:"若有飛翔於屋上者乎? 雖蕞爾鳥蟲,請悉射殺以勿許!"

將士相應曰:"我等奉王命以守備,何論天人與鳥蟲之別乎? 雖一伏翼有如飛翔者乎! 即射殺,以必肆之門外,以可示王師有威也。"

翁聞其言,大憑依之。姬聞之,即謂翁曰:"雖關門鎖户,以爲戰備,惡得與天人戰乎? 弓箭不能以射之。關鎖雖固,天人來,則諸關自開闢;戰備雖嚴,從月宮有使人來乎,虎賁之士氣索,鬭心自撓焉。"

翁聞之,憤怒曰:"有迎汝者乎,我將以長爪搔破其眼睛,捽其頭髮,以倒伏之,剝此羽衣,以裸之,示王師,以戮辱之。"目眥欲裂。

赫映姬曰:"請願亦勿暴言,恐屋上師聞之,妾爲翁切恥之。"姬又謂曰:"妾不遑意念,翁嫗胸中至切,將還月宮,痛嘆何限。且親子之宿因甚薄,不能長同居此室,將歸鄉里,悲哀何堪,毫不得報翁嫗劬勞哀哀之恩,今將往廣寒宮中,心已爲之不安,是以頃日,雖頻請期年之暇,父母不敢許之,故不顧翁嫗悲嘆,將迎妾,妾爲之心腸欲斷。夫天人者,身體安寧,而不知春秋,心魂亦清浄,而無憂患,殆如無何有之鄉。今將往帝鄉,而妾固不敢喜之,唯不及見翁嫗百歲之壽而去,實爲千歲之憾。"輾轉唬(號)泣。

翁慨嘆曰:"嗚呼! 汝何爲如此之言。雖天使來,我豈能使得迎汝乎?"切齒憤惋,其狀如狂者然。

既而,夜將三更,屋外有光如白日,四邊皎皎,十倍月明,毛孔可辨矣。忽有自大空乘雲來降者,去地五尺許。群仙爲列而立焉。所守備屋內外之師,一見氣奪,如爲鬼魘魍魅所魔者,精神恍惚,無一人欲戰者,偶雖有強欲執弓矢者,手腕撓屈,而無舉一羽之力,驍勇者雖有鼓舞滿身之勇氣,而注矢者向外方虛發耳,卒無一士之能戰者。二千虎賁,憮然環視,其狀如木偶與石人,佇立爲列之群仙,羽衣霓裳,好美絢爛,不可方物。有飛車一輛,副之以羅蓋。

群仙中有一大仙,九文赫赫,威儀皇皇。蓋仙中之王也。則呼曰:"來汝造郎,惟命之聽哉!"

翁聞之,前所誇稱之勇氣,忽然挫折,蒲伏惶懼,出以拜首。大仙又曰:"汝小子,前世有些功德,是以片時降赫映姬者,助汝福祉。然赫映姬下降以來,已多經年所。且錫類以萬金之富,汝爲之如更生者。夫赫映姬者,嘗以有罪辜,少間來汝之家。今者以罪障消滅期已至,我來迎之。汝安可爲悲嘆,況於拒命乎? 汝速出姬以奉還之!"

翁對曰:“小人奉養赫曜(映)姬已二十餘年也。王曰片時降姬,小人甚異之。然則王所求之赫映姬,非我所撫育之赫映姬也。且我所養之赫映姬者,身罹疾病,安得出户外也?”

大仙聞之默然,直駐飛車於屋上,揚言曰:“來哉! 赫映姬,汝安能又可住此陋屋乎?”

言未終,所鎖之户扃門闥,倏焉自開。老媪所抱持之姬,忽焉出户外。媪手腕攣屈而不能抑留之,瞻望以泣。翁見之,氣奪魂消,悲泣絶倒。赫映姬曰:“此行也,妾非敢自欲歸也,是以妾亦涕出不能自止。請翁少間送我行。”

翁嗚咽謂曰:“我心悲嘆,五内欲裂。安能送汝行乎? 噫! 汝何捨我而獨去,請伴我與俱行哉!”俯伏悲泣。

姬曰:“翁心亂神昏。不敢聽妾言,妾是以不堪痛恨,願得兹留一書以行。翁後日思妾時,則見此書,以慰其心曲。”即揮涕以書。其書曰:“妾苟禀生於此土,則得永奉膝下,然前日屢如所披陳,妾固是異邦之人,是以奉養不能終,决然分袂以還歸。妾亦非敢吞錐,而胸中如刺;非敢食劍,而心腸如截。故妾留衣服,以爲紀念。翁請方月明夜,仰天以望月宫,親子之情,永劫何有窮期,妾亦得自月宫望翁。”臨行泣血,不能言。

有一仙,持筥藏以羽衣。又有一仙,持壺盛以不死之藥,則進之曰:“姬夫嘗壺中靈丹,思穢土之食,恐心魂不清爽。”

姬即點指頭以嘗之,且將爲紀念也。抹少許包所留遺之衣袖,以遺翁媪。仙人止之,不敢使包。於是仙人出羽衣,將被姬。姬拂其手,曰:“汝少間待之。夫着羽衣者,心意異尋常人,妾一言有以可爲别。”則執彤筆,以草一書。仙人自側趣其發軔,赫映姬叱之曰:“勿汝敢爲非理之言,人間自有消息慰問之禮。”再執筆以書,蓋奏天子也。其狀態静淑,胸中自如有餘裕者。其書曰:“賤妾謹言皇帝陛下: 陛下不以妾無似,辱賜師旅,以止妾行。然仙使來迎,促妾還歸。妾不能峻拒之,遺憾何堪。蓋是所以妾向日不奉大命者,以有今日也。唯陛下不及知,唯將必曰違敕不敬之少女,然不能奉承者,良有以也。唯恐陛下責妾戇頑,將曰野娘不知禮度。賤妾心切憂之,故臨行以疏理由,且陳蕪辭,以汙聖聽。賤妾誠惶誠惶,頓首頓首。”其歌曰:“伊麻波等天阿末能被古吕母安幾留遠利曾伎美袁安波禮登於毛比以轉奴流。”①則呼羽林郎,授書及靈丹以請獻之天子。

仙人取以傳之羽林,羽林受之,直被姬以羽衣,姬即憐慕翁之心頓雲散,是蓋被羽衣

① 和歌:“今(いま)はとて天の羽衣きるお(を)りぞ君あはれと思ひでける”,曼熳譯作“羽衣着身昇天去,憶及君王事更哀”。

者,以無憂愁之念也。於是乘飛車,群仙護之,以直升天。翁媼見之,泣血慟哭,悲再會無期,殆至發狂暴。侍婢等大憂之,雖進醫藥,且誦姬遺書,以使慰安,其心魂則叫曰:"人生此世,雖多歡樂,安有如子者乎? 我今失之,何惜性命? 又爲誰望富貴乎?"乃覆湯藥以不服,遂困臥病床。

大國率師歸闕,奏群仙奪姬去之狀,且獻藥壺及書。帝覽其書大悲之,絕飲膳,遂至廢諸遊宴。一日召集百官有司,問曰:"四海之内,何州何山是峻極於天?"卿等各奏所聞知,有司奏曰:"駿河國有高山,去京畿不遠,天闕甚近。"帝聞之,且嘆且賦,曰:"阿不許等毛那美多爾宇加婦和駕美爾破之奈奴久須利母難爾爾加波世武。"[1]則使行人調岩笠,持赫映姬所獻之靈丹及奏書,登駿河國高山之絕巔以焚之。岩笠奉命,率從士數人,至駿河,登山椒焚之。爾後稱此山曰"不死山"者,蓋原於此也。其煙直上,至今猶接雲漢云。

漢譯注其物語大尾

(作者爲天津師範大學文學院教授)

---

[1]　和歌:"逢ことも涙にうかぶ我身には死なぬくすりも何にかはせむ",曼燁譯作"不得再見輝夜姬,何用不死之靈藥"。

留學生與唐代文人的詩歌交往
及其文學史意義考論

郭 麗

　　唐朝社會政治、經濟、文化空前繁榮,對外交往十分頻繁。周邊各國紛紛遣使入朝,東至高麗、百濟、新羅、日本,南至真臘,西至波斯,形成了"萬國朝宗"的局面,唐太宗曾被尊稱爲"天可汗"。教育是唐朝全面開放的一項重要内容,在各國所派使者中,赴唐習業的留學生佔有很大比重。他們學習唐朝先進文化、政治制度以及經史典籍和詩賦創作,並與唐代文人往來酬唱。其中,以日本和新羅兩國留學生的資料留存最爲豐富,《全唐詩》《夾注名賢十鈔詩》《東文選》《千載佳句》等收録了不少酬唱之作,生動展示了他們與唐代文人往來互動關係和詩文創作狀況。故本文擬以日本和新羅兩國留學生爲中心,對他們與唐代文人的詩歌交往情況進行考察,並進而討論此種交往對於雙方文學創作的意義①。日本和新羅留學生中與唐代文人交往最廣泛且存詩最多者分別爲晁衡和崔致遠,因此本文討論詩歌交往,日本留學生以晁衡爲主,兼及薛文學等人;新羅留學生以崔致遠爲主,兼及金立之等人。

一、晁衡等日本留學生與盛中唐文人的詩歌交往

　　唐代日本留學生中,晁衡學識淵博、才華出衆②,與當時著名詩人王維、李白、儲光羲、包佶、趙驊等交誼深厚。此外如金文學、薛文學等人也與唐代文人有詩歌往來。

　　晁衡與儲光羲　晁衡於開元五年(717)隨日本第八次遣唐使團赴唐習業,入太學,

---

　　① 新羅曾一度以唐爲宗主國,但近代關於唐朝新羅留學生這一論題的研究者多將新羅視爲外國。其他如渤海、高麗、百濟等也被視爲外國。嚴耕望、謝海平、党銀平等學者的研究成果皆採用這一標準。本文亦循此例。
　　② "朝衡"日本名爲阿倍仲麻呂,又稱仲滿。漢姓既做"朝",《新唐書·日本傳》説他"慕中國之風,因留不去,改姓名爲朝衡。"又作"晁",如王維有《送秘書晁監還日本國並序》、李白有《哭晁卿衡》等。蓋當時"朝""晁"二字可互通混用,爲求行文統一起見,本文一律用"晁衡"。

學成後仕于唐。《舊唐書·日本傳》云:"慕中國之風,因留不去,改姓名爲朝衡,仕歷左補闕、儀王友。……上元中,擢衡爲左散騎常侍、鎮南都護。"①晁衡任校書一事《舊唐書》未載,儲光羲《洛中貽朝校書衡》可予補全。詩云:

> 萬國朝天中,東隅道最長。朝生美無度,高駕仕春坊。出入蓬山裏,逍遥伊水傍。伯鸞游太學,中夜一相望。落日懸高殿,秋風入洞房。屢言相去遠,不覺生朝光。②

從詩中可知,晁衡曾"仕春坊"。春坊指太子宮左春坊。結合詩題所稱"晁校書",可知晁衡擔任官職爲太子宮左春坊司經局校書,官階正九品下。從"洛中""逍遥伊水傍"推知,其供職地點當在洛陽。從"伯鸞游太學"句可知其確於太學習業。有學者甚至以爲晁衡與儲光羲是太學同學③,這首詩説明晁衡與儲光羲有親密交往。詩中有"屢言相去遠,不覺生朝光"句,有學者以爲是晁衡常思歸國④。有學者以爲是朋友作竟夜之談,時時感歎闊別很久,不覺天已大亮。認爲晁衡當時剛剛踏上仕途,處在"雲路鵬程"之開端,正"慕中國之風",思歸故里當是後來之事⑤。

晁衡與趙驊 晁衡在唐爲官,"遊官雖貴,心不忘歸,每言鄉國,心魂斷絶"。開元二十一年,以多治比廣成爲首的第九次日本遣唐使團來唐。次年秋日啓程歸國時,十八年前與晁衡同來之日本留學生吉備真備、大和長岡及學問僧玄昉等都要隨同此次遣唐使團歸國,晁衡意欲一同回國,但未獲玄宗批准。他無限失望,作《歸國定何年》云:"慕義名空在,輸忠孝不全。報恩無有日,歸國是何年?"⑥晁衡請歸未果,詩人趙驊已先作《送晁補闕歸日本國》欲爲其送別,詩云:

> 西掖承休浣,東隅返故林。來稱郯子學,歸是越人吟。馬上秋郊遠,舟中曙海陰。知君懷魏闕,萬里獨揺心。⑦

① 《新唐書》卷一九九,北京,中華書局,1975 年,頁 5341。
② 《全唐詩》卷一三八,北京,中華書局,1960 年,頁 1405。
③ 武安隆《遣唐使》,哈爾濱,黑龍江人民出版社,1985 年,頁 99。又據北宋人邵思《姓解》,晁衡還出任過拾遺,武安隆推測爲左拾遺,且認爲晁衡擔任此職應該在任校書以後,左補闕之前。見《遣唐使》,頁 100。
④ 胡錫年《隋唐時代中日關係中的二、三事》,載《陝西師大學報》,1978 年第 3 期。
⑤ 武安隆《遣唐使》,頁 99。
⑥ 張步雲《唐代中日往來詩輯注》,西安,陝西人民出版社,1984 年,頁 121。
⑦ 《全唐詩》卷一二九,頁 1320。

趙驊字雲卿，鄧州人，開元中舉進士，與顏真卿、蕭穎士等有交往。曾因詔媚安禄山，被貶爲晉江尉，德宗建中初爲秘書監。有學者以爲趙驊這首詩大概作于晁衡此次醖釀歸國期間①，所言甚是。

晁衡與王維　天寶十一載（752），以藤原清河爲大使的日本第十一次遣唐使團赴唐，次年使團歸國時，晁衡又提出歸國請求，玄宗許之，並任命晁衡爲使者。得知晁衡獲准歸國的消息，唐代詩友們爲他舉行了盛大的送別宴會。王維寫了《送秘書晁監還日本國並序》，序云：

　　舜覲群后，有苗不服；禹會諸侯，防風後至。動干戚之舞，興斧鉞之誅，乃貢九牧之金，始頒五瑞之玉。我開元天地大寶聖文神武應道皇帝，大道之行，先天布化，乾元廣運，涵育無垠。若華爲東道之標，戴勝爲西門之侯，豈甘心於邛杖？非徵貢于包茅。亦由呼韓來朝，舍於蒲陶之館；卑彌遣使，報以蛟龍之錦。犧牲玉帛，以將厚意；服食器用，不寶遠物。百神受職，五老告期，況乎戴髮含齒，得不稽顙屈膝？

　　海東國日本爲大，服聖人之訓，有君子之風。正朔本乎夏時，衣裳同乎漢制。歷歲方達，繼舊好於行人；滔天無涯，貢方物於天子。同儀加等，位在王侯之先；掌次改觀，不居蠻夷之邸。我無爾詐，爾無我虞，彼以好來，廢關弛禁。上敷文教，虛至實歸，故人民雜居，往來如市。晁司馬結髮遊聖，負笈辭親，問禮於老聃，學詩於子夏。魯借車馬，孔丘遂適於宗周；鄭獻縞衣，季札始通於上國。名成太學，官至客卿。必齊之姜，不歸娶於高、國；在楚猶晉，亦何獨於由余？遊宦三年，願以君羹遺母；不居一國，欲其晝錦還鄉。莊舄既顯而思歸，關羽報恩而終去。於是稽首北闕，裹足東轅，篋命賜之衣，懷敬問之詔。金簡玉字，傳道經於絶域之人；方鼎彝樽，致分器於異姓之國。琅邪臺上，回望龍門；碣石館前，夐然鳥逝。鯨魚噴浪，則萬里倒迴；鷁首乘雲，則八風却走。扶桑若薺，鬱島如萍。沃白日而簸三山，浮蒼天而吞九域。黄雀之風動地，黑蜃之氣成雲。淼不知其所之，何相思之可寄？嘻！去帝鄉之故舊，謁本朝之君臣。咏七子之詩，佩兩國之印。布我王度，論彼蕃臣。三寸猶在，樂毅辭燕而未老；十年在外，信陵歸魏而逾尊。子其行乎！余贈言者。②

---

　①　武安隆《遣唐使》，頁100。謝海平《唐代詩人與在華外國人之文字交》，臺北，臺灣文史哲出版社，1981年，頁67。
　②　陳鐵民校注《王維集校注》，北京，中華書局，1997年，頁317。

詩序從開頭至"得不稽顙屈膝"描寫唐朝國際交流盛況,歌頌唐朝對外開放政策。從"海東國,日本爲大"至"往來如市"寫日本在唐人眼中之印象、地位以及中日交流狀況。從"晁司馬結髮遊聖"至"不歸娶于高國"寫晁衡早年離日赴唐,在太學習業,學成後入仕唐廷並與唐朝女子結婚生活之經歷。"遊宦三年"至"關羽報恩而終去"言晁衡雖在唐爲官,仕宦順意,但仍惦念祖國,歸國報效願望强烈。"於是稽首北闕"至"致分器於異姓之國"寫晁衡回國航海前情景及肩負之重任。"鯨魚噴浪"至"何相思之可寄"想像此次航海可能遇到危險,表達對晁衡歸國路途艱險的擔憂及別後思念。"嘻!去帝鄉之故舊"至"信陵歸魏而逾尊"表達他對晁衡即使年老歸國也能有所作爲的信心,並期待晁衡爲唐朝與日本交流繼續做出貢獻。從序文之詳盡描寫可見,王維對晁衡在唐生活之經歷和心懷故國之心境都有清楚瞭解。序後詩極寫大海的遼闊無垠和日本的渺遠難即,描摹兇險海途,藉以表達海上航行艱險和對晁衡安危的憂慮。設想晁衡戰勝艱難險阻,平安回到祖國後,如何與自己互通音訊,從中可以真切體會到詩人的依依惜別之情。姚合稱此詩及《送丘爲下第》《觀獵》三首,爲"詩家射雕手之作,而以此篇爲壓卷"①。王維是盛唐著名詩人,作詩又寫序,可見送別宴會之隆重和晁衡與唐代文人交誼之深厚。

晁衡感念詩友們深情,賦《銜命還國作》曰:

> 銜命將辭國,非才忝侍臣。天中戀明主,海外憶慈親。伏奏違金闕,騑驂去玉津。蓬萊鄉路遠,若木故園林。西望懷恩日,東歸感義辰。平生一寶劍,留贈結交人。②

詩中表達了他戀唐憶親及臨別贈友的複雜心情。"西望"與"東歸"兩詞,生動地寫出了詩人既留戀唐土又思念家鄉的矛盾心境。用季札掛劍之典,表達了對友人的不捨之情。

晁衡與包佶 晁衡臨行,送別詩友還有包佶。包佶字賀正,潤州人。其父包融與賀知章、張若虛、張旭併稱"吳中四士"。天寶六載,包佶進士及第,累官諫議大夫,坐善元載貶嶺南。劉晏治財,奏起爲汴東兩稅使。劉晏罷,以包佶爲諸道鹽鐵輕貨財物使。後任刑部侍郎,改秘書監,封丹陽郡公。包佶居官謹慎,有聲望,與詩人劉長卿、竇叔向等友善。《唐才子傳》稱其"天才瞻遠,氣宇清深,心醉古經,神和大雅,詩家老斫也"③。包

① 《全唐詩》卷一二七,頁 1289。
② 同上書,頁 8375。
③ 辛文房著,傅璇琮等校箋《唐才子傳校箋》卷三,北京,中華書局,1990 年,頁 463。

佶有《送日本國聘賀使晁巨卿東歸》,詩云:

> 上才生下國,東海是西鄰。九譯蕃君使,千年聖主臣。野情偏得禮,木性本含真。錦帆乘風轉,金裝照地新。孤城開蜃閣,曉日上朱輪。早識來朝歲,塗山玉帛均。①

詩中稱揚晁衡爲"上才",想像其回國後深受歡迎。末二句"早識來朝歲,塗山玉帛均",説明二人相識甚早,即晁衡初次來朝以玉帛修好那年便已相識。

晁衡與李白　李白與晁衡交誼很深。天寶十二載,晁衡獲准隨遣唐大使藤原清河所率使團東歸,海上遭遇風暴,漂至安南,獲救後輾轉返唐,復爲官。當時誤傳晁衡遇難身死,李白作《哭晁卿衡》以悼:

> 日本晁卿辭帝都,征帆一片繞蓬壺。明月不歸沉碧海,白雲愁色滿蒼梧。②

詩中寫晁衡辭別京城,船隻繞過蓬萊,徑直向東航行,却不幸遇難,如明月沉入碧海。詩人聞此噩耗,萬分悲痛,頓感天空白雲、蒼梧山樹也滿布愁色。李白《送王屋山人魏萬還王屋》有句云:

> 身著日本裘,昂藏出風塵。五月造我語,知非儓儗人。③

其中,"身著日本裘"句下李白自注曰:"裘則朝卿所贈,日本布爲之。"據此推測,晁衡與李白交情深厚且以日本裘相贈。

晁衡與徐嶷　《全唐詩》卷四七四有《送日本使還》:

> 絕國將無外,扶桑更有東。來朝逢聖日,歸去及秋風。夜泛潮回際,晨征蒼莽中。鯨波騰水府,蜃氣壯仙宫。天眷何期遠,王文久已同。相望杳不見,離恨托飛鴻。④

《全唐詩》作徐凝詩。凝爲睦州人,生卒年不詳,但其與張祜(792?—853?)爲諍友,與

---

① 《全唐詩》卷二〇五,頁2142。
② 同上書,卷一八四,頁1886。
③ 同上書,卷一七五,頁1789。
④ 同上書,卷四七四,頁5374。

白居易、元稹同時而稍晚,則其生活時代當爲792—853之間①。而晁衡離唐歸國之年在天寶十二載(753),前後相差近40年,當不可能結識和送別晁衡。《文苑英華》卷二九七亦收此詩,作徐嶷詩。嶷,東海人,生卒年亦不詳,肅宗時與詩僧靈一爲友。代宗大曆間在越州,與嚴維、鮑防等人聯句,後編爲《大曆年浙東聯唱集》。據賈晉華《〈大曆年浙東聯唱集〉考述》所考,此次聯唱在代宗廣德元年(763)至大曆五年(770)間②。則徐嶷生活之年代與晁衡相同。此詩未言所送之人,有學者以爲是送別晁衡③。筆者以爲甚是。

金文學與沈頌　金文學本名及生平事蹟不可考。從稱謂來看,"文學"是官名,漢於州郡及王國置文學。晉至唐,太子及諸王府亦置文學。《新唐書·百官志》載:"(文學)從八品上。掌以五經授諸生。縣則州補,州則授於吏部。然無職事,衣冠恥之。"④金文學當即此類文職官員。有學者以爲,金文學當爲完成學業之留學生在唐朝任職"文學"者⑤。沈頌《送金文學還日東》曰:

> 君家東海東,君去因秋風。漫漫指鄉路,悠悠如夢中。煙霧積孤島,波濤連太空。冒險當不懼,皇恩措爾躬。⑥

嚴耕望説:"唐人所謂日東多指日本而言,惟此金文學必新羅人無疑。"⑦嚴先生未言判斷根據。但日本學者木宮泰彥《日中文化交流史》將金文學列于《遣唐留學生、學問僧一覽表》中,並引《異稱日本傳》曰:"金文學似即吉備真備。"⑧本文暫依木宮泰彥所論將金文學算作日本留學生。沈頌生平不詳,《全唐詩》錄其詩六首。這首《送金文學還日東》當是留學生金文學返鄉回國之際沈頌贈別之作。

薛文學與劉眘虛　薛文學生平事蹟不詳。明人唐汝詢《唐詩解》推測薛文學身份道:"疑薛文學乃夷人而入仕于唐者。"⑨有學者進一步推論稱:"從這首詩的首句來看,薛文學應爲日本人。"⑩據以上對金文學身份的考察可知,薛文學也應是留唐學生,完成

---

① 陳耀東《桐廬詩人徐凝的成就》,載《寧波大學學報》,2011年第1期。
② 辛文房著,傅璇琮等校箋《唐才子傳校箋·補正》卷三,頁135。
③ 鄭子瑜《談中日詩人的贈答詩》,載《北京大學學報》,1991年第5期。
④ 《新唐書》卷四九,頁1314。
⑤ 謝海平《唐代詩人與來華外國人之文字交》,頁110。
⑥ 《全唐詩》卷二〇二,頁2113。
⑦ 嚴耕望《新羅留唐學生與僧徒》,《唐史研究叢稿》,臺北,新亞研究所,1969年,頁440。
⑧ 木宮泰彥著,胡錫年譯《日中文化交流史》,北京,商務印書館,1980年,頁135。
⑨ 唐汝詢選釋,王振漢點校《唐詩解》卷二,石家莊,河北大學出版社,2010年,頁31。
⑩ 張步雲《唐朝中日往來詩輯注》,頁4。

學業後在唐朝任職"文學"者。劉眘虛《海上詩送薛文學歸海東》云：

> 何處歸且遠，送君東悠悠。滄溟千萬里，日夜一孤舟。曠望絕國所，微茫天際愁。有時近仙境，不定若夢遊。或見青色古，孤山百里秋。前心方杳眇，後路勞夷猶。離別惜吾道，風波敬皇休。春浮花氣遠，思逐海水流。日暮驪歌後，永懷空滄洲。①

劉眘虛，生年不詳，字金乙，江東人。他姿容秀挺，八歲屬文上書，召拜童子郎。開元十一年舉進士，天寶時任夏縣令。劉眘虛雖有詩文盛名，却落拓不偶。詩作大半是贈友、寫景之作，情懷幽深，寄興高遠，用語奇崛，唯氣骨稍弱。殷璠《河岳英靈集》稱："眘虛詩，情幽興遠，思苦語奇，忽有所得，便驚衆聽。頃東南高唱者十數人，然聲律婉態，無出其右。唯氣骨不逮諸公。自永明以還，可傑立江表。"②劉眘虛英年早逝，卒於天寶十二載前，殷璠痛惜曰："惜其不永，天碎國寶。"③這首《海上詩送薛文學歸海東》應是薛文學離唐歸國之際，劉眘虛送別所作，即如《唐詩解》所云："（薛文學）時將歸國，而贈以詩，言海路極遠，而居舟中所見之景恍惚無定，可謂危矣。然薛之意，不以路險爲憂，而以離隔吾道爲戚，雖風波之中，而不忘王命，其尊中國如此。故我感此春花芬馥，含情送君，別思隨海水而無窮也。然驪駒一奏，會面無期，徒望此滄海而懷想耳。"④有學者稱送別地當在滄州⑤。

金吾侍御與許棠　金吾侍御生平事蹟不詳。有學者以爲金吾侍御是因仰慕和歸化中國而留學的日本人，仕唐名高位顯⑥。許棠有《送金吾侍御奉使日東》，詩云：

> 還鄉兼作使，到日倍榮親。向化雖多國，如公有幾人。孤山無返照，積水合蒼旻。膝下知難住，金章已系身。⑦

許棠，字文化，宣州涇縣人。苦心于詩文，性僻少合，久困場屋。咸通十二年（871）登進士第，授涇縣尉，又嘗爲江寧丞。與喻坦之、張喬、鄭谷、張蠙、劇燕、任濤、吳罕、周

---

① 《全唐詩》卷二五六，頁2869。
② 殷璠著，王克讓注《河岳英靈集注》，成都，巴蜀書社，2006年，頁84。
③ 《河岳英靈集注》，頁85。
④ 唐汝詢著，王振漢點校《唐詩解》卷二，頁31。
⑤ 謝海平《唐代詩人與在華外國人之文字交》，頁111。
⑥ 張步雲《唐代中日往來詩輯注》，頁80。
⑦ 《全唐詩》卷六〇四，頁6987。

繇、李棲遠等，併稱“咸通十哲”。從詩中“還鄉兼作使”句可知，金吾侍御歸國時被唐廷任命爲使者。此詩當是金吾侍御充使歸國之際許棠所寫贈別之作。

　　褚山人與賈島　褚山人原名及生平事蹟不詳，有學者以爲唐人稱隱士爲山人，山人當爲文士之未出仕者①。日本學者木宮泰彦《日中文化交流史》“遣唐學生、學問僧一覽表”將褚山列爲遣唐留學生②，則褚山人當爲入唐習業之日本留學生完成學業後未入仕者。賈島《送褚山人歸日本》云：

　　　　懸帆待秋水，去入杳冥間。東海幾年別，中華此日還。岸遥生白髮，波盡露青山。隔水相思在，無書也是閑。③

賈島，字閬（浪）仙，范陽人。早年累舉進士不第，出家爲僧，法號無本。後經韓愈授文法，還俗舉進士。這首詩寫褚山人懸帆待歸，急切回鄉。詩中“岸遥生白髮”“隔水相思在”兩句極言褚山人歸國後詩人思念之苦。而“波盡露青山”又以“青山常在”比喻友誼長久，末句用對方“山人”志趣化解相思之苦。

　　朴山人與釋無可　釋無可有《送朴山人歸日本》云：

　　　　海霽晚帆開，應無鄉信催。水從荒外積，人指日邊回。望國乘風久，浮天絕島來。儻因華夏使，書劄轉悠哉。④

釋無可俗姓賈，爲賈島從弟，范陽人，居天仙寺。與賈島、姚合、李賀、李洞等有詩往來。他外僧內學，“懶讀經文”，“願攻詩句”⑤。從這首詩可以看出，朴山人留學唐朝期間，曾與無可爲詩友，故臨別時無可以詩送之。此朴山人原名及生平事蹟不詳。臺灣學者謝海平和日本學者木宮泰彦均認爲其爲日本遣唐留學生⑥。據此，則此朴山人與下文所考與尚顏交往之新羅朴山人並非同一人。

---

①　謝海平《唐代詩人與在華外國人之文字交》，頁113。
②　木宮泰彦著，胡錫年譯《日中文化交流史》，頁135。
③　《全唐詩》卷五七三，頁6667。
④　同上書，卷八一三，頁9150。
⑤　姚合《送無可上人遊越》曰：“懶讀經文求作佛，願攻詩句覓升僊。”《全唐詩》卷四九六，頁5623。
⑥　謝海平《唐代詩人與在華外國人之文字交》，頁76；《日中文化交流史》，頁135。

二、崔致遠等新羅留學生與晚唐文人的詩歌交往

　　晚唐時新羅派遣留學生赴唐最盛,僅長慶初至天祐初登賓貢科者就多達 58 人。①因此與新羅留學生交往者多爲晚唐詩人,其中以崔致遠與晚唐詩人交往最爲廣泛。党銀平《唐與新羅文化關係研究》一書對新羅留學生及崔致遠與晚唐詩人交往已有論列②,此處僅就黨著未盡或疏漏處再做述補。

　　崔致遠與田仁義　　《千載佳句》下"遊放部・春遊類"有崔致遠《成名後酬進士田仁義見贈》殘句云:

　　　　芳園醉散花盈袖,幽徑盈歸月在帷。③

詩題中田仁義生平事跡不詳,兩《唐書》無傳。據崔致遠詩題所言,田仁義是應舉進士。從詩題中也可看出,崔致遠及第後田仁義曾有詩相贈,詩今不存。

　　崔致遠與李員外　　《千載佳句》上"四時部・秋興類"有崔致遠《交州獻留李員外》殘句云:

　　　　芙蓉零落秋池雨,楊柳蕭疏曉岸風。④

又同書"人事部・閒適類"有崔致遠《兗州留獻李員外》殘句云:

　　　　神思只勞書卷上,年光任過酒杯中。⑤

《全唐詩逸》將此四句綴合,題爲崔致遠《兗州留獻李員外》:

---

　　①　徐居正《東文選》卷八四,首爾,韓國民族文化刊行會,1992 年,頁 346。
　　②　党銀平《唐與新羅文化關係研究》,北京,中華書局,2007 年。
　　③　大江維時編纂,宋紅校訂《千載佳句》,上海,上海古籍出版社,2003 年,頁 129;又見《全唐詩・全唐詩逸》卷中,頁 10193。
　　④　大江維時編纂,宋紅校訂《千載佳句》,頁 21。
　　⑤　同上書,頁 68。

芙蓉零落秋池雨,楊柳蕭疏曉岸風。神思只勞書卷上,年光任過酒杯中。①

李員外生平事蹟不詳,當爲晚唐文士。詩題"兗州",據《舊唐書·地理志》載:"武德五年,平徐圓朗,置兗州,領任城、瑕丘、平陸、龔丘、曲阜、鄒、泗水七縣。……天寶元年,改兗州爲魯郡。乾元元年,復爲兗州。"②從崔致遠行實看,他歸國前需在山東一帶上船。在山東等待上船期間,曾在當地遊覽,與作爲新羅國入淮南使來唐並將與他結伴回國的新羅人金仁圭一起作文祭祀嶬山之神,乞求神靈保佑平安渡海。他們還一起拜訪山東境内寺廟並作詩唱和,現存有《和金員外贈嶬山清上人》《將歸海東嶬山春望》《祭嶬山神文》等詩文。據此推測,他的《兗州留獻李員外》也應作於歸國前逗留山東時寫給李員外的留別之作。

崔致遠與洛中友人　《全唐詩》有崔致遠《留贈洛中友人》殘句曰:

洛水波聲新草樹,嵩山雲影舊樓臺。③

《千載佳句》上"地理部·山水類"亦載。詩題中洛中友人所指不明,但據崔致遠行實,他于唐僖宗乾符元年(874)及第後至乾符三年初被徵選爲江南道宣州溧水縣尉,期間曾浪跡於東都洛陽④。據此判斷,他與洛中友人交往當在此一時期。這首贈詩應爲崔致遠離開洛陽或歸國時留贈洛中友人而作。

崔致遠與女道士　《桂苑筆耕集》有崔致遠《留別女道士》,詩云:

每恨塵中厄宦途,數年深喜識麻姑。臨行與爲真心説,海水何時得盡枯。⑤

此詩作于崔致遠歸國途中的山陽、楚州一帶,也就是今淮安一帶⑥。從詩中"數年深喜識麻姑"句看,崔致遠在華期間與這位女道士多有交往,詩人爲這一交往數年之久而日漸深沉的情誼而"深喜"。能對女道士訴説"每恨塵中厄宦途"的煩憂,可見這位女道士

---

①　《全唐詩·全唐詩逸》卷中,頁10193。
②　《舊唐書》卷三八,北京,中華書局,1975年,頁1390。
③　《全唐詩·全唐詩逸》卷中,頁10193。
④　党銀平《韓國漢文學之祖——崔致遠》,載《古典文學知識》2008年第2期。
⑤　崔致遠著,党銀平校注《桂苑筆耕集》卷二○,北京,中華書局,2007年,頁751。
⑥　《崔致遠在中國》,見韋旭昇《韋旭昇文集》卷三,北京,中央編譯出版社,2000年,頁645。

是他的知音。而唐朝很多女道士能詩善文,如詩人李冶、魚玄機等,崔致遠詩中這位女道士應該也是精通詩文者。從詩題中"留別"二字和詩中"臨行與爲真心説"一句來看,這首詩應是崔致遠歸國臨行前寫給女道士的贈別之作。

　　崔致遠與無名友人　《桂苑筆耕集》有崔致遠《和友人除夜見寄》,詩云:

　　　　與君相見且歌吟,莫恨流年挫壯心。幸得東風已迎路,好花時節到雞林。①

詩題中友人姓名行止無考。有學者以爲從此詩在文集中排列順序及內容看,無疑是崔致遠在山東一帶等候天氣轉好,準備揚帆渡海歸國時所寫②。從詩題"和友人除夜見寄"和"與君相見且歌吟"句看來,二人曾爲詩友,常有詩歌唱和。

　　崔致遠與于慎微　《孤雲先生文集》有崔致遠《長安旅舍與于慎微長官接鄰》,詩云:

　　　　上國覊棲久,多慚萬里人。那堪顏氏巷,得接孟家鄰。守道惟稽古,交情豈憚貧。他鄉少知己,莫厭訪君頻。③

于慎微生平事蹟不詳。從詩題中"長官"二字可知,于慎微或爲唐朝官員。又從詩中"顏氏巷""孟家鄰"典故可知,于慎微當爲品德高尚、精通詩文之人且與崔致遠比鄰而居。詩題標明地點是長安,崔致遠留唐十六年中只有前六年在長安艱苦求學,二人交往當在這一時期。從詩中"少知己""訪君頻"看,崔致遠在長安期間將于慎微視爲知己,二人過從甚密。

　　崔致遠與吳瞻　《孤雲先生續集》有崔致遠《辛丑年寄進士吳瞻》,詩云:

　　　　危時端坐恨非夫,爭奈生逢惡世途。盡愛春鶯言言巧,却嫌秋隼性靈麤。迷津懶問從他笑,直道能行要自愚。壯志起來何處説,俗人相對不如無。④

吳瞻生平事蹟不詳,但從詩題可知吳瞻是進士。詩題中"辛丑年"當爲唐僖宗廣明二年

---

①　《桂苑筆耕集》卷二〇,頁765。
②　《韋旭昇文集》卷三,頁643。
③　成大慶《崔文昌侯全集》,首爾,韓國成均館大學出版社,1972年,頁28。
④　同上書,頁208。

(881),時崔致遠在高駢幕,深受重用,七月作《剿黃巢檄》,名震朝野。"危時端坐恨非夫,爭奈生逢惡世途。盡愛春鶯言言巧,却嫌秋隼性靈麤",暗指當時時事。詩中敢於大膽議論敏感時政,可見他對吳瞻很信任,二人交情深厚。

　　朴山人與尚顏　尚顏,生卒年不詳,汾州(今山西省汾陽縣)人,字茂聖,俗姓薛,尚書薛能之宗人,出家荆門。爲著名詩僧,與齊己、栖蟾、虛中等同時且互相酬唱。工五言詩,有集 5 卷,今存詩 34 首。其《送朴山人歸新羅》曰:

　　　　浩渺行無極,揚帆但信風。雲山過海半,鄉樹入舟中。波定遥天出,沙平遠岸窮。
　　離心寄何處,目擊曙霞東。①

這首贈別詩當作於朴山人即將啓程歸國之際。詩中描繪想像中的海上風光和歷程,表達對友人的深厚情誼。語言精煉,意境優美,情感真摯。朴山人姓名及生平事蹟不詳。此詩《全唐詩》卷五五六又作馬戴詩,馬戴有《送朴山人歸新羅》詩。有學者認爲"朴山人當文士之未出仕者。馬戴與顧非熊善,爲文字至交,疑此朴山人可能即爲非熊文友朴處士也"②。又,《千載佳句》"隱逸部•隱士類"有新羅人朴昂詩一聯③,此朴昂或即朴山人或朴處士。

　　金立之與青龍寺僧　新羅留學生在唐期間常遊覽寺院,多有佳作。如崔致遠有《題潤州慈和寺》、朴仁範有《題涇州龍朔寺》、朴寅亮有《題泗州龜山寺》等。在遊覽寺院,創作佳製同時,他們與高僧大德多有交遊。而唐朝僧侶多善詩文,故而也留下了很多新羅留學生留贈唐朝僧人的詩作。《全唐詩逸》殘存金立之《贈青龍寺僧》,詩云:

　　　　紺殿雨晴松色冷,禪林風起竹聲餘。④

金立之生卒年不詳,爲敬宗寶曆元年(825)赴唐宿衛習業之新羅留學生。據《册府元龜》記載:"敬宗寶曆元年五月庚辰,新羅國王金彥升奏:'先在太學生崔利貞、金叔貞、朴季業四人,請放還蕃。其新赴朝貢金允夫、金立之、朴亮之等一十二人,請留在宿衛,

---

　　①　《全唐詩》卷八四八,頁 9603。
　　②　謝海平《唐代詩人與在華外國人之文字交》,頁 113。
　　③　大江維時編纂,宋紅校訂《千載佳句》卷下,頁 147。朴昂《尋太一王山人路次雲際寺》今存一聯:"明主十征何謝病,煙霞不許作堯臣。"
　　④　《全唐詩•全唐詩逸》卷中,頁 10194。

仍請配國子監習業,鴻臚寺給資糧.'從之."①《東史綱目》記載金立之爲新羅留學生中在唐登科者②,嚴耕望以爲其在唐登科時間當在文宗太和開成間③。金立之在唐留學期間其他事蹟無考。唐青龍寺在西京長安新昌坊南門東④,可知金立之在長安留學期間曾遊覽此寺,與寺僧交往且以詩留贈。

金立之與無名僧人　《全唐詩逸》另有金立之《贈無名僧人》殘句,詩云:

> 更有閑宵清凈境,曲江澄月對心虛。⑤

從末句"曲江"一詞推測,這位無名僧人修行之寺亦在西京長安。這兩句與前揭《贈青龍寺僧》殘句都是通過對佛寺自然景色描繪,表達詩人對忘却世俗、澄心静慮、在清凈寧馨境界中生活之僧侣的崇敬。從頻繁遊寺和贈詩中也可看出金立之樂與僧人往來並與他們深有交誼。

三、留學生與唐代文人詩歌交往的文學史意義

留學生與唐朝文人詩歌交往不僅密切了唐王朝與周邊國家友好關係,而且對雙方詩歌創作也產生了積極作用。

留學生在唐朝學習,獲得詩歌創作才能,又與唐朝詩人往來,詩歌創作有明顯模仿唐人傾向。兹以崔致遠與羅隱爲例來説明。

羅隱與崔致遠詩歌交往的記載見於《三國史記·崔致遠傳》:"始西遊時,與江東詩人羅隱相知。隱負才自高,不輕許可人,示致遠所製歌詩五軸。"⑥有學者考證二人初次交往在咸通九年(868)至乾符初年(874)間,即崔致遠初抵唐土"觀光六年"期間⑦。羅隱生於大和七年(833),崔致遠咸通九年(868)入唐,時年12歲,彼時羅隱已36歲,比崔致遠年長24歲。有學者以爲,從二人年齡以及在詩壇地位來看,崔致遠應奉羅隱爲師,

① 王欽若《册府元龜》卷九九九,北京,中華書局,1989年,頁11560。
② 安鼎福《東史綱目》卷五,首爾,韓國景仁文化社,1987年,頁346。
③ 嚴耕望《新羅留唐學生與僧徒》,《唐史研究叢稿》,頁433。
④ 李芳民《唐五代佛寺輯考》,北京,商務印書館,2006年,頁26。
⑤ 《全唐詩·全唐詩逸》卷中,頁10194。
⑥ 金富軾著,李丙燾注譯《三國史記》卷四六,首爾,韓國明文堂,1988年,頁534。
⑦ 汪德振《羅隱年譜》,上海,商務印書館,1937年,頁6。

得到了羅隱指教,兩人很可能是師生關係①。再結合羅隱爲人"介僻寡合""恃才忽晚"的個性和《三國史記》所載他品讀崔致遠所作歌詩五軸來看,二人應該有過較爲密切的詩歌交往。再者,崔致遠在唐好友顧雲、張喬以及和崔致遠有文字往來的鄭畋、蕭述和裴澈諸人都與羅隱交好,也可證明崔致遠和羅隱之間有過密切詩歌交往②。羅隱對崔致遠詩歌創作有着重要影響,二人詩歌有很多相似點和相同點,從中可以看出崔致遠曾有意取法借鑒羅隱詩。

　　首先,從詩歌體式上看,二人詩歌中七律均占絶大多數。羅隱現存詩 400 多首,七言律詩 200 多首,占總數的一半强③。崔致遠漢詩文集《桂苑筆耕集》30 首詩中七言律詩 15 首,占總數的 50%。崔致遠擅長七言近體,與晚唐詩人普遍偏重七言近體有關④,晚唐詩壇這種偏重七言近體尤其是七言律詩的整體傾向在羅隱詩中表現最爲突出。現存羅隱七律詩 200 多首,僅次於白居易的 600 首,居全唐第二。因此可以説崔致遠詩歌的體式選擇受晚唐詩人的普遍影響,當然也不能排除他受到了羅隱這種體裁偏好的影響。

　　其次,從詩歌用韻方式上看,羅隱和崔致遠七言近體詩大都首句入韵。羅隱詩中首句入韵者有很多。如《鸚鵡》:"莫恨雕龍翠羽殘,江南地暖隴西寒。勸君不用分明語,語得分明出轉難。"⑤首句就已入韵,韵爲上平聲寒部,韵脚字分別爲殘、寒、難。又如《偶題》:"鍾陵醉别十餘春,重見雲英掌上身。我未成名君未嫁,可能俱是不如人。"⑥也是首句入韵,韵脚爲上平聲真部,整首詩韵脚分別爲春、身、人。崔致遠詩中也頗多此種用韵方式。如《留别女道士》:"每恨塵中厄宦途,數年深喜識麻姑。臨行與爲真心説,海水何時得盡枯。"⑦詩爲七絶,首句入韵,韵是上平聲虞部,韵脚字分別爲途、姑、枯。再如《和友人除夜見寄》:"與君相見且歌吟,莫恨流年挫壯心。幸得東風已迎路,花好時節到雞林。"⑧也首句入韵,韵爲下平聲侵部,韵脚字爲吟、心、林。其《登潤州慈和寺上房》《秋夜雨中》等詩用韵也是如此。此等類同應該不是巧合,只能説明崔致遠曾細

①　柳晟俊《羅隱詩與崔致遠詩之關係》,載《國際中國學研究》第三輯,頁 26—29。
②　同上文,頁 28。
③　數據據羅隱撰,雍文華校輯《羅隱集》(北京,中華書局,1983 年)《甲乙集》中所收羅隱詩歌統計。
④　晚唐羅隱、韋莊、韓偓、杜荀鶴、司空圖、鄭谷幾位主要詩人創作的詩歌,古體明顯少於近體。而在近體當中,七言近體所占比重最多,七言近體中又以七律爲多。
⑤　羅隱撰,雍文華校輯《羅隱集·甲乙集》,頁 46。
⑥　同上書,頁 132。
⑦　《桂苑筆耕集校注》卷二〇,頁 751。
⑧　同上書,卷二〇,頁 765。

心琢磨並有意效法羅隱作詩的法度。

再次，詩歌風格相似。一般説來，每個詩人都有自己的主導性風格，此外又有多樣性藝術面向。羅隱詩的主導性詩風是深沉雄博，也有不少通俗曉暢、清新纖麗之作。這些通俗清新之作，與崔致遠詩風頗爲相似。如宋人魏慶之《詩人玉屑》曾引羅隱《秋浦》爲證來説明其詩風之清新：“清新：野色寒來淺，人家亂後稀。”①羅氏《秋浦》曰：“晴川倚落暉，極目思依依。野色寒來淺，人家亂後稀。久貧身不達，多病意長違。還有漁舟在，時時夢裏歸。”②詩用“思依依”“時時”等淺顯語匯來表達秋日强烈思鄉之情，整首詩顯得既清新又曉暢。崔致遠《秋日再經盱眙縣寄李長官》曰：“孤蓬再此接恩輝，吟對秋風恨有違。門柳已凋新歲葉，旅人猶着去年衣。路迷霄漢愁中老，家隔煙波夢裏歸。自笑身如春社燕，畫梁高處又來飛。”③將二詩比較可以看出，二詩詩意相通，都在相同季節傾訴鄉愁。出人頭地的願望、孤獨失意的情懷、清新曉暢的風格，幾乎全無二致。

羅隱詩中有不少用白話淺語言情的通俗曉暢之作，崔致遠漢詩中也有同類篇章。如羅隱詩云：“得即高歌失即休，多愁多恨亦悠悠。今朝有酒今朝醉，明日愁來明日愁。”（《自遣》）用淺切通俗語言，道出了詩人屢屢落第的失意心情和借酒澆愁的痛楚心境，通俗曉暢又蘊含哲理。他如“耳邊要静不得静，心裏欲閑終未閑”（《寄右省王諫議》），“勸君不要分明語，語得分明出轉難”（《鸚鵡》），風格都是如此。崔致遠詩中的類似篇章如《途中作》：“東飄西移路歧塵，獨策嬴驂幾苦辛。不是不知歸去好，只緣歸去又家貧。”用“東飄西移”“幾苦辛”這樣口語感慨時光流逝、旅途艱辛。詩人自乾符三年（876）往湖南拜見當時任湖南觀察使的座主裴瓚，其後又往唐都長安參加吏部銓選，直至乾符四年出任江南東道宣州溧水縣尉，半年多時間裏，爲求官奔走於各地，所以才有上述煩惱。“不是不知歸去好，只緣歸去又家貧”通俗似口語，將心中對“久客”的厭倦而又無法擺脱的心情清晰地表達了出來。此外如“自識君來幾度別，此回相別恨重重”（《送進士吴巒歸江南》），“誰知天上曲，來向海邊吹”（《旅遊唐城贈先王樂官》）等詩都語言通俗淺近，詩風明白曉暢，與羅隱某些詩作風格有明顯相通之處。

最後，直接借用詩句。崔致遠有些詩作中甚至直接借用羅隱詩中語詞。其中以對姑蘇臺的描寫最爲典型。《唐才子傳》載：“（錢）鏐初授鎮，命沈崧草表謝，盛言浙西富庶。隱曰：‘今浙西焚蕩之餘，朝臣方切賄賂，表奏，將鷹犬我矣。’鏐請隱更之，有云‘天

---

① 魏慶之《詩人玉屑》卷三，上海，上海古籍出版社，1959年，頁62。
② 羅隱撰，雍文華校輯《羅隱集·甲乙集》，頁155。
③ 同上書，頁29。

寒而麋鹿曾遊,日暮而牛羊不下'。"①而崔致遠《姑蘇臺》詩殘聯亦有"荒臺麋鹿遊秋草,
廢院牛羊下夕陽"(《孤雲先生文集》卷一)。當然也可以説二詩皆用《詩經·王風·君
子于役》中"日之夕矣,羊牛下來"之句,但羅詩中關鍵字語"麋鹿游""牛羊下"在崔詩中
同時出現,不能不説是崔詩有意模仿羅文。再如羅隱《秋浦》詩中有"還有漁舟在,時時
夢裏歸"句,崔致遠直接借用"夢裏歸"三字,並襲羅詩意趣,作"家隔煙波夢裏歸"。類
似例證還有很多,説明崔致遠詩歌創作確實受到了羅隱的顯著影響。

　　中土文人在與外邦士子交往過程中,也常虛心向他們學習②,藉以瞭解異域風情。
尤其是留學生入唐途中所見海上景觀和航海經歷,開闊了唐代文人視野,豐富了唐詩意
象,充實了唐詩內容。這是留學生與唐代文人詩歌交往帶給唐詩創作的新變化。

　　新羅、日本都與李唐隔海相望,留學生赴唐須經較長時間海上航行才能抵達。新羅
與唐通道既有陸路又有海路,因陸路遙遠,故而新羅留學生赴唐大多選擇海路,若是順
風兩三日便可到達。③儘管路程較近但並不意味着沒有風險,海上征程同樣艱險異常,
新羅赴唐使者和留學生在海上遇險是常有之事。據《三國史記》記載,太和五年(831),
入唐進奉使金能儒一行在完成使命返回新羅途中沉溺於海。咸通三年,入唐使阿湌富
良一行遇風溺海而死。景福二年(893),兵部侍郎金處誨入唐納旌節也命喪海上。唐朝
王文干于開成五年(840)奉使新羅歸國後所述海上遭遇頗能説明新羅使者和留學生赴
唐途中所歷險難:"王事斯畢,回櫓累程,潮退反風,征帆阻駐,未達本國,恐懼在舟,夜耿
耿而罔爲,魂營營而至曙。嗚呼!險阻艱難,備嘗之矣。及其不測,妖怪競生。波滉瀁
而滔天,雲靉靆而蔽日。"④由於當時造船技術還很落後和缺少颱風、海流規律等航海知
識,留學生赴唐途中隨時都可能發生船毀人亡的悲劇。

---

　　①　辛文房著,傅璇琮等校箋《唐才子傳校箋》卷九,頁120。
　　②　《東人文序》記載《東人文》(已佚)的編選緣起時就提到這點説:中土詩人在與韓邦士子相交接時,"間有求見
東人文字者,予直以未有成書對。退而恥焉,於是始有撰類書之志。……起于新羅崔孤雲,以至忠烈王時,凡名家者,得
詩若干首,題曰五七;文若干首,題曰千百;駢儷之文若干首,題曰四六。總而題其目曰'東人之文'。……欲觀東方作文
體制,不可舍此而他求也。"既然中土詩人在與外邦士子交接的過程中有求取對方文字的舉動,且在這種情況的鼓動
下,自留學生崔致遠始韓邦詩人開始選編自己的作品集,這就説明,唐朝詩人在與崔致遠及其他留學生交往的過程中也
曾有求取對方文字,虛心學習借鑒的舉措。見[朝鮮]徐居正《東文選》卷八四,首爾,韓國民族文化刊行會,1992年,頁
349。
　　③　日本學問僧圓載《入唐求法巡禮行記》載:"登州牟平縣唐陽陶村之南邊,去縣百六十里,去州三百里,從此東有
新羅國。得好風兩三日得到新羅。"見[日]圓仁著,白化文等校注《入唐求法巡禮行記校注》卷一,石家莊,花山文藝出版
社,1992年,頁150。
　　④　(會昌037)《大唐故中大夫行内侍省給事員外置同正員上柱國贈緋魚袋王公墓誌銘並序》,周紹良《唐朝墓誌彙
編》,上海,上海古籍出版社,1992年,頁2237。

　　日本至李唐只能通過海路,航行時間最短七至九天,最長三十四天甚至兩年①。不僅航行時間長,而且日本航海技術和造船技術更爲落後,留學生航海赴唐是名副其實的冒險之旅,順利渡航成功者爲數甚少。《續日本紀》"寶龜九年"條所載第十次遣唐使判官大伴繼人的報告就生動地再現了遣唐使及留學生遭遇海難的可怕經歷②。這雖然是第十次遣唐使團歸國海程中的遭遇,但其實赴唐海途驚險艱難與歸途並無二致。菅原道真就曾向日本天皇建議:"臣等伏檢舊記,屢次遣使,或有渡海而不堪命者,或有遭賊遂身亡者。唯未見至唐,而便有難阻、饑寒之悲。"③

　　因爲有遣唐使和留學生們的真實體驗,日本文人對大海和航海艱險瞭解十分深切,有關渡海赴唐的文學作品中,對海上航行和海上景觀描述都兇險駭人。如日本小説《宇津保物語》中描寫了一個叫清源俊蔭的人,16歲隨遣唐使團前往唐朝。但在航海途中遭遇暴風襲擊,三隻船有兩隻遭到破壞,清原俊蔭所乘船只幸而未沉,却漂到了波斯國,遭遇種種危險,23年後才得以搭乘商船回到日本。這些情節正是留學生和遣唐使真實經歷的寫照。另一篇小説《竹取物語》,對大海險惡的描寫也懾人心魄④。由於日本遣唐使和留學生的親身經歷,日本文學作品中的大海都是兇險、艱難的。

　　與日本文學作品相比,唐人詩作中大海却是另一番景象。首先,唐朝詩人大都生活在大陸,大海是他們經驗範圍以外的事物,他們對大海的認知多通過前代典籍獲得。而前代典籍所述大海都是遥遠、美好、神秘的,多和逍遥自在、長生不死的神仙聯繫在一起⑤。這被自幼便熟讀典籍的文人所熟知,常用來作爲詩歌素材。因此在唐詩中,大海往往與求仙、仙人、學仙等主題綰結在一起。其次,唐人描寫海上景觀也呈現出模式化、標籤化傾向。但凡寫到大海,必然要用到日、月、雲霞、海波、海潮等自然意象和神話傳

　　① 日本第十次遣唐使船爲狂風所顛簸,在海上漂流了34天才漂抵福州一帶。第九次遣唐使的第二船就一度被吹回中國,再次出發抵達日本時,比第一船整整晚了兩年。
　　② [日]藤野真道《續日本紀》卷三五,東京,經濟雜誌社,1897年,頁620。
　　③ [日]菅原道真《請令諸公卿議定遣唐使進止狀》,川口久雄校注《菅家文草　菅家後集》,東京,岩波書店,1966年,頁568。
　　④ [日]佚名撰,豐子愷譯《落窪物語》,北京,人民文學出版社,1984年,頁18—19。
　　⑤ 在唐前典籍中,多有海中仙島及仙境的記載。如《列子》云:"(海中有神山)一曰岱輿,二曰員嶠,三曰方壺,四曰瀛洲,五曰蓬萊。其山高下周旋三萬里,其頂平處九千里。山之中間相去七萬里,以爲鄰居焉。其上臺觀皆金玉,其上禽獸皆純縞,珠玕之樹皆叢生,華實皆有滋味;食之皆不老不死。所居之人皆仙聖之種;一日一夕飛相往來者,不可數焉。而五山之根無所連箸,常隨潮波上下往還,不得蹔峙焉。"這五座神山都在海中,是仙人居住之所,不僅有仙人而且有長生不老之藥。秦皇漢武都曾使人前往求仙藥。見楊伯峻《列子集釋》卷五,北京,中華書局,1979年,頁152。《史記·封禪書》載:"自威、宣、燕昭使人入海求蓬萊、方丈、瀛洲。此三神山者,其傳在勃海中……蓋嘗有至者,諸仙人及不死之藥皆在焉。"見《史記》卷二八,北京,中華書局,1959年,頁1369。《秦始皇本紀》又載:"齊人徐市等上書,言海中有三神山,名曰蓬萊、方丈、瀛洲,仙人居之。請得齋戒,與童男女求之。於是遣徐市,發童男女數千人,入海求仙人。"見《史記》卷六,頁247。漢武帝也曾"遣方士入海求蓬萊安期生之屬。"見《史記》卷十二,頁455。

説中的蛟龍等虚擬意象,而這些意象所塑造的大海也都是遼闊、平和、美麗的。

留學生赴唐改變了唐代詩人描寫大海的固有模式,使他們從書本上得來的大海印象被徹底顛覆,詩歌創作中有關大海的描寫從此發生了重大變化。

其一,在與留學生密切交往並獲知大海變幻無常、滿布驚濤駭浪的特徵以及航海歷程艱難險惡之後,唐代詩人們一改以往對大海遼闊、平和、唯美的模式化描寫,而變爲竭盡其所能描摹大海變幻莫測、難以掌控和不可捉摸,着力强調海上航行艱險,描寫更接近大海的真實面貌,讀之震撼人心。如林寬《送人歸日東》:

> 滄溟西畔望,一望一心摧。地即同正朔,天教阻往來。波翻夜作電,鯨吼晝可雷。門外人參徑,到時花幾開。[1]

詩爲贈別新羅友人而作。第三聯對大海的描寫令人觸目驚心。"電"極言大海波濤之急,"雷"極言海濤聲音之大,如海底大鯨發出起雷般吼聲。前者描寫海之形,後者描寫海之聲,將海之驚險描摹得淋漓盡致。

再如王維《送晁秘書監還日本國》中描寫的航海之險難與大海之恐怖:

> 積水不可極,安知滄海東? 九州何處遠,萬里若乘空。向國惟看日,歸帆但信風。鼇身映天黑,魚眼射波紅。鄉樹扶桑外,主人孤島中。別離方異域,音信若爲通。[2]

這是王維送別日本留學生晁衡的詩作。詩中"鼇身映天黑,魚眼射波紅"兩句描寫最有特色:巨鼇身影映黑天空,大魚眼睛迸射紅光,黑影,紅光,藍天,碧波,構成一幅光怪陸離的闊大畫面,令人感到神秘、奇詭和恐怖。這些描寫也許有想像誇飾成分,但視距很近,物像具體,和以往詩中那種印象式的大海很不一樣。可見詩人對大海有了更具體的瞭解,晁衡等留學生應該是其獲得這些信息的重要來源。

其二,留學生帶來的海外新事物豐富了唐詩意象。意象是構成詩歌的基本元素,承載着詩歌的時代文化信息。留學生是知識水準較高的人群,所攜信息更準確系統,講述能力也最强。異邦新事物通過他們源源不斷地進入唐代文人的認知和語彙系統,並在

---

[1]　《全唐詩》卷六〇六,頁7001。謝海平認爲:"唐人所稱日東,多指日本,惟此詩稱'地即同正朔',而鄰邦之中,唯新羅至唐高宗以後奉唐爲正朔,則此處日東當指新羅。又'門外人侵徑'句亦可爲證。"見謝海平《唐代詩人與在華外國人之文字交》,頁127。

[2]　陳鐵民校注《王維集校注》,頁319。

詩歌創作中體現出來,如日本裘、人參等。日本裘最早見於李白《送王屋山人魏萬還王屋》,其中有"身著日本裘"句,句下自注云:"裘則朝卿所贈,日本布爲之。"①再如新羅名貴物産人參,也成爲唐詩意象,顧況《送從兄使新羅》云:"鬢髮成新髻,人參長舊苗。"②林寬《送人歸日東》云:"門外人參徑,到時花幾開。"③人參在這些詩作中不僅是嶄新的意象,也是新羅國的符號。唐朝留學生以及其他赴唐使者與唐朝文人的密切交往還帶來了其他很多新事物,如日本物産金桃④、異域礦産水精⑤、濱海物産紅螺等也被唐朝詩人轉化爲詩歌意象。由此可以想見,很多異域新事物通過留學生和遣唐使與唐朝文人交往而被唐人所熟知,並被加工成爲詩歌意象,從而豐富了詩歌意象。

綜上所述,留學生與唐代文人的詩歌交往對雙方的文學創作都具有重要意義。對留學生而言,與唐代文人的詩歌交往更利於他們學習唐人詩作和創作技法;對唐代文人而言,留學生帶來的海上見聞開闊了他們的眼界,詩歌中的海景描寫更爲真實逼真,而留學生帶來的異域新事物,也通過藝術加工進入了詩歌創作,爲唐詩增添了新意象。

（作者爲首都師範大學文學院副教授,文學博士）

---

①　《全唐詩》卷一七五,頁 1789。

②　同上書,卷二六六,頁 2958。

③　同上書,卷六〇六,頁 7001。

④　唐朝詩人顏萱寫給與之有密切交往的日本學問僧圓載的贈詩《送圓載上人》曰:"禪林幾結金桃重,梵室重修鐵瓦輕。"小注曰:"日本金桃,一實重一斤。"見《全唐詩》卷六三一,頁 7240。

⑤　日本學問僧圓仁在《入唐求法巡禮行記》中稱他帶入唐土的物品有:"水精念珠兩串,銀裝刀子六柄,班筆廿管,螺子三口。"可證水精、螺子也是由遣唐留學人員帶入。見《入唐求法巡禮行記校注》卷一,頁 65。

清代文人與日本江户詩壇的交流研究[*]

——以《梅岡咏物詩》爲中心

任　穎

　　松村梅岡,名爲延年,字子長,號梅岡。生於寶永七年(1710),卒於天明四年(1784)。江户駒込人。從師平野金華,晚年推崇晚唐的詩風。他的隨筆《駒谷芻言》的附録《詩談》中提到"吾少年ノ時、蘭亭先生ニ就テ、詩ノ推敲ヲ問"[①],由此可知梅岡也曾從師高野蘭亭學習作詩。梅岡的著作有《梅岡先生集》十卷,《梅岡詩草》兩卷(上卷爲《梅岡咏物詩》,下卷爲《梅岡續草》)《梅岡文集》《玉壺樓詩集》等,隨筆有《駒谷芻言》傳世,是安永天明時期日本詩壇的重要代表人物。

　　揖斐高在《江户詩歌論》中曾將江户時代日本出版的咏物詩集做了詳盡的整理和排序,在《梅岡咏物詩》之前僅有一部公辨親王在正德年間編寫的《和李嶠百二十咏》問世[②]。杉下元明在《江户漢詩日中交流的一斷面——松村梅岡和清代汪鵬》一文中,指出公辨親王編寫的《和李嶠百二十咏》只是對於唐代李嶠咏物詩的和韵之作,很難説是以日本本土題材入詩[③]。松村梅岡的《梅岡咏物詩》不僅可以稱爲"個人咏物詩集",而且更是日本咏物詩中"集中近世後期成功的先驅",肯定其在文學史上不可動搖的地位。其次,杉下認爲《梅岡咏物詩》給予後世日本咏物漢詩選集《日本咏物詩》、個人詩集《玩鷗先生咏物百首》和《歲寒堂咏物詩》等誕生的"契機"。杉下的研究主要是針對汪鵬和梅岡交流資料的探討,對《梅岡咏物詩》的咏物特色以及清代文人與日本江户詩壇的交流研究尚未展開。本文試圖以《梅岡咏物詩》爲例,通過考察在江户詩壇風靡一時的咏

　　* 本文爲天津市哲學社會科學規劃青年項目"中國古典詩歌對江户時期日本咏物詩集的影響研究"(7JZWQN18 - 005)階段性成果。
　　① 松村梅岡《駒谷芻言》,東京,吉川弘文館,1927年,頁385。
　　② 揖斐高《江户詩歌論》,東京,汲古書院,1998年,頁100—102。
　　③ 杉下元明《江户漢詩日中交流的一斷面——松村梅岡和清代汪鵬》,載《國語と國文學》,東京,明治書院,1993年,頁16—27。

物詩作品,來進一步探索清代文人和日本江户詩壇的互動關係。

一、松村梅岡《梅岡咏物詩》

松村梅岡的《梅岡咏物詩》是日本江户時代出版發行較早的個人咏物詩集,出版於安永五年,出版形態爲一卷一册。縱觀《梅岡咏物詩》可以發現,其多受到唐詩的影響,到江户前期梅岡這一代,詩效盛唐仍然是詩壇的主要傾向。《梅岡咏物詩》共有一百首作品,其中吟咏花卉題材的有梅、玉蘭、桃、李、蓮等,樹木題材的有柳、松、竹等,描繪動物題材的有鶴、鷹、雁、鴛鴦、鹿等,關注器物題材的有酒、茶、劍、扇等,最後爲歌咏天象分别爲雲、雨、雪、風等。從開篇的《京城梅》就能充分體現出松村梅岡在咏物詩的創作上,對中國咏物詩歌典範的繼承與吸收。

京城梅

御苑梅花媚艷陽,冰姿玉骨自春光。

萬家人訝江南雪,一夜風狂地上霜。

應有仙郎通客夢,何勞驛使報幽香。

城中不問羅浮色,兒女於今解淡妝。①

這首《京城梅》中多處運用中國古典詩歌咏梅的冰姿、玉骨、江南、驛使、幽香、羅浮、淡妝等暗指梅的詩語。冰姿玉骨已成爲梅花品格的寫照,楊萬里《雪後尋梅》有"今年看梅荆溪西、玉爲風骨雪爲衣"。而陸凱贈范曄的"折梅逢驛使,寄與隴頭人。江南無所有,聊贈一枝春",更是咏梅的經典,在日本詩人的咏梅詩中也屢見不鮮。唐人愛咏牡丹,深受盛唐詩風影響的梅岡也有如下吟咏牡丹的作品。

白牡丹

别枝幽艷對春殘,承露宵清白玉盤。

西子捧心休步屧,太真扶疾力凭欄。

風飄素幎天香動,月照芳顔國色寒。

縱有陽臺雲雨夢,何如庭上此時看。②

① 松村梅岡《梅岡詠物詩》,東武,萬屋太郎兵衛,1776年,頁8。
② 同上書,頁11。

這首白牡丹的首聯點出於"春殘"之時，牡丹依然猶如白玉盤一樣皎然綻放，露水點綴在白牡丹的花瓣上。頷聯中引出西子和太真的典故，將盛放的牡丹在風中搖曳，喻爲西施因痛停步雙手捧心的嬌姿，楊貴妃因疾無力柔夷拂過雕欄的病態。用美人比喻牡丹，也是唐代咏牡丹詩歌的一大特色。而頸聯巧妙得將暗指牡丹的"天香"與"國色"分開，又用"動"和"寒"描繪出風中牡丹的香氣四溢和月下牡丹的嫻靜寧謐。

蓮

初發芙蓉獨立姿，古人嘗比謝公詩。
千莖霞捧耶溪日，十里香飄大液池。
照水紅衣漂越女，淩波羅韈步潘妃。
暮天雨濯凝脂色，亦似華清出浴時。①

　　《蓮》是一首非常明顯受到唐詩咏物影響的詩歌。首聯杉下元明認爲"謝公詩"是從謝宗可的《白蓮》中"舞罷霓裳誰似得"一句化用而來。而"謝公"一般爲南宋謝靈運的尊稱，《南史・顔延之傳》載："延之嘗問鮑照己與謝靈運優劣，照曰：謝五言如初發芙蓉，自然可愛；君詩若鋪錦列繡，亦雕繢滿眼。"結合首聯"初發芙蓉"的直接化用，筆者認爲首聯的"謝公詩"並非實指某一首詩，而是謝靈運詩歌的總體評價。此外，謝靈運推崇佛教凈土，《佛祖統紀》曰："謝靈運，爲鑿東西二池種白蓮，因名白蓮社。"謝靈運的《凈土咏》一詩也吟咏了參與廬山慧遠結社立誓、期生西方凈土的佛教活動。由此可見，謝靈運與白蓮是有著密不可分的關係，故首聯應當是以謝靈運的詩歌來比喻蓮花的清新脫俗。頷聯的"耶溪"則代指若耶溪，又名浣沙溪。"大液池"即唐大明宮北的太液池，均爲唐詩中多用的地名，以西施和楊貴妃之貌來形容蓮花之美。緊承其下的"越女"可能是受到唐李白的影響，李白《越女詞》有"耶溪採蓮女，見客棹歌回。笑入荷花去，佯羞不出來"。"潘妃"則喻指南朝齊蕭寶卷的寵妃，有步步生蓮的典故。尾聯著力描繪雨後蓮花猶如白居易《長恨歌》中歌咏的楊貴妃，點出蓮花的出塵之姿。

　　綜上所述，就《梅岡咏物詩》中的詩歌作品風格而言，多效仿唐風，從開篇的《京城梅》到後面的《白牡丹》《蓮》等作品，均可看出其對唐詩典故的諳熟和運用。另一方面，

---

① 　松村梅岡《梅岡詠物詩》，東武，萬屋太郎兵衛，1776 年，頁 14。

《梅岡咏物詩》也同樣體現出松村梅岡作爲一位日本漢詩人的獨特構思。與中國咏物詩人的詩集相比,《梅岡咏物詩》的咏物題材排列順序頗具特色。

以内容較爲豐富的花部爲例,分別有京城梅、紅梅、嶺南梅、玉蘭、桃、李、杏、梨、海棠、薔薇等作品。除了梅花排在卷首外,躑躅(第十一位)、紫藤(第十五位)、凌霄(第十九位)、桂(第二十一位)等日本本土常見的花卉,相比中國咏物詩的經典題材蘭(第三十一位)、菊(第二十四位)、竹(第三十二位)排位靠前。其次,松村梅岡不僅汲取了中國咏物詩歌的精華,還將其熟練運用於歌咏一些日本本土多見的花卉上面。例如下面這首《凌霄》。

凌　霄

高發芸花喬木顛,凌霄引蔓重相纏。

露華夜滴金莖冷,霞彩朝飛火齊鮮。

百尺丹梯林裏起,一群黄鳥谷中遷。

更疑織女雲機錦,斷濯銀河下半天。①

凌霄花是紫薇科,屬攀援藤本植物,原於中國,於日本平安時代傳入日本,日文名ノウゼンカズラ。首聯點出了凌霄花的特徵即發花於喬木之巔。晨間雲氣瀰漫,而赤色的凌霄却已悄然盛開。"百尺丹梯"的描寫生動形象又直率樸實,丹梯原意爲紅色的梯子,暗喻進入仙境的密道。謝朓《游敬亭山》有"要欲追奇趣,即此陵丹梯"。謝朓詩中的丹梯正是用的"丹梯"這一意象的隱喻之意,而梅岡詩中却取其本意,直寫凌霄攀援之高。緊隨其後進入畫面的是一群鳥兒穿梭於山谷之間,爲静態的朝霞凌霄增添了生機。尾聯梅岡用了織女的典故,點出這凌霄花像是織女用雲機編織出的錦緞,在銀河浣洗落入凡塵。"半天"與唐詩中有,杜甫《石櫃閣》:"季冬日已長,山晚半天赤。"但與"下"字結合生出動感,可能是受到南朝梁簡文帝蕭綱的《薄晚逐涼北樓迴望》中"斷雲留去日,長山減半天"的影響。全詩緊扣住凌霄花如火焰般鮮艷的顏色,成片攀援盛開的兩個特點展開描繪。由此可見,松村梅岡不僅對中國古代咏物詩歌有深入的學習和吸收,更在咏物詩創作上表現出日本漢詩人獨特的纖細和敏感,在熟練運用典故的同時,注重對於事物的直觀性描寫。

---

① 松村梅岡《梅岡詠物詩》,東武,萬屋太郎兵衛,1776 年,頁 12。

桂

千林搖落露華涼，何意西風獨發黃。

縹緲白雲憐夜色，婆娑明月散天香。

小山自種淮南樹，萬里遙傳嶺外芳。

高士淹留丘壑裏，攀援聊擬賞秋光。①

　　桂樹在日本各地都有分布，在《萬葉集》中就有關於桂（かつら）的記述。梅岡吟咏的桂花已近秋日，在風中縹緲搖落，並將西風也染成了黃色。"縹緲"意爲廣闊而遥遠觸不可及的狀態，這裏修飾雲朵。"天香"指從天空中飄散而來的香氣，庾信《奉和同泰寺浮圖》有"天香下桂殿，仙梵入伊笙"，這裏描繪的是桂花發出的清香。頸聯的"小山自種淮南樹"明顯是受到唐劉禹錫《楊柳枝詞九首·其一》"塞北梅花羌笛吹，淮南桂樹小山詞"的影響。而後半"嶺外"原指五嶺之外，兩廣之地，這裏形容桂樹的香氣遠波。尾聯高士可爲詩人自比，陶淵明《飲酒其十五》有"行行向不惑，淹留遂無成"。丘壑暗喻隱者居所，意爲隱居的世外高人可借著這桂花的芬芳來一賞秋日風光。全詩對仗工整，用典與白描相結合。

　　綜上所述，就《梅岡咏物詩》中的詩歌作品風格而言，體現出受唐詩咏物影響較大，從開篇的《京城梅》到後面《白牡丹》《蓮》等作品，可以看出其對唐詩典故的諳熟和運用，但也有如《凌霄》等直觀寫物的詩作，表現出梅岡作爲日本漢詩人獨特的平實細膩。其次，從《梅岡咏物詩》的編纂順序上來看，既傳承了中國傳統咏物詩歌的花木在前動物在後，梅花爲首的常見模式，又幾乎囊括了經典的梅蘭竹菊、桃李杏梨等的基本題材，並有意識地積極吟咏日本本土常見花卉。

二、以《梅岡咏物詩》爲中心汪鵬與梅岡的交流

　　汪鵬，字翼滄，號竹里山人，浙江錢塘人。據《杭州府志·義行傳》載：他"慷慨好施予，朋好中孤寒者，助膏火以成其名，親串有婚嫁不克舉者，成全之"，時又"嘗泛海往來浪華島，購古本《孝經》、皇侃《論語疏》、《七經孟子》"②。由此可知汪鵬是一位既重情重義、樂善好施，又擅長詩文畫作的儒雅商人。特別是他喜好收購善本，對促進了中日

---

① 松村梅岡《梅岡詠物詩》，東武，萬屋太郎兵衛，1776年，頁13。
② 龔嘉儁《杭州府志》卷一百四十三義行三，《中國方志叢書》，臺灣，成文出版社，1966年，頁2726。

典籍的交流産生了一定影響。乾隆二十九年(1764),汪鵬撰著了《袖海編》①,全書爲筆記體,共五十一條五千七百餘字。主要對長崎的唐館、清代商人外出管理、中日貿易和日本人生活習俗等進行了記述。這既是他本人在數次旅日期間的所聞所感,又是當時在日本江戶幕府推行鎖國政策,中日間無正式官方交往情況下,研究清代中日交流的極爲珍貴的第一手資料。

汪鵬在《袖海編》的序言中寫到:"東坡云'我持此石歸,袖中有東海',真得詩家三昧。余客東瀛,寓居山館,嚴壑在望,雲煙滿目……是坡所袖者,以石爲海;子所袖者,以海爲石。今姑就其所見聞,略爲記録,名曰'袖海'。海耶? 石耶? 不得而知矣。"蘇軾《取彈子渦石養石菖蒲》中曾取登州蓬萊彈子渦石來養石菖蒲,於盆景中可觀東海之氣蘊,故蘇咏袖中有東海。而汪鵬"以海爲石",汪想帶回國的正是在日本的所見所感,故爲書取名"袖海"。《袖海編》於《昭代叢書》和《小方壺輿叢鈔》初編中均有收録。

《袖海編》中關於中日典籍的交流的記述有:"唐山書籍歷年帶來頗夥,東人好事者,不惜重價購買,什襲而藏,每至汗牛充棟。然多不解誦讀,如商彝漢鼎,徒知矜尚而無適用也。"此外,關於日本的文人汪提到:"國無制舉,故不尚文墨,間有一二束脩自愛者,亦頗能讀聖賢書,博通經史,學中華所爲,韵語古作之類。如和泉王家者,頗知寶貴宋元人妙翰,每向客求得其一二件,珍如珙璧。又有松延年、林梅卿、柳德夫皆淵雅絶俗,外此如蘭京先生集,曁僧昨非集,皆衰然成帙。所爲詩,頗仿唐音,無宋元澆薄氣。"

此處的"松延年"就是松村梅岡,除《袖海編》中的評價之外,汪鵬還特別爲梅岡的個人咏物詩集《梅岡咏物詩》作了序②。在序言中,汪鵬又是的如何評價松村梅岡其人其詩的呢?

"日本松君延年字子長,號梅岡,世居江戶。博綜練達,胸羅萬卷。常爲都會散官,未展其才。慕靖節之高風,澹於禄仕,隱居駒籠山中。"汪鵬不僅介紹了梅岡的學識廣博,更稱其不貪圖名利,仰慕陶淵明的隱逸之風。而在生平上提到了梅岡"曾學詩於蘭亭高處士"。而後點出了自己與梅岡的相識:"歲在壬辰,鎮府夏公持史節來長崎,勷事需才,以禮爲羅置之賓座。"在安永元年,梅岡隨夏公(夏目信正)來長崎赴任。就《梅岡咏物詩》的成書以及內容,汪鵬評價道:"公餘暇日,出所爲古今詩二卷,題曰'梅岡詩草',屬序於余,云將鏤板以問世。余受而盥誦。其中唱酬贈答,感遇懷人之什,諸體略

① 周駿富編《清代傳記叢刊》卷二十九,臺灣,臺北明文書局,1985 年,頁 1—17。
② 松村梅岡《梅岡詠物詩》,1776 年。

備,春容暢達,玉潤珠圓。而咏物七律百篇,工贍典雅,尤爲傑作。"

在長崎赴任期間,梅岡創作了上下兩卷的《梅岡詩草》(即《梅岡咏物詩》),並望汪鵬爲詩集作序。汪鵬在讀梅岡的詩集後,感其不僅在詩體方面十分齊備,更在内容上推敲得當,可謂是"春容暢達、玉潤珠圓"。而咏物的一百首更是典雅工整的傑作。就中國咏物詩史,汪鵬言道:"昔朱晦翁謂,韓退之博極群書,奇詞奧旨,如在諸寶中物,誠哉是言也。且詩莫盛於唐,而體物之心,獨李巨山纔及百首。下迨元明,如謝宗可、瞿宗吉輩,亦皆廣至百篇。然暇瑜相半,未能完善若此。聖人所謂多識於鳥獸草木之名,其得三百篇之餘緒乎! 先生不汲汲於名利,藉歌咏以陶冶性靈,好之也篤,爲之也專。宜其詩多,且工如此。"

韓愈因其博覽群書,遣詞用句如探囊取物般容易,故其作也是新穎獨特,而唐詩咏物在咏物詩歷史上地位極高,例如李嶠的《李嶠百咏》。而其後有如元謝宗可和明瞿宗吉等,也都有百篇的咏物詩作。但這些作品幾乎都是瑕瑜參半。正因梅岡先生不貪圖名利,只愛好咏物,以此陶冶性靈,故更能全身心投入詩歌創作之中,詩歌不僅數量多且内容豐富完善。其中"未能完善若此"肯定了松村梅岡作爲日本漢詩人的咏物水準。除了大明院公辨法親王編纂的《和李嶠百二十咏》,日本漢詩中個人的咏物詩集先驅者當屬梅岡的《梅岡咏物詩》。日本學者杉下元明也提到《梅岡咏物詩》作爲前例稀少的日本詩人親筆的咏物詩集,是不可忽略的存在。而汪鵬對於梅岡咏物的肯定,更是代表著在近世後期日本漢詩逐漸走向成熟。

關於汪鵬和梅岡的交流,除了《袖海編》中汪鵬的記述和上文《梅岡咏物詩》的序言外,梅岡的詩集《梅岡先生集》中有不少二人贈答送別的詩歌。例如,收錄於《梅岡先生集》卷三中的《別清客汪竹里》。

> 別清客汪竹里名鵬字翼蒼,浙江仁和人,竹里其號也。明和安永之間數渡來於本土。
>
> 宦遊將欲問仙槎,載筆瓊城弄海霞。
> 有客殊方交却定,論文異域路非遐。
> 水程囊少蓬萊藥,陸轉裝輕薏苡車。
> 萬里相思天未望,朝陽升處是吾家。[1]

梅岡自注中汪鵬往來日本的年份,與歷史上的清代汪鵬爲鮑廷博收購中日善本的

---

[1] 松村梅岡《梅岡先生集》卷三,出版者不明,1776 年,頁 19。

時期基本一致。梅岡與汪鵬相識後,送別汪鵬時吟咏了這首詩。詩中點出了汪鵬作爲
"宦商"的身份,並以"載筆""論文"等描繪出汪不僅是商人更是文人,有著一定的文學
修養。頸聯中道出了汪鵬數次往來與中日之間的路途遙遠與艱辛。尾聯的"望"指每月
的農歷十五日月光滿盈之時。《釋名·釋天》:"望,月滿之名也,月大十六日,小十五
日,日在東,月在西。"和"朝陽升處"巧妙呼應,含蓄地表達出雖遠隔萬里,梅岡仍期待
汪鵬能盡快再度訪日的心情。

　　此後,梅岡留下了多首和汪鵬贈答送別的詩歌,在《送清人汪竹里歸杭州二首》中詩
人就把自己和汪鵬比作了晁卿和李白。

送清人汪竹里歸杭州二首(其一)

青蓮居士去騎鯨,萬里飄然積水準。

歸到明州爲吾報,於今日本有晁卿。①

　　"晁卿"指的是唐代多次來華的遣唐使晁衡,原名阿倍仲麻吕,被唐玄宗賞識,並與
多位詩人有深交。梅岡的自注有:"今波府唐明州,昔在秘書監晁卿賦三笠山月之地。"
"三笠山月"是晁衡所咏故鄉的和歌中的表現。這裏梅岡以"晁卿"自喻,希望汪鵬能夠
回報朝廷,在江户時代的日本也有像晁衡一樣熱衷於詩歌的人。而在其二中更是引李
白原句,來表達自己對於汪鵬離去的不捨之情。

其　　二

異域無由更寄音,海樓回首感偏深。

各天一片蓬壺月,相照東西萬里心。②

　　轉句中"各天一片蓬壺月"是引唐代李白的《哭晁卿衡》中"征帆一片繞蓬壺",唐代
詩人中與晁衡相交甚密的有李白、王維等人,在得知晁衡有可能遇海難喪生時,李白吟
咏了這首有名的悼亡詩。而梅岡以此詩贈別汪鵬,希望雖身處兩地,兩人都能銘記這份
誠摯的友誼。除此之外,梅岡還多次與歸國後的汪鵬有著書信往來,《梅岡先生集》中收
錄了多封梅岡寄給汪鵬的信件,可見二人自離別後也是交往頻繁。

---

① 松村梅岡《梅岡先生集》卷六,出版者不明,1776 年,頁 28。
② 同上書,頁 28。

再看汪鵬給梅岡的《梅岡先生集》做的跋:"予既序梅岡先生詩矣,復因林君介紹,得讀先生之大(作)。"①可見此時汪鵬已經爲《梅岡咏物詩》作序,而後又經由友人介紹,爲《梅岡先生集》作跋。他評價梅岡詩"其辭閎達條暢,而絶無雕繪,其旨風雅流麗,而間以端莊",梅岡文"序銘記狀,各得其體,羽翼經傳,根柢史漢"。通覽《梅岡先生集》全十卷,不難看出松村梅岡作爲江户時期的詩人漢文修養深厚,不僅其詩"閎達條暢",其文更是旁徵博引,"根柢史漢"。而就二人的相識,汪稱梅岡爲"有道君子",與其結交是"益喜神交心賞之不謬"。但無奈歸期將近,"無何鼓棹南歸,黯然而别"。以爲一别不得再見的汪十分思念梅岡,得到這個給梅岡作跋的機會,十分激動並以此"爰書顛末,以志鄙懷"。文末有記載"癸巳仲秋中浣,杭人竹里汪鵬"。

三、松村梅岡與清代文人群體的交流

除前文涉及到的松村梅岡和清代儒商汪鵬的交往之外,梅岡作爲江户時代的詩人同時也展現出了對中國詩歌的仰慕,與中國文人交流的願望。例如《梅岡先生集》的卷九中就有《題汪竹里書末》《與汪竹里》《答汪竹里》《歸都後又贈汪生》《與孟定侯》《與施見三(四篇)》《答施心對》《與王遠昌》等十餘篇和清代文人交往贈答的記述。從這些梅岡留下的文章中,不難推測出梅岡積極促進中日詩歌交流的軌跡。

首先,就時間順序看,在《題汪竹里書末》中梅岡先簡述了請汪鵬作序的經過,而後又提及了送别汪鵬的情景和二人的深厚情誼②。而《與汪竹里》一文中"汪生必乘長風,破萬里浪,何圖大洋之風伯之顧,飄抵天堂諸島,辛苦可知。然得薩藩護送,數十小艑,牽以進港,乃行人安穩,一帆無恙"③,可見當時訪日旅人的漂泊之苦。而在最後的"托林盧二象胥,想當悉知,不復一一"可知當時與梅岡有所交往的除了汪鵬還有其他文人。

而後的《答汪竹里》中開篇提到"昨日林生齋足下書而至,拆緘盥誦"④,這裏的林生齋有可能就是上文提到的"林盧二象胥"中的一人,象胥爲官名。梅岡收到了來自於林生齋的書信,並從中得知自己的詩集被傳到了"華域",也就是中國,喜出望外手舞足蹈:"得傳賤姓名於華域,加之浙省王方伯蒙賜高叙,不佞年手舞足蹈。"對於自己的詩集能

---

① 松村梅岡《梅岡先生集》卷十,出版者不明,1776年,頁15。
② 同上書,卷九,頁12。
③ 同上書,卷十,頁1。
④ 同上書,卷十,頁2。

傳入中國並被賞識,梅岡感到十分榮幸和激動,其心情在文中也有記述:"竊謂如何海外小生,而蒙大邦貴官賞鑒,所謂伯樂一顧之力者,生涯之榮莫大焉。"由此可見,汪鵬不僅爲《梅岡咏物詩》作序,更是將其帶回中國在文人墨客中傳播,使得這本詩集得在中國問世,梅岡更是以此爲"生涯之榮"。

在《答汪竹里》其二中①,梅岡點出了自己在長崎遇到林生齋:"林象胥攜墨畫三張,圖章一顆而至。墨痕濃淡,風韵高逸,頗極其妙。"可見梅岡與林生齋也是有所交流。此外,與梅岡有交往的文人還有孟定侯(北京宣化人)、施見三(名爲灼,字見三,號心對,福建榕城人)、王遠昌(字世吉,山西曲陽人)。在梅岡和施見三的書信往來中有,梅岡爲自己的詩集能夠有"善書人"抄録,求助於施見三的記録。"余有咏物詩七言律一百首,多年精神締致,最苦矣。欲鏤諸版問世者有年於此,以無善書人,未授欹劂也。今兹蒙天地之寵,獲驥足下,天乎時乎,不可失焉。願不吝館中數日之間,爲吾騰寫以惠"。

在收到梅岡的懇切書信後,施見三在唐館中停留之時爲其騰寫了《梅岡咏物詩》。其後,梅岡又請他騰寫了《梅岡詩草》上下二卷(上卷爲咏物詩一百首,下卷爲贈答寄興感懷詩等百餘首)。梅岡在其後給施見三的信中提到:"昔歲所煩詩抄咏物部,既已上木,遍佈海內,他卷尋當梓成,誰使不佞,不朽於萬世者,施生之力許多。"可見《梅岡咏物詩》在江户詩壇和中國清代文人中能夠傳播,汪鵬和施見三等與梅岡交往深厚的文人功不可没。而通過松村梅岡和清代儒商文人的共同努力,《梅岡咏物詩》不僅得以在日本廣泛流傳,並能成爲由日本詩壇傳回中國的稀有案例,爲後世日本的咏物詩的發展也帶來了新的氣象。

四、《梅岡咏物詩》與江户詩壇的咏物風潮

日本漢詩中咏物詩最早可見於《懷風藻》,平安時代三大漢詩集《凌雲集》《文華秀麗集》《經國集》中也不乏咏物詩的出現。五山文學時代,僧侶們創作的咏物詩在數量和質量上有長足進步。而進入江户時期後,社會環境相對穩定,隨著城市的繁盛和交通的發展,詩人之間交往也逐漸頻繁,中國的咏物詩集也被大規模的翻刻出版。如同中國的咏物詩歷史上的六朝咏物詩的繁盛一樣,江户詩壇的咏物詩的吟咏也漸趨成風。揖斐高在《江户詩歌論》中提到,在江户時期咏物詩作爲一個詩壇的題材得到了詩人們的

① 松村梅岡《梅岡先生集》卷十,出版者不明,1776年,頁3。

重視,很多漢詩人開始創作咏物詩,有的甚至出了個人的咏物詩集。而《梅岡咏物詩》作爲個人咏物詩集的開端,有啟發後世咏物詩歌的發展和促進中日詩歌交流的雙重意義。

在《梅岡咏物詩》之後,伊藤君嶺編纂的咏物詩歌總集《日本咏物詩》中,對《梅岡咏物詩》的咏物排列順序進行了繼承。而在個人咏物詩集方面,出現了天明年間的《玩鷗先生咏物百首》和《小雲棲咏物詩》,以及寬政年間的《暢園咏物詩》等詩集。這些詩集傳承了《梅岡咏物詩》的内容取向即進一步注重日本的常見花卉動物和器物,與公辨親王編纂的《和李嶠百二十咏》不同,不再是對於中國咏物詩集的單純唱和,而是致力於咏現實之物。由此可見,《梅岡咏物詩》作爲日本詩人個人咏物詩集的探索之作,引領了後世的咏物詩歌的發展。

從中日詩歌交流史上來看,魏晉南北朝是中日兩國文化由間接向直接交流的過渡時期,唐代通過互派使臣,派遣留學生、宗教和商業貿易等途徑,中日間的詩歌交流逐漸擴大延伸。17 世紀雖然中日分別實行閉關鎖國的外交政策,但仍然通過中國文人與僧侶東渡扶桑、貿易等多種途徑進行民間層次的交流。而汪鵬正是清代官員派出進行古籍搜尋與文化交流的使者,結識了當時跟隨夏目信正來到長崎訪問的松村梅岡。根據江户幕府的規定,來訪的清代商人文人只得在唐館内居住活動,外出則需要提出申請。而梅岡作爲此時隨訪的詩人,十分珍惜在唐館和清代文人的交流機會,不僅和汪鵬成爲摯友,而且也結識了如施見三、林生齋等清代文人墨客,這也爲《梅岡咏物詩》能够從風靡"海内"到傳至"華域"奠定了基礎。而汪鵬不僅數次訪日,更是幫助梅岡將其畢生心血帶回了中國。在中日詩歌的交流史上,從魏晉到唐代清代,中國的典籍都被當做珍寶,被日本文人詩人珍藏,多是單方面的輸出。而到了江户時期,日本漢詩人梅岡主動積極與清代文人群裏進行交流,特別是將自己的咏物詩集傳至中國這一舉動,啟發並促進了後世中日詩歌的互動。

(作者爲天津外國語大學講師,日本廣島大學文學博士)

論宇文所安英譯杜詩的風格傳譯*

高 超

美國著名漢學家宇文所安(Stephen Owen)治杜甫詩歌的英譯研究始於其 1981 年出版的《盛唐詩》①,書中討論杜甫的專章選譯了杜甫詩作 22 首。之後,宇文所安又歷經 8 年時間的辛勤耕耘,依據仇兆鰲《杜詩詳注》於 2016 年出版杜甫詩歌全集的譯著《杜甫詩》(六卷)②,第一次完整地用英語譯出杜詩 1 457 首,這也是世界上英譯杜詩的第一個全譯本。宇文所安的英譯杜詩在多大程度上忠實於杜詩本身的風格,又有哪些屬於宇文氏自身語言風格的創新,對此,本文嘗試從可譯性的視角分析宇文所安英譯杜詩文本中對杜詩風格的呈現與建構特點。

一、從可譯性視角整體審視宇文所安的杜詩英譯

詩歌的可譯與不可譯,在翻譯界理論界一直是個爭論不休的問題。有學者認爲,簡單地説詩歌可譯或不可譯是不正確的,以翻譯標準多元互補的思想考察,還是容易弄清楚的,就是將詩歌中可譯與不可譯的因素加以細分,然後再採取不同的應對策略。比如,對於諸如"詩歌的行數,一些等值辭彙、短語等,某些人名,地名(音譯法),基本情節(敘事詩),一些句法結構及詩的基本思想等"基本上屬於可譯因素,而"韵律、節奏、音節發音、特殊的修辭手法等,也就是凡屬於語言本身的固有屬性(區别於他種語言)的東西往往都不可譯。以符號學的觀點來看,那部分僅僅依賴符號本身的結構才能産生藝

* 本文爲作者主持國家社科基金後期資助項目"宇文所安的唐詩翻譯及唐詩史書寫研究"(14FWW006)的階段性成果。

① Stephen Owen, *The Great Age of Chinese Poetry: The High T'ang*, New Haven and London, Yale University Press, 1981.
② Stephen Owen, *The Poetry of Du Fu*, Walter de Gruyter Inc. , Boston/Berlin, 2016.

術效果的東西往往是不可譯的"①。依照這個原則,唐詩中五言四句、七言四句的絶句和五言八句、七言八句等律體詩,就是"依賴符號本身的結構才能產生藝術效果的東西",它們的"韵律、節奏、音節發音、特殊的修辭手法等"屬於不可譯的元素。

宇文所安在其杜詩英譯中没有採用"以詩譯詩"的韵體譯法,而是採用了散文體譯詩的策略,這使得他的譯詩不太受韵律的限制。這種散文體譯詩的方法不僅破解了上述韵律、節奏、音節發音等不可譯因素帶來的翻譯困擾,而且在遣詞造句方面有很高的自由度,容易在語義的表達方面更加忠實於原作——這也是宇文所安翻譯中國古典詩歌所追求的首要目標②。試舉一例略作説明,如宇文所安所譯杜甫詩句:"所來爲宗族,亦不爲盤食。"(《示從孫濟》)"I have come on behalf of the clan,/and not for a plateful of food."③譯詩增添了"I"這個英語句子中必須要有的主語之外,遣詞造句無論在形式上還是語義内涵上,與原詩無不呈現出天衣無縫般的對等關係。

除了客觀上不可譯因素的制約,宇文所安採用散文體翻譯唐詩還基於對目標讀者接受的考慮,他説"我覺得中國古典詩歌的翻譯不必强求押韵,爲什麽呢? 因爲現代美國詩,並不追求押韵,相反差不多所有的押韵的現代詩都是反諷的(ironical),讀者讀押韵的詩,總是會產生特别的感覺。我知道很多中國人把中國古詩翻成押韵的現代英語,可是這種翻譯在美國很少有人願意讀。"④宇文所安因爲依據美國讀者對現代詩歌的接受心理與審美標準,而決定不以押韵的詩體翻譯唐詩。學者汪榕培也持有大致相似的觀點:"以中國古典詩歌譯成英語的時候是否用韵的問題爲例,中國古典詩歌都是用韵的,19 世紀英美譯者多數是用韵體來翻譯的,因爲當時英美多數的詩歌也是用韵的。而當代的英美譯者多數是不用韵的,因爲當代英美詩歌也是多數不用韵的。我國的譯者在翻譯古典詩歌的時候不少採用了韵體,在英美的讀者看來,反而有點像順口溜兒或者兒歌的樣子。"⑤

這裏宇文所安所言"中國古典詩歌的翻譯不必强求押韵"並不代表宇文所安在英譯唐詩中放棄對詩歌韵律的處理,他説:"其實這些押韵可以有其他的修辭性方法來處理,

①　辜正坤《中西詩比較鑒賞與翻譯理論》(第二版),北京,清華大學出版社,2010 年,頁 349。
②　宇文所安認爲:"談到詩歌的翻譯問題,那就會有很複雜的回答。曾經有人問過我,你是怎麽翻譯中國古詩的? 我的回答是,我惟一能做的就是我必須翻譯詩中的所有意思。"參見錢錫生、季進《探尋中國文學的"迷樓"——宇文所安教授訪談録》,載《文藝研究》,2010 年第 9 期,頁 66。
③　Stephen Owen, *The Great Age of Chinese Poetry: The High T'ang*, New Haven and London, p. 193.
④　錢錫生、季進《探尋中國文學的"迷樓"——宇文所安教授訪談録》,頁 66。
⑤　參見汪榕培《序》,張智中《漢詩英譯美學研究》,北京,商務印書館,2015 年,序頁 1。

我們可以用另外的方法來表現中國詩形式上的差別。"①這裏的"另外的辦法",有一種是類似於英國漢學家亞瑟·韋利(Arthur Waley)英譯漢詩中採用的"彈跳式節奏"②(sprung rhythm)的方法,即用英語的一個重讀音節代表一個漢字,每行有一定數量的重讀音節和不定數量的非重讀音節,以此來體現英譯唐詩的韻律。比如,宇文所安所譯杜甫詩句:

嗚呼,何時眼前突兀見此屋,/吾廬獨破受凍死亦足。(《茅屋爲秋風所破歌》)

Oh, when shall I see before my eyes, a towering roof such as this? /

Then I'd accept the ruin of my own little hut and death by freezing. ③

再如,所譯杜甫詩:

關塞極天唯鳥道,江湖滿地一漁翁。(《秋興八首》之七)

Barrier passes stretch to the heavens,/a road for only the birds;/

Lakes and rivers fill the earth,/one aging fisherman.

又如,所譯杜甫詩句:

朱門酒肉臭,路有凍死骨(《自京赴奉先縣咏懷五百字》)

Around Vermilion Gates, the reek of meat and wine/

Over streets where lie the bones of the frozen dead. ④

以上英譯杜詩,除了採用"彈跳式節奏"方法以外,譯文形式上也比較對稱、工整,而且朗朗上口,不失音韻之美。

宇文所安以散文體英譯杜詩,在英譯中國古典格律詩的歷史上來看,並非首創,而

---

① 參見汪榕培《序》,張智中《漢詩英譯美學研究》,北京,商務印書館,2015年,頁1。
② 阿瑟·韋利反對英國漢學家翟理斯(Herbert Giles)以韵體譯中國古詩,因爲他認爲會"因韵害意"。參見范存忠《我與翻譯工作》,載《中國翻譯》,1983年第7期,頁8。
③ Stephen Owen, *The Great Age of Chinese Poetry: The High T'ang*, p. 207.
④ 同上書,p. 196.

是沿襲自龐德採用自由體翻譯唐詩以來英譯中國古典格律詩的主流慣例①。語言學家呂叔湘先生曾對詩體翻譯漢詩與散文體譯漢詩做過一番比較,他認爲:"初期譯人好以詩體翻譯,即令達意,風格已殊,稍一不慎,流弊叢生。故後期譯人 Waley、小畑、Bynner 諸氏率用散體爲之,原詩情趣,轉易保存。""以詩體譯詩之弊,約有三端:一曰趁韵。二曰顛倒詞語以求諧律。三曰增删及更易原詩意義",因此,"以詩體譯詩,常不免於削足適履"②。大體上呂叔湘先生是贊同以散文體譯漢詩的。

二、從可譯性視角看宇文所安對杜詩風格的傳譯

那麼,杜詩的風格有何特點? 杜詩風格的傳譯又有哪些可譯與不可譯呢? 解讀杜詩的風格所呈現的特點之前,再回顧一下關於風格的權威定義。"風格就是人",馬克思曾引用法國作家布封的話闡釋風格的含義:"馬克思認爲風格就是'構成'作家的'精神個體形式',是作家精神的'存在形式',是作家在作品中表露出來的'自己的精神面貌'"③。換言之,作品的風格,是作家精神面貌的表現形式。杜詩的風格,無疑是最能表現杜甫精神面貌的形式特點,或者説是反映獨特杜甫精神的内容與表現形式的統一體。

學者葛曉音指出:"説詩者歷來以'沉鬱頓挫'④形容杜詩的主要特色。'沉鬱'指文思深沉蘊藉,'頓挫'指聲調抑揚有致;而'沉鬱'又另有沉悶憂鬱之意,因而後人以此四字來形容他的風格,便包含了深沉含蓄、憂思鬱結、格律嚴謹、抑揚頓挫等多重内涵。""杜詩則除了沉鬱頓挫以外,還有多種風格,或清新、或奔放、或恬淡、或華贍、或古樸、或質拙,並不總是一副面孔、一種格調。在大量抒寫日常生活情趣的小詩中,他注重構思、語言等技巧的變化,爲後人開出不少表現藝術的法門。"⑤

對杜詩風格的準確把握,是杜詩風格傳譯的前提。宇文所安對杜詩風格的多元化特點也有著深刻的認識,認爲"杜甫是律詩的文體大師,社會批評的詩人,自我表現的詩人,幽默隨便的智者,帝國秩序的頌揚者,日常生活的詩人,以及虛幻想像的詩人"⑥。

---

① 趙毅衡《詩神遠遊》,上海,上海譯文出版社,2003 年,頁 72。
② 呂叔湘《中詩英譯比録・序》,北京,中華書局,2002 年,頁 11。
③ 王先霈、王又平《文學理論批評術語匯釋》,北京,高等教育出版社,2006 年,頁 31。
④ "沉鬱頓挫"本是杜甫在上唐玄宗的《三大禮賦》中對自己詩與文的自我評論。
⑤ 葛曉音《杜甫詩選評》,上海,上海古籍出版社,2002 年,導言頁 5。
⑥ 宇文所安著、賈晉華譯《盛唐詩》,北京,生活・讀書・新知三聯書店,2004 年,頁 210。

上述葛曉音與宇文所安都提到了杜詩在詩歌格律方面的開創意義——葛氏言稱"格律嚴謹、抑揚頓挫"①，宇文氏言稱"律詩的文體大師"②。顯然，格律的創新是杜詩風格的主要特點之一。不過它屬於詩歌的體裁表現形式，而宇文氏所言及"社會批評的詩人，自我表現的詩人，幽默隨便的智者，帝國秩序的頌揚者，日常生活的詩人，以及虛幻想像的詩人"大都指向杜詩表現的內容方面。

如果將杜詩風格分成上述兩個主要方面：一則是格律體裁形式的創新，二則是杜詩的內容方面的獨特創造，我們就不難發現杜詩風格的傳譯中可譯與不可譯的因素：前者不可譯，後者可譯。杜甫"工整精煉，一篇之中句句合律，一句之中字字合律"的七律③，註定是不可譯的。我們不妨參看宇文所安所譯的杜甫經典七律《登樓》，作爲例證：

花近高樓傷客心，

萬方多難此登臨。

錦江春色來天地，

玉壘浮雲變古今。

北極朝廷終不改，

西山寇盜莫相侵。

可憐後主還祠廟，

日暮聊爲梁甫吟。

Climbing an Upper Storey

Flowers close to the high building, wound the traveler's heart,

with many misfortunes on every side, here I climb and look out.

The spring colors of Brocade River come to Earth and Heaven,

drifting clouds over Jade Fort Mountain transform through present and past.

The Court at the Pole Star at last will never change,

may marauders in the western mountains not invade us.

---

① 葛曉音指出："杜詩格律之精嚴，獨步千古，其中五排與七排最見功力……七言律詩則尤有新創。"參見《杜甫詩選評》，導言頁5。

② 宇文所安著，賈晉華譯《盛唐詩》，頁210。

③ 葛曉音指出："盛唐七律尚未脫出歌行韻味，雖風神極美，流暢超儀，而體裁未密。到杜甫手中才工整精煉，一篇之中句句合律，一句之中字字合律，而又一意貫穿，一氣呵成。"參見《杜甫詩選評》，導言頁5。

Pitiable, the Latter Ruler still has his shrine ——

at sunset, for a while I make the Liangfu Song. ①

譯詩每行含音節數多爲 14 個左右,略是原作音節的兩倍。譯詩的建行形式也遠没有原作簡潔。它無法傳達杜詩七律特有的韵律美。不僅嚴謹的格律翻不出來,就連其中的反襯、象徵、比喻等語言修辭的意涵以及典故的來歷,對於英美世界的讀者來說也是很難釋讀的(儘管宇文所安在注釋裏對"Latter Ruler"與"Liangfu song"加以解釋)。

三、宇文所安對杜詩風格傳譯的忠實呈現

宇文所安的杜詩英譯是否能再現或反映杜詩原作的風格? 除去上述葛曉音及宇文所安所言稱的作爲格律創新的杜詩風格屬於不可譯的因素之外,我們還不得不抛開前文葛氏所説"或清新、或奔放、或恬淡、或華贍、或古樸、或質拙"的杜詩風格,儘管這些詩歌的風格未見得不可譯,但是對於這些抽象而模糊的詩歌風格的評判没有固定的標準,相對而言十分主觀。因此結合宇文氏所言及的反映杜詩風格的内容方面的質素——"社會批評的詩人,自我表現的詩人,幽默隨便的智者,帝國秩序的頌揚者,日常生活的詩人,以及虚幻想像的詩人",來考察宇文所安的杜詩風格傳譯還是比較可取的。

第一,關於"社會批評"内容的杜詩傳譯。宇文所安所指的"社會批評"内容的杜詩,即是評詩人所指的直陳時事,"甫又善陳時事,律切精深,至千言不少衰,世號'詩史'"(《新唐書》卷二百一《文藝上》),這一點宇文所安在《盛唐詩》中有類似的重述——"特定時代的真實個人'歷史'……杜甫的許多詩篇無需涉及傳記或歷史背景就能讀懂,但也有同等數量的詩是對重要政治歷史事件的反應,其契合程度遠遠超過大多數同時代詩人的作品。這種與政治歷史的契合,特别是與安禄山叛亂中事件的契合,使杜甫贏得了'詩史'的稱號"②。因此,杜甫詩作的寫實性爲建構、描摹杜甫形象提供了一個準確性很高的參照文本。

此類"以韵語紀時事"(明代楊慎《升庵詩話》卷十一)的詩作占杜詩總量的很大一部分,這也是杜詩被稱作"詩史"的主要原因。諸如《兵車行》《麗人行》《自京赴奉先縣咏懷五百字》《哀王孫》《北征》《留花門》《洗兵馬》《新安吏》《石壕吏》《潼關吏》《新婚

---

① Stephen Owen, *The Poetry of Du Fu*, Volume 3, p. 373.
② 宇文所安著,賈晉華譯《盛唐詩》,頁 212。

別》《垂老別》《無家別》《釋悶》《諸將五首》,等等,這些詩作通過詩人捲入時代政治漩渦、親身經歷戰亂的體驗,反映了廣大民衆共同遭遇的苦難,在對黑暗社會現實的清醒批判中,寄寓了詩人憂國憂民的偉大人道主義情懷。這類詩作之所以能充分反映杜甫的精神世界,是因爲杜甫身在其中感受著時代的動盪,精神上感時傷世,憂國憂民。

宇文所安認爲,"詩歌的本質成爲杜甫自我形象的一部分"①。換言之,杜甫的形象活在他的詩裏——宇文所安《自我的完整映射:自傳詩》開篇引用曹丕的那句"寄身於翰墨"②的話也可以放在這裏作爲注解。

比如,杜甫《悲陳陶》原詩:"孟冬十郡良家子,血作陳陶澤中水。野曠天清無戰聲,四萬義軍同日死。群胡歸來血洗箭,仍唱胡歌飲都市。都人迴面向北啼,日夜更望官軍至。"宇文所安譯詩:

Grieving Over Chentao

Early winter, young men of good families from ten districts,
their blood was the water in Chentao's marshes.
The moors were vast, the sky clear, no sounds of battle —
forty thousand loyalist troops died on the very same day.
Bands of Hu came back, blood washed their arrows,
still singing Khitan songs they drank in the capital market.
The capital's citizens turned their faces weeping toward the north,
day and night they keep looking for the royal army to come. ③

譯文平實地傳達了原詩的語義:一則記録了唐軍與叛軍血戰慘敗,至"四萬義軍同日死"的悲劇史實;二則準確傳遞了詩人杜甫的主觀情感,譯出了"天地同悲"的氣氛,也譯出了長安城民衆泣血般的悲痛與哀悼之情。看得出,宇文所安在平實地譯出原詩的語義與基本達到合乎英語語法標準之後,便不遺餘力地追求形式上的工巧與音韵的節奏感。

① 原句:"the poetic nature becomes part of Tu Fu's self-image",參見 Stephen Owen, The Great Age of Chinese Poetry: the High T'ang. p. 209.
② "是以古之作者寄身於翰墨,見意於篇籍,不假良吏之辭,不託飛馳之勢,而聲名自傳於後。"(曹丕《論文》)參見宇文所安著,陳躍紅、劉學慧譯《自我的完整映像——自傳詩》,載樂黛雲、陳珏編《北美中國古典文學研究名家十年文選》,南京,江蘇人民出版社,1996 年,頁 110。
③ Stephen Owen, *The Poetry of Du Fu*, Volume 1, p. 253.

第二，關於"自我表現的詩人"內容的杜詩傳譯。宇文所安集中關注的"自我表現"，多爲對自我形象塑造的所謂"自傳詩"[1]。杜甫早期的"自畫像"源於他的《壯遊》(*Travels of My Prime*)一詩："往昔十四五，出遊翰墨場。斯文崔魏徒，以我似班揚。七齡思即壯，開口咏鳳凰。九齡書大字，有作成一囊。性豪業嗜酒，嫉惡懷剛腸。脱略小時輩，結交皆老蒼。飲酣視八極，俗物都茫茫……"。宇文所安譯文摘録：

> Long ago, at fourteen or fifteen, / I roamed forth in the realm of brush and ink. / Men of culture, such as Cui and Wei, / thought me the like of Ban Gu and Yang Xiong. / At seven years my thoughts were pretty mature, / whenever I opened my mouth, I would chant about the phoenix. / At nine years I wrote large characters, / I had compositions making a bagful. / My nature was forceful, love of ale, my life's work, / I hated evil and harbored an unbending heart. / I shook off my youthful peers, / those I made friends with were all hoary elders. / I would drink myself tipsy and stare toward earth's ends, / and all common creatures were to me but a blur. [2]

對於一首充滿自傳色彩的詩，宇文所安認爲，這是杜甫爲了渴望聲名流傳後世而作[3]。詩人創作自傳詩的動機就是爲自己身後揚名立傳，這首《壯遊》詩提供了一個極佳的佐證材料。詩中呈現出來一個呼之欲出的詩人杜甫形象：一個天賦才情、豪氣逼人的狂士形象。有學者認爲，這種"自我的積極評價"是我國文學的傳統，"即使是杜甫也多'豪邁'的自我肯定"[4]。

第三，關於"幽默隨便的智者"內容的杜詩傳譯。學者霍松林也曾指出，杜詩具有西方文論中所說的幽默風格，類似於曾國藩所論的"恢詭之趣"，他認爲"評杜詩者，大抵以'沉鬱'二字盡之。然沉鬱非少陵天性，特環境使然耳。吾人但見其爲國是民瘼疾呼，爲饑寒流離悲歌，故以之爲嚴肅詩人；實則天性幽默，富於風趣。"[5]比如，杜甫詩《覆舟》

---

[1]　宇文所安認爲，中國古代詩人寫的詩具有自傳性質，因爲自傳只需"傳達自己行爲所包含的精神真實"。參見氏著《自我的完整映像——自傳詩》，頁 111。

[2]　Stephen Owen, *The Poetry of Du Fu*, Volume 4, p. 303.

[3]　宇文所安說："詩人後來自稱是神童……他無疑希望這一傳記慣例將充分引起他的後代傳記家的注意(後來確實如此)……那些未來的傳記家是幫助他獲得所渴求的後代聲名的必不可少人物。"參見《盛唐詩》，頁 213。

[4]　陸建德《自我的風景》，載《外國文學評論》，2011 年第 4 期，頁 194。

[5]　霍松林認爲："則吾國幽默之文，雖不能謂無，要亦不多耳。求之於詩，則杜詩中往往有之，而歷代論詩者，既未標此一格，故亦鮮有陳述也。"參見霍松林《論杜詩中的恢詭之趣》(原載 1946 年 12 月 4 日南京《中央日報·泱泱》)，《唐音閣文萃》，上海，復旦大學出版社，2016 年，頁 22—23。

(*Capsized Boat*)二首之其一："巫峽盤渦曉,黔陽貢物秋。丹砂同隕石,翠羽共沉舟。羈使空斜影,龍居閟積流。篙工幸不溺,俄頃逐輕鷗。"宇文所安譯文:

A dawn of whirlpools in the Wu Gorges,/autumn for sending tribute items from Qianyang./The cinnabar pebbles were like falling meteors,/kingfisher feathers joined the sunken boat./The envoy on his mission, gone in the slanting sunlight,/the dragon palace, closed tight under massed currents./Fortunately the boatman did not drown,/in an instant he goes off with the light gulls. ①

其二:"竹宮時望拜,桂館或求仙。姹女臨波日,神光照夜年。徒聞斬蛟劍,無復爨犀船。使者隨秋色,迢迢獨上天。"宇文所安譯文:

Sometimes gazing and bowing in the Bamboo Compound;/

or in Cassia Lodge seeking the immortals./The day when the Beauty crossed over the waves,/the year when the spirit rays lit up the night./But in vain we hear of the kraken-cleaving sword,/the boat that burned rhino-horn is no more./The envoy goes off with autumn's colors,/in the far distance he rises to Heaven alone. ②

杜甫寫此詩的背景是"見采買丹藥之使,舟覆峽江而賦也"③。肅宗依然崇信修道成仙,可惜詩中的采買丹藥之使臣因舟覆而亡。"使者隨秋色,迢迢獨上天",求仙者未必升天,而采藥之使先"獨上天",此詩明顯意在諷刺修道求仙之荒唐,也印證了詩人杜甫作爲"幽默隨便的智者"的品性。

再如,"囊空恐羞澀,留得一錢看"(杜甫原詩《空囊》*Empty Purse*)譯文爲:"Fearing shamefaced awkwardness if my purse were empty,/I hold on to one copper cash. "④譯句除了字數上無法對等外,語義上幾無二致。譯文忠實於原作,準確地傳達了詩人的辛酸與幽默,完全是杜甫自身處境的真實寫照,是杜甫"含淚的笑"。"少陵一生,憂亂傷離而不消極,妻僵子餓而不悲觀。欲致君堯舜而落拓不偶,胸中所蘊,皆寫之於詩,而不覺板

---

①　Stephen Owen, *The Poetry of Du Fu*, Volume 5, p. 57.
②　同上書, p. 59.
③　浦起龍《讀杜心解》(下冊),北京,中華書局,1961 年,頁 515。
④　Stephen Owen, *The Poetry of Du Fu*, Volume 2, p. 183.

重。非以天性詼諧,而恢詭之趣,時露篇中也耶!"①其實,霍松林先生這裏所指稱杜詩的幽默風格,一定程度上也是杜甫積極生活和樂觀精神的體現。

　　第四,關於"日常生活的詩人"內容的杜詩傳譯。在抒寫日常生活情趣的詩作中,杜甫選詞用句比較口語化,表現了濃鬱的生活情調。比如《客至》(A Guest Comes):"舍南舍北皆春水,但見群鷗日日來。花徑不曾緣客掃,蓬門今始爲君開。盤飧市遠無兼味,樽酒家貧只舊醅。肯與鄰翁相對飲,隔籬呼取盡餘杯。"

A Guest Comes

North of my cottage, south of my cottage, spring waters everywhere,

And all that I see are the flocks of gulls coming here day after day,

My path through the flowers has never yet been swept for a visitor,

But today this wicker gate of mine stands open just for you.

The market is far, so for dinner there'll be no wide range of tastes

Our home is poor, and for wine we have only an older vintage.

Are you willing to sit here and drink with the old man who lives next door? I'll call to

him over the hedge, and we'll finish the last of the cups. （宇文所安《盛唐詩》譯本)②

A Guest Comes

North of my cottage and south of my cottage spring waters everywhere,

all I see are the flocks of gulls coming day after day.

My flowered path has never yet been swept on account of a guest,

my ramshackle gate for the first time today is open because of you.

For dinner the market is far, there are no diverse flavors,

for ale my household is poor, there is only a former brew.

If you are willing to sit and drink with the old man next door,

I'll call over the hedge to get him and we'll finish the last cups. （宇文所安《杜甫詩》譯本)③

---

① 霍松林《唐音閣文萃》,頁 31。
② Stephen Owen, *The Great Age of Chinese Poetry: The High T'ang*, p. 211.
③ Stephen Owen, *The Poetry of Du Fu*, Volume 2, p. 351.

通過對宇文所安前後譯詩文本的對照閱讀,我們發現後者在詩的形態上顯得更簡潔、緊凑,詩的意味顯得更濃鬱。後者用詞更簡潔,句式更對仗工穩,整體形態上"瘦身"了很多。比如,第二句"但見群鷗日日來"的譯文,前者"And all that I see"簡化成"All I see",並删去一個詞"here",此番簡化共删去三個單音節詞"and""that""here"並未造成語義的絲毫改變;再如,第三、四句"花徑不曾緣客掃,蓬門今始爲君開",後者以"My flowered path"("花徑")與"my ramshackle gate"("蓬門")相對稱,"has never yet been swept on account of a guest"("不曾緣客掃")直接與"for the first time today is open because of you"("今始爲君開")形成一一對應關係,其中"on account of"與"because of"兩個短語的對稱更顯得渾然天成;又如,後者將第七、八句簡化成一個條件復合句,而不是前者的兩個簡單句,同時對前者"the old man who lives next door"中的定語從句進一步簡化爲"the old man next door",將前者"the last of the cups"簡化成"the last cups"(僅此處就比前譯省去四個辭彙)。

　　從詩歌傳遞的藝術形象上看,《客至》描繪了一個日常生活中快樂自得的詩人自我形象;從詩的語言形式上看,用詞近乎英語中的口語,語意淺白,筆調輕快。從前後譯本中讀者都很容易領略宇文所安所傳譯的這種杜詩風格特點。

　　第五,關於"虛幻想像的詩人"內容的杜詩傳譯。從整體上而言,杜詩也許不像李白的詩歌那麼筋骨外露,兩位詩人詩作的風格也是由兩人迥異的性格和氣質所決定的。正如作家張煒所言:"在漫長的閱讀史中,人們已經把兩人一些有代表性的元素給提煉出來了:一個狂放,一個嚴謹;一個在天上高蹈,一個踏著大地遊走;一個借酒澆愁,動輒舞唱,一個痛苦鎖眉,低頭尋覓。"[1]

　　杜詩即便是有些寫實景的詩,有時也充溢著悠遠的遐思,蘊含著深刻的哲理。比如:

> 兩個黃鸝鳴翠柳,一行白鷺上青天。
>
> 窗含西嶺千秋雪,門泊東吳萬里船。(《絶句四首》其三)

宇文所安譯文:

　　A pair of yellow orioles sing in azure willows,

---

①　張煒《也説李白與杜甫》,北京,中華書局,2014 年,頁 128。

a line of white egrets rises to the blue heavens.

The window holds the western peaks' snow of a thousand autumns,

my gate moors for eastern Wu a ten-thousand league boat. ①

絕句尤講究對仗,而宇文所安這首譯詩選用了對等的辭彙與短語,上、下句之間對仗比較工整,在詞性、詞義與形式上互相呼應;"A pair of yellow orioles"對應"a line of white egrets","sing"對應"rises","in azure willow"對應"to the blue heavens","The window"對應"my gate","holds"對應"moors","the western peaks"對應"eastern Wu","snow of a thousand autumns"對應"a ten-thousand league boat"。

　　譯詩未能表現漢詩絕句特有的音律美,但近乎白描的手法卻頗能顯示出原詩形式上的質樸感。爲了讓英美世界的讀者能領略這首絕句內容上的闊大氣象——"'窗含西嶺千秋雪',象徵人心胸之闊大,是高尚的情趣;'門泊東吳萬里船'是偉大的力量。這一首小詩真是老杜偉大人格的表現"②。宇文所安特地爲"千秋雪"與"萬里船"加以注釋:"'The white snow on the western mountains does not melt through the four seasons',西山白雪四時不消";"'That is, the boat in which he plans to set off down the Yangzi to Wu',門前停泊的船隻計畫穿三峽直抵長江下游的東吳。"③此詩暗含詩人杜甫"氣吞萬里如虎"(宋代辛棄疾《永遇樂·京口北固亭懷古》詞句)的宏闊氣象。

　　再如,杜甫《旅夜書懷》:"細草微風岸,危檣獨夜舟。星垂平野闊,月湧大江流。名豈文章著,官應老病休。飄飄何所似,天地一沙鷗。"

Writing of My Feelings Traveling by Night

Thin plants, a shore with faint breeze,

looming mast, lone night boat.

Stars suspended over the expanse of the wild plain,

the moon surges as the great river flows on.

My name will never be known from my writings,

aging and sick, I should quit my post.

---

① Stephen Owen, *The Poetry of Du Fu*, Volume 3, p. 389.
② 顧隨《中國經典原境界》,北京,北京大學出版社,2016 年,頁 300。
③ Stephen Owen, *The Poetry of Du Fu*, Volume 3, p. 389. 後者中文譯文爲筆者加注。

Wind-tossed, what is my likeness? —

between Heaven and Earth, a single sandgull. ①

《旅夜書懷》是杜甫離開成都後所作。宇文所安認爲,杜甫離開成都之後的詩日益與自我有關,“在沿長江而下時他轉向‘我似什麼’的問題,並反復從大江的各種形態和生物中尋求答案”②。宇文所安還引用了杜詩《江漢》作爲例證:“江漢思歸客,乾坤一腐儒。片雲天共遠,永夜月同孤。落日心猶壯,秋風病欲蘇。古來存老馬,不必取長途。”《旅夜書懷》中的“一沙鷗”與《江漢》中的“一腐儒”都是在一定距離上被觀照的“他者自我”形象,宇文所安認爲,在這些詩作中“詩人不再宣稱知道他是誰,而在思想和外部世界中尋找一個形象以回答‘何所似’的問題”③。的確,獨立在茫茫宇宙中,不少詩人都在思考著同樣一個問題:“我是誰?”,從“念天地之悠悠,獨愴然而涕下”的陳子昂,到“永結無情遊,相期邈雲漢”的李白,再到“江漢思歸客,乾坤一腐儒”的杜甫,也許“飄飄何所似,天地一沙鷗”可以作爲他們的共同回答,因爲類似於“我是誰?”問題的答案無不凝縮在這一極富哲理化思維的意象之中——人的渺小與宇宙的浩大相對照,猶如“天地一沙鷗”。

“杜詩的集大成,杜甫的詩備衆體,諸體皆擅,詩藝達到了爐火純青、出神入化的極高境界,這都是歷代公認的,沒有異議的。但杜甫的‘詩聖’的含義,還有道德層面的意義。”④此處,學者張忠綱所指“詩聖”稱號賦予詩人杜甫“道德層面的意義”,對於杜甫詩歌的風格而言,即是上述反映杜詩風格的內容方面的質素——“社會批評的詩人,自我表現的詩人,幽默隨便的智者,帝國秩序的頌揚者,日常生活的詩人,以及虛幻想像的詩人”,正如詩評者葉嘉瑩先生所言“不同的風格正是作者不同人格的表現”⑤。杜詩的風格即是杜甫偉大人格的表現。而宇文所安的杜詩英譯,以自由體的譯詩形態,忠實於杜詩原意,在詩歌的情趣與意涵的傳譯方面很好地反映了杜甫原詩的風格。

結　語

杜甫的詩歌風格具有多樣性特點,不是簡單的“沉鬱頓挫”所能概括的。作爲譯者

---

① Stephen Owen, *The Poetry of Du Fu*, Volume 4, p. 77.
② 宇文所安著,賈晉華譯《盛唐詩》,頁240。
③ 宇文所安著,陳躍紅、劉學慧譯《自我的完整映像——自傳詩》,頁129。
④ 張忠綱《詩聖杜甫研究·説“詩聖”(代序)》(上),上海,上海古籍出版社,2015年,頁7。
⑤ 葉嘉瑩《葉嘉瑩説杜甫詩》,北京,中華書局,2008年,頁86。

的宇文所安充分地認識到這一點。毋庸置疑，其英譯杜詩的翻譯實踐，既充分地尊重杜詩原典的意涵，也循著英美讀者對英譯中國古典詩歌的接受心理與審美習慣，以散文體譯詩作爲翻譯策略，譯詩兼有平實與工巧的特點，並富有成效地表現了作爲“社會批評的詩人，自我表現的詩人，幽默隨便的智者，帝國秩序的頌揚者，日常生活的詩人，及虛幻想像的詩人”的杜詩風格。作爲世界上第一個英譯杜詩的全譯本，宇文所安的英譯《杜甫詩》，不僅促進了全球化時代的西方世界更加全面、準確地認識杜甫這位偉大的中國詩人，同時，也爲代表著中華優秀傳統文化的文學經典在走向世界的海外傳播中提供了一份高水準的翻譯樣本。

（作者爲山西師範大學文學院副教授，文學博士）

泰國白蛇鬧海故事研究

——以湄公河沿岸的民間口頭傳説爲研究範圍

鄭佩鈴

1000—2000 年前，南印度人移民到湄公河岸邊，劃定自己的國土，並創造出自己的文明和文化。泰國蛇神崇拜文化的起源最早可以追溯於此。當時南印度人信仰婆羅門教，婆羅門教的神話故事中提到最多的是一種半蛇半人的蛇神，它們叫做"那伽"[NAGA][1]。"那伽"來自梵文的音譯，根據泰國《皇家學院大詞典》解釋，"那伽"的詞義有多種："那伽"是巨冠的大蛇，是民間傳説中的一種動物；"那伽"是一個民族的名稱，這個民族分散於印度的東北部地區及緬甸的西北部地區；"那伽"又是大象的諧義詞；"那伽"是一種木料的名稱；"那伽"是對德高望重、助人爲樂，並準備出家的男子的稱謂[2]。因爲本文研究的是那伽鬧海的傳説，所以文中所提到的"那伽"是半蛇半人的具冠大蛇那伽。泰國信仰中形容那伽外形似蛇，有足，頸上有或一、或三、或五、或七、或九個等單數頭頸狀物的蛇神[3]。這種文化形象在泰國傳統藝術中非常突出。那伽的勢力範圍及力量大小就是根據它頭頸數量的多少而決定：頭頸越多勢力越大。

在泰國湄公河沿岸人的想像中，那迦代表著五穀豐登，並且它能布雲施雨，具有超自然的勢力。此外，那伽也分爲兩類；首先是水那伽，居住在水中。根據民間信仰，那伽城的位置在湄公河裏頭，保護人民平安地生活；其次是陸地那迦，生存於陸地而絕不能下水[4]。這樣不同種類的那伽，具有迥然不同的形象和作用。本文主要以水那伽爲例，解讀那伽鬧海故事中水那伽淹城傳説的文化意義。那伽的故事在湄公河沿岸地區流傳相當多。人們祭祀蛇神，甚至認爲他們的始祖就是那伽神生的。這種信仰後來逐漸演

---

① Pai Puta. *The History of the Northeasten People*. Bangkok：Sukkhapabjai, 2013, p. 51.

② The Royal Society. *Thai Dictionary*, Bangkok：Nanmee, 2003, p. 573.

③ 郭蓮《那伽信仰的形成與發展探析——以泰國爲視角》，載《紅河學院學報》，2016 年第 4 期。

④ Chitrakorn Empan. *Naga, The King of The Mekong: Ritual and Belief System in Northeastern Thai Culture*, Bangkok：Chulalongkorn University, 2002.

變成一種集體文化,影響到泰國湄公河岸邊的人民生活風俗習慣。

　　泰國是一個由 60 個民族組成的多民族國家①,時至今日,國内外歷史學家仍不斷地爭論泰國民族的來源問題。泰國多民族的構成使之擁有包羅萬象的民間文學。其中,宗教及原始鬼神信仰在民間文學中影響巨大。在這類民間文學中提及最多的是佛教和婆羅門教。泰國湄公河沿岸地區流傳的具有民間特色的傳説,主要分散於泰國北部的清萊府清盛地區與東北部沿岸湄公河兩個地區。

　　在這兩地的民間傳説當中,都流傳過有關那伽的神話故事。這些故事大多涉及那伽的勢力以及蛇崇拜的内涵意義,形成了泰國湄公河沿岸兩個地區的大湖泊的信仰景觀體系②。該體系對湄公河岸邊地區故事影響頗大,它講述了那伽神與人們的緊密聯繫,並融入與地理歷史相關的現實性,體現出湄公河沿岸人民的文化及信仰,並傳承至今。

　　那伽鬧海故事屬於民間口頭叙事故事。故事的緣起是大城一夜被水淹,人民便給這種自然現象加以民間鬼神信仰的色彩,用以揭示缺乏品德者將會受到的報應,告誡大家棄惡從善。實際上,那伽鬧海故事流傳得相當多,本文則將通過《清萊府清盛縣 PhrathatChomkitti 佛寺之傳説總集》與東北《烏襄卡塔傳説》(อุรังคธาตุนิทาน)兩本書中的那伽鬧海故事,從不同地區文化的根源,分析那伽鬧海故事的母題、主題及意象的異同。那伽鬧海故事的根基主要是強調民間信仰的理念,並借那伽神的勢力講述如何做人,通過道德訓誡防止社會混亂。此外,根據"那伽""鬧海"的母題來深入地挖掘故事中的文化内涵及傳承,並分析泰國北部與東北部地區的民間信仰特點,瞭解泰國湄公河沿岸的文化現象以及那伽崇拜的信仰文化。

一、清萊府清盛縣的那伽信仰

　　傣泰族古代早期自北向南遷移至泰國北部,因自然資源豐富而建立了幾個王國。清萊府清盛縣屬於傣泰族在中南半島地區建立最早的王國,有著悠久的歷史文化,並保

---

①　金勇《泰國民間文學》,銀川,寧夏人民教育出版社,2001 年,頁 9。
②　屬於傳説景觀産生理論,是一種借助民衆對景觀的地域認同感,從而獲得一個得以講述與傳播的社會語境,在民間傳説與地方文化精神的研究之間架起了一座溝通的梁橋(余紅艷《白蛇傳宗教景觀的生産與意義》,載《廣西師範大學學報(哲學社會科學版)》,2014 年第 6 期)。因那伽鬧海傳説産生大湖泊的信仰景觀體系,本文進行辨析,指出那伽信仰的來源於泰國湄公河沿岸早期的鬼神信仰,即稱爲"信仰景觀體系"。

留著傣泰族的傳統民俗文化及信仰,被列爲泰國北部首區湄公河流經的城市①。這塊包羅萬象的清盛地區仍傳承著泰國古蘭納的燦爛文明。據考古專家指出,佛曆800—890年(257—347)左右是佛教在清盛最鼎盛的時期,當時清盛有141所佛寺。其中Phrathat Chomkitti佛寺作爲傳教的中心,佛寺裏頭供奉著佛陀舍利的小塔,對民間宗教信仰影響很大。1278年PhayaSaenpoo曾命令重修佛陀塔,到現在這座佛陀塔還在不斷地重修。直至2003年,管理佛寺的高僧編寫了一本有關清盛縣的傳說總集,收集了清盛歷史、民間故事、佛教傳說以及關於佛寺的歷史,其中有較多關於人民崇拜那伽文化的傳說②。

　　那伽傳說與農業社會具有密切關係。當時人民在岸邊種田、種果,依靠河流生活。自古以來,人們便祭拜天與河,並且將那伽看作神仙。它既有很大的力量,又能予風造水,給人們的生活以很大貢獻。因此,在清盛地區早期的民間口頭傳說中流傳了較多的那伽傳說。譬如《泰國編年史》第61版,講述於庸納迦國建立的歷史傳說,公元前95年辛霍納瓦王子自北方移民到這一地區,遇見了一位元那伽神,那伽神幫辛霍納瓦國王建立了國土。國王爲了向那伽的貢獻表示感恩,將國土命名爲"庸納迦",後來就有了《辛霍納瓦傳說》的流傳。

　　除了那伽建國傳說之外,還有那伽憤怒鬧海的傳說。在清盛人的觀念中,那伽是維護佛教之神,若國王有道德,愛護人民,那伽神就將保護國土。若國王缺德,欺負人民,那伽王會憤怒,命令部下鬧海毀城。這些信仰在清盛早期的民間神話中有所表現,《清萊府清盛縣Phrathat Chomkitti佛寺之傳說總集》載有庸納迦滅亡的故事。在佛曆9世紀庸納迦國的Chaichana國王時代,國王因不遵守十大戒律,人民遭遇了災難。一天,那伽王的兒子化身成白魚,在河邊游泳。漁民及官員遇見這非同尋常的白魚,便立刻捕魚,賜予國王。國王心滿意足地表揚漁民,立即吩咐大臣將白魚分給人民大衆共同享用。城市裏的人民都愉快地享用,只有一位被人討厭的老寡婦沒有用餐。那伽王聽到傳聞兒子被人類殺死,怒氣衝天地命令成千上萬的部下,毀滅庸納迦國。過了一天,庸納迦市內都變成一片大湖泊,只剩下了那位寡婦家的土地③。這些故事都體現了那伽神的威力,其中還包括建國和毀滅國的力量。這些故事中也包含著一定的古代歷史的痕

　　①　Bodin Kinwong, *Chiang Saen-Chiang Rai of History*. Chiangmai:mingmuang, 2003.
　　②　Phraya Prachakitchakonrachak, Pongsawadarl Yonok. Bangkok:Burinkranpim, 1973(7).
　　③　Phrakru Wikromsamatikun, *A historic of Wat Phrathat Chomkitti Chiangsaen*, Chiangrai, Thailand. Chiangmai:Sangsilp, 2003.

跡,體現了歷史上人們對那伽的看法。

二、《烏囊卡塔傳説》之那伽傳説

　　泰國位於湄公河下游的西邊。湄公河流經泰國東北部地區的六個城市,向東流至老撾。湄公河下流流經地區屬於泰撾兩國的文化中心。湄公河經過的泰國東北部地區和老撾具有文化、語言以及信仰上的共性,進而形成了文化共同體。泰國爲此還將老撾稱爲"泰國的兄弟"。在湄公河下游地區還有自古傳承的民間傳説,其中,當地鬼神信仰中的那伽神最爲突出。

　　那伽在泰國東北部的地位很高,他被人們奉爲祖先。並且在東北部流傳的故事中,有關那伽的民間傳説數量最多,影響最大,乃至於當地人把特定一天定爲祭拜那伽神的火球節。早期流傳的神話故事中,包括佛教的佛本身故事,都容納著那伽的故事。故事裏將那伽當做佛寺的保護神。這種信仰在湄公河地區影響最大,尤其是老撾與泰國東北部的具有鬼神信仰的地區。每年泰曆 11 月 15 日(佛教大齋節)在湄公河下游地區總會出現一個自然現象,至今仍無法以科學解釋。在湄公河中會有一些彩色火球從水底推出來,然後在空中消失。據民間信仰解釋,這種現象來自那伽噴火球。這一天人們爲了祭拜那伽,舉行那伽火箭比賽,十分熱鬧。

　　《烏囊卡塔傳説》是泰國東北部以老撾語編寫的一本民間古典文學藍本。烏囊卡塔傳説自梵語,譯爲佛陀的胸部舍利①。至今仍無法考證這本書的作者,但研究湄公河文化的專家提出假設,既然該本大多數涉及民間傳説,不易作爲歷史證據,但根據內容的人物及故事情節,該本書可能是在 1638—1690 年瀾滄國(今日的老撾)時期編寫的②。《烏囊卡塔傳説》的內容分成民間傳説和老撾人物簡史兩部分,以佛教故事爲主要內容,尤其是關於佛陀的佛跡傳説以及當地早期那伽神話故事。那伽故事都表現出對佛教的信仰,故事中不光向佛陀表示特別的尊重,而且還維護著佛教。其中的 Vern Pain 故事講述佛陀巡行到瀾滄地區時,那伽對佛陀十分尊敬,向佛陀請求將佛陀的佛跡供奉在湄公河岸邊附近,給予後者的佛教師徒以祭拜及留念。該故事體現了那伽對佛教做出的貢獻。除此之外,該書還提到那伽與人們具有密切的關係,在湄公河下游的那伽城守護

① Pin Dechakup, Uranganidāna. Bangkok: *The Fine Arts Department*, 1940.
② ChirapatPrapandvidya, *Uranganidana: The Lineage of Buddhist Shrines in Far Northeastern Thailand*. Dhammadhara, 2016(1), pp. 190–206.

著有德的人民,若缺德被發現,那伽將憤怒地毀壞城市。Nong Han 傳説講述了那伽憤怒鬧海故事,因獵人看到白色的松鼠,立刻殺死它,並將白松鼠奉予國王,國王將它分給城市裏的人民食用。没有注意到,白松鼠其實就是那伽國的王子。那伽王收到這消息後,十分憤怒,傍晚鬧海毀滅城市。一夜之間,大城市變成了一片大湖泊。所有吃過白松鼠的人都死了,只剩下没吃的人民。後來那伽王便吩咐部下,將去世者貴重物品以及財産捐給活著的人民。這表現了那伽對有德人民的守護,並處罰缺德人的故事。這本書不單體現了那伽對湄公河地區具有巨大的影響力,也反映了泰撾兩國的文化與佛教文化的融合及多元文化的共存。

三、清盛那伽鬧海與東北民間故事的比較分析

那伽傳説大多流傳於泰國湄公河流域地區,並具有當地民間題材的特點,對湄公河沿岸人民的文化及信仰有較大的影響。那伽故事在北部地方大多流傳於泰國湄公河流域首站的清萊府清盛縣。在東北湄公河流域的文化,包括老撾的部分文化都具有濃厚的那伽信仰色彩。以前湄公河兩邊都屬於泰國的一部分,後來爲了避免西方侵略泰國,國王決心將靠湄公河的老撾那塊地給予法國,後來那個地區變成了老撾的一部分,不過文化的同化性仍存在至今。根據泰國清萊府清盛縣歷史記載,傣泰族從中國南部移民到泰國北部,並産生了燦爛的文明,漸漸地强大,建立了蘭納國土[1]。由於蘭納從未成爲殖民地,因此,它並未受到外來文化的影響。總之,今日的蘭納文化仍保留著傣泰民族的傳統根基。而東北部的文化,仍是清盛地區流傳的一部分文化。我們依照神話及信仰景觀體系,發現了兩個地區擁有神話及信仰景觀體系的共同性。在清盛縣幾條大河流經的地區所流傳的民間口頭故事與東北地區的相同。實際上,傣泰族早期已居住在泰國地區,後來形成了幾個民族,但他們最初仍屬於傣泰族系[2]。因此,泰國湄公河兩個地區的文化及信仰具有一定的共性及差異。

這一部分依據清盛縣的《清萊府清盛縣 Phrathat Chomkitti 佛寺之傳説總集》和東北部《烏襄卡塔傳説》的那伽鬧海傳説,深入地研究民間口頭那伽鬧海故事的母題、主題以

---

[1]　Phattharachai Uthaphun, *The Great NAGA in Keng Tung*. Nakhon Lampang Buddhist College's Journal, 2018(1), pp. 205－212.

[2]　Poonnatree Jiaviriyaboonya, *Re-conceptualizing the belief of Naga: A Comparative Study on the Local Worldviews among the Lao-Isan ethnic Group in Nakhon-Phanom and the Laotians in Khammuane of Lao PDR*. Journal of The Way Human Society, 2013, 1(2)：52－69.

及意象的同異，並分析產生信仰景觀體系的主要原因，進而挖掘泰國湄公河民間流傳的那伽崇拜文化。

母題（Motif）是一種較小的文學因素，它在作品中反復出現①。在母題的反復中，總包含著社會群體的文化根基。因此，研究民間傳說的母題，能够找到民族的集體精神及意識，早期祖先流傳故事而形成今日的民俗文化特徵。有關泰國湄公河邊民間傳說那伽鬧海故事的母題，包含著複雜的内涵和廣大的外延。在反復中，漫山遍野流傳的口頭那伽叙事，產生了信仰景觀體系，反映神仙及宗教對當地人民的較大影響，並顯示出早期深厚的傳統鬼神信仰。通過研究，我們發現兩本書中的有關那伽的傳說都大同小異，其中都有"那伽"與"鬧海"的兩個母題，並且都包含著文化現象，體現出民間信仰的特色。在兩本書那伽鬧海的共同主題中，故事裏主要講述，"那伽王子在人類世界游水，因與衆不同的白亮身體而遭人類貪圖心思，終於被殺死，給予國王，分餐共吃。那伽王聽到消息，十分憤怒，吩咐部下鬧海，造成城市一夜都淹在海裏，只剩下不願參與食用伽王子的人民。"在該故事的共同主題之下，若以那伽鬧海的行為進行分析，有兩種不同的内涵，既有保護又有毁滅的含義。那伽保護好人，毁滅壞人，故事中講述人類因缺德行、貪心以及未守佛教的戒律，最終死亡的因果。同時，不願參與食用的好人都能保住生命，並得到那伽的保佑。此外，故事的含義暗含民間信仰的觀念，主要强調"好有好報、惡有惡報"，體現了泰國湄公河沿岸人民早期的集體精神及意識。清盛地區流傳了蘭納文化、東北地區承傳了瀾滄文化。兩個地區的文化之根來源不同，但文化與信仰的方向却相似，兩部地區都承傳了那伽信仰文化以及共同母題的民間口頭傳說。

《清萊府清盛縣 Phrathat Chomkitti 佛寺之傳說總集》的庸納迦衰落故事中，因國王缺十王道②的原因而造成那伽王的憤怒，"官人將大白魚給予國王，國王缺德命令殺死白魚，弄成美味食物"。這段話主要指出，國王缺乏十王道，貪污欺負人民以及犯五戒律（殺死生物），缺乏愛心善良，擾亂社會，支持壞人等缺德行為。由於庸納迦國土是在那伽王幫助下建的城，歷代的國王都要為人民做出貢獻，發展國土，保佑人民平安，但後代國王未遵守，人民因此遭受痛苦，使得那伽憤怒鬧海淹城。本故事的情節較簡單，主題强調國王缺德的惡果，意味著不遵守戒律的人，將會受到懲罰的内涵。此外，故事顯示

---

① 陳建憲《論比較神話學的"母題"概念》，載《華中師範大學學報（人文社會科學版）》，2000年第1期。
② 據大藏經中的佛陀説法，國王或高級管理人須以十王道為基礎，人民及部下的生活才能平安、幸福。十王道主要强調國王需有的道德，共有十題：捐款、守著五戒、給人民做出奉獻、誠實、有良心、勤勞、不亂發怒、未貪污、有耐心以及公平正義。

出那伽在清盛地區地位很高,具有判斷的權威,並且守護著人間。若發現國王的缺德行爲,致使社會混亂,那伽就會出來懲罰國王,由此使得國王須遵守戒律的風俗流傳至今。後來本故事被編寫成《庸納迦歷史編輯》中的庸納衰落故事,流傳於清萊府以及周圍地區。歷史學家都認爲庸納國位於今日的清萊府清盛縣,但具體位置仍未有結論。

東北部的《烏襄卡塔傳説》中,那伽淹城叙事流傳於 Nonghan 傳説,並以那伽與鬧海作爲母題,主要講述人不知足,犯五戒律的情節。故事裏的一段情節是"那伽王的王子化身成白松鼠,到人間旅遊,被獵人害死,分給人們用餐"。這段話能夠主要指出不知足的獵人,見到與衆不同的白松鼠,貪圖獲得名譽,殺死了白松鼠,給予國王。獵人因使用不擇手段的方法害死生物,最終則得到了不好的結果。那伽王鬧海淹城的行爲,代表著未遵守者如何受到因果報應的信仰,與此同時,也強調那伽王的勢力較強,且注重有德者的行爲[1]。因那伽王及成千上萬的部下沒有害死不吃白松鼠肉的人民,這意味著那伽守護著有品德人,而缺德人都被水淹死了。此外,故事結尾仍提出那伽王及部下都帶著被殺死人民的財産交給活人,表明被害死的人民大多是貴族或者有財産的人民,蘊含貪心惡人會遭到因果報應的内涵。該書主要強調東北部及老撾湄公河地區的佛教信仰,使得該故事主要以善有善報、惡有惡報爲意象,且還保留著佛陀的説法,那伽王代表了神仙的勢力,保護佛教之神。

湄公河地區那伽鬧海故事的母題在主題流傳之下,那伽有很高的地位,勢力強大,具有懲惡揚善的力量,被稱爲保護佛教之神。那伽會保護有品德的人,遵守佛教的佛徒,同時也會不分等級地懲戒犯戒律的人類。這種母題體現了湄公河地區的信仰根基,勸誡人類守戒律,護信仰。該故事流傳了幾百年,在那伽的地位日益增高,並隨時代久遠而演變成那伽崇拜文化,産生了湄公河地區那伽鬧海信仰體系。

四、那伽鬧海中的文化内涵

泰國湄公河地區那伽傳説,包含著湄公河下游民族文化及信仰的根基。那伽傳説流傳過程中,我們發現泰國湄公河北部與東北部的傳説有著不同的主題,反映各地區的風俗文化有所不同。在不同之中,又隱藏著民間集體精神,具有共同的文化特徵及民俗信仰共同體。泰國專家在研究有關泰國東北那伽信仰的觀念時,指出那伽神是湄公河

---

① Kenika Chartchaiwong, *The Management of Northeasten Thai People's Belife in NAGA and Some Issues that Should Be Reviewed*[J]. Mekong Chi Mun Art and Culture Journal, 2015, 1(1):61-82.

沿岸人民的祖先,又代表著大自然的能力,具有强大的勢力,並防止社會混亂①。在《本生經》中,佛陀覺悟之前,惡魔出世阻止佛陀,念咒七夜七日不止地下雨,那伽立刻出現,保護佛陀,將蛇身部繞著擋雨,忍耐地守護佛陀至成道。從此,佛徒將那伽作爲佛教保護之神。在佛教中還傳著許多關於那伽神的貢獻,例如,《佛本生十事》之中的一個故事,談及佛陀曾生於功德無量的那伽王,遭遇了苦難,却堅持做善事。除了佛教之外,婆羅門教中也流傳著那伽的故事(那伽在婆羅門教作爲濕婆神的部下之神),譬如在印度古代梵文叙事詩《摩訶婆羅多》中,講述那伽的起源故事以及那伽形象及威力等故事。泰國早期已接受了婆羅門教的信仰,但它只在王室及貴族之間流傳,民間只流傳鬼神信仰,但到後來這些信仰都漸漸融入佛教②。因爲這樣,泰國佛教信仰早已藏著婆羅門教的信仰,尤其在宮廷儀式中得以體現。泰國的宮廷儀式還保留著婆羅門教的儀式。

自古以來,泰國民間信仰都祭拜鬼神,早期都祭拜蛇神,祈禱農産豐富。佛教與婆羅門教融入民間生活時,多神信仰體系漸漸流傳,崇拜蛇信仰則演變成那伽神信仰。在民間信仰中,湄公河裏藏著那伽王的宮廷——那伽城,那伽在河裏保佑人民。因此,湄公河沿岸城市的佛寺都會製造那伽神泥像。這種傳統藝術漸漸流行,産生各種各樣的形象,流傳到泰國其他地區,並逐漸地融入其他藝術中。在文學方面,尤其是民間傳説,那伽口頭叙事相當多。有的故事對泰國歷史有很大的影響,因而被一些歷史學家收集編寫成"編年史",成爲國家珍貴的歷史材料之一③。有的被後者改編成民間小説,對當地文化以及思想研究有重大的價值。

那伽鬧海傳説記載於國家編年史,故事不僅包含著早期文化現象,還保留歷史真相。後來,該故事流傳到靠近東北部地區湄公河沿岸,以同樣母題改編和重寫的,共有10個故事。每個故事都圍繞著那伽化身成白色動物,被人用餐,城市裏被水淹等幾個關鍵情節要素開展④。爲何那伽需要化身成白色動物? 泰國顏色文化受到婆羅門教很大的影響,它們大多從印度傳入泰國民間。婆羅門教徒的信仰以三種顏色具有代表性;白色代表純粹、光明、明智、平静以及清潔;紅色代表以動作、衝動、脾氣急及勢力;黑色表

---

① Phichet Saiphan. *Nakha Khati Isan Lumnam Khon.* Bangkok: Thammasat University, 1996.

② Chalermchai Suwanwattana. *Colours in Thai Culture Believings and Myth.* Nakornpatom: Silpakorn University, 2010.

③ 譬如:泰國著名的民間傳説《素彎納空坎傳説》(ตำนานสุวรรณโคมคำ)、《辛霍納瓦傳説》(ตำนานสิงหนวัติกุมมาร)以及《大農翰傳説》(ตำนานหนองหารหลวง),都涉及于王國的建立及衰落的歷史傳説。因流傳與地理歷史相似而收集爲"區域編年史",屬於國家的寶貴地理歷史材料。

④ Anan Lakul, Umarin Tularak. *Tale Type and White Animal's Motifs In Ruined City Legends of North Eastern Region.* Journal of Language, Religion and Culture, 2017, pp. 37 - 50.

示蠢笨、黑暗及沉重①。此外,還以三種顏色劃分人間的階級,强調白色代表婆羅門教徒。這種觀念遍及泰國,因此形成泰國白色文化的觀念,顯示出民間信仰的特徵。白色在泰國代表純粹、純潔及清潔,國旗的白色則象徵宗教的含義。泰國對白色動物的傳統觀念,則認爲是寶貴的、高尚的。譬如白色大象具有較高的地位,被國王視爲珍寶。因此,白色動物的内涵隱藏著神仙化身的觀念,且能象徵高尚神仙、純潔靈魂等純粹的含義。那伽鬧海故事的白色動物,以及那伽化身的吉祥動物,體現出那伽屬於高尚神仙,具有保護人間的勢力,屬於人民祭拜的神。

　　那伽鬧海故事大多流傳於具有不同的文化根源的湄公河兩岸的部分地區,產生了流傳異同的主題。清盛的那伽傳說源于蘭納文化,流傳於泰國北部大部分地區,以白魚或者白鰻魚爲那伽化身的吉祥動物。同時,在東北部及老撾地區以白松鼠作爲那伽化身的吉祥動物,則是源于瀾滄文化。泰國湄公河地區早期的地形較特殊,自然資源豐富,有山有水。考古專家指出,泰國清盛地區早已崇拜白魚,並把它當作吉祥動物。因爲白魚的形體較大,在海底生活,不易遇見。白鰻魚則是如此,原形似蛇,頭部較大。在清盛縣已出土的史前的陶器彩釉上具有蛇形紋,有的專家認爲它原本指的是白鰻魚,因其形象與蛇相同,而且早期時代鰻魚與蛇都代表豐富的大自然。居住於湄公河地區的蘭納和瀾滄的人民都有祭拜蛇的儀式,即祈禱蛇神或者天神(Phaya Than)給予雨水及其他資源的信仰。

　　泰國湄公河東北部地區那伽王子化身傳說,主要以白松鼠的作爲吉祥動物。與衆不同的白松鼠具有紅彤彤的眼睛,潔白的毛,當地人民稱爲Grarok Don(白松鼠)。東北部地區礦物資源豐富,尤其是藏在地裏的鉀鹽礦。而且早期鉀鹽礦的價值很高,以致西方殖民者侵略國土搶走鉀鹽礦。根據當地民間信仰,松鼠的白色代表鉀鹽礦的顏色,並且來自海底的那伽則代表了鉀鹽礦的位置,因而鉀鹽礦帶來了早期社會人民的災難②。人民貪圖日進斗金的生活,挖坑尋找礦產,導致城市被淹没在水裏,釀成大悲劇。早期瀾滄人民將該故事改編爲那伽王鬧海的傳說,借用那伽神的勢力傳播民間口頭故事,勸告人類過知足常樂的生活。從此東北地區便留著崇拜白松鼠的文化,並將其尊爲吉祥及福氣的祈禱神。瀾滄的那伽鬧海傳說逐漸演變成當地民間文學經典,傳播於泰國東北部地區及老撾的民間文學中,後被命名爲"Padang-Nang Ai",成爲東北部地區最著名

　　① Chatchai anugul. *The Color In Thai Culture*. Journal of Human and Culture, 2016, pp. 33－58.
　　② Pakorn Suvanich, *Phadaeng-Nang Aei*, *a Local Legend*, *and the Explanation of Nong Han Lake Occurrence in Nontheastern Thailand in Geology*. BU ACADEMIC, 2011, pp. 67－80.

的民間文學作品。

　　總之,那伽鬧海故事中的白蛇代表佛法,勸告佛徒過有道德的生活。北部蘭納文化,以白蛇或者那伽作爲神仙,保佑人民生活平安。那伽具有豐富物産的力量,譬如那伽造城等民間傳説。同時,那伽又有毁滅的能力,主要强調國王的行爲要符合道德。這顯示出那伽在清盛地區地位很高,具有較高的權威,並且守護著人間。東北的瀾滄文化,將那伽視爲祖先。那伽化身成白蛇隱含著貪心的意義,主要警告人民知足,且注重有道德的行爲。那伽象徵命運,既能給予繁榮生活,又能毁滅人民的生命。因此,湄公河沿岸人民將那伽作爲神仙。那伽保護有品德的人,毁滅缺德的人。在流傳中,該故事在不同文化之中,漸漸融入各年代的文化,演變成湄公河沿岸的信仰景觀體系,遍佈泰國湄公河沿岸地區。

　　《烏襄卡塔傳説》和《清萊府清盛縣 Phrathat Chomkitti 佛寺之傳説總集》都是泰國民間故事總集的重要文獻。作爲國家的寶貴書籍,二者内容上都保存著與民間口頭叙事中的民俗文化及信仰相關的重要資料。泰國信仰的那伽神,被稱爲佛教的保護之神。泰國每所佛寺大雄寶殿的階梯都環繞著那伽的雕塑像,這意味著那伽守著代表佛陀的佛像,體現了泰國人民對那伽有著濃厚的信仰。圍繞那伽鬧海故事的主題,通過古代文獻研究那伽文化之根,能够使人們更瞭解泰國各地那伽信仰的不同觀念,及其對民間文化的重要性。近年來,泰國的現代文學領域出現了一部大衆歡迎的小説——《三面娜伽》①,它的出現使得“那伽”崇拜故事“舊火重燃”,也展現了那伽文化的普遍性。因此,進一步研究民間文學作品中的那伽文化,對研究東南亞地區的文化具有不可忽視的價值和意義。

　　(作者曼谷拉差蒙坤科技大學文科學院中文系教師)

---

　　① 《三面娜伽》小説,於 1977 年由 Tri Apirum 作家編寫,描述“娜迦女神”與人類的愛情故事。該故事製兩部電影及兩部電視劇,其中最有名的是 2016 年電視劇版,同年在中國土豆網上映,受到觀衆的喜愛及歡迎。至 2018 年《三面娜伽(第二季)》電影版播映,取得成功。

編　後　記

　　一方有一方之學術(學術之民族性、體系性之謂也)，一代有一代之學術(學術之時代性、傳承性之謂也)，一家有一家之學術(學術之群體性、個人性之謂也)。雖然，學術乃天下之公器也。何謂公器？一曰學而爲公，非爲一人、一家、一族之謂也；二曰學人爲公，以思未來之事、天下之事爲己任也；三曰器而爲公，非可據爲小我所有，而以共用爲望也。將此方與他方、此代與他代、此家與他家聯繫起來的活動，便謂之交流，謂之對話。

　　自創刊以來，《國際中國文學研究叢刊》便致力於文學學術的交流與對話。本期發表的一組文章，將收入即將由山東教育出版社出版的《百年中外文學學術交流史論》。有關 20 世紀中外文學學術交流，從體制、人事、著述等多方面加以研究，留下的課題頗多，也有很多值得深思的問題。本刊將繼續相關方面的探討。從理論上講，今天我們可以通過互聯網與世界上任何一個角落的學者直接進行學術對話，然而要想使這種對話取得顯著的成果，還有很多精神與物質的障礙需要我們共同努力去排除。

　　有關漢文寫本學與跨文化漢字學的研究，近年取得了很大進展。儘管疫情使很多學術交流活動不能不延遲，但各國學者通過互聯網進行的交流仍在穩步推進。

　　本刊一如既往，支持青年學者的探索，期待讀到更多青年學人撰寫的寓思辨於考據、華實兼備、有情有理的好文字。這些文字，或許不免稚嫩，却充滿探路者的朝氣。願更多的年輕人能敢於質疑，勇於嘗試，不隨波逐流，不爲條條本本所拘，而又捨得下笨功夫。學術之矢永遠指向無知、未解、未作爲、未達成，猶如水之就濕，火之就燥，最好的文章總在明天。

　　中國文學的國際教育包括多種形式，越來越多的外國留學生在中國大學學習，並獲得了博士學位。他們用漢語寫作，研究的課題不論是中國文學還是其本國文學，都具有中國學術的因數。本刊的"中國讀書記"這一欄目，就是爲他們新設立的，這個欄目將同發表中國學人國外留學成果的"四海讀書記"並駕齊驅，成爲我們促進中國文學教育國際化的兩駕馬車。

　　"草木有本心，何求美人折"，民間學術有自身的生存邏輯。真心熱愛學術的學者，只有越挫越勇，才能走出自己的路。

　　　　　　　　　　　　　　　　　　　　　　　　　　　編者

　　　　　　　　　　　　　　　　　　　　　　　　2020 年 6 月 11 日

圖書在版編目(CIP)數據

國際中國文學研究叢刊. 第十集 / 王曉平主編. —
上海: 上海古籍出版社, 2021.12
　ISBN 978-7-5732-0214-7

　Ⅰ.①國… Ⅱ.①王… Ⅲ.①中國文學—文學研究—
叢刊 Ⅳ.①I206-55

中國版本圖書館 CIP 數據核字(2021)第 265994 號

國際中國文學研究叢刊

第十集・日本漢文古寫本整理與研究
王曉平　主編
郝　嵐　鮑國華　石　祥　副主編
上海古籍出版社出版發行
(上海市閔行區號景路 159 弄 1-5 號 A 座 5F　郵政編碼 201101)
(1)網址: www.guji.com.cn
(2)E-mail: guji1@guji.com.cn
(3)易文網網址: www.ewen.co
啓東市人民印刷有限公司印刷
開本 787×1092　1/16　印張 17　插頁 4　字數 302,000
2021 年 12 月第 1 版　2021 年 12 月第 1 次印刷
ISBN 978-7-5732-0214-7
Ⅰ・3606　定價: 88.00 元
如有質量問題,請與承印公司聯繫